LES JUMELLES DE HIGHGATE

AUDREY NIFFENEGGER

LES JUMELLES DE HIGHGATE

Traduit de l'anglais
par Marie-France Girod

OH ! ÉDITIONS

Titre original :
HER FEARFUL SYMMETRY

Le papier de cet ouvrage est composé de fibres naturelles, renouvelables, recyclables et fabriquées à partir de bois provenant de forêts plantées et cultivées durablement pour la fabrication du papier.

ISBN : 978-2-266-20373-9

À Jean Pateman, avec toute mon affection

She said, « I know what it's like to be dead.
I know what it is to be sad. »
And she's making me feel like I've never been born.

Les Beatles.

PREMIÈRE PARTIE

La fin

Elspeth mourut au moment où Robert, debout devant le distributeur de boissons, regardait le gobelet en carton se remplir de thé. Plus tard, il se souviendrait d'avoir parcouru le couloir de l'hôpital, seul sous les néons, avec cet affreux breuvage dans la main, pour regagner la chambre où Elspeth gisait, entourée d'appareils. Elle avait la tête tournée vers la porte, les yeux ouverts, et, sur le moment, Robert la crut consciente.

Juste avant de quitter ce monde, Elspeth se remémora cette journée du printemps dernier où elle s'était promenée avec Robert dans les jardins de Kew, sur le chemin boueux qui longeait la Tamise. Il y avait dans l'air une odeur de feuilles pourrissantes, car il avait plu. Robert lui déclarait : « Nous aurions dû avoir des enfants » et elle répondait : « Ne raconte pas de sottises, chéri. » Elle le dit à voix haute, dans cette chambre d'hôpital, mais Robert n'était pas là pour l'entendre.

Elspeth tourna la tête en direction de la porte. Elle avait envie de crier *Robert*, mais sa gorge fut soudain encombrée, comme si son âme tentait de la quitter en remontant par l'œsophage. Elle tenta de tousser, pour l'évacuer, mais ne parvint qu'à émettre un gargouillis. *Je me noie. Je me noie dans un lit…* Elle ressentit une forte pression, puis se retrouva en train de flotter et de considérer son petit corps torturé à partir du plafond, toute douleur enfuie.

Robert se tenait sur le seuil. Le gobelet de thé lui brûlait la main et il alla le déposer sur la table de nuit. Les premières lueurs de l'aube commençaient à atténuer les ombres de la chambre, qui passaient de l'anthracite à un gris indécis. C'était le seul changement apparent. Il referma la porte.

Il ôta ses chaussures et ses lunettes rondes à monture métallique, monta délicatement sur le lit et s'allongea contre Elspeth. Pendant plusieurs semaines, elle avait été brûlante de fièvre, mais sa température était redevenue normale, ou presque. Robert sentait sa propre peau se réchauffer légèrement au contact de la sienne. Elspeth était passée dans le monde des objets inanimés et perdait peu à peu sa chaleur. Il enfouit son visage dans son cou et respira profondément.

D'en haut, Elspeth observait cet homme qui lui était tellement familier. Elle voyait sans les sentir ses longs doigts qui lui tenaient la taille – tout chez lui était étiré en longueur ; il avait la mâchoire saillante, la lèvre supérieure protubérante, un nez légèrement aquilin et des yeux profondément enfoncés dans les orbites. Ses cheveux bruns étaient répandus sur l'oreiller et sa peau, trop longtemps exposée à la lumière de l'hôpital, avait pâli. Avec son grand corps mince blotti contre le sien, minuscule et inerte, il était l'image même de l'affliction. Cela lui fit penser à une photo qu'elle avait vue autrefois dans le *National Geographic*, celle d'une mère serrant contre elle son enfant mort d'inanition. La chemise blanche de Robert était froissée, ses chaussettes avaient un trou au gros orteil. Les regrets, les désirs ardents, la culpabilité qu'Elspeth avait éprouvés au cours de son existence, lui revinrent. *Non*, pensa-t-elle, *je ne veux pas m'en aller*. Mais elle n'était déjà plus là et bientôt elle ne fut plus qu'une poussière de néant dans un ailleurs.

L'infirmière les découvrit une demi-heure plus tard. Elle contempla en silence la longue silhouette de cet homme jeune enroulé autour du corps menu de la quadragénaire morte. Puis elle alla chercher les aides-soignants.

Au-dehors, Londres s'éveillait. Robert prêta l'oreille au bruit de la circulation dans la rue, aux pas dans le couloir. Il savait qu'il allait bientôt devoir ouvrir les yeux, lâcher Elspeth, s'asseoir, se lever, se mettre à parler. Un avenir sans Elspeth l'attendait. Il garda les yeux clos, respirant son odeur de moins en moins perceptible, et il attendit.

La dernière lettre

Les lettres arrivaient tous les quinze jours, mais pas chez elle. Le deuxième jeudi du mois, Edwina Noblin Poole se rendait en voiture à la poste d'Highland Park, Illinois, une ville située à une dizaine de kilomètres de son domicile de Lake Forest. Elle y avait une petite boîte postale. La boîte ne contenait jamais plus d'une lettre.

Edie allait généralement lire son courrier dans un Starbucks Café, installée dans un angle, le dos au mur, devant un décaféiné au lait de soja. Lorsqu'elle était pressée, elle en prenait connaissance dans sa voiture. Ensuite, elle se garait derrière la baraque à hot-dogs de la 2nd Street, près de la benne à ordures, et elle le brûlait. « Pourquoi donc as-tu un briquet dans ta boîte à gants ? » lui avait demandé un jour son mari, Jack. « J'en avais marre du tricot, je me suis mise à la pyromanie », avait-elle répondu. Il n'avait pas insisté.

Si Jack était au courant des lettres, c'est qu'il avait chargé un détective privé de suivre sa femme. Dans ses rapports, l'homme n'avait fait état d'aucun rendez-vous, appel téléphonique ou e-mail ; hormis les lettres, il n'avait pas relevé d'élément suspect. Il avait toutefois omis de mentionner que, depuis quelque temps, Edie le regardait au moment où elle brûlait la lettre, puis écrasait les cendres sur le sol avec sa chaussure. Une fois, elle lui avait fait le salut nazi. Le détective commençait à redouter de la suivre.

À ses yeux, Edwina Poole était un peu une énigme. Elle ne ressemblait pas à ses autres sujets d'enquête. Jack avait bien précisé qu'il ne cherchait pas à rassembler des preuves en vue d'un divorce. « Je veux juste savoir ce qu'elle fait, avait-il dit. Il y a quelque chose… quelque chose de différent. » Généralement, Edie ignorait le détective. Elle n'en avait pas parlé à Jack. Elle s'accommodait de la présence de ce gros bonhomme au visage luisant, sachant qu'il ne risquait pas de découvrir quoi que ce soit.

La dernière lettre arriva début décembre. Edie alla la chercher à la poste et se rendit ensuite à la plage de Lake Forest. Elle gara sa voiture sur l'emplacement de parking le plus éloigné de la route. Le vent soufflait et il faisait un froid mordant, mais il n'y avait pas de neige sur le sable. L'eau du lac Michigan était brunâtre et des vaguelettes léchaient les rochers soigneusement disposés dans le but de prévenir l'érosion, ce qui donnait à la plage un air de scène de théâtre. La Honda Accord d'Edie était la seule voiture présente. Edie laissa tourner le moteur. Le détective hésita, puis alla se garer à l'autre bout du parking en soupirant.

Edie lui jeta un coup d'œil. *Est-il vraiment nécessaire que j'aie un témoin pour ça ?* Elle se plongea dans la contemplation du lac. *Je pourrais la brûler sans la lire.* Elle se demanda à quoi sa vie aurait ressemblé si elle était restée à Londres ; elle aurait pu laisser Jack regagner les États-Unis sans elle. Un violent désir de voir sa jumelle l'envahit. Elle sortit l'enveloppe de son sac, l'ouvrit et déplia la lettre.

Bien chère e,

Je t'avais promis de te le dire et le moment est venu : adieu.

J'essaie de m'imaginer ce que cela ferait s'il s'agissait de toi, mais je suis incapable d'envisager le monde sans toi, même si nous sommes séparées depuis bien longtemps.

Je ne te laisse rien. Tu as vécu ma vie, c'est déjà suffisant. À la place, je me livre à une expérience : je laisse tout aux jumelles. J'espère qu'elles en profiteront.

Ne t'inquiète pas, tout ira bien.

Dis adieu pour moi à Jack.

Avec toute mon affection, malgré tout,

e

Tête penchée, Edie attendit que les larmes lui viennent, mais ce ne fut pas le cas. C'était mieux ainsi ; elle n'avait aucune envie de pleurer devant le détective. Elle examina le cachet de la poste. La lettre était partie quatre jours plus tôt. Elle se demanda qui l'avait postée. Une infirmière, peut-être.

Elle replaça le courrier dans son sac. Il était inutile de le brûler dès maintenant. Peut-être allait-elle le garder. Elle mit le contact et sortit du parking, en montrant au passage son majeur au détective.

Durant le bref trajet entre le bord du lac et sa maison, Edie songea à ses filles. Plusieurs scénarios catastrophiques lui vinrent à l'esprit. Lorsqu'elle arriva chez elle, elle était déterminée à empêcher la transmission des biens de sa sœur à Julia et à Valentina.

À son retour du travail, Jack trouva Edie roulée en boule sur leur lit, dans l'obscurité.

« Qu'est-ce qui ne va pas ? demanda-t-il.

— Elspeth est morte.

— Comment le sais-tu ? »

Elle lui tendit la lettre. Il la lut et sa première réaction fut le soulagement. *Ce n'était que ça*, se dit-il. *Depuis le début, il s'agissait d'Elspeth.* Il s'installa sur la partie du lit qu'il occupait habituellement, et Edie se serra contre lui. « Je suis désolé, chérie », dit Jack, puis ils se turent. Au cours des semaines et des mois qui suivraient, Jack le regretterait. Edie ne mentionnerait pas sa jumelle, ne répondrait pas aux questions, n'évoquerait pas ce qu'Elspeth avait pu laisser en héritage à leurs filles, ne confierait pas ses états d'âme. Elle ne le laisserait même pas prononcer le nom d'Elspeth. Par la suite, il s'interrogea. Lui aurait-elle parlé cet après-midi-là s'il l'avait questionnée ? S'il lui avait dit ce qu'il savait, lui aurait-elle fermé la porte ? Tout cela resterait en suspens entre eux.

Pour l'heure, ils étaient allongés côte à côte. Edie posa sa tête sur la poitrine de Jack et écouta battre son cœur. *« Ne t'inquiète pas, tout ira bien »... Je ne crois pas pouvoir y arriver. Je pensais te revoir. Pourquoi ne suis-je pas allée vers toi ? Pourquoi m'as-tu demandé de ne pas venir ? Comment avons-nous permis qu'une telle chose arrive ?* Jack l'entoura de ses bras. *Est-ce que ça en valait vraiment la peine ?* Edie était incapable de prononcer un mot.

Ils entendirent la porte d'entrée claquer. Les jumelles arrivaient. Edie se dégagea et se leva. Elle n'avait pas pleuré, mais elle alla néanmoins se laver le visage à l'eau fraîche dans la salle de bains. « Pas un mot », dit-elle à Jack tout en se recoiffant.

« Pourquoi donc ?

— Parce que.

— Bien. » Leurs regards se croisèrent dans le miroir de la coiffeuse. Elle quitta la pièce et il l'entendit lancer, d'une voix tout à fait normale : « Alors, comment étaient les cours ? — Inutiles », dit Julia, tandis que Valentina demandait : « Tu n'as pas encore préparé le dîner ? — J'ai pensé qu'on pouvait aller manger une pizza dehors », répondit Edie. Sur le lit, Jack se sentit las et pesant. Comme d'habitude, il était dans l'incertitude. Sauf en ce qui concernait le dîner.

Une fleur des champs

Elspeth Noblin était morte et l'on ne pouvait plus rien pour elle, sinon organiser ses obsèques. Le convoi funèbre, composé du corbillard et d'une dizaine de voitures où avaient pris place des amis et des spécialistes des livres rares, franchit sans bruit le portail du cimetière londonien de Highgate. Le trajet était bref : l'église St. Michael se trouvait juste au sommet de la colline. Robert Fanshaw était venu à pied de Vautravers en compagnie de Marijke et Martin Wells, qui habitaient le même immeuble. Depuis la vaste cour du secteur ouest du cimetière, ils observaient le corbillard qui empruntait maintenant l'étroite allée conduisant au mausolée de la famille Noblin.

Robert était épuisé et engourdi. Les bruits s'étaient estompés, comme si la bande-son d'un film s'était déréglée. Martin et Marijke restaient un peu à l'écart. Martin était un homme mince, d'apparence soignée, aux cheveux courts grisonnants et au nez pointu. Une impression de nervosité et de hâte se dégageait de son corps noueux. Il avait du sang gallois et n'appréciait guère les cimetières. Auprès de lui se tenait Marijke, son épouse solidement bâtie. Son rouge à lèvres était assorti à ses cheveux rouges à la coupe asymétrique. Tout, chez elle, était coloré et impatient. Ses rides contrastaient avec sa tenue branchée. Elle observait son mari avec appréhension.

Martin avait fermé les yeux. Ses lèvres remuaient et l'on aurait pu croire qu'il priait, mais Robert et Marijke savaient qu'il comptait. Une neige molle tombait. Elle ne tenait ni au sol ni sur les arbres et détrempait les allées de gravier du cimetière de Highgate. Des corbeaux voletaient entre les tombes et les branches basses, et tournaient en cercles avant d'aller se poser sur le toit de Dissenters' Chapel, la chapelle des réprouvés, qui abritait désormais l'administration du cimetière.

Marijke résista à l'envie d'allumer une cigarette. Elspeth ne lui avait jamais été particulièrement sympathique, mais à ce moment précis, elle lui manquait. Elle aurait sans aucun doute trouvé le mot drôle pour dédramatiser la situation. Marijke souffla, et son haleine resta quelques instants suspendue en l'air, comme de la fumée.

Le corbillard remonta l'allée nommée le Cuttings Path et disparut aux regards. Le mausolée des Noblin s'élevait juste après Comfort's Corner, près du centre du cimetière. Pour le rejoindre, le cortège allait emprunter à pied l'étroite allée de la colonnade, criblée de racines d'arbres. Les gens garèrent leurs voitures devant la colonnade semi-circulaire qui séparait la cour du cimetière, puis contemplèrent le spectacle offert par les chapelles, les grilles de fer, le mémorial de guerre et la statue de la Fortune au regard vague sous le ciel de plomb. Marijke pensait à tous les convois funèbres qui avaient franchi le portail de Highgate. Les voitures noires de l'époque victorienne tirées par des chevaux parés de plumes d'autruche, avec leur accompagnement de pleureuses professionnelles et de croque-morts inexpressifs, avaient cédé la place à ce rassemblement disparate d'automobiles, de parapluies et d'amis éplorés. Le cimetière évoqua soudain à Marijke un vieux théâtre où l'on jouait toujours la même pièce, mais avec des costumes et des coiffures remis au goût du jour.

Robert posa la main sur l'épaule de Martin, qui ouvrit les yeux comme s'il était réveillé en sursaut. Ils traversèrent la cour, franchirent l'ouverture au centre de la colonnade et montèrent les marches moussues, Marijke sur leurs talons. Les autres suivirent. Les allées semées de cailloux étaient glissantes. Chacun faisait attention où il mettait les pieds et se taisait.

Nigel, le directeur du cimetière, attendait près du corbillard, impeccable et vigilant. Il accueillit l'arrivée de Robert par un sourire discret, comme pour dire : *C'est autre chose lorsqu'il s'agit de quelqu'un de son entourage, n'est-ce pas ?* Sebastian Morrow, l'entrepreneur de pompes funèbres, qui était aussi un ami de Robert, se tenait à ses côtés. Dans ces circonstances particulières, Sebastian faisait preuve d'encore un peu plus de sympathie et de retenue que dans le cadre habituel de ses fonctions. Il dirigeait les opérations en silence, dans une relative immobilité. Un regard de sa part suffisait pour que le nécessaire soit fait au moment voulu. Il était né à Londres, de parents nigérians, et avec sa peau foncée, son costume gris anthracite et sa cravate vert sapin, il réussissait à être omniprésent tout en passant pratiquement inaperçu dans l'atmosphère sombre du cimetière noyé dans la verdure.

Les porteurs du cercueil se rassemblèrent autour du corbillard.

Tout le monde attendait, mais Robert remonta l'allée principale jusqu'au mausolée des Noblin. C'était un monument de calcaire portant simplement le nom de famille gravé au-dessus de la porte en cuivre oxydé. Celle-ci était ornée d'un bas-relief qui représentait un pélican nourrissant sa progéniture avec son propre sang, symbole de la Résurrection. Robert l'avait inclus de temps à autre dans les visites guidées du cimetière qu'il organisait. Cette fois, la porte était ouverte. Thomas et Matthew, les fossoyeurs, se tenaient un peu plus loin dans l'allée, devant un obélisque de granit. Il leur adressa un regard. Les deux hommes répondirent par un signe de tête affirmatif et se dirigèrent vers lui.

Robert eut un moment d'hésitation avant de regarder à l'intérieur du mausolée. Quatre cercueils s'y trouvaient, ceux des parents et des grands-parents d'Elspeth, et un peu de poussière s'était accumulée dans les angles du petit espace. On avait placé deux tréteaux près de la niche où allait être déposé le cercueil d'Elspeth. C'était tout. Robert s'imagina que du froid provenait de l'intérieur de l'édifice, comme s'il s'agissait d'un réfrigérateur. Il avait l'impression qu'un échange était sur le point de se produire : il allait donner Elspeth au cimetière et le cimetière allait lui donner… il ignorait quoi. Quelque chose.

Il revint auprès du corbillard avec Thomas et Matthew. Détail incongru, le cercueil, doublé de plomb en vue d'une inhumation, était très lourd. Les porteurs et les fossoyeurs le placèrent sur leurs épaules, puis le transportèrent jusqu'au tombeau. Ils durent s'y reprendre à deux fois pour le déposer sur les tréteaux, car ils étaient trop nombreux pour évoluer aisément dans cet espace avec leur charge. Ils y parvinrent enfin et se retirèrent. Le chêne sombre du cercueil luisait dans la pénombre. Robert resta seul, le dos légèrement voûté, les mains posées sur le bois verni comme s'il s'agissait de la peau d'Elspeth et qu'il cherchait à percevoir les battements de son cœur dans cette boîte où reposait son corps émacié. Il revoyait son visage pâle, ses yeux bleus qu'elle écarquillait quand elle mimait la surprise et qui se réduisaient à une fente lorsque quelque chose lui déplaisait. Il songeait à ses petits seins, à l'étrange chaleur de son corps dévoré par la fièvre, à ses côtes saillantes dans les derniers temps de la maladie, aux cicatrices laissées par les chambres à cathéter et les opérations. Une vague de désir mêlé d'écœurement le submergea. Il se souvint de ses cheveux fins, de ses larmes lorsqu'ils étaient tombés par poignées, de sa façon de passer ses mains sur son crâne chauve. Il revit la courbe de ses cuisses, et pensa à la putréfaction et aux gonflements qui étaient déjà à l'œuvre dans son corps et le transformaient, cellule par cellule. Elle avait quarante-quatre ans.

« Robert ? » Jessica Bates se tenait à ses côtés et le regardait par-dessous l'un des chapeaux compliqués qu'elle affectionnait, une expression de pitié sur son visage sérieux. « Il faut partir, maintenant. » Elle posa ses mains douces et ridées sur les siennes, moites, qui laissèrent des traces sur la surface impeccable du cercueil lorsqu'il les en détacha. Il eut envie de faire disparaître ces marques, puis il renonça à effacer cette ultime preuve de contact entre lui et cette extension du corps d'Elspeth. Il suivit Jessica hors du tombeau et se joignit au reste de l'assistance pour assister au service funèbre.

« L'homme ! Ses jours sont comme l'herbe. Il fleurit comme la fleur des champs. Lorsqu'un vent passe sur elle, elle n'est plus. Et le lieu qu'elle occupait ne la reconnaît plus. »

Martin restait en retrait, à la périphérie du groupe, les yeux de nouveau clos, la tête penchée, les poings serrés dans les poches de son manteau. Marijke, appuyée contre lui, lui donnait le bras. Comme s'il ne s'en était pas aperçu, il se mit à se balancer d'avant en arrière. Marijke se redressa et le laissa faire.

« Puisque dans son immense miséricorde, le Tout-Puissant a bien voulu accueillir auprès de lui l'âme de notre chère sœur défunte, nous livrons son corps à la terre. Ce qui fut tiré de la terre retourne à la terre. Ce qui fut tiré des cendres retourne en cendres. Que la poussière retourne à la poussière, dans le ferme espoir d'une résurrection à la vie éternelle, par notre Seigneur Jésus-Christ, qui transfigurera notre corps de misère pour le conformer à son corps de gloire, avec cette force qu'il a de pouvoir même se soumettre tout l'Univers. »

Robert laissa son regard errer autour de lui. Les arbres étaient dénudés – on était à trois semaines de Noël – mais le cimetière, lui, était vert. Highgate était plein de buissons de houx, qui avaient poussé à partir des couronnes victoriennes et évoquaient Noël, donnant à l'atmosphère un petit air que l'on aurait pu qualifier de festif, si ce terme n'avait été inapproprié pour parler d'un cimetière. Tout en essayant de se concentrer sur les paroles du ministre du culte, Robert entendit des renards s'appeler non loin de là.

Debout près de lui, Jessica Bates se tenait droite, le menton relevé, et pourtant son épuisement était perceptible. Elle était la présidente de la Société des Amis du Cimetière de Highgate, l'association qui s'occupait des lieux et organisait les visites guidées. Robert travaillait pour elle, mais il savait qu'elle serait venue de toute façon aux obsèques d'Elspeth. Les deux femmes s'appréciaient. Lorsque Elspeth venait partager le déjeuner de Robert, elle apportait toujours un sandwich supplémentaire pour Jessica.

Il eut un instant de panique : *comment vais-je pouvoir me souvenir de tout à propos d'Elspeth ?* Pour le moment, il était encore empli de son odeur, de sa voix, de l'hésitation qu'elle marquait au téléphone avant de dire son nom, des mouvements de son corps lorsqu'il lui faisait l'amour, de son goût pour les chaussures à talons vertigineux, de ses gestes sensuels lorsqu'elle manipulait des livres anciens et de son absence d'états d'âme lorsqu'elle les vendait. En ce moment même, il savait ce qu'il avait à savoir d'elle et il devait à tout prix arrêter le temps pour que rien ne s'échappe. Mais il était déjà trop tard ; puisqu'il continuait après elle, il était déjà en train de la laisser derrière lui, de la perdre. Ses contours devenaient déjà flous. *Je devrais mettre tout cela par écrit... mais aucun mot ne conviendrait. Rien de ce que je pourrais écrire ne la ferait revenir.*

Nigel referma la porte du mausolée et la verrouilla. Robert savait que la clé resterait dans le compartiment numéroté d'un tiroir du bureau du cimetière jusqu'à la prochaine fois. Il y eut un moment de flottement. Le service était terminé, mais personne ne savait que faire ensuite. Jessica pressa l'épaule de Robert et fit un signe de tête en direction du vicaire. Robert le remercia et lui tendit une enveloppe.

Tous remontèrent ensemble l'allée. Robert se retrouva bientôt dans la cour. La neige s'était changée en pluie et une ribambelle de parapluies noirs s'ouvrit d'un coup. Les gens gagnèrent leur voiture et commencèrent à quitter le cimetière. Le personnel lui prodigua des paroles de réconfort, on lui tapota l'épaule, on lui offrit de prendre un thé, voire une boisson plus forte ; il répondit sans savoir ce qu'il disait à ses interlocuteurs et ils se retirèrent avec tact. Les libraires se dirigèrent ensemble vers l'Angel Inn. Il vit Jessica qui l'observait depuis la fenêtre du bureau. Marijke et Martin, qui étaient restés à l'écart, s'approchèrent de lui. Marijke tenait par le bras Martin, qui avait toujours la tête penchée et gardait le regard fixé sur chaque pavé de la cour qu'il foulait. Il avait réussi le tour de force de venir et Robert en était touché. Marijke prit le bras de Robert et tous trois quittèrent le cimetière. Ils empruntèrent Swain's Lane, puis, arrivés en haut de Highgate Hill, ils prirent sur la gauche et marchèrent pendant quelques minutes avant de tourner de nouveau à gauche. Marijke dut lâcher Robert pour faire en sorte que Martin accélère. Ils avancèrent le long d'une étroite allée bitumée. Robert ouvrit le portail. Ils étaient arrivés chez eux. Les trois appartements de Vautravers étaient plongés dans le noir et, dans le crépuscule naissant, le bâtiment sembla à Marijke encore plus massif et oppressant que d'habitude. Dans l'entrée, elle étreignit Robert, ne sachant que dire. Ils s'étaient déjà dit l'essentiel. Elle choisit de se taire et Robert s'apprêta à entrer dans son appartement.

La voix rauque de Martin s'éleva. « Désolé », articula-t-il, et ce mot les fit sursauter. Après une hésitation, Robert hocha la tête. Il attendit pour voir si Martin allait prononcer d'autres paroles et tous trois restèrent ainsi, mal à l'aise, jusqu'à ce que Robert, après un nouveau signe de tête, entre chez lui. Martin se demandait s'il avait eu raison de parler. Il monta l'escalier avec Marijke. Au premier, le couple marqua une pause sur le palier en passant devant la porte de l'appartement d'Elspeth. Une petite carte avec le nom « Noblin » imprimé dessus y était punaisée. Marijke l'effleura de la main. La carte lui rappela le nom sur le mausolée. Désormais, se dit-elle, il en serait de même chaque fois qu'elle passerait devant.

Robert ôta ses chaussures et s'allongea sur son lit dans sa chambre austère plongée dans la pénombre. Il avait gardé son manteau de laine humide. Les yeux au plafond, il pensa à l'appartement d'Elspeth, au-dessus du sien. Il imagina sa cuisine, pleine d'aliments qu'elle ne mangerait jamais, ses vêtements, ses livres et ses chaises qui ne serviraient plus à rien, son bureau bourré de papiers qu'il allait devoir trier. Il aurait beaucoup à faire. Mais pas maintenant.

Il n'était pas prêt à son absence. Avant Elspeth, il n'avait perdu aucun être cher. Certains étaient absents, mais nul n'était mort. *Elspeth ?* Même son nom semblait vide, comme s'il s'était détaché d'elle et était venu flotter dans son esprit. *Comment vais-je pouvoir vivre sans toi ?* Ce n'était pas lié au corps ; le sien continuerait comme avant. Tout était dans le *comment*. Il vivrait, mais sans Elspeth la vie avait perdu sa saveur, son style, son mode d'emploi. Il lui faudrait refaire l'apprentissage de la solitude.

Il n'était que seize heures. Le soleil se couchait ; la chambre s'obscurcissait. Il ferma les yeux, attendit que le sommeil vienne. Au bout d'un moment, il sut qu'il ne dormirait pas. Il se leva, mit ses chaussures, monta l'escalier et entra chez Elspeth. Il traversa l'appartement sans allumer la lumière. Dans sa chambre, il se déchaussa de nouveau, ôta son manteau puis, après un moment de réflexion, se débarrassa du reste de ses vêtements. Il se glissa dans le lit d'Elspeth, du côté où il avait toujours dormi. Il posa ses lunettes sur la table de nuit, à l'endroit usuel, et se mit en chien de fusil, selon son habitude. Petit à petit, au fur et à mesure que les draps se réchauffaient, il se détendit. Robert s'endormit en attendant qu'Elspeth le rejoigne.

Elle s'en va

Perplexe, Marijke Wells de Graaf se tenait sur le seuil de la chambre qu'elle partageait depuis vingt-trois ans avec son époux Martin. Où allait-elle déposer sa lettre, l'une des trois qu'elle avait à la main ? Ses bagages l'attendaient sur le palier, son trench-coat jaune soigneusement plié dessus. Il ne lui restait plus qu'à laisser sa lettre avant de s'en aller.

Martin était sous la douche depuis une vingtaine de minutes. Il y resterait encore une bonne heure, même lorsqu'il n'y aurait plus d'eau chaude. Que faisait-il là-dessous ? Marijke ne voulait pas le savoir. Elle l'entendait parler tout seul. C'était un murmure régulier. Pour un peu, on aurait pu croire qu'il s'agissait de la radio. *Vous êtes à l'écoute de Radio-Zinzin. Voici les derniers hits du Top 50 des TOC.*

Il fallait qu'elle mette la lettre à un endroit où Martin la trouverait assez vite, mais pas tout de suite, un endroit qui ne ferait pas non plus partie de ceux qu'il évitait, de sorte qu'il puisse sans problème s'en saisir et l'ouvrir. Le courrier ne devait pas non plus polluer par sa présence cet emplacement, car sinon Martin associerait l'un et l'autre et en ferait un territoire désormais interdit.

Cela faisait des semaines qu'elle réfléchissait à la question, sans trouver de réponse. Elle avait failli renoncer et prendre le parti d'envoyer la lettre par la poste, mais elle ne voulait pas que Martin se fasse du souci en ne la voyant pas revenir après son travail. *Si seulement je pouvais la laisser en suspension dans l'air*, pensa-t-elle, et soudain, un sourire éclaira son visage. Elle alla chercher son nécessaire à couture.

Dans le bureau de Martin, près de l'ordinateur, elle s'efforça de maîtriser le tremblement de ses mains en essayant d'enfiler l'aiguille à la lumière de la lampe de bureau. Leur appartement était très sombre, car Martin avait obturé les fenêtres avec des journaux et si une lueur blanche n'avait pas filtré par les interstices entre la vitre et le ruban adhésif, rien n'aurait permis de savoir que le jour était levé. Une fois l'aiguille enfilée, Marijke fit plusieurs points sur le bord de l'enveloppe, grimpa sur la chaise et scotcha l'extrémité du fil au plafond. Malgré sa haute taille, elle dut se hausser sur la pointe des pieds et elle vacilla, prise de vertige. *Quelle mauvaise blague si je me cassais la figure maintenant !* se dit-elle. Un instant, elle s'imagina gisant par terre, le crâne ouvert, tandis que la lettre oscillait au-dessus d'elle, mais elle retrouva bientôt son équilibre et descendit de son perchoir. La lettre semblait en lévitation au-dessus du bureau. *Parfait*. Marijke récupéra ses accessoires de couture et remit la chaise à sa place.

Elle entendit Martin l'appeler et se figea. « Oui ? » lança-t-elle enfin. Elle posa le nécessaire à couture sur le bureau avant de se diriger vers la chambre. « Oui ? » répéta-t-elle devant la porte fermée de la salle de bains.

Les deux autres lettres dissimulées derrière son dos, elle retint son souffle.

« Il y a un courrier pour Theo sur mon bureau, dit-il. Ça t'ennuierait de le mettre à la poste en sortant ?

— Non.

— Merci. »

Marijke entrouvrit la porte. La vapeur qui remplissait la salle de bains lui baigna le visage. « Martin…

— Mmmm ? »

Les mots lui manquèrent. « *Tot ziens*, Martin, dit-elle enfin.

— *Tot ziens*, ma chérie. » Le ton de son époux était enjoué. « À ce soir. »

Les larmes vinrent aux yeux de Marijke. Elle sortit de la chambre, se fraya un chemin parmi les cartons entassés dans le couloir, enveloppés dans du film transparent. Elle prit ensuite la lettre pour Theo et gagna le palier. La main sur la poignée de la porte d'entrée, elle s'immobilisa tandis qu'un souvenir lui revenait en mémoire. *Nous nous tenions à cet endroit tous les deux et j'avais ma main sur la poignée, exactement comme ça. Nous étions jeunes à l'époque. Il pleuvait et nous revenions de faire des courses à l'épicerie.* Elle ferma les yeux et tendit l'oreille, mais d'où elle était, elle n'entendait pas Martin, car l'appartement était vaste. Elle laissa la porte ouverte (elle n'était jamais fermée à clé), enfila son trench-coat, puis, après avoir consulté sa montre, saisit ses valises et descendit l'escalier avec sa charge, en jetant au passage un coup d'œil à la porte de l'appartement d'Elspeth. Parvenue au rez-de-chaussée, elle glissa l'une des deux enveloppes restantes dans le panier destiné au courrier de Robert.

Sans un dernier regard à Vautravers, elle franchit le portail. Elle remonta le chemin en tirant ses valises à roulettes et déboucha dans la rue. Il avait plu pendant la nuit et en cette froide matinée de janvier, il y avait beaucoup d'humidité dans l'air. Tout en marchant, elle regarda autour d'elle. Rien ne semblait avoir changé dans Highgate Village depuis qu'elle y était arrivée, jeune mariée, en 1981. La cabine téléphonique rouge sur Pond Square, où des retraités avaient l'habitude de se reposer sur des bancs, était toujours là. Le vieux libraire continuait à dévisager les touristes qui se plongeaient dans la lecture de ses cartes obscures et de ses livres fatigués. Un labrador au pelage clair traversa la place à toute allure, évitant habilement un bambin en train de hurler. Aucun changement non plus du côté des petits restaurants, des agences immobilières, des teintureries ou de la pharmacie. On aurait pu croire qu'une bombe était tombée quelque part, ne laissant que des chiens et des jeunes mamans avec des poussettes. Au moment où elle posta les deux lettres destinées à Theo, celle de Martin et la sienne, Marijke pensa aux heures qu'elle avait passées ici avec lui. *Peut-être lui parviendront-elles ensemble.*

Son taxi l'attendait devant les bureaux de la compagnie. Le chauffeur plaça ses bagages dans le coffre et s'installa au volant. « Heathrow ? » interrogea-t-il. « Oui, terminal 4. » La voiture prit la direction de l'aéroport.

Un peu plus tard, tandis que Marijke était en train de faire la queue au comptoir d'enregistrement de KLM, Martin sortit enfin de la douche. Aux yeux d'un étranger, son aspect aurait eu quelque chose d'inquiétant : il était rouge vif, comme si une ménagère d'un autre monde l'avait plongé dans l'eau bouillante pour débarrasser sa peau de ses impuretés.

En fait, Martin se sentait bien. Propre comme un sou neuf. Sa douche matinale était l'un des meilleurs moments de sa journée. Elle faisait reculer ses soucis et ses sujets d'inquiétude, lui éclaircissait les idées. Celle de la fin d'après-midi était moins satisfaisante, car plus courte et encombrée par des pensées intrusives et par la perspective du retour de Marijke, qui n'allait pas tarder à rentrer de son travail à la BBC. Et celle qu'il prenait avant de se coucher était altérée par ses angoisses au moment de se glisser dans le lit conjugal : la crainte d'avoir une odeur bizarre, l'incertitude quant au sort qui allait être fait à ses avances (les rapports sexuels avec Marijke étaient de moins en moins fréquents ces temps-ci), ses préoccupations à propos des mots croisés, des e-mails rédigés et de ceux laissés sans réponse. Sans parler du souci qu'il se faisait pour Theo (trop peu loquace à son goût sur sa vie à Oxford et les petites amies qu'il avait là-bas. « Il a dix-neuf ans, c'est déjà miraculeux qu'il nous donne quelques détails », disait Marijke, mais cela ne rassurait pas Martin qui imaginait toutes sortes de calamités, des virus dangereux aux substances illicites en passant par les accidents de la circulation. Car Theo venait d'acheter une moto et, pour le protéger, de nombreux rituels étaient venus s'ajouter à la liste déjà longue de ceux auxquels Martin se livrait quotidiennement).

Martin entreprit de s'essuyer avec sa serviette. Il observait scrupuleusement son corps, repérant d'un œil inquiet chaque varicosité, chaque rugosité ou piqûre d'insecte, et pourtant il ne savait pas vraiment à quoi il ressemblait. Marijke et Theo eux-mêmes existaient en tant qu'amas de mots et de sentiments dans sa mémoire. Il n'avait aucun sens de la physionomie.

Aujourd'hui, tout se passait sans heurts. Une grande partie de ses rituels de lavage et de toilettage s'organisait autour de la notion de symétrie. À un passage du rasoir sur la joue gauche devait correspondre un passage identique sur la joue droite. Quelques années auparavant, ce genre de pratique l'avait conduit à éradiquer toutes ses pilosités corporelles, une période particulièrement pénible. Cela lui prenait des heures chaque matin et Marijke avait pleuré en voyant le résultat. Il avait fini par se persuader qu'un surcroît de comptage pouvait remplacer ce rasage intégral. Aussi ce matin se mit-il à compter les passages du rasoir (trente) requis pour rendre ses joues lisses. Il posa ensuite le rasoir sur le lavabo et compta trente fois jusqu'à trente. L'opération lui prit vingt-huit minutes. Il l'effectua tranquillement, sans hâte. S'il se pressait, cela gâchait tout et il devait reprendre la procédure de zéro. Il était nécessaire de faire les choses d'une certaine manière, de bout en bout.

Lorsque Martin parvenait à accomplir correctement chaque série de mouvements, de tâches, de nombres, de lavages, de pensées ou d'absence de pensées, il en retirait une satisfaction, mais une satisfaction fugitive. Elle ne devait pas être *trop* grande, car le but n'était pas de se faire plaisir, mais d'écarter le danger.

Il y avait les obsessions, semblables à des piqûres d'épingle, des sarcasmes, des coups de coude : *Ai-je bien éteint le gaz ? Est-ce que quelqu'un ne serait pas en train de regarder par la vitre de la porte de service ? Le lait a peut-être dépassé la date de péremp-*

tion. Mieux vaut le sentir de nouveau avant de le verser dans mon thé. Est-ce que je me suis lavé les mains après avoir uriné ? Je préfère recommencer, on ne sait jamais. Et le gaz, je l'ai vraiment éteint ? Est-ce que mes pantalons ont touché le sol quand je les ai enfilés ? Recommence, correctement cette fois. Recommence. Recommence. Encore et encore.

Les compulsions étaient des réponses aux questions posées par les obsessions. *Vérifier le gaz. Me laver les mains. Les laver soigneusement, afin de ne pas prendre le moindre risque. Utiliser un savon plus décapant. De l'eau de Javel. Le sol est sale. Le laver. Marcher à côté de la partie sale sans la toucher. Faire le moins de pas possible. Étendre des serviettes sur le sol pour éviter que la contamination ne se propage. Laver les serviettes. Les relaver. Encore. Ce n'est pas bon d'entrer dans la chambre de cette manière. Ce n'est pas bon comment ? Pas bon. Commencer par le pied droit. Et tourner le corps vers la gauche, comme ça. Voilà, c'est mieux. Mais Marijke, il faut qu'elle fasse pareil. Ça ne va pas lui plaire. Tant pis. Elle ne va pas le faire. Si. Elle le doit. Ce n'est pas bon du tout si elle ne le fait pas. Quelque chose d'épouvantable risque d'arriver. Quoi ? Je l'ignore. Je suis incapable d'y penser. Vite, des multiples de 22 : 44, 66, 88... 1122...*

Il y avait les bons jours et les autres, les mauvais, les très mauvais jours. Aujourd'hui promettait d'être un bon jour. Martin se remémora l'époque de ses études au Balliol College d'Oxford, quand il jouait au tennis tous les mercredis avec un camarade du cours de philosophie des maths. Certains jours, avant même d'avoir déballé sa raquette, il savait qu'il réussirait chaque coup. C'était la même impression qu'il ressentait en ce moment.

Il ouvrit la porte de la salle de bains et promena son regard autour de la chambre. Marijke avait préparé ses vêtements, posés sur le lit. Ses chaussures l'attendaient sur le sol, dans l'alignement des jambes de son pantalon. Chaque pièce de son habillement était disposée selon un schéma précis et aucune ne touchait l'autre. Martin contempla le parquet. À certains endroits, le vernis avait presque disparu ; à d'autres, l'humidité le faisait gondoler. Mais il n'y attachait aucune importance. Il s'efforçait de savoir s'il pouvait marcher dessus pieds nus sans danger. Aujourd'hui, il décida qu'il le pouvait. Il avança jusqu'au lit et commença lentement à s'habiller.

Au fur et à mesure qu'il enfilait ses vêtements, il se sentit de plus en plus en sécurité, enveloppé dans le tissu propre et usé. Il avait très faim, mais il prenait son temps. Enfin, il glissa ses pieds dans ses chaussures. Les chaussures, c'était un problème. Ses richelieus marron constituaient une sorte d'intermédiaire entre son corps tout propre et le sol, toujours horripilant. Il avait horreur de les toucher. Il le fit cependant et parvint à nouer ses lacets. Marijke avait proposé de lui acheter des baskets fermées par des Velcro, mais il refusait cette solution inesthétique.

Il était toujours vêtu de sombre, avec sobriété. On sentait l'homme conventionnel. Il n'allait pas jusqu'à porter une cravate chez lui, mais on avait toujours l'impression qu'il venait juste d'ôter la sienne ou qu'il était sur le point d'en nouer une avant de se précipiter dehors. Dans la mesure où il ne quittait plus l'appartement, ses cravates restaient dans son placard.

Une fois habillé, il traversa précautionneusement le vestibule et pénétra dans la cuisine. Son petit-déjeuner l'attendait sur la table. Des céréales dans un bol, un pot à lait, deux abricots secs. Il appuya sur le bouton de la bouilloire électrique et l'eau fut très vite chaude. Martin avait peu de compulsions de nature alimentaire (elles se réduisaient à un certain nombre de mastications). La cuisine était le domaine de Marijke, qui faisait toujours en sorte qu'il emporte ailleurs dans l'appartement ce qui le gênait. Il ne se servait pas de la cuisinière, car il n'était jamais sûr d'avoir éteint, et il restait des heures la main sur le bouton, qu'il tournait sans arrêt dans un sens, puis dans l'autre. Mais il pouvait préparer son thé avec la bouilloire électrique.

Marijke avait posé les journaux près de son bol de céréales, encore parfaitement pliés. Il lui en fut reconnaissant. Il aimait être le premier à les ouvrir, mais il ne les ramassait jamais avant elle. Il déplia le *Guardian* et alla directement à la page des mots croisés.

On était jeudi et pour le jeudi, Martin réalisait toujours une grille de mots croisés sur un thème scientifique. Celle-ci concernait l'astronomie. Il la parcourut du regard pour s'assurer que tout était correct. Il était particulièrement fier de son dessin, semblable à une galaxie-spirale d'une impeccable symétrie. Ensuite, il consulta la solution des mots croisés de la veille, que son collègue verbicruciste Albert Beamish avait élaborés dans la pure tradition de Ximenes. Beamish les publiait sous le pseudonyme de Lillibet et Martin n'avait aucune idée de la raison de ce choix. Il parlait de temps à autre à Beamish au téléphone, mais il n'avait jamais rencontré cet homme, qu'il imaginait toujours velu et en tenue de danseur. Le pseudonyme de Martin était Bunbury.

Il ouvrit le *Times*, le *Daily Telegraph*, le *Daily Mail* et l'*Independent*, et les feuilleta à la recherche de nouveaux éléments intéressants. Les mots croisés sur lesquels il travaillait actuellement concernaient l'histoire des conflits en Mésopotamie. Il n'était pas sûr d'avoir l'approbation de son rédacteur en chef, mais comme tous les artistes, il avait besoin d'exprimer ses préoccupations à travers son œuvre et cela faisait quelque temps qu'il s'intéressait à ce qui se passait en Irak. Aujourd'hui, il était question d'un attentat suicide particulièrement sanglant dans une mosquée. Avec un soupir, Martin prit une paire de ciseaux et se mit à découper les articles.

Son petit-déjeuner avalé, il fit la vaisselle (normalement) et empila soigneusement les journaux (malgré les découpages). Il se rendit dans son bureau et se pencha pour allumer la lampe sur sa table. Au moment où il se redressait, quelque chose lui effleura le visage.

Sa première idée fut qu'une chauve-souris avait réussi à s'introduire dans la pièce. C'est alors qu'il vit l'enveloppe, qui se balançait au bout de son fil collé au plafond. Son prénom était inscrit en lettres appuyées. L'écriture de Marijke. *Qu'as-tu fait ?* Décontenancé, il resta là, tête baissée, les bras croisés sur la poitrine dans une attitude défensive. Il finit par se saisir de l'enveloppe, qu'il détacha de son fil d'un coup sec. Puis il l'ouvrit, en sortit la lettre, chercha à tâtons ses lunettes et les mit sur son nez. *Qu'a-t-elle fait ?*

6 janvier

Lieve Martin,

Mon cher époux, ne m'en veux pas, mais je ne peux continuer à vivre ainsi. Au moment où tu liras cette lettre, je serai en route vers Amsterdam. J'ai écrit à Theo pour le prévenir.

J'ignore si tu comprendras, mais je vais tenter de t'expliquer. J'ai besoin de vivre ma vie sans passer mon temps à apaiser tes craintes. Je suis lasse, Martin. Tu m'as épuisée. Je sais que je vais me sentir seule sans toi, mais je serai plus libre. Je vais me trouver un petit appartement et laisser entrer l'air et le soleil. Tout sera peint en blanc et il y aura des fleurs dans chaque pièce. Je n'aurai plus à entrer dans une pièce le pied droit en premier, ni à sentir l'odeur de l'eau de Javel sur ma peau et sur tout ce que je touche. Mes affaires seront dans leurs placards et leurs tiroirs, pas dans des Tupperware ni sous film transparent. Mes meubles ne seront pas abîmés par des nettoyages excessifs. Et j'aurai peut-être un chat.

Tu es malade, Martin, mais tu refuses de consulter. Je ne reviendrai pas à Londres. Si tu veux me voir, tu pourras venir à Amsterdam. Il te faudra pour cela quitter l'appartement, aussi je crains que nous ne nous revoyions jamais.

J'ai fait tous les efforts que j'ai pu pour rester, mais je n'y suis pas parvenue.

Prends soin de toi, chéri.

Marijke

Martin resta immobile, la lettre à la main. *Le pire est arrivé.* Il ne parvenait pas à le croire. *Elle est partie.* Elle ne reviendrait pas. *Marijke.* Il se plia lentement en deux et se laissa tomber sur le sol devant sa table de travail, la lumière crue de la lampe dans son dos, la lettre à quelques centimètres de son visage. *Mon amour, oh, mon amour...* Toute pensée se retira de son esprit, comme la mer recule avant un tsunami, ne laissant qu'un grand vide. *Marijke*.

Dans le train qui avait quitté l'aéroport de Schipol Amsterdam, Marijke regardait le paysage gris et plat défiler par la fenêtre. Il avait plu, le ciel était couvert. *Je suis bientôt arrivée chez moi*. Elle jeta un coup d'œil à sa montre. Martin avait dû trouver sa lettre. Elle sortit son mobile de son sac, l'ouvrit, le referma. Pas d'appels. La pluie se mit à battre les vitres. *Qu'ai-je fait ? Je suis désolée, Martin.* Mais elle savait qu'elle ne le serait plus une fois arrivée chez elle et désormais, chez elle, c'était Amsterdam.

Février

Robert venait de terminer la visite de la partie ouest du cimetière de Highgate qu'il avait spécialement organisée pour des antiquaires de Hambourg. Il attendait devant l'entrée principale que le groupe ait fini d'acheter des cartes postales et récupéré ses affaires pour fermer. En hiver, il n'y avait pas de visite guidée en semaine. Robert aimait la tranquillité et le train-train quotidien de ces journées.

Les antiquaires sortirent de l'ancienne chapelle anglicane qui abritait la boutique de souvenirs. Robert agita la boîte en plastique verte destinée à la quête et ils y déposèrent de la monnaie. Cette petite transaction l'embarrassait toujours, mais comme le cimetière ne payait pas la TVA sur les dons, chacun à Highgate brandissait sa sébile avec tout l'enthousiasme dont il pouvait faire preuve. Il veilla au départ des Allemands avec le sourire, agita la main en signe d'au revoir, puis tourna la vieille clé dans la serrure massive du portail.

Une fois revenu dans son bureau, il plaça la clé et la boîte sur la table. Felicity, la responsable administrative, renversa la boîte et contempla le résultat de la quête d'un air réjoui. « Pas mal pour un mercredi sinistre », commenta-t-elle. Elle tendit la main. « Et le talkie-walkie ? »

Robert tapota la poche de son imperméable. « Je le rapporterai.

— Vous sortez ? Il commence à pleuvoir.

— Juste un petit tour.

— Molly est à la grille, de l'autre côté. Vous pouvez lui remettre ceci ?

— Entendu. »

Robert saisit les brochures que lui tendait Felicity et attrapa un parapluie dans le porte-parapluie en bas de l'escalier. Une fois dehors, il traversa Swain's Lane. Molly, une femme menue d'un certain âge, vêtue d'un treillis vert et d'un anorak, était assise sur une chaise pliante à l'intérieur du mausolée des Strathcona and Mount Royal, le bel édifice de granit rose qui se dressait près de l'entrée est du cimetière. Les yeux plissés dans la pénombre, elle prit les brochures des mains de Robert et les déposa dans le petit présentoir à côté d'elle. Karl Marx était représenté sur la couverture. Avec George Eliot, il était l'attraction vedette parmi les morts célèbres de cette partie du cimetière.

« Vous voulez rentrer et vous réchauffer un peu ? demanda Robert.

— Ça va, j'ai mon petit radiateur. » Molly parlait lentement, avec une voix rauque et un léger accent australien. « Vous avez fait votre visite ?

— Non, juste le tour guidé.

— Alors, allez-y. »

Tout en retraversant Swain's Lane, Robert songea à la façon dont Molly avait parlé de « sa visite », comme si celle-ci faisait désormais partie du programme quotidien officiel du cimetière. C'était peut-être le cas, d'ailleurs. Le personnel avait fait de la place pour sa peine, comme si celle-ci était quelque chose de tangible. À l'extérieur, son chagrin écartait plutôt les gens de lui, mais au cimetière tous étaient habitués au deuil. Ils adoptaient envers la mort une attitude pragmatique que Robert n'avait jamais eu l'occasion d'apprécier jusqu'à aujourd'hui.

Le crachin se changea en pluie au moment où il approchait du mausolée d'Elspeth. Il ouvrit son parapluie et s'assit sur les marches, la tête appuyée à la porte, les yeux clos. Un peu moins d'une heure plus tôt, lors de sa visite guidée, il était venu par ici avec son groupe de visiteurs tout en parlant des veillées funèbres et des précautions extrêmes que l'on prenait à l'époque victorienne de peur d'être enterré vivant. Il aurait aimé que le tombeau des Noblin ne soit pas situé sur l'un des chemins principaux ; il était très dur pour lui de devoir passer avec son troupeau de touristes devant le petit édifice sur lequel était gravé le nom d'Elspeth. Lorsque le mausolée n'abritait encore que les restes des membres de sa famille, cela ne l'avait pas gêné, car il ne les avait jamais rencontrés. Pour la première fois, il comprenait pourquoi Jessica était si intransigeante à propos du décorum dans le cimetière, alors que jusque-là, il avait eu tendance à la chambrer à ce sujet. Jessica considérait que l'important, dans le cimetière de Highgate, n'était ni les visites guidées, ni les monuments, ni le surnaturel, l'ambiance ou les particularités morbides des victoriens, mais les morts et les propriétaires de sépultures. Robert travaillait sur l'histoire du cimetière et les rites funéraires de l'époque victorienne pour sa thèse de doctorat, tranquillement, sans se presser, mais Jessica, avec son sens de l'efficacité, lui avait déclaré tout de go : « Si vous devez faire toutes ces recherches, pourquoi ne pas vous rendre utile ? » C'est ainsi qu'il avait effectué ces visites guidées. Il découvrit alors qu'il préférait de beaucoup le cimetière lui-même à tout ce qu'il pouvait écrire dessus.

Robert se recueillit. La pierre des marches, froide et humide, était concave, et ses genoux lui arrivaient presque à l'épaule. « Bonjour, mon amour », dit-il. Puis, conscient comme chaque fois de l'absurdité de parler à haute voix à un tombeau, il poursuivit en silence : *Je suis ici. Et toi, où es-tu ?* Il s'imagina Elspeth assise à l'intérieur comme une sainte dans son ermitage et le considérant derrière la petite grille, le sourire aux lèvres. *Elspeth ?*

Elle avait toujours eu le sommeil agité. De son vivant, elle se tournait et se retournait, tirait les couvertures à elle. Quand elle dormait seule, elle occupait tout le matelas, marquant son territoire avec ses bras et ses jambes écartés. Quand elle dormait avec Robert, il était souvent réveillé par un coup de coude ou de genou, ou par les mouvements désordonnés de ses jambes. « Un de ces jours, tu vas me fracturer le nez », lui avait-il dit une fois, et elle avait admis qu'elle était une compagne de lit dangereuse. « Je te présente mes excuses à l'avance », avait-elle dit en déposant un baiser sur le nez en question. « En fait, ça t'irait bien, le nez cassé, ça te donnerait un côté voyou tout à fait glamour. »

Maintenant, il n'y avait plus que le calme. Il aurait pu franchir l'obstacle de la porte ; outre la clé conservée dans le bureau du cimetière, un double se trouvait chez Elspeth. Elspeth dont le corps était enfermé dans une boîte à quelques pas de lui. Il préférait ne pas imaginer à quoi il pouvait ressembler au bout de trois mois.

Il fut de nouveau frappé par le caractère définitif de ce qui était arrivé, concrétisé par le silence de la petite pièce derrière lui. *J'ai quelque chose à te dire. Tu m'écoutes ?* Quand Elspeth vivait encore, il ne s'était jamais rendu compte qu'en fait un événement ne s'était pas vraiment produit tant qu'il ne l'avait pas rapporté à Elspeth.

Roche a envoyé hier la lettre à Julia et à Valentina. Robert imagina la lettre voyageant entre l'office notarial de Hampstead et Lake Forest, dans l'Illinois, États-Unis, avant d'être glissée dans la boîte du 99, Pembridge Road puis retirée par l'une des jumelles, qui la regardait d'un air intrigué. C'était une épaisse enveloppe couleur crème, avec comme adresse d'expéditeur « Roche, Elderidge, Potts et Lefley, notaires associés », gravée en noir brillant, et le nom et l'adresse des jumelles tracés d'une écriture maladroite par la vieille secrétaire de Roche, Constance. *Cette histoire me rend nerveux, Elspeth. Je me sentirais mieux si tu avais rencontré ces jeunes filles. Sans avoir à vivre avec elles, qui sait si elles ne sont pas épouvantables ? Et que se passera-t-il si elles se contentent de vendre l'appartement à quelqu'un d'épouvantable ?* Mais il éprouvait de la curiosité envers les jumelles et il avait confiance, de manière assez irrationnelle, dans l'expérience que tentait Elspeth. « Je peux tout te laisser, avait-elle dit. Ou tout laisser aux filles.

— Choisis les filles. Moi, j'ai largement ce qu'il me faut.

— Entendu. Mais qu'est-ce que je peux te donner ? »

Ils étaient assis sur son lit d'hôpital. Elle venait de subir l'ablation de la rate et elle avait de la fièvre. Le plateau de son dîner était posé sur la table de nuit, intact. Il lui massait les pieds avec une huile tiède et parfumée. « Je ne sais pas, Elspeth. Peux-tu faire en sorte de te réincarner ?

— Il paraît qu'on a du mal à distinguer les jumelles l'une de l'autre. » Elspeth sourit. « Je vais les faire venir vivre dans l'appartement si elles le souhaitent. Disons que je te laisse les jumelles ? »

Robert lui rendit son sourire. « Ça pourrait tourner au vinaigre. Être franchement pénible.

— Comment savoir si tu n'essaies pas ? Mais je tiens à te laisser quelque chose.

— Une mèche de cheveux ?

— Mon Dieu, il ne reste plus grand-chose des miens, dit-elle en passant ses doigts dans ses frisottis duveteux et grisonnants. On aurait dû en couper une quand j'avais encore ma vraie chevelure. » Avant sa maladie, Elspeth avait des cheveux blond pâle, longs et ondulés.

Robert secoua la tête. « Aucune importance. Je veux quelque chose de toi.

— Comme à l'époque de la reine Victoria ? Dommage qu'ils ne soient pas plus longs, tu aurais pu en faire des boucles d'oreilles, ou une broche. » Elle éclata de rire. « Tu pourrais me cloner. »

Il fit semblant de considérer cette éventualité. « Je n'ai pas l'impression que le clonage soit parfaitement au point. Tu pourrais te retrouver monstrueusement obèse, ou avec des nageoires, ou je ne sais quoi. Sans compter qu'il faudrait que j'attende que tu grandisses et à ce moment-là, je serais en maison de retraite et tu ne voudrais plus de moi.

— Mieux vaut miser sur les jumelles. Elles ont cinquante pour cent de moi et cinquante pour cent de Jack. Et j'ai vu des photos, on ne retrouve pas grand-chose de lui en elles.

— Comment as-tu eu des photos des jumelles ? »

Elspeth couvrit sa bouche avec sa main. « Par Edie, en fait. Mais n'en parle à personne.

— Depuis quand es-tu en contact avec Edie ? demanda Robert. Je croyais que tu détestais Edie.

— Détester Edie ? » Elspeth semblait atterrée. « Non, j'étais furieuse contre Edie et je le suis toujours. Mais je ne l'ai jamais détestée. Cela aurait été comme me haïr moi-même. Elle a juste… elle a fait quelque chose de stupide qui a bousillé notre vie. Mais elle est toujours ma sœur jumelle. » Elle marqua une hésitation, avant de poursuivre : « Je lui ai écrit il y a à peu près un an, à l'époque du premier diagnostic. J'ai pensé qu'elle devait être au courant.

— Tu ne m'en as rien dit.

— En effet. C'était une affaire personnelle. »

Robert savait que sa réaction était infantile, mais il se sentait vexé. Il ne répondit pas.

« Allons ! reprit-elle. Si ton père se manifestait, tu m'en parlerais ?

— Oui. »

Elspeth mit son pouce dans sa bouche et le mordilla. Auparavant, il trouvait ce geste très excitant sexuellement, mais maintenant, il n'était plus question de ça. « Oui, c'est vrai, tu m'en parlerais, admit-elle.

— Ça veut dire quoi, qu'elles ont cinquante pour cent de toi ? Ce sont les filles d'Edie.

— Bien sûr, mais comme Edie et moi sommes des jumelles identiques, c'est comme si ses enfants étaient les miens, sur le plan génétique.

— Mais tu ne les as même pas rencontrées !

— C'est si important que ça ? En fait, dans la mesure où tu n'as pas de jumeau, tu ne peux pas savoir ce que c'est. » Robert continuait à bouder. « Voyons, ne fais pas la tête », poursuivit-elle. Elle tenta de se mettre sur son séant, mais en fut empêchée par les tuyaux plantés dans ses bras. Avec douceur, Robert plaça une serviette sous ses pieds. Il essuya ses mains huileuses, se leva, puis s'assit de nouveau près d'elle au niveau de sa taille. Elspeth ne prenait presque pas de place. Il posa une main sur son oreiller, à côté de sa tête, et se pencha vers elle ; elle lui mit la main sur la joue. La peau d'Elspeth était râpeuse, on aurait dit du papier de verre ; il eut presque mal à son contact. Il tourna la tête et lui embrassa la paume. Ils avaient fait ces gestes mille fois auparavant.

« Je vais te donner mon journal, dit-elle d'une voix douce. Comme ça, tu connaîtras tous mes secrets. »

Par la suite, il se rendit compte qu'elle avait tout planifié. Mais sur le moment, il se contenta de répondre : « Confie-moi tes secrets dès maintenant. Ils sont si terribles que cela ?

— Épouvantables. Mais ce sont des secrets très anciens. Depuis que je t'ai rencontré, j'ai mené une vie exemplaire et chaste.

— Chaste ?

— Monogame, plus exactement.

— Ah bon ! » Il lui donna un petit baiser. Elle était plus fiévreuse. « Il faut que tu dormes, à présent.

— Tu me masses encore un peu ? » demanda-t-elle. On aurait cru une petite fille réclamant son histoire du soir. Il reprit sa place à ses pieds, versa un peu d'huile au creux de ses mains et la chauffa en frottant ses paumes l'une contre l'autre.

Elspeth soupira et ferma les yeux. « Hum, c'est sacrément bon », murmura-t-elle en arquant ses pieds.

Après cela, elle s'était endormie, et il était resté là, pensif.

Robert ouvrit les yeux. Le souvenir de la scène était si vivace qu'un instant il se demanda s'il ne s'était pas endormi, lui aussi. *Où es-tu, Elspeth ? Peut-être vis-tu seulement dans mon esprit, désormais.* Il considéra les tombes qui penchaient dangereusement de l'autre côté du chemin. L'une d'elles était encadrée par deux arbres qui, en poussant, l'avaient un peu soulevée du sol. Un renard passa furtivement à travers le lierre qui étouffait les tombes au-delà de l'allée centrale. Il vit Robert et fit une pause avant de disparaître dans les buissons. Robert entendit d'autres renards s'appeler, les uns tout près, les autres dans des parties plus éloignées du cimetière. C'était la saison des amours. Le jour déclinait. Il était transpercé jusqu'à l'os par le froid et l'humidité. Il se secoua.

« Bonne nuit, Elspeth. » Il se sentit idiot en prononçant ces mots. Il se mit sur ses pieds et reprit le chemin du bureau, avec la même sensation qu'il avait éprouvée à l'adolescence en découvrant qu'il ne parvenait plus à prier. Où que fût Elspeth, elle n'était pas là.

Les jumelles en miroir

Julia et Valentina Poole aimaient se lever de bonne heure. C'était plutôt étonnant, car elles n'avaient à aller ni en cours ni au travail, et étaient plutôt enclines à la paresse. Rien ne les obligeait à sortir du lit dès l'aube et à mettre en application le proverbe : « L'avenir est à ceux qui se lèvent tôt. »

En ce samedi de février, il ne faisait pas tout à fait jour. Dans la semi-obscurité, la couche de neige tombée durant la nuit avait des reflets bleutés. Les grands arbres qui bordaient Pembridge Road ployaient sous son poids. Lake Forest dormait encore. La maison de briques jaunes où les jumelles vivaient avec leurs parents était un nid douillet et paisible. La neige étouffait tous les bruits alentour.

Julia monta le chauffage tandis que Valentina préparait un chocolat chaud. Elle alla ensuite allumer la télévision dans la pièce à vivre, et lorsque sa sœur entra avec un plateau, elle manipulait la télécommande, à la recherche des chaînes qu'elles avaient envie de regarder. C'était toujours comme ça le samedi. Les jumelles aimaient cette régularité, même quand elles se sentaient incapables de la supporter plus longtemps.

Julia s'arrêta sur CNN. Le président Bush parlait à son conseiller, Karl Rove, dans une salle de réunion. « Trop nuls », dit Valentina, et toutes deux brandirent le majeur en direction de l'écran. Julia continua à zapper. Quand elle tomba sur leur émission de relooking déco préférée, elle monta le son, sans excès, pour ne pas réveiller leurs parents. Les deux sœurs s'installèrent sur le canapé, blotties l'une contre l'autre à côté de Mookie, leur vieux chat tigré. Elles remontèrent le plaid sur elles, entourèrent leur bol de leurs mains pour les réchauffer et se concentrèrent sur l'écran. Le samedi matin, elles étaient capables de regarder quatre rediffusions de l'émission à la suite.

« Regarde, des plans de travail en pierre à savon, dit Julia.

— Génial », murmura Valentina, fascinée.

La pièce, éclairée seulement par l'écran et la fenêtre de devant, était plongée dans la pénombre. Si la lumière avait été plus forte, elle aurait révélé la décoration agressive de la pièce à vivre, où le vert vif côtoyait le rouge à carreaux et où tout rappelait l'univers du golf. Le reste de la maison était aussi peu discret. Les meubles étaient rembourrés, recouverts de chintz, en métal brossé, en verre dépoli, ou encore peints dans des couleurs acidulées. Edie était décoratrice d'intérieur. Elle aimait exercer ses talents chez elle et Jack avait compris qu'il n'avait pas son mot à dire. Les jumelles estimaient que leur mère était championne du monde du mauvais goût. Cela restait toutefois à prouver, dans la mesure où la plupart des maisons de Lake Forest étaient décorées dans ce style, en plus cher. Julia et Valentina aimaient la pièce à vivre, car c'était la préférée de leur père, ce qui ne l'empêchait pas d'être hideuse. Jack se prêtait volontiers aux exigences de sa tribu, dans la mesure où elles n'empiétaient pas sur son confort.

Les jumelles elles-mêmes détonnaient dans cette maison, mais à vrai dire, elles avaient l'air bizarres partout où elles allaient.

En ce samedi d'hiver, elles avaient vingt ans. Julia était née six minutes avant Valentina, ce qui à ses yeux était très important. On l'imaginait fort bien en train de jouer des coudes pour être la première à venir au monde.

L'une et l'autre étaient pâles et très minces, de ce genre de minceur qui suscite l'inquiétude des mères et la jalousie des copines. Julia mesurait un mètre cinquante-six, Valentina quelques millimètres de moins. Toutes deux avaient des cheveux blond-blanc, coupés au carré en dessous des pommettes, avec des petites mèches ébouriffées autour du visage. Elles avaient un long cou, de petits seins, un ventre plat. On voyait leurs vertèbres, qui saillaient sous la peau. Souvent, on les prenait pour des gamines de douze ans sous-alimentées et elles auraient pu jouer le rôle d'orphelines du XIXe siècle dans un feuilleton télé. Elles avaient de grands yeux gris très écartés, un visage en forme de cœur, un nez délicatement retroussé, une grande bouche, des dents bien alignées. Toutes deux se rongeaient les ongles. Elles ne portaient pas de tatouages. Valentina se trouvait gauche et aurait aimé avoir l'aisance de Julia mais, en fait, il émanait d'elle une fragilité qui la rendait attirante.

On n'aurait su dire ce qui faisait d'elles des êtres à part. En les voyant ensemble, les gens étaient mal à l'aise sans trop savoir pourquoi. Valentina et Julia étaient des jumelles non seulement identiques, mais en miroir. Cette symétrie était aussi bien interne qu'externe. Ainsi, le petit grain de beauté que Julia avait à droite, près de la bouche, était situé à gauche chez Valentina. Valentina était gauchère, Julia droitière. Aucune des deux n'avait quoi que ce soit d'anormal en apparence, mais quand on regardait leurs radios, c'était surprenant : si Julia avait ses organes à la place habituelle, ceux de Valentina étaient inversés. Elle avait le cœur à droite, avec une inversion des ventricules et des cavités. Ces malformations cardiaques avaient nécessité une opération à la naissance et le chirurgien avait dû se servir d'un miroir pour retrouver ses repères. Valentina avait de l'asthme, Julia n'était que rarement enrhumée. Les empreintes digitales de Valentina étaient à quelque chose près l'inverse de celles de Julia (même les jumeaux identiques ont des empreintes légèrement différentes). Les jumelles étaient essentiellement une seule et même créature, entière, mais avec des éléments contradictoires.

Les jumelles regardaient avec attention l'émission, qui montrait la rénovation d'une gigantesque demeure au bord de l'Atlantique : ravalement, peinture, remplacement des bardeaux, réfection de la cheminée sur le toit, restauration des fenêtres en mansarde et de l'âtre.

Julia et Valentina aimaient les objets anciens. Leur chambre semblait être échappée d'une autre maison. À treize ans, elles avaient arraché le papier peint à fleurs, donné leurs peluches et leurs poupées à des œuvres de charité et transformé la pièce en musée. L'exposition actuelle consistait en une vieille cage à oiseaux bourrée de crucifix en plastique, posée sur une petite table entièrement recouverte de stickers Hello Kitty et protégée par un napperon au crochet. Tout le reste de la chambre était d'un blanc virginal.

Au-dehors, la neige se mit à tourbillonner, poussée par le vent. Le soleil s'était levé et la matinée s'annonçait éblouissante. Lorsque le générique de l'émission commença à défiler sur l'écran, les jumelles se redressèrent, s'étirèrent et éteignirent la télévision. Vêtues de leur robe de chambre cachemire à dessins, elles allèrent ensuite regarder par la fenêtre. Serafin Garcia, l'homme qui tondait leur gazon et débarrassait la neige depuis qu'elles étaient toutes petites, était en train de dégager l'allée. Il les vit et leur adressa un signe de la main. Elles lui rendirent son salut.

Elles perçurent quelques mouvements dans la chambre des parents, mais elles savaient qu'ils n'allaient pas se lever tout de suite pour autant. Edie et Jack aimaient faire la grasse matinée le week-end. La veille au soir, ils avaient assisté à une soirée de golfeurs à l'Onwentsia Club. Les jumelles les avaient entendus rentrer vers trois heures du matin. (« Ce devrait être l'inverse, tu ne crois pas ? C'est *eux* qui devraient s'inquiéter en attendant notre retour », avait dit Julia à Valentina, et ce n'était pas la première fois qu'elle faisait cette réflexion.) Les jumelles s'attaquèrent alors à l'activité suivante des samedis matin : la confection de pancakes pour le petit-déjeuner. Elles en firent suffisamment pour qu'Edie et Jack puissent en réchauffer au micro-ondes s'ils avaient faim quand ils se réveilleraient. Julia prépara la pâte. Valentina se chargea de la verser avec une louche sur la plaque chauffante. Elle resta à contempler les petits cercles dans lesquels des bulles d'air se formaient et éclataient, puis les retourna, un geste qu'elle adorait faire. Pendant ce temps, Julia s'occupait du café. Elles allèrent ensuite manger leurs pancakes, cinq chacune, sur l'îlot de cuisine, entre des pots de violettes africaines et un bocal à l'allure de gnome.

Après avoir fait la vaisselle, elles enfilèrent un jean et un sweat avec « Barat » inscrit dessus (c'était le nom de la fac locale ; les jumelles y étaient restées un semestre avant de laisser tomber, prétextant que c'était une perte de temps pour elles et d'argent pour leur père. C'était la troisième université où elles avaient été inscrites. Au départ, elles avaient été admises à Cornell, mais Julia avait cessé de suivre les cours au bout de quelques mois et quand on lui avait demandé de partir, Valentina était rentrée avec elle à la maison. Quant à l'université de l'Illinois, où elles avaient tenu un an, Julia refusait d'y retourner). Le facteur remontait l'allée. Il glissa le courrier dans la fente. Celui-ci atterrit sur le sol du vestibule avec un bruit mat. Les jumelles se précipitèrent.

Julia ramassa les enveloppes et les répartit sur la table de la salle à manger. « Tiens, il y en a une pour nous ! » Les jumelles recevaient rarement du courrier par voie postale. Leur correspondance s'effectuait par e-mails. Valentina prit l'épaisse enveloppe des mains de sa sœur, la soupesa, toucha le grain du papier, puis Julia la lui reprit. Elles échangèrent un regard. *Cela vient d'un office notarial. De Londres*. Elles n'étaient jamais allées à Londres. En fait, elles n'avaient jamais quitté les États-Unis. Leur mère était certes originaire de Londres, mais Edie et Jack n'en parlaient que rarement. Edie était devenue une vraie Américaine – au second degré, à vrai dire, car la banlieue de Chicago où vivait la famille Poole s'était toujours définie comme un « village anglais ». Néanmoins, les jumelles avaient remarqué que leur mère reprenait son accent britannique lorsqu'elle était en colère ou voulait impressionner quelqu'un.

« Ouvre-la », dit Valentina. Julia eut du mal à s'exécuter, car le papier était rigide. Elle s'approcha de la fenêtre, sa sœur sur ses talons. Valentina resta derrière elle, le menton posé sur l'épaule de Julia, les bras autour de sa taille. Dans cette position, les jumelles ressemblaient à une jeune fille à deux têtes. Julia éleva un peu la lettre, afin que sa sœur puisse lire en même temps qu'elle.

Julia et Valentina Poole
99 Pembridge Road
Lake Forest, IL 60035 USA

Mesdemoiselles,

J'ai le regret de vous informer du décès de votre tante, Elspeth Alice Noblin. Bien qu'elle ne vous ait jamais rencontrées, elle a tenu à assurer votre bien-être et c'est dans cette intention qu'au mois de septembre dernier, se sachant condamnée à brève échéance par sa maladie, elle a rédigé un nouveau testament. Vous trouverez ci-joint un exemplaire de ce document, qui fait de vous ses légataires universelles. Cela signifie qu'elle vous lègue ses biens dans leur totalité, exception faite de quelques legs mineurs envers des amis et des œuvres de charité. Vous aurez la jouissance de cet héritage lorsque vous atteindrez l'âge de vingt et un ans.

Ce legs est soumis aux conditions suivantes :

1/ Mrs. Noblin possédait un appartement à Londres, sis Vautravers Mews, Highgate, N6. Il côtoie le cimetière de Highgate, dans Highgate Village, un quartier de Londres particulièrement agréable. Elle vous le lègue à condition que vous l'habitiez toutes deux pendant un an, période à l'issue de laquelle vous pourrez le vendre si vous le souhaitez.

2/ Le legs, dans son intégralité, est soumis à la condition qu'aucune partie ne serve à l'usage de la sœur de Mrs. Noblin, Edwina, ou de l'époux de celle-ci, Jack, vos parents. Par ailleurs, Edwina et Jack Poole ne pourront en aucun cas mettre le pied dans l'appartement, ni en inspecter le contenu.

Je vous prie de me faire savoir si vous acceptez l'héritage de Mrs. Noblin dans les conditions énoncées. Je suis bien entendu à votre disposition pour répondre à toutes les questions que vous pourriez vous poser à ce sujet.

L'exécuteur testamentaire de Mrs. Noblin est Mr. Robert Fanshaw. Il sera votre voisin si vous acceptez l'héritage, car il habite l'appartement en dessous du sien. Mr. Fanshaw pourra également vous communiquer toutes les informations que vous jugeriez souhaitables concernant le bien.

Veuillez recevoir, Mesdemoiselles, l'assurance de mes sentiments distingués.

Xavier Roche
Roche, Elderidge, Potts and Lefley LLP, notaires
54D Hampstead High Street
Hampstead, Londres, NW3 IQA

Les jumelles se regardèrent, puis Julia passa à la page suivante. L'écriture ressemblait étrangement à celle d'Edie.

Chère Julia, chère Valentina,

Bonjour ! J'espérais faire un jour votre connaissance, mais cela ne va pas être possible. Vous devez vous demander pourquoi je vous laisse ce que je possède, à vous et non pas à votre mère. La raison principale, c'est que je mets beaucoup d'espoir en vous. Je me demande ce que vous allez en faire. Ce devrait être intéressant, voire amusant.

Votre mère et moi sommes brouillées depuis vingt et un ans. Elle pourra vous en parler si elle le souhaite. Peut-être trouverez-vous les conditions de mon testament un peu sévères, mais vous devrez décider par vous-mêmes si vous les acceptez. Soyez persuadées que je ne tente pas de semer la discorde dans votre famille. Je cherche seulement à préserver mon histoire personnelle. J'ai commencé à avoir l'impression que je disparais peu à peu : c'est l'un des aspects pénibles de l'approche de la mort. L'autre fait pénible, c'est que je ne serai pas là pour voir ce qui va se passer.

J'espère que vous accepterez. L'idée que vous puissiez habiter chez moi me ravit. Je ne sais si cela peut entrer en ligne de compte, mais l'appartement est grand, plein de bouquins intéressants, et Londres est une ville merveilleuse pour y vivre (quoique chère, j'en ai peur). Votre mère me dit que vous avez abandonné vos études, mais que vous êtes autodidactes : si tel est le cas, vous apprécierez la vie londonienne.

Quel que soit votre choix, je vous souhaite beaucoup de bonheur.

Avec mon affection,

Elspeth Noblin

Il y avait d'autres papiers, mais Julia posa la liasse et se mit à marcher de long en large. Valentina se jucha sur le dossier d'un fauteuil et regarda sa sœur contourner la table basse, puis le canapé, et enfin la table de la salle à manger dont elle fit le tour à plusieurs reprises. *Londres*, pensait-elle, *Londres*. C'était une pensée ample et sombre ; le mot ressemblait à un énorme chien noir. Julia s'arrêta. Elle se tourna vers Valentina et lui sourit. « On dirait un conte de fées, dit-elle.

— Ou un film d'horreur avec nous deux dans le rôle des ingénues. »

Julia approuva d'un signe de tête et se remit en marche. « D'abord, se débarrasser des parents. Ensuite, attirer les innocentes héroïnes vers la vieille maison hantée…

— Ce n'est qu'un appartement !

— Aucune importance. Et là…

— Des tueurs en série.

— La traite des Blanches…

— La tuberculose…

— On ne meurt plus de la tuberculose aujourd'hui.

— Si, dans le tiers-monde.

— En Angleterre, ils ont la Sécurité sociale. »

Valentina prit un air pensif. « Ça ne va pas plaire aux parents.

— J'en ai bien peur. » Julia passa la main sur la table et découvrit quelques miettes. Elle alla chercher un chiffon humide dans la cuisine, puis nettoya la surface du meuble.

« Qu'est-ce qui se passe si on refuse ? demanda Valentina.

— Je n'en sais rien. Ce doit être écrit quelque part dans la lettre. » Julia se tut quelques instants. « Tu ne penses pas sérieusement à refuser ? reprit-elle. C'est exactement ce dont on a toujours rêvé ! »

« De quoi parlez-vous, mes chéries ? »

Edie se tenait sous l'arcade qui séparait le séjour du vestibule. Les yeux plissés, les cheveux en bataille, elle avait l'allure chiffonnée. Ses joues étaient rose vif, comme si quelqu'un venait de les lui pincer.

« On a reçu une lettre », répondit Julia. Valentina la tendit à sa mère. Edie prit connaissance du nom de l'expéditeur et déclara : « Il me faut un bon café d'abord. » Pendant que Valentina allait lui en chercher une tasse, elle ajouta à l'intention de Julia : « Va réveiller ton père, tu veux ?

— Eh bien…

— Dis-lui que c'est moi qui te l'ai demandé. »

Julia s'exécuta. Valentina l'entendit hurler « Paaaa-paaa ! » en ouvrant à la volée la porte de la chambre des parents. *Charmant*, se dit-elle. *Pourquoi ne pas utiliser tout simplement un pic à glace ?* Edie se lança à la recherche de ses lunettes. Lorsque Jack entra d'un pas traînant dans le séjour, elle avait déjà lu les premières pages du courrier et entamait la lecture du testament.

Jack Poole avait été un bel homme, dans le genre sain et sportif. Il avait maintenant une superbe mèche grise dans ses cheveux noirs, qu'il portait plus longs que les autres employés de la banque. Il dominait de sa haute taille ses filles et son épouse, toutes trois petites. Avec les années, ses traits s'étaient durcis et il avait pris du ventre. Dans la mesure où il était la plupart du temps en costume, il aimait passer le week-end dans une tenue très décontractée. Ce matin-là, il s'était enveloppé dans un vieux peignoir marron, les pieds enfouis dans d'énormes pantoufles en peau de mouton.

« Fee, fi, fo, fum », dit Jack. Ces paroles extraites de *Jack et le haricot magique* remontaient à la petite enfance des jumelles ; en l'occurrence, cela signifiait quelque chose comme *Allez me chercher du café en vitesse ou je vous mange toutes crues*. Julia versa le breuvage dans une tasse, qu'elle plaça devant son père. « Bon, je suis levé, maintenant, dit Jack. Qu'est-ce qui brûle ?

— Il s'agit d'Elspeth, répondit Edie. Elle ne se contente pas de leur léguer ça, elle les éloigne de nous.

— Comment ça ? » Il tendit la main et Edie lui remit une partie de la lettre. Côte à côte, tous deux se plongèrent dans leur lecture.

« Quelle garce rancunière ! » déclara Jack sans manifester de surprise ou d'émotion. Les jumelles s'assirent à la table et dévisagèrent leurs parents. *Que s'est-il passé ? Pourquoi tante Elspeth les haïssait-elle ? Pourquoi la haïssent-ils ?* Elles se regardèrent, les yeux écarquillés. *On va le découvrir.* Jack finit de lire et fouilla dans la poche de sa robe de chambre, à la recherche de ses cigarettes et de son briquet. Il les plaça sur la table avec un signe de tête interrogateur à l'intention de Valentina, qui fronça les sourcils en retour. Il se contenta donc de poser la main sur le paquet, comme pour s'assurer de sa présence. Valentina sortit son inhalateur d'une poche de son sweatshirt, le déposa sur la table et sourit à son père.

« Si vous refusez, le plus gros de l'héritage ira à des œuvres de charité », dit Edie en jetant un coup d'œil à Valentina, et les jumelles se demandèrent ce qu'elle avait pu surprendre de leur conversation. Elle était plongée dans la lecture d'un codicille du testament. Il spécifiait qu'un certain Robert Fanshaw devrait débarrasser l'appartement de tous les documents personnels, y compris les journaux intimes, lettres et photographies, et que ces documents lui revenaient. Edie se demanda qui était cet homme dont sa sœur avait fait le gardien de leur histoire. *Le plus important, néanmoins, c'est qu'elle a veillé à ce que ces papiers ne soient plus dans l'appartement à l'arrivée des filles.* C'était ce qu'Edie avait craint le plus : que les jumelles tombent sur les preuves qu'Elspeth aurait pu laisser.

Jack reposa la lettre d'Elspeth sur la table. Il s'appuya au dossier de sa chaise et considéra son épouse. Edie tenait le testament à bout de bras et le relisait en louchant un peu. *Tu ne parais pas plus surprise que cela, ma chérie*, pensa-t-il. Il observa ensuite Julia et Valentina, qui regardaient Edie en train de lire. Julia avait l'air ravie, Valentina semblait anxieuse. Jack soupira. Il avait tenté de pousser ses filles hors de la maison pour qu'elles soient confrontées au monde réel, mais le monde auquel il songeait était celui de l'université, de préférence un établissement prestigieux. Elles avaient obtenu un excellent score au test d'aptitude, même si leurs notes étaient très inégales et si actuellement leur relevé de notes aurait fait réfléchir plus d'un doyen des admissions. Il imaginait Julia et Valentina confortablement installées à Harvard ou à Yale, à défaut à Sarah Lawrence, voire à Bennington. Le regard de Valentina croisa le sien ; elle sourit et haussa imperceptiblement ses sourcils à peine visibles. Jack songea à Elspeth telle qu'il l'avait vue pour la dernière fois, faisant la queue en larmes à l'aéroport. *Vous n'avez aucun souvenir d'elle, les filles. Vous ignorez de quoi elle était capable.* À la mort d'Elspeth, il avait été soulagé. *Je ne me doutais pas que tu avais encore quelques tours dans ta manche, Miss Noblin.* Il n'avait jamais manqué de la sous-estimer. Il se leva, ramassa ses cigarettes et son briquet, et se dirigea vers son bureau. Une fois la porte fermée, il s'y adossa et alluma une cigarette. *Enfin, tu es morte.* Il avala la fumée et la rejeta lentement par les narines. *Au cours d'une vie, c'est assez d'avoir affaire à l'une des sœurs Noblin.* Il considérait que, finalement, il s'était retrouvé avec la bonne jumelle et qu'il pouvait s'en réjouir. Jack continua à fumer, tout en réfléchissant à la tournure différente que les choses auraient pu avoir prise. Lorsqu'il regagna le séjour, il se sentit plus sûr de lui, presque enjoué. *Merveilleuse substance, la nicotine.*

Edie était appuyée au dossier de sa chaise. Les coudes posés sur la table, le menton dans les mains, les jumelles étaient penchées en avant, Valentina légèrement inclinée sur le côté. « Mais on ne l'a jamais rencontrée, dit Julia. Pourquoi nous lègue-t-elle quelque chose et pas à toi ? »

Edie se tut, tandis que Jack prenait une chaise et s'asseyait. « Comment ça se fait que vous ne nous ayez jamais emmenées à Londres ? poursuivit Julia.

— Je vous y ai emmenées quand vous aviez quatre mois, répondit Edie. Elspeth vous a vues, ainsi que votre grand-mère, qui est morte un peu plus tard cette année-là.

— Vraiment ? »

Edie se leva et se dirigea vers sa chambre. Pendant son absence, Valentina demanda : « Toi aussi, papa, tu y es allé ?

— Non. Je n'étais pas vraiment le bienvenu là-bas à cette période.

— Oh ! » *Pourquoi donc ?*

Edie revint dans la pièce, deux passeports américains à la main. Elle tendit l'un à Julia, l'autre à Valentina. Les jumelles les ouvrirent, découvrirent leur photo. *Ça fait un drôle d'effet de se voir bébé là-dessus.* Les cachets mentionnaient : Aéroport d'Heathrow, 27 avril 1984, et Aéroport international O'Hare, 30 juin 1984. Elles échangèrent les documents et comparèrent les photos. S'il n'y avait eu leur prénom, il aurait été impossible de distinguer une jumelle de l'autre. *On ressemble à des pommes de terre avec des yeux*, se dit Julia.

Les jumelles reposèrent les passeports sur la table et se tournèrent vers Edie. Le cœur d'Edie battait à tout rompre. *Vous ne pouvez pas savoir. Ne me posez pas de questions. Cela ne vous regarde pas. Laissez-moi tranquille. Laissez-moi.* Elle leur rendit leur regard, le visage impassible. « Pourquoi ne t'a-t-elle pas légué cet appartement, maman ? » interrogea à son tour Valentina.

Edie jeta un coup d'œil à Jack. « Je l'ignore. C'est son choix.

— Votre mère n'a pas envie d'en parler », déclara Jack. Il rassembla les feuilles éparpillées sur la table et les tendit à Julia. « Qu'est-ce qu'il y a au petit-déjeuner, les filles ? demanda-t-il en repoussant sa chaise.

— Des pancakes », répondit Valentina. Tout le monde se leva et chacun s'efforça de vaquer à ses occupations matinales. Edie reprit du café et le but en tenant sa tasse à deux mains pour lui éviter de trembler. *Elle a peur*, se dit Valentina. C'était aussi son cas. Julia emprunta le couloir en esquissant quelques pas de danse, le testament brandi au-dessus de sa tête comme si elle traversait une rivière en crue. Elle entra dans sa chambre et referma la porte sur elle. Puis elle sautilla sur l'épaisse moquette, les deux poings levés, en s'exclamant à mi-voix : *Oui, oui, oui !*

Les jumelles couchèrent cette nuit-là dans le lit de Julia, face à face, leurs pieds se touchant. Le lit de Valentina resta inoccupé. Une vague odeur d'algues marines et de parfum douceâtre émanait d'elles : elles essayaient un nouveau lait pour le corps. Dans le silence, elles entendaient les petits craquements de la maison. Leur chambre était éclairée par les bougies bleues de Hanoukka qu'elles avaient attachées aux têtes de lit en fer forgé.

Julia ouvrit les yeux et vit sa sœur qui la regardait. « Hello, Mouse ! » lança-t-elle. L'air craintif, Valentina méritait plus que jamais son surnom de *Mouse*, « petite souris ».

« J'ai peur, Julia.

— Je sais.

— Pas toi ?

— Non. »

Valentina ferma les yeux. *Non, évidemment.*

« Ça va être génial, Mouse. On aura notre appartement. Et pas besoin de travailler, du moins pendant un certain temps. Tu te rends compte ? À nous la liberté !

— La liberté pour quoi faire, exactement ? »

Julia se retourna sur le dos. *Par pitié, Mouse, ne rentre pas dans ton trou !* « Écoute, on sera là-bas, toi et moi. Le reste n'a pas d'importance.

— Je croyais qu'on devait retourner à la fac. Tu avais promis.

— On ira à Londres.

— Mais ce sera dans un an ! »

Julia ne répondit pas. Valentina contempla l'oreille de sa jumelle. Dans la pénombre, cet organe ressemblait à un mystérieux petit tunnel conduisant dans le cerveau de Julia. *Si j'étais minuscule, je m'y introduirais et je te dirais ce que tu dois faire. Du coup, tu croirais que c'est ton idée.*

« Ce n'est que pour une année, dit enfin Julia. Si l'on ne se plaît pas là-bas, on vend et on revient. »

Elle prit la main de sa sœur et entrecroisa leurs doigts. « Il faut qu'on se prépare. Pas question de ressembler à ces Américains abrutis qui, en Europe, ne fréquentent que les McDonald's et refusent de parler la langue du pays.

— Mais ils parlent la même langue que nous, en Angleterre.

— Tu sais bien ce que je veux dire, Mouse. Il y a pas mal de choses à apprendre.

— D'accord. »

Elles se replacèrent côte à côte, main dans la main, épaule contre épaule. *Peut-être qu'à Londres nous pourrons avoir un plus grand lit*, pensa Valentina. Julia, les yeux fixés sur l'affreuse suspension pendue au plafond, passait en revue tout ce dont elles auraient à prendre connaissance : les taux de change, les vaccinations, le football, la famille royale…

Valentina songeait à l'oreille de sa sœur. Si elle pressait la sienne, qui était exactement l'inverse, contre celle de Julia et captait un son, ce son oscillerait-il sans fin entre l'une et l'autre, perdu et solitaire ? *L'entendrais-je à l'envers ? Et si c'était un son de Londres, par exemple le bruit des voitures circulant du côté gauche de la rue ? Peut-être que je l'entendrais à l'endroit et que Julia l'entendrait à l'envers ? Peut-être qu'à Londres tout sera le contraire d'ici... Que j'agirai comme je voudrai, sans qu'on me dise ce que j'ai à faire...* Elle écoutait le bruit de la respiration de Julia. Elle essaya d'imaginer ce qu'elle ferait si elle était seule, autonome. Mais cela ne lui était jamais arrivé. Elle s'efforça d'envisager un plan, puis finit par abandonner, épuisée.

Allongée dans le lit, Edie attendait que Jack s'endorme. D'habitude, elle essayait de sombrer dans le sommeil avant lui, car il ronflait, mais ce soir, les idées tournaient dans sa tête et elle savait qu'elle n'y arriverait pas. Finalement, elle se tourna sur le côté et se retrouva face à lui. Il la regardait.

« Ça se passera bien, dit-il. Elles sont déjà parties de la maison et il n'y a pas eu de problème.

— Ce n'est pas pareil.

— Parce qu'il s'agit d'Elspeth ?

— Peut-être, répondit Edie. Ou alors... C'est tellement loin, en fait. Je n'ai pas envie de les savoir là-bas. »

Jack passa son bras autour de la taille de sa femme et elle se blottit contre lui. *Je suis en sécurité. Je suis en sécurité ici.* Jack était son abri antiatomique, son bouclier humain. « Tu te souviens quand elles étudiaient à Cornell ? dit-il. On avait la maison pour nous seuls. C'était super.

— Oui. » Cela avait été une révélation : la vie conjugale sans les enfants était un bonheur. Du moins pendant quelque temps.

« Elles ont vingt ans, Edie. Il y a longtemps qu'elles auraient dû voler de leurs propres ailes. On aurait dû les envoyer chacune dans une université différente. »

Elle soupira. *Tu ne comprends pas*. « C'est trop tard. Elspeth nous a coupé l'herbe sous le pied.

— Elle nous a peut-être rendu service. »

Edie ne répondit pas et Jack reprit : « Quand tu avais leur âge, il te tardait d'être indépendante, si ma mémoire est bonne.

— Ce n'était pas la même chose. »

Il attendit qu'elle poursuive, mais elle se tut et il demanda, sur un ton empreint de douceur : « Pourquoi, Edie ? Pourquoi n'était-ce pas la même chose ? » Elle resta silencieuse, les yeux clos. « Tu pourrais me le dire », ajouta-t-il.

Elle ouvrit les yeux et lui sourit. « Il n'y a rien à dire, Jack. » Elle se tourna de l'autre côté. « Essayons de dormir. »

On y était presque, pensa-t-il, sans savoir s'il était déçu ou soulagé. « Entendu », acquiesça-t-il. Ils restèrent allongés un long moment, chacun écoutant la respiration de l'autre, jusqu'au moment où Jack se mit à ronfler et où Edie se retrouva seule avec ses pensées.

À l'eau de Javel

L'invention de l'Internet avait permis à Martin de se couper du monde extérieur. Ou plus exactement, Internet lui avait donné les moyens de réduire le monde extérieur au rôle de dispositif d'assistance à son monde à lui, celui qui s'épanouissait dans son appartement.

Martin ne s'attendait pas à ce que Marijke le quitte. Pendant presque vingt-cinq ans, elle avait accepté ses rituels, s'était faite la complice de ses compulsions de plus en plus contraignantes. Il ne comprenait pas pourquoi elle partait maintenant. « Tu es comme un vilain petit animal de compagnie, lui avait-elle dit, un écureuil humain qui ne sort jamais et passe ses jours et ses nuits à l'intérieur à tourner en rond. Je veux pouvoir ouvrir les fenêtres. Je veux pouvoir rentrer chez moi sans m'envelopper les pieds dans des sacs en plastique. » Ils étaient alors dans la cuisine. Les fenêtres étaient calfeutrées par des journaux et du ruban adhésif, et tous deux étaient en socquettes protégées par des sacs en plastique. Martin n'avait rien à répondre : il ne disposait d'aucun argument qui puisse lui permettre de contrer l'affirmation de Marijke. Il était un écureuil humain, effectivement, il ne l'ignorait pas. Mais qui veillerait sur lui si elle s'en allait ? « Tu as cinquante-trois ans, des diplômes, un téléphone et un ordinateur. Tu te débrouilleras parfaitement. Robert descendra les poubelles si tu le lui demandes. » Deux jours plus tard, elle était partie.

Elle lui avait laissé des plats surgelés pour une quinzaine de jours et une liste de sites Web et de numéros de téléphone. L'épicerie et les produits de nettoyage étaient livrés par Sainsbury, Marks and Spencer envoyait ses chaussettes et ses pantalons. Robert postait son courrier et descendait les poubelles.

Finalement, c'était vivable. Il n'avait pas à se soucier de plaire à quelqu'un. Marijke lui manquait beaucoup, mais il ne regrettait en rien ses regards lourds de reproche, ses soupirs appuyés, sa façon de lever les yeux au ciel quand il lui demandait de ressortir d'une pièce et d'y entrer de nouveau parce que la première fois elle n'avait pas mis le bon pied devant. Elle n'était pas là pour froncer les sourcils quand il commandait cinq mille paires de gants de chirurgien en latex sur Internet. Tant qu'il y était, il en avait profité pour acheter un tensiomètre, un masque à gaz et un treillis camouflage désert des surplus de l'armée, qui, d'après le site, était capable de résister à des armes chimiques.

Il y avait de bonnes affaires à réaliser. Sur un autre site, il avait commandé quatre bidons de cinquante litres d'eau de Javel. Ce qui conduisit Robert à sa porte.

« Martin, un type est en bas avec une quantité industrielle de Javel. Il dit que vous l'avez commandée et qu'il lui faut une signature. Vous croyez que c'est prudent d'en avoir autant dans la maison ? Il y a des avertissements partout sur les bidons, avec des pictogrammes effrayants, comme de la fumée qui sort des mains. Vous êtes sûr que c'est une bonne idée ? »

Pour Martin, c'était une excellente idée ; il était toujours à court d'eau de Javel. Il se borna à répondre à Robert qu'il ferait très attention et qu'il le remerciait de bien vouloir la laisser dans la cuisine.

Plus Martin se plongeait dans l'univers du cyberespace, plus il prenait conscience qu'il pouvait commander et se faire livrer par ce biais, moyennant finance, tout ce qu'il voulait. Des pizzas, des cigarettes, de la bière, des œufs de poules élevées en plein air, le *Guardian*, des timbres, des ampoules, du lait et ainsi de suite. Sur le site d'Amazon, il commanda quantité de livres, qui ne tardèrent pas à s'accumuler dans des cartons à l'entrée, sans qu'il les ait déballés. Il fut ravi de découvrir que Stanfords, la boutique de cartes géographiques sur Long Acre où il aimait aller flâner autrefois, avait un site. Bientôt, les cartes arrivèrent, avec des guides de voyage sur des pays où il n'était jamais allé. Sur sa lancée, il commanda tout ce qu'il y avait sur Amsterdam et couvrit les murs de sa chambre avec des plans de la ville. Il y traça ce qu'il imaginait être les itinéraires de Marijke, supposant, à juste titre, mais sans le savoir, qu'elle devait habiter dans le quartier du Jordan. Il lui inventa un quotidien et l'accompagna par la pensée au cours de ses trajets en bicyclette le long des canaux et de ses achats de légumes bizarres qu'il refusait de consommer, comme du fenouil, des artichauts de Jérusalem, de la roquette. Pour lui, ce n'était pas de la nourriture. Il se nourrissait de toasts, d'œufs, de pommes de terre, de côtelettes, de curry, de riz, de pizzas, de bière et de thé, et avait un faible pour les puddings.

Mais dans son imagination, Marijke faisait ses achats sur les marchés en plein air d'Amsterdam et remplissait le panier de son vélo de freesias et de choux de Bruxelles. Il se souvenait de leurs promenades dans cette ville, trois décennies plus tôt, lors de merveilleuses soirées de printemps. Ils étaient fous l'un de l'autre et Amsterdam semblait faire silence autour d'eux, tandis que les maisons du XVIIe bordant les canaux renvoyaient les bruits des bateaux et les cris des goélands comme si c'était l'écho d'un lointain passé. Dans sa chambre, Martin gardait l'index posé sur l'endroit de la carte correspondant à la station de radio où Marijke travaillait maintenant, et il fermait les yeux tout en répétant cent fois son prénom dans sa tête. Cette manœuvre était destinée à l'empêcher de lui téléphoner. Souvent, elle suffisait. Parfois, néanmoins, il ne pouvait faire autrement qu'appeler. Elle ne répondait jamais. Il l'imaginait en train d'ouvrir son mobile, de découvrir son numéro, les sourcils froncés, et de refermer l'appareil d'un coup sec.

Dans le chantier qu'était l'appartement, la table de travail de Martin constituait un îlot de normalité. Il avait réussi à la préserver de ses compulsions. Si une obsession commençait à le gagner quand il y était, il allait la gérer dans une autre pièce. De la sorte, son bureau demeurait une oasis de paix, mis à part les rituels de nettoyage qui précédaient et suivaient chaque séance de travail. Jusque-là, il n'avait utilisé son ordinateur que pour travailler ; il correspondait par e-mails avec les rédacteurs en chef et les correcteurs. En plus de concevoir des grilles de mots croisés, Martin effectuait des traductions d'obscures langues anciennes vers diverses langues modernes. Il était membre d'un forum de discussion en ligne sur lequel des érudits du monde entier débattaient des mérites de textes variés et se distrayaient mutuellement en ridiculisant le travail de traducteurs extérieurs au forum.

Mais à présent, Internet commençait à interférer avec son cher îlot de tranquillité et il se retrouvait en train d'enchérir sur e-Bay pour l'achat de filtres d'aquarium ou à vérifier toutes les cinq minutes sur Amazon le classement des ventes de ses recueils de mots croisés. Leur rang était toujours déprimant, du genre 673 082e ou 822 457e. Une fois, son dernier ouvrage avait atteint la 9 326e place. Ce classement avait ensoleillé son après-midi, jusqu'au moment où il s'était connecté de nouveau, le soir avant de se coucher, et où il avait vu qu'il était descendu au 787 333e rang.

Martin découvrit que si le Net lui permettait de trouver sans difficulté des « Sexy s*lopes à !?! gros seins », des « Étudiantes brûlantes !!! » et mille autres opportunités mercantiles de satisfaire sa libido, Marijke était introuvable sur le Web. Il tapait son nom sur Google, mais elle était l'un de ces êtres rares qui avaient réussi à n'exister que dans le monde réel. Elle n'avait écrit aucun article, reçu aucune distinction ; son numéro de téléphone était sur liste rouge, elle ne participait à aucun forum de discussion et n'apparaissait sur aucune liste de publipostage. Elle devait avoir une adresse e-mail à son travail, mais on ne trouvait pas son nom sur la liste des collaborateurs de la station de radio. Marijke n'avait aucune existence sur Internet.

Au fur et à mesure que le temps passait, Martin commençait à se demander si une femme prénommée Marijke avait bien partagé sa vie, une femme qui l'embrassait et lui lisait des poèmes néerlandais sur l'arrivée du printemps. Il travaillait à ses mots croisés et à ses traductions, se lavait les mains jusqu'à les faire saigner, comptait, vérifiait, et se reprochait de laver, compter et vérifier. Il décongelait des plats surgelés, qu'il mangeait tout en lisant à la table de la cuisine. Il faisait sa lessive et l'excès d'eau de Javel finissait par élimer son linge. De temps à autre, le bruit des intempéries lui parvenait : la pluie et le grésil, de rares orages, le vent. Il lui arrivait de se demander ce qui se produirait s'il arrêtait montres et pendules. Le cyberespace était en dehors du temps et Martin se disait qu'il pourrait au fond y passer vingt-quatre heures sur vingt-quatre. C'était une idée déprimante. Sans Marijke, il n'était qu'une adresse électronique.

Chaque soir, dans leur lit, il s'imaginait Marijke allongée dans le sien, là-bas. Avec les années, elle s'était arrondie et il aimait ses formes, la chaleur, le poids de son corps sous les draps. Parfois, elle ronflait doucement et depuis son départ, Martin tendait l'oreille dans l'obscurité jusqu'au moment où il percevait presque les petits ronflements qu'elle émettait dans sa chambre à Amsterdam. Il répétait sans arrêt son prénom jusqu'à ce qu'il se transforme en sons dépouillés de toute signification – Maa Rei Que, Maa Rei Que – et devienne une entrée d'un dictionnaire de la solitude. Il se la figurait toujours toute seule dans son lit, car il refusait de penser qu'elle pouvait avoir trouvé quelqu'un d'autre. Il ne supportait même pas de se poser la question. Et c'est seulement après l'avoir imaginée en totalité, des plis de son visage sur l'oreiller à la cambrure de ses pieds sous les couvertures, qu'il s'autorisait à sombrer dans le sommeil. Souvent, il s'éveillait en pleurant.

D'une nuit sur l'autre, il trouvait de plus en plus difficile de se remémorer Marijke avec précision. Paniqué, il épingla d'innombrables photos d'elle sur les murs, mais cela ne fit qu'aggraver les choses. Les images remplacèrent peu à peu ses souvenirs. Sa femme, cet être humain, devenait un ensemble de teintes sur de petits rectangles de papier blanc. Les photos elles-mêmes commençaient à se décolorer. Il tenta de les nettoyer. En vain. Comme délavée par de l'eau de Javel, Marijke s'effaçait de sa mémoire. Plus il essayait de l'y conserver et plus le processus de disparition s'accélérait.

La nuit dans le cimetière de Highgate

Assis à son bureau, toutes lampes éteintes, Robert regardait par la fenêtre le crépuscule envahir le jardin en désordre sur l'avant de Vautravers. On était en juin, et le temps semblait s'être arrêté dans le jardin où s'attardaient les dernières lueurs du jour. La lune, presque pleine, montait dans le ciel. Robert se leva et se secoua. Il prit sa caméra à vision nocturne, une lampe torche, et quitta l'appartement par la porte de service. Il descendit sans bruit les marches, car Martin avait toujours peur des rôdeurs. Dans le jardin sur l'arrière, il évita l'allée de graviers et marcha sur le sol recouvert de mousse jusqu'à la porte verte qui s'ouvrait dans le mur. Il la déverrouilla et se retrouva dans le cimetière.

Il se tenait sur l'asphalte du toit des catacombes. De chaque côté, un escalier descendait au niveau du sol ; il emprunta celui situé à l'ouest et se dirigea vers Dickens Path. Il n'alluma pas sa lampe torche. Sous la voûte de verdure, il faisait très sombre, mais il avait déjà emprunté cette allée maintes fois dans le noir.

C'est la nuit qu'il appréciait le plus le cimetière de Highgate. La nuit, pas de visiteurs, pas d'herbes folles à ôter, pas de questions de journalistes ; rien que le cimetière qui s'étendait sous la clarté lunaire comme une douce hallucination grise, un désert de pierre de la mélancolie victorienne. Robert aurait parfois aimé arpenter les allées sombres en compagnie de Jessica et écouter avec elle les bruits nocturnes, les cris des animaux qui s'appelaient au loin et se taisaient sur son passage. Mais il savait que Jessica était chez elle, en train de dormir dans son lit, et qu'elle le sanctionnerait si elle était au courant de ses visites à la nuit tombée. Il essayait de se persuader qu'il effectuait en fait une tournée d'inspection pour protéger le cimetière des vandales et des chasseurs de vampires qui l'avaient envahi dans les années 1970 et 1980.

De temps en temps, son chemin croisait celui d'autres visiteurs nocturnes. L'été précédent, un barreau de la grille en fer forgé qui bordait le cimetière sur sa partie sud-ouest avait disparu, et c'est alors qu'il avait commencé à voir des enfants le soir à l'intérieur.

La première fois, il était assis parmi des tombes des années 1920. Il avait dégagé un espace dans les hautes herbes et il avait l'œil collé au viseur de sa caméra à vision nocturne, dans l'espoir de filmer la famille de renards dont le terrier était situé à quelques mètres de lui. Le soleil s'était couché derrière les arbres et les silhouettes des maisons qui s'élevaient juste au-delà de la clôture se détachaient sur le ciel jaune. Robert perçut un froissement de feuilles et tourna sa caméra dans cette direction. Mais au lieu de distinguer un renard dans son viseur, ce fut une silhouette enfantine qu'il vit soudain courir vers lui. Il faillit en lâcher l'appareil. Puis une autre apparut, à la poursuite de la première ; des petites filles en robe courte qui couraient en silence parmi les tombes, essoufflées, mais sans émettre un son. Elles étaient presque sur lui lorsqu'un jeune garçon lança un appel. Les enfants firent demi-tour et tous se précipitèrent vers la clôture, se glissèrent dans l'espace dégagé entre les barreaux, puis disparurent.

Le lendemain matin, Robert signala qu'un barreau avait été brisé. Les enfants continuèrent à jouer le soir dans le cimetière et Robert put les observer de temps à autre, en se demandant qui ils étaient, où ils habitaient et quelle était la signification des jeux étranges et muets auxquels ils se livraient parmi les tombes. Quelques semaines plus tard, un ouvrier vint réparer la grille. Ce soir-là, quand Robert longea la rue, il eut un pincement au cœur en découvrant les trois enfants qui regardaient sans un mot à l'intérieur du cimetière, agrippés aux barreaux.

Au début, Robert avait appréhendé sa thèse en tant que travail d'historien : il considérait le cimetière comme un prisme à travers lequel la société victorienne révélait ce qu'elle avait de plus magnifiquement excessif et irrationnel. Sous la reine Victoria, entre réforme hygiénique et innovation dans le respect du statut social, on avait créé le cimetière de Highgate comme un théâtre du deuil, une scène du repos éternel. Mais au cours de ses recherches, Robert avait été séduit par la personnalité des gens qui y étaient enterrés et son livre s'était orienté vers la biographie. Il s'était intéressé à l'anecdote, à la vanité de ces préparations complexes à une improbable vie dans l'au-delà. Peu à peu, perdant toute distance avec son sujet, il s'y était investi personnellement.

Il allait souvent tenir compagnie à Michael Faraday, le célèbre scientifique, ou à Eliza Barrow, victime de l'empoisonneur Frederick Seldon ; il se recueillait avec tristesse devant les tombes anonymes d'enfants trouvés. Il avait passé une nuit entière à regarder la neige recouvrir Lion, le chien de pierre qui montait la garde auprès de Thomas Sayers, le dernier champion de lutte à mains nues. De temps à autre, il allait prendre une fleur sur la sépulture de la poétesse Radclyffe Hall, toujours abondamment fleurie, et la déposait sur une autre, qui ne recevait aucune visite.

Robert aimait voir les saisons se succéder à Highgate. Il y avait toujours de la verdure ; à l'ère victorienne, un grand nombre de plantes et d'arbres avaient symbolisé la vie éternelle, de sorte que même en hiver, des arbres à feuillage persistant comme les houx ou les cyprès adoucissaient la géométrie aléatoire des tombeaux. La nuit, la pierre et la neige réfléchissaient la clarté lunaire et, parfois, Robert se sentait léger comme l'air en marchant dans les allées recouvertes d'une fine couche blanche. Il lui arrivait aussi d'emprunter une échelle dans la cabane du jardin de Vautravers pour pouvoir atteindre l'herbe au centre du cercle du Liban. Là, il s'appuyait contre le tronc du cèdre du Liban tricentenaire ou bien s'allongeait sur le dos et contemplait le ciel à travers ses branches noueuses. Les étoiles étaient rarement visibles à cause de la lumière qui émanait du réseau électrique londonien, mais Robert voyait passer les avions. Dans ces moments-là, il se sentait merveilleusement à sa place : sous son corps, en dessous de l'herbe, les morts étaient paisibles dans leurs petites pièces, tandis qu'au-dessus de lui, les étoiles et les avions parcouraient les cieux.

Il était parvenu devant la sépulture de la famille Rossetti et il songeait à Elizabeth – Lizzie – Siddal. Il avait réécrit à plusieurs reprises le chapitre qu'il lui consacrait, non parce qu'il avait des éléments nouveaux à apporter la concernant, mais pour le simple plaisir de l'évoquer. Il repensa à sa vie : ses humbles débuts comme apprentie modiste, sa découverte par les peintres préraphaélites, qui l'engagèrent comme modèle, avant qu'elle ne devienne la maîtresse adorée du grand Dante Gabriel Rossetti. Des maladies inexpliquées, son mariage attendu depuis longtemps avec Rossetti, la naissance d'un enfant mort-né, une fille. Sa mort par absorption de laudanum. Un Dante Gabriel accablé par la culpabilité, glissant un manuscrit unique de ses poèmes dans son cercueil. L'exhumation de Lizzie, sept ans plus tard, de nuit, à la lumière d'un feu de bois, pour récupérer les poèmes. Robert ne se lassait pas de tout cela. Il était là, debout, les yeux clos, imaginant la tombe en 1869, alors entourée par moins de tombeaux, et les hommes en train de creuser à la lueur vacillante des flammes.

Un peu plus tard, Robert emprunta dans l'autre sens l'allée obscure et se remit à déambuler parmi les tombes.

Il était incapable de croire au Ciel. Dans son enfance, le petit anglican qu'il était avait imaginé un immense espace, froid et ensoleillé, peuplé d'âmes invisibles et d'animaux de compagnie morts. Au moment de l'agonie d'Elspeth, il s'était efforcé de retrouver son ancienne croyance en creusant dans son scepticisme, comme si elle n'était qu'un sédiment plus ancien, accessible à travers des couches de sophistication et d'expérience. Il avait relu des opuscules spiritualistes, des comptes-rendus de séances vieux d'un siècle, des expériences scientifiques faites avec des médiums. Son caractère rationnel s'était rebellé. C'était de l'histoire, c'était fascinant, mais ce n'était pas crédible.

Durant ces nuits passées au cimetière, Robert restait debout devant la tombe d'Elspeth, ou bien il s'asseyait sur la marche, le dos appuyé à la grille inconfortable. Auprès du tombeau des Rossetti, il acceptait sans peine de ne pas sentir la présence de Lizzie ou de Christina, la sœur du poète, mais il trouvait perturbant de rendre visite à Elspeth et de s'apercevoir qu'elle n'était pas là pour lui. Les jours qui avaient suivi sa disparition, il avait traîné autour de sa tombe, attendant un signe quelconque. « Je te hanterai », avait-elle dit en apprenant que sa maladie était au stade terminal. « Fais-le », avait-il répondu en déposant un baiser sur son cou rigide. Mais elle ne le hantait pas, sauf dans sa mémoire, qu'elle enflammait à des moments inopportuns.

Il vit le jour se lever au-dessus des arbres. Les oiseaux s'agitaient, chantaient et se chamaillaient de l'autre côté de la rue, dans Waterlow Park. De temps à autre, une voiture passait dans Swain's Lane. Quand la lumière lui permit de déchiffrer les inscriptions sur les tombes de l'autre côté de l'allée, il se leva et traversa l'arrière du cimetière jusqu'aux catacombes. Il apercevait le clocher de l'église St. Michael, mais Vautravers demeurait invisible au-delà du mur. Il monta les marches, traversa le toit des catacombes et franchit la porte verte, luttant contre la fatigue et le sommeil qui le submergeaient soudain. Au-dehors, le cimetière retrouvait son aspect diurne ; l'aube cédait la place au grand jour, le personnel arrivait, le téléphone sonnait, le monde de la nature et celui des hommes tournaient sur leurs axes séparés, mais conjoints. Robert s'était endormi tout habillé, ses baskets boueuses à côté du lit. Lorsque, sur le coup de midi, il fit son apparition au bureau du cimetière, Jessica déclara : « Mon pauvre Robert, vous avez une de ces têtes ! Tenez, buvez un peu de thé. C'est à se demander s'il vous arrive de dormir. »

Dimanche après-midi

En ce mois de juillet, Londres étouffait sous un ciel sans nuages. Allongé sur une vieille chaise longue en osier dans le jardin de Jessica Bates, un gin-tonic à la main, Robert regardait les petits-enfants de la vieille dame s'apprêter à faire une partie de croquet. On était dimanche après-midi. Il avait vaguement l'impression de ne pas être à sa place : Jessica et lui auraient dû se trouver au cimetière. D'habitude, par une belle journée dominicale, les touristes armés d'appareils photo se pressaient à l'entrée, protestant contre le règlement qui exigeait une tenue correcte et interdisait les bouteilles d'eau. Ils faisaient la grimace devant les cinq livres que coûtait la visite guidée et s'efforçaient, en vain, de pénétrer dans le cimetière avec des poussettes et des enfants de moins de huit ans. Mais aujourd'hui, il y avait des guides en extra et Edward leur avait donné congé, à Jessica et à lui. « On va se débrouiller, détendez-vous et oubliez-nous ! » avait-il dit. C'est pourquoi Jessica, incapable de se reposer malgré ses quatre-vingt-quatre ans, était dans sa cuisine en train de préparer un déjeuner pour douze personnes, tandis que Robert (qui s'était fait gentiment éjecter lorsqu'il avait proposé son aide) regardait les enfants installer les piquets et les arceaux du jeu.

L'herbe était trop haute pour jouer convenablement au croquet, mais nul ne semblait s'en préoccuper. « J'aurais aimé avoir quelques moutons pour tondre le gazon, malheureusement ma femme s'y est opposée », expliqua James Bates, le mari de Jessica. Il avait une mince couverture sur les genoux, ce qui faisait transpirer Robert rien qu'à le regarder. C'était un homme de haute stature qui s'était tassé avec l'âge et sa voix douce tremblotait. De grosses lunettes lui agrandissaient les yeux. Il avait une silhouette frêle et des gestes décidés. Ancien proviseur, il jouait maintenant le rôle d'archiviste du cimetière.

Le vieil homme considérait avec affection ses petits-enfants qui se chamaillaient à propos de la règle du jeu et essayaient de choisir leur équipe. Il mourait d'envie de quitter sa chaise, de traverser la pelouse et de se joindre à eux. Avec un soupir, il considéra le recueil de mots croisés posé sur ses genoux. « C'est très ingénieux, dit-il en montrant la page à Robert. Toutes les définitions sont des équations mathématiques. Il faut ensuite traduire les réponses en lettres et remplir la grille. »

Robert émit un sifflement. « Il s'agit d'un recueil de Martin ?

— Oui, il me l'a offert pour Noël.

— Il y a du sadisme là-dedans ! »

Les enfants s'étaient rassemblés autour du premier arceau et commençaient à faire passer dessous les boules colorées. Les plus grands attendaient patiemment que la plus jeune ait joué. « Super, Nell », dit l'aîné. James pointa son stylo en direction de Robert. « Comment se passe la succession d'Elspeth ? »

Une petite querelle éclata entre deux cousins à propos d'une boule poussée hors jeu. Les pensées de Robert revinrent vers Elspeth, qui ne quittait jamais vraiment son esprit. « Roche correspond avec les jumelles. La sœur d'Elspeth a menacé de contester le testament, mais il l'a apparemment convaincue qu'elle allait perdre. C'est typique des Américains, ce côté procédurier.

— Je me demande encore pourquoi Elspeth n'a jamais parlé de sa jumelle. » James Bates sourit. « On a du mal à imaginer qu'il y en ait une autre comme elle.

— Oui… » Robert regarda les enfants qui faisaient rouler avec précaution leurs boules sur le gazon. « Elspeth disait qu'Edie et elle avaient des personnalités différentes. Elle avait horreur qu'on la prenne pour sa sœur. Un jour où nous étions chez Marks and Spencer, une femme est venue lui parler. C'était en fait la mère d'un garçon avec qui Edie était sortie. Elspeth s'est montrée odieuse avec elle. La dame est partie, offusquée, et Elspeth était outrée. Elle ressemblait à ces grenouilles brésiliennes qui enflent et crachent sur leurs prédateurs. »

James se mit à rire. « Elle était gonflée, malgré son petit gabarit.

— Je l'ai souvent portée dans mes bras. Une fois où elle avait cassé le talon de sa chaussure, je lui ai fait traverser comme ça le parc de Hampstead Heath.

— Il faut dire qu'elle mettait de très hauts talons. »

Avec un soupir, Robert pensa au dressing d'Elspeth, qui était aussi un vrai musée de la chaussure. Il y avait récemment passé une partie d'un après-midi à caresser ses chaussures et à se masturber. Il rougit. « Je ne sais pas quoi faire de ses affaires.

— Pourquoi vous en préoccuper ? Attendez l'arrivée des jumelles, elles feront le tri.

— Oui, mais elles risquent d'en jeter.

— Effectivement, c'est un risque. » James changea de position sur sa chaise. Son dos le faisait souffrir. Il n'arrivait pas à comprendre pourquoi Elspeth avait laissé tout ce qu'elle possédait à ces jeunes filles, qui pourraient fort bien le déverser dans une benne à ordures. « Vous les avez déjà rencontrées ?

— Non. À vrai dire, Elspeth elle-même ne les connaissait pas. Edie et elle ne se sont jamais reparlé après qu'Edie est partie avec le fiancé d'Elspeth. » Robert plissa le front. « C'est vraiment un étrange testament. Les jumelles héritent de presque tout, mais pas avant leurs vingt et un ans, à la fin de l'année. Et l'appartement ne leur revient qu'à la condition que leurs parents n'y mettent jamais les pieds.

— Ça sent la vengeance, Robert, vous ne trouvez pas ? Elle attendait de vous que vous fassiez respecter ces dispositions ?

— Je pense qu'elle ne supportait pas l'idée qu'Edie ou Jack mette la main sur ce qui lui appartenait. Elle n'ignorait pas que ce ne serait pas commode.

— C'est du Elspeth tout craché ! s'exclama James. Dans ce cas, pourquoi léguer la totalité à leurs filles et pas à vous ?

— Elle m'a laissé ce à quoi je tenais. (Robert regarda dans le vague.) Elle n'était pas très bavarde à propos des jumelles. À mon avis, elle avait un faible pour elles parce qu'elles étaient jumelles. Elle se considérait comme leur “tante Elspeth”, même si elle ne leur a jamais envoyé la moindre carte pour leur anniversaire. Ce legs lui plaisait par son côté extravagant, en ceci qu’il allait bouleverser leur existence en les éloignant du cocon familial pour les faire entrer dans son monde à elle. La façon dont elles en disposeront est une autre affaire.

— Hélas, elle n’est plus là pour faire leur connaissance.

— Effectivement. » Robert n’avait aucune envie de continuer à parler du testament. Le jeu de croquet tournait au pugilat : les plus jeunes garçons se servaient de leur maillet comme d’une épée et les filles lançaient la boule de Nell au-dessus de sa tête, tandis que la petite sautait en l’air pour tenter de la récupérer. Seuls les deux aînés continuaient à faire passer consciencieusement leur boule sous les arceaux. À ce moment, Jessica fit son apparition dans le jardin. Elle considéra la scène, les poings sur les hanches, image même de l’indignation. « Qu’est-ce que c’est que ça ? » s’écria-t-elle, sa voix montant et descendant tel un cerf-volant. Les enfants s’arrêtèrent sur-le-champ, l’air embarrassé, dans l’attitude de ces chats qui, après une chute dépourvue de grâce, s’assoient et lèchent leur fourrure, prétendant que rien ne s’est passé. Jessica s’approcha de son mari et de Robert d’un pas prudent. À cause des mésaventures de deux de ses amies, qui s’étaient récemment cassé le col du fémur, elle ne s’autorisait plus ses grandes enjambées habituelles, pour le moment du moins. Elle prit une chaise et s’assit près de James.

« Comment se présente le repas ? demanda celui-ci.

— Il va être prêt dans un moment. Le poulet est au four. » Jessica se tamponna le front avec son mouchoir. Robert se voyait mal manger du poulet rôti par une chaleur pareille. Il appuya son verre empli de glace à demi fondue contre sa joue. Jessica lui jeta un coup d'œil. « Vous n'avez pas l'air bien, dit-elle.

— Je n'ai pas dormi.

— Hum », firent James et Jessica de concert, tout en échangeant un regard. « Qu'est-ce qui se passe ? » demanda Jessica.

Robert détourna les yeux. Les enfants avaient repris la partie de croquet. Ils étaient réunis près des piquets au milieu du jeu, sauf Nell qui tentait de déloger une boule coincée dans une touffe d'iris. Elle abattit son maillet, qui arracha quelques fleurs. Robert se tourna vers ses hôtes. « Vous croyez aux fantômes ? interrogea-t-il.

— Absolument pas, répondit Jessica. Ce sont des bobards. » James se contenta de sourire et de baisser les yeux vers les mots croisés de Martin toujours posés sur ses genoux.

« Je sais bien que vous ne croyez pas aux fantômes en tant que tels. » Par le passé, satanistes et paranormalistes s'étaient intéressés de beaucoup trop près au cimetière de Highgate. Jessica passait son temps à décourager les fanatiques du surnaturel et les producteurs de télévision japonais qui tenaient à tout prix à en faire une sorte de cimetière hanté à la Disneyland. « C'est juste que… je suis allé dans l'appartement d'Elspeth et j'ai l'impression qu'elle… qu'elle est là. » Les coins de la bouche de Jessica retombèrent, comme si Robert avait fait une mauvaise blague. James leva les yeux, l'air intéressé. « Quel genre d'impression ? » demanda-t-il.

Robert réfléchit. « C'est difficile à définir. Par exemple, chez elle, il y a quelque chose de bizarre à propos de la température. Si je suis assis à son bureau en train de trier des papiers, il m'arrive d'éprouver une sensation de froid en un endroit précis de mon corps. J'ai soudain la main glacée et ce froid remonte jusqu'en haut de mon bras, ou jusqu'à ma nuque… » Robert se tut un instant et contempla son verre. « Dans son appartement, les objets bougent. Les rideaux, un crayon… Ce n'est pas grand-chose, juste de petits mouvements à la périphérie de mon champ de vision. Et puis je ne retrouve plus certains objets là où je les ai laissés. Un livre est tombé du bureau… » Il leva les yeux et surprit James en train d'adresser un petit hochement de tête à Jessica, qui mit sa main devant sa bouche. « Mais je ne veux pas vous ennuyer avec ça, reprit-il.

— Nous vous écoutons, Robert, assura Jessica.

— N'en parlons plus.

— Si cela vous soulage…

— Ce n'est pas le cas.

— Bon. »

Tous trois se turent quelques instants, puis James rompit le silence. « Un jour, j'ai vu un fantôme. »

Robert nota le petit sourire en coin de Jessica, qui écoutait les yeux mi-clos. « Vraiment ? demanda-t-il.

— Oui. » James s'agita sur sa chaise. Jessica se pencha en avant et ajusta le coussin qui lui soutenait les reins. « Je ne devais pas avoir plus de six ans à l'époque. Voyons, c'était… en 1917. J'ai passé mon enfance près de Cambridge, où nous habitions une ancienne auberge, construite aux alentours de 1750. C'était une immense bâtisse isolée à un carrefour et pleine de courants d'air. On n'utilisait qu'un étage. Même la bonne avait sa chambre au premier.

« Mon père était professeur au St. John's College et nous recevions de nombreux hôtes. Généralement, la maison était assez grande pour tous les loger, mais la fois à laquelle je fais allusion, ils devaient être plus nombreux que d'habitude, car mon jeune frère Samuel – Sam – dut aller dormir dans l'une des chambres inutilisées du dernier étage. » James fit une pause. « Sam n'était pas un enfant difficile, mais il hurla toute la nuit, jusqu'à ce que ma mère aille le chercher et l'installe dans sa propre chambre.

— Je ne savais pas que vous aviez un frère, dit Robert.

— Il est mort pendant la guerre.

— Je suis désolé, James.

— Du coup, la nuit suivante, c'est moi qu'on a envoyé dormir au second…

— Est-ce que Sam vous a dit pourquoi il avait pleuré ?

— Non. Il n'avait que quatre ans et je me suis moqué de lui, donc il ne m'a rien raconté. Du moins, c'est ainsi dans mon souvenir. Bref, je me suis retrouvé là-haut, les couvertures remontées jusqu'au menton. Ma mère m'a embrassé et je suis resté dans le noir, ne sachant quel monstre allait sortir de l'armoire et se jeter sur moi… »

Voyant Jessica sourire à nouveau, Robert se dit que l'évocation de l'imagination morbide et fantastique des enfants l'amusait.

« Et alors ? demanda-t-il.

— Je me suis endormi. Mais plus tard dans la nuit, je me suis réveillé. Un rayon de lune entrait par la fenêtre et projetait sur mon lit l'ombre de branches agitées doucement par la brise.

— Vous avez vu le fantôme à ce moment-là ? »

James éclata de rire. « Mon cher, le fantôme n'était *rien d'autre* que ces branches. Il n'y avait en effet aucun arbre à des centaines de mètres à la ronde, on les avait tous abattus l'année précédente. J'ai vu le fantôme d'un arbre. »

Robert médita cette affirmation. « C'est élégant, dit-il. Je m'attendais à des vampires.

— Tout est là. Je me dis que les fantômes, s'ils existent, doivent être quelque chose d'infiniment plus beau et plus surprenant que ce que racontent toutes nos vieilles légendes. »

Pendant que James parlait, Robert surprit l'expression de Jessica, qui regardait son mari avec un mélange de patience, d'admiration et d'un élément très intime qui était peut-être l'essence même de très nombreuses années de mariage. Il eut brusquement envie d'être seul.

« Auriez-vous un comprimé contre le mal de tête, Jessica ? demanda-t-il. Je crois que le soleil me tape sur le crâne.

— Bien sûr, je vais vous en chercher un.

— Non, j'y vais, dit-il en se levant. J'ai juste besoin de m'allonger un peu avant le repas.

— Vous en trouverez dans l'armoire à pharmacie des toilettes, au rez-de-chaussée. »

Le couple suivit des yeux Robert qui traversait la terrasse d'un pas raide et pénétrait dans la maison. « Je suis inquiète pour lui, dit Jessica. Il déraille un peu.

— Il n'y a que huit mois qu'elle est morte. Laisse-lui du temps.

— Euh, oui… C'est bizarre, il fait ce qu'il doit faire, mais le cœur n'y est pas. Je crois qu'il a même laissé tomber sa thèse. Il n'arrive pas à se remettre de la disparition d'Elspeth.

— Combien de temps te faudrait-il pour te remettre de ma disparition ? » interrogea-t-il en regardant avec tendresse le visage inquiet de sa femme.

Jessica lui tendit sa main déformée par l'âge et il la prit dans la sienne. « James chéri, murmura-t-elle, je crois que je ne m'en remettrais jamais.

— Eh bien, c'est la même chose pour Robert, Jessica. »

À l'intérieur de la maison, Robert se tenait dans la pénombre du couloir du rez-de-chaussée, deux comprimés dans la main. Il les avala sans eau et appuya le front contre le mur frais. Après l'ardeur du soleil, cela lui fit du bien. Il entendait les enfants s'appeler. Visiblement, ils avaient abandonné le croquet pour un autre jeu. Maintenant qu'il était seul, il avait envie de ressortir, de se distraire, de parler d'autre chose. Il reviendrait dans quelques minutes. Les comprimés avaient du mal à passer. Il s'aperçut qu'il laissait des traces de sueur sur le mur et il les essuya avec ses avant-bras. Il ferma les yeux et pensa à James, au petit garçon assis sur son lit en train de regarder les ombres d'arbres inexistants. *Pourquoi pas ?* se dit-il. *Pourquoi pas ?*

Histoire de son fantôme

Il y avait déjà presque un an qu'Elspeth Noblin était morte et elle cherchait encore à comprendre les règles.

Au début, elle avait simplement erré dans son appartement. Elle n'avait guère d'énergie et elle passait le plus clair de son temps à contempler ce qui lui avait appartenu autrefois. Elle s'assoupissait, pour se réveiller des heures, peut-être même des jours plus tard – elle n'aurait su le dire et cela n'avait pas d'importance. Informe, elle roulait sur le sol, d'une tache de soleil à une autre, pendant des après-midi entiers, réchauffant chacune de ses particules comme si elle était constituée d'air, et elle montait et descendait au gré des variations de chaleur.

Elle s'aperçut qu'elle pouvait entrer dans de petits espaces, ce qui l'incita à faire sa première expérience. Il y avait un tiroir de son bureau, le dernier en bas à gauche, qu'elle n'était jamais parvenue à ouvrir auparavant. La clé qui ouvrait tous les autres ne fonctionnait pas avec lui. Sans doute était-il bloqué. C'était dommage, car il aurait été bien utile pour y ranger des documents. Cette fois, Elspeth put se glisser par le trou de la serrure. Le tiroir était vide. Elle fut un peu déçue, mais elle apprécia d'être comprimée dans ces quelques décimètres cubes. Cela lui donnait une densité qu'elle appréciait de plus en plus. Elle n'arrivait pas encore à distinguer les différentes parties de son corps, mais lorsqu'elle était tassée dans ce tiroir, elle éprouvait des sensations similaires au toucher, comme celle de la peau contre une chevelure ou de la langue sur des dents. Elle prit l'habitude de rester là pendant de longues périodes, pour dormir, réfléchir ou se calmer. *C'est comme revenir dans le ventre maternel*, songea-t-elle, ravie d'être ainsi contenue.

Un matin, elle aperçut ses pieds. Ils étaient à peine présents, mais elle les reconnut et elle s'en réjouit. Ses mains, ses jambes, ses bras, ses seins, ses hanches et son torse suivirent. Enfin, Elspeth put sentir sa tête et son cou. C'était le corps qui était le sien à sa mort, avec sa maigreur, ses traces de piqûre et la blessure de la chambre à cathéter, et pourtant elle était si heureuse de le voir qu'elle s'en moquait. Peu à peu, elle gagna en opacité, c'est-à-dire qu'elle pouvait de mieux en mieux se voir. Pour Robert, elle était invisible.

Robert passait beaucoup de temps chez elle. Il liquidait ses affaires, déambulait dans les pièces en effleurant les objets du bout des doigts, restait sur son lit, roulé en boule autour d'un de ses vêtements. Elspeth s'en inquiétait. Il était maigre et avait l'air déprimé et en mauvaise santé. *Je ne veux pas voir ça*, se disait-elle. Elle hésitait entre le désir de lui faire sentir sa présence et l'envie de le laisser tranquille. *Il ne s'en remettra pas s'il sait que tu es là.*

Oui, mais il ne s'en remet pas de toute façon.

Parfois, elle le touchait. Apparemment, cela avait sur lui l'effet d'un courant d'air glacé. Quand elle passait les mains sur lui, il avait la chair de poule. Pour sa part, elle percevait sa chaleur. Elle ne sentait plus que le chaud et le froid. Le goût et l'odorat avaient disparu. Des airs de musique la hantaient. Certaines chansons qu'elle avait aimées, détestées ou à peine remarquées jouaient maintenant dans sa tête et elle ne parvenait pas à s'en débarrasser, comme si elles provenaient d'un poste de radio dans un appartement voisin.

Elspeth aimait fermer les yeux et se caresser le visage. À ce moment-là, elle sentait le contact d'une substance, alors que le reste du monde la traversait comme si elle marchait face à un film projeté sur un écran. Elle ne se livrait plus à aucun rituel de toilette, d'habillage ni de maquillage : il lui suffisait d'évoquer l'une de ses tenues favorites pour qu'elle en soit vêtue. À sa grande déception, ses cheveux ne poussaient plus. Elle les avait vus tomber par poignées, et quand ils avaient repoussé, sa chevelure blonde avait laissé la place à des cheveux gris et rêches.

Les miroirs ne reflétaient plus son image. Cela l'énervait – elle avait déjà l'impression d'être en marge et le fait de ne plus voir son visage la plongeait dans une grande solitude. Parfois, elle restait dans son entrée et scrutait les glaces, mais elle ne distinguait qu'une infime esquisse sombre aux contours indéfinis, comme si quelqu'un avait tracé une forme au fusain dans le vide et l'avait ensuite incomplètement effacée. Elle pouvait tendre les bras et voir ses mains devant elle, se pencher et contempler ses pieds bien chaussés, mais son visage lui échappait.

Être un fantôme, c'était surtout cela : un état qui l'obligeait à se repaître du monde. Elle ne possédait plus rien. Elle ne pouvait tirer du plaisir que des actes des autres, de leur capacité à déplacer des objets, à consommer des aliments, à respirer de l'air.

Elspeth avait une envie folle de faire du bruit, mais Robert ne l'entendait pas, même lorsqu'elle hurlait à quelques centimètres de lui seulement. Elle en conclut qu'elle n'avait rien pour produire un son : ses cordes vocales éthérées n'étaient pas à la hauteur de la tâche. Elle se concentra donc sur les déplacements d'objets.

Au début, rien ne se passa. Elle avait beau se jeter avec rage sur un coussin de canapé ou sur un livre, ils ne bougeaient pas d'un millimètre. Elle essaya d'ouvrir des portes, de remuer des tasses à thé, d'arrêter des pendules. Les résultats étaient presque nuls. Elle décida de baisser ses exigences et de ne faire que de minuscules tentatives. Un jour, enfin, elle triompha d'un trombone. En tirant et en poussant, elle parvint au bout d'une heure à déplacer d'un centimètre le petit objet métallique. Elle sut alors qu'elle n'était pas un être négligeable : si elle y mettait le prix, elle pouvait agir sur le monde. Elspeth s'exerça donc chaque jour. Par la suite, elle arriva à faire tomber le trombone du bureau. Elle put faire bouger les rideaux et tortiller les moustaches de l'hermine empaillée posée sur sa table de travail. Elle s'attaqua aux interrupteurs. Elle put entrouvrir les portes, comme s'il y avait un courant d'air dans la pièce. Quand elle réussit à tourner les pages d'un livre, elle fut enchantée. De son vivant, la lecture était l'un de ses grands plaisirs et elle pouvait s'y adonner de nouveau, dans la mesure où le livre restait ouvert. Elle entreprit d'essayer de sortir des livres de leur étagère.

Même si les objets n'avaient pour Elspeth aucune substance et qu'elle n'en avait pas pour eux, les murs de son appartement constituaient des barrières qu'elle ne pouvait franchir. Au début, elle n'y attacha pas d'importance. Elle craignait d'être dispersée par le vent et les intempéries si elle sortait. Mais l'impatience finit par la gagner. Si son territoire avait inclus l'appartement de Robert, cela lui aurait suffi. Elle fit plusieurs essais pour s'enfoncer dans le sol, mais ne réussit qu'à se retrouver comme une sorte de flaque, telle la Méchante Sorcière de l'Ouest dans *Le Magicien d'Oz*. Ses tentatives pour se glisser sous la porte d'entrée n'étaient pas plus couronnées de succès. Dans l'appartement du dessous, elle entendait Robert prendre sa douche, parler au poste de télévision, ou passer un CD d'Arcade Fire sur la chaîne stéréo. Ces sons la rendaient furieuse et la faisaient s'apitoyer sur son sort.

Les portes et les fenêtres ouvertes étaient une invite, mais elles ne servaient à rien, car lorsque Elspeth essayait de les franchir, elle s'apercevait qu'elle se dispersait, informe, sans pour autant sortir de l'appartement.

Elle se posait des questions. Pourquoi ? À quoi tout cela servait-il ? *Je comprends la raison d'être du Paradis et de l'Enfer, de la récompense et de la punition, mais si ce sont les limbes, à quoi cela rime-t-il ? Qu'est-ce que l'équivalent spirituel de l'assignation à résidence peut bien m'apprendre ? Chaque disparu est-il relégué dans son ancien domicile, condamné à le hanter ? Dans ce cas, où sont tous les gens qui ont vécu ici avant moi et sont morts depuis ? Est-ce un oubli de la part des autorités célestes ?*

En matière de religion, Elspeth n'avait jamais montré d'empressement. Elle était anglicane un peu comme tout le monde, c'est-à-dire qu'elle croyait en

Dieu, sans pour autant en faire une histoire. Elle allait à l'église surtout pour les enterrements et les mariages. Rétrospectivement, elle se sentait d'autant plus fautive qu'elle habitait à côté de l'église St. Michael. *J'aurais aimé me souvenir de mon propre enterrement*. Il avait sans doute eu lieu lorsqu'elle était une brume amorphe qui roulait sur le sol de l'appartement. Elle se demandait si elle n'aurait pas dû montrer plus d'assiduité auprès de Dieu. Elle se demandait si elle allait être coincée dans son appartement pour l'éternité. Elle se demandait si l'on pouvait se suicider quand on était déjà mort.

La robe violette

Edie et Valentina faisaient de la couture dans l'atelier d'Edie. C'était le samedi précédant Noël ; Julia était allée en ville avec Jack pour l'aider à faire des achats. Valentina épinglait le patron d'une robe sur des mètres de soie violette, en prenant garde à ne pas gâcher du tissu. Elle réalisait deux robes identiques et elle n'était pas certaine d'avoir acheté suffisamment de soie.

« C'est bon », déclara Edie. Il faisait doux dans la pièce, que le soleil de l'après-midi réchauffait, et elle se sentait un peu somnolente. Elle tendit à Valentina ses meilleurs ciseaux et regarda les lames d'acier trancher le fin tissu. *Quel son merveilleux que celui-ci !* pensa-t-elle. Valentina lui fit passer les morceaux et elle se mit à reporter les marques d'ourlet sur la soie. Elles avaient l'habitude de travailler ensemble. Une fois cette tâche accomplie et les épingles définitivement posées, Valentina s'installa devant sa machine à coudre et entreprit de coudre la première robe tandis qu'Edie épinglait et coupait la seconde.

« Regarde, maman », dit Valentina. Elle se leva et tint le devant de la robe contre son torse. Sous l'effet de l'électricité statique, la jupe se plaqua sur elle en crépitant. Les manches n'avaient pas été posées et les ourlets étaient seulement faufilés. Edie songea à un costume de fée. « Tu ressembles à Cendrillon, dit-elle.

— Tu trouves ? » Valentina s'approcha du miroir et sourit à son reflet. « J'adore cette couleur.

— Elle te va bien.

— Julia aurait voulu du rose. »

Edie fronça les sourcils. « Vous auriez eu l'air de ballerines de douze ans. Mais on aurait pu faire la sienne en rose. »

Valentina regarda sa mère, puis détourna les yeux. « Ça ne valait pas la peine de discuter. Ce qu'elle voulait, c'était la même chose que moi.

— J'aimerais que tu lui tiennes tête plus souvent, ma chérie. »

La jeune fille se réinstalla devant la machine à coudre avec la robe et s'attaqua aux manches. « Entre Elspeth et toi, laquelle voulait faire la loi ? » demanda-t-elle.

Edie hésita. « Ça ne… ça ne se passait pas comme ça. » Elle posa la seconde robe à plat sur la table et entreprit de passer la molette à marquer les points de couture. « Nous faisions tout ensemble, vois-tu. Nous n'aimions pas être seules. Elle me manque toujours. » Valentina attendit que sa mère poursuive, mais Edie changea de sujet. « Envoyez-moi des photos de l'appartement. Il doit être plein de meubles de nos parents. Elspeth aimait bien ces machins victoriens lourdingues.

— Compte sur nous. » Valentina se tourna vers sa mère. « J'aimerais mieux qu'on n'y aille pas, maman.

— Je sais, mais comme dit ton père, vous ne pouvez rester *ad vitam aeternam* à la maison.

— Ce n'était pas mon intention. »

Edie lui adressa un sourire. « Bien.

— En tout cas, je souhaiterais rester à jamais dans cette pièce, à faire de la couture.

— Ça sonne comme un conte de fées. »

Valentina éclata de rire. « Je suis Rumpelstiltskin le petit lutin !

— Mais non, voyons ! » Edie posa les parties de la robe, s'approcha de Valentina et se blottit contre son dos, les mains sur ses épaules. « Tu es la princesse ! dit-elle en l'embrassant.

— C'est vrai, maman ?

— Bien sûr, ma chérie.

— Alors nous vivrons heureuses jusqu'à la fin des temps ?

— Mais oui.

— Génial. » Valentina sentit que le moment resterait gravé dans sa mémoire. *Alors nous vivrons heureuses jusqu'à la fin des temps ? Mais oui.*

Chacune se pencha de nouveau sur son travail. Lorsque Jack et Julia revinrent, Valentina avait revêtu la robe violette et Edie, agenouillée devant elle, épinglait l'ourlet, la bouche pleine d'épingles. Valentina avait du mal à tenir en place, tant son envie de faire tourner la robe était forte. *Je la porterai au bal quand le prince m'invitera à danser.*

« Je peux l'essayer ? » demanda Julia.

Valentina n'eut pas le temps de répondre. Edie lançait déjà, la bouche toujours pleine d'épingles : « Non, celle-ci, c'est la sienne. Reviens plus tard.

— Entendu », dit Julia. Elle se précipita hors de la pièce pour aller aider Jack à emballer les cadeaux qu'il venait d'acheter.

« Tu vois, dit Edie à Valentina. Il suffit de dire non.

— Compris. » Valentina fit un tour sur elle-même et la robe suivit le mouvement. Edie se mit à rire.

Le lendemain de Noël

Jack entra dans son bureau et trouva les jumelles en train de visionner un film. Il était minuit. Normalement, tous trois auraient dû être en train de dormir.

« Qu'est-ce que vous regardez ? demanda-t-il. Ça me dit quelque chose.

— *L'Obscénité et la Fureur*, le documentaire sur les Sex Pistols que maman et toi nous avez offert pour Noël.

— Ah ! »

Les jumelles étaient vautrées sur le canapé, ce qui obligea Jack à s'installer dans le fauteuil. Aussitôt, la fatigue le submergea. Il adorait Noël, mais il trouvait généralement les jours suivants vides et tristes, et cette fois-ci, l'approche du départ des jumelles pour Londres ne faisait qu'accroître cette impression. *Je n'ai pas vu le temps passer. Plus que cinq jours avant leur vingt et unième anniversaire. Ensuite, elles s'en vont.*

« Où en êtes-vous avec vos bagages ? demanda-t-il.

— Ça avance, répondit Valentina en coupant le son du poste de télévision. On va certainement dépasser le poids maximum autorisé.

— Ça ne m'étonne pas.

— Il nous faudrait des adaptateurs pour nos ordis et tout le reste. » Julia jeta un coup d'œil à Jack. « On peut aller en ville avec toi demain ?

— Bien sûr. On déjeunera à l'Heaven on Seven. Votre mère voudra nous accompagner. » Depuis des semaines, Edie ne quittait pas les jumelles d'une semelle, comme pour faire provision de souvenirs.

« Super. On passera au centre commercial, on a besoin de bottes neuves. »

Valentina regardait Johnny Rotten chanter sur l'écran sans le son. *Il a l'air complètement détraqué. Son sweat est top*. Julia et elle avaient scrupuleusement préparé leur départ pour Londres. Elles avaient acheté le guide Lonely Planet, lu Charles Dickens, fait des listes de choses à emporter et tenté de repérer leur futur appartement sur Google Earth. Elles s'étaient interrogées sans fin sur leur tante Elspeth et le mystérieux Mr. Fanshaw, et avaient découvert avec ravissement le montant de leur nouveau compte en banque à la Lloyd's. Il ne leur restait plus grand-chose à faire, ce qui créait une étrange impression de vide, d'impatience et d'anxiété. Valentina avait envie de partir tout de suite ou jamais.

Julia observait son père. « Ça va ?

— Oui, pourquoi ?

— Je ne sais pas, tu as l'air lessivé. » *Tu as beaucoup grossi et tu soupires souvent. Que se passe-t-il ?*

« Ce sont les vacances qui me font cet effet. »

Jack tentait de s'imaginer la maison, son couple et sa vie sans les jumelles. Pendant des mois, Edie et lui avaient évité le sujet, et du coup cette préoccupation devenait une obsession où se mêlaient un fantasme de bonheur conjugal, les souvenirs de la dernière fois où les filles avaient quitté la maison et son inquiétude à propos d'Edie.

Quelque temps avant la mort d'Elspeth, Edie semblait troublée. Jack avait engagé un détective pour tenter de découvrir la raison de son attitude distraite, de son regard dans le vague et de sa jovialité feinte lorsqu'il l'interrogeait à ce sujet. Mais le détective ne pouvait qu'observer Edie. Il n'avait pas de réponses aux interrogations de Jack. Après la mort de sa sœur, une profonde tristesse avait gagné Edie. Jack avait été incapable de la réconforter. Malgré tous ses efforts, il ne parvenait pas à trouver les mots qu'il fallait. Maintenant, il se demandait comment Edie allait réagir au départ des jumelles.

Chaque fois que Julia et Valentina avaient quitté la maison pour l'université, tout s'était bien passé au début. Edie et Jack profitaient de leur liberté. Ils se couchaient tard, se livraient à de bruyants ébats, buvaient un peu plus que de raison et s'offraient des loisirs à l'improviste. Puis une sorte de morosité les gagnait. La maison vide devenait morne. Leur dîner en tête à tête terminé, la soirée s'étendait devant eux. Ils l'occupaient en passant un DVD, en faisant de temps en temps une promenade jusqu'au club ou à la plage, quand ils ne se retiraient pas chacun dans son coin, Jack pour surfer sur Internet ou pour lire un roman de Tom Clancy, Edie pour faire des travaux d'aiguille en écoutant un livre audio. (Elle écoutait actuellement *Retour à Brideshead*, d'Evelyn Waugh, un parfait antidépresseur aux yeux de Jack.)

Ce soir, il voyait surtout l'aspect négatif de cette perspective. Il était reconnaissant aux jumelles d'être restées si longtemps à la maison. Comme il était reconnaissant à Edie et à Elspeth d'avoir fait en sorte que Julia et Valentina puissent grandir dans cette vieille maison confortable, qu'il puisse être papa, que les filles puissent être dans son bureau en train de regarder Johnny Rotten interpréter un *God Save the Queen* saccadé, le son coupé. Soudain, un sentiment de gratitude proche du chagrin l'envahit. Il s'extirpa de son fauteuil en murmurant « bonne nuit », puis quitta la pièce en hâte, craignant de fondre en larmes ou de prononcer des paroles qu'il regretterait s'il restait une minute de plus. Il gagna sa chambre, où Edie dormait, couchée en chien de fusil, faiblement éclairée par la lueur bleutée du radio-réveil. Il se déshabilla en silence, se glissa dans le lit sans s'être lavé les dents et resta là, comme au fond d'un gouffre, incapable d'imaginer l'avenir sous un jour souriant.

Valentina éteignit la télévision. Les jumelles se levèrent du canapé, s'étirèrent. « Il n'a vraiment pas l'air d'avoir le moral, dit Valentina.

— On pourrait les croire tous les deux au bord du suicide. Je me demande ce qui va se passer quand on ne sera plus là.

— On ne devrait peut-être pas partir.

— Il faudra bien aller quelque part un jour ou l'autre, dit Julia d'un ton impatient. Et plus tôt on s'en ira, plus tôt ils s'en remettront.

— Tu as sans doute raison.

— On les appellera tous les dimanches. Ils pourront aussi venir nous voir.

— Je sais. » Valentina prit une profonde inspiration. « Peut-être que tu pourrais aller à Londres pendant que je resterais ici avec eux ? »

Julia éprouva un sentiment de rejet. *Tu préférerais rester avec papa et maman plutôt que d'être avec moi ?* « Non ! » s'exclama-t-elle avec force. Elle se tut, tentant d'apaiser son irritation, sous l'œil amusé de Valentina. « Mouse, reprit-elle, tu sais bien qu'on doit toutes les deux…

— Mais oui, je sais. Ne t'inquiète pas. Je pars avec toi. » Valentina étreignit sa sœur puis passa un bras autour de ses épaules. Ensuite, elles éteignirent la lumière et gagnèrent leur chambre en jetant au passage un coup d'œil à la chambre des parents.

Le jour de l'an

Robert se tenait dans le bureau d'Elspeth. L'arrivée des jumelles était prévue pour le lendemain. Il avait apporté un disque dur externe et des cartons d'épicerie, désormais ouverts et vides près de la grande table de travail de style victorien.

Assise sur la table, Elspeth l'observait. *Tu n'as pas l'air heureux, mon chéri.* Elle n'avait aucune idée du temps qui s'était écoulé depuis sa mort. Quelques mois ? Quelques années ? Il se passait quelque chose. Jusqu'alors, en effet, Robert n'avait pas touché à l'appartement. Il avait jeté l'essentiel de la nourriture et annulé ses cartes de crédit, mis un terme à son affaire et envoyé une lettre personnelle à chacun de ses clients. Elle ne recevait plus de courrier. Mais pour le reste, tout demeurait en l'état. L'appartement devenait très poussiéreux. Même les rayons du soleil semblaient plus faibles ; les vitres avaient besoin d'être nettoyées.

Robert fouillait dans les tiroirs du bureau. Il laissa fournitures et factures et attrapa une liasse de photos, ainsi que le bloc-notes sur lequel Elspeth gribouillait autrefois en téléphonant. Puis il s'approcha des étagères et y prit les registres dans lesquels elle avait écrit son journal. Après les avoir soigneusement époussetés, il les plaça dans les cartons. *Ouvres-en un*, dit Elspeth, *ouvre celui-ci*. Mais, bien sûr, Robert ne pouvait l'entendre.

Il agissait en silence si bien qu'Elspeth se sentait abandonnée, car il arrivait à Robert de lui parler quand il se trouvait dans l'appartement. Il remplissait les cartons d'albums de photos, de carnets, de lettres rangées dans une boîte à chaussures. Elspeth résista à l'envie de le toucher. Il brancha ensuite le disque dur à son ordinateur et transféra ses documents, avant de tout supprimer sur l'ordinateur, sauf le système et les applications. Elspeth s'était placée derrière lui et le regardait faire. *Comme c'est bizarre d'être triste au sujet de l'ordinateur… Je dois être morte pour de bon, maintenant*. Robert débrancha le disque dur et le plaça dans un carton.

Il se mit à déambuler dans l'appartement, un carton à la main, Elspeth sur ses talons. *La chambre*, suggéra-t-elle en silence. Lorsqu'il atteignit la pièce, il resta dans l'encadrement de la porte durant quelques minutes. Elspeth le dépassa. Elle alla s'asseoir sur le lit et le regarda. En le voyant là, devant elle, dans la douce atmosphère créée par la lumière qui baignait la pièce poussiéreuse, elle pensa : *dans une minute, il va venir m'embrasser*. Elle attendit, oubliant son état. Ils avaient fait cela bien souvent auparavant.

Robert ouvrit la porte du dressing. Il posa son carton. Dans un tiroir, il prit quelques caracos, deux ou trois soutiens-gorge et ses petites culottes les plus sexy, qu'il plaça dans le carton. Il resta ensuite à contempler les chaussures. *Il va prendre les escarpins en daim rose*, se dit-elle, et c'est ce qu'il fit. Robert rapprocha les autres chaussures, de façon à ne laisser aucun vide entre elles. *N'oublie pas les lettres*. Il ouvrit un tiroir plein de pull-overs, qu'il respira l'un après l'autre. Celui qu'il choisit était un cachemire quelconque ; elle se dit qu'il n'avait pas dû être nettoyé à sec depuis qu'elle l'avait porté pour la dernière fois. Dans le dernier tiroir qu'il ouvrit, il y avait leurs *sex toys*. Il les plaça également dans le carton. *Tu en as oublié un*, dit Elspeth, mais il referma le tiroir.

Robert tendit la main vers l'étagère du haut et descendit une boîte. Elspeth sourit. Robert se révélait aussi scrupuleux qu'elle l'avait espéré. Il posa la boîte près du carton qu'il avait rempli.

Il débarrassa la salle de bains. Il jeta la plupart de ses affaires de toilette à la poubelle, mais resta quelques instants avec son diaphragme dans la main. *Pas de quoi faire du sentiment, pourtant*, se dit-elle. Finalement, le diaphragme rejoignit les autres objets dans la poubelle.

Robert ferma la porte de la salle de bains. Il resta pensif quelques instants avant d'aller s'allonger sur le lit. Elspeth se plaça à ses côtés, pleine d'espoir, en veillant à ne pas le toucher. *Et si je ne te revoyais pas ?* Il emportait les affaires qu'elle lui avait données ; il était sur le point de quitter l'appartement. *Ne sois pas timide, mon chéri, nous sommes juste tous les deux.* Lorsqu'il défit sa ceinture et ouvrit sa braguette, la joie envahit Elspeth. Elle s'imagina nue auprès de lui, et elle le fut.

Parfois, Robert imitait sa technique, mais aujourd'hui il était moins subtil, plus pressé de parvenir au but. Elle se redressa et se pencha sur lui ; il avait les yeux clos. Elle toucha ses cheveux et approcha son visage du sien, laissant son souffle la réchauffer. *Si chaud, si ferme*. Elle aurait donné n'importe quoi pour être vivante auprès de lui, pour le toucher. Elle savait que pour Robert son contact était froid ; chaque fois qu'elle essayait de le toucher, il frissonnait et se recroquevillait. Elle s'agenouilla donc auprès de lui et le regarda.

Elle s'était souvent émerveillée devant les expressions de Robert pendant l'amour. Désir, concentration, souffrance, endurance, hilarité, désespoir, soulagement : elle avait eu de temps à autre l'impression d'assister à un festival de ses sentiments extrêmes. Cette fois, c'était de la détermination, une sorte de plaidoyer brutal. Cela durait et Elspeth s'inquiéta. *Prends du plaisir, au moins. Pour nous deux*. Elle observa les mains de Robert sur sa verge, ses orteils qui se recroquevillaient, sa tête qui roulait sur le côté au moment de l'orgasme, son corps tout entier qui se relâchait. Robert ouvrit les yeux. Son regard traversa Elspeth et se fixa au plafond. *Je suis ici, Robert.*

Une larme roula sur la joue de Robert. *Ne pleure pas, mon chéri.* Elspeth ne l'avait jamais vu pleurer, pas même à l'hôpital ou lorsqu'elle était morte. *Bon sang, je ne veux pas te voir si malheureux.* Elle tendit la main et tenta d'essuyer la larme. Robert sursauta et tourna la tête.

Je suis ici, je suis ici, je suis ici. Elle regarda autour d'elle, cherchant un objet à remuer. Les rideaux. Elle les fit bouger, mais Robert s'était redressé et il n'y prêta pas attention. Il s'essuyait les mains et se réajustait. Elle essaya de secouer le carton contenant les *sex toys* et ses petites culottes, mais il était trop lourd pour elle. Épuisée, elle resta au milieu de la pièce. Il alla se laver les mains dans la salle de bains et en ressortit avec la poubelle remplie des objets d'Elspeth, qu'il posa un instant afin de lisser le dessus-de-lit. Elspeth s'assit sur le matelas, et lorsqu'il se pencha, elle mit ses mains sur son torse et effleura sa peau sous le tissu. Robert eut un mouvement de recul.

« Elspeth ? » chuchota-t-il d'un ton pressant.

Robert. Elle caressa lentement son dos, ses hanches, ses jambes, son sexe, son estomac, ses mains, ses bras, tandis qu'il se tenait debout, tête baissée, les yeux fermés. Elle se demanda ce qu'il ressentait : peut-être avait-il l'impression que des glaçons se promenaient sur son corps. Elle appuya, fit pénétrer ses mains en lui. Il eut un hoquet. *Ton corps est si chaud*, se dit-elle, et elle sut ce qu'il ressentait : le froid de son être immatériel devait être le contraire de la douce chaleur de la peau et des fluides corporels de Robert. Elle retira ses mains. Elles conservaient sa chaleur et elle s'attendit presque à ce qu'elles émettent une lueur. Robert avait croisé les bras sur sa poitrine et frissonnait, les épaules voûtées. *Oh, chéri, je suis désolée.*

« Elspeth, murmura-t-il, si c'est toi, fais quelque chose, quelque chose qui t'appartient en propre et que ne ferait personne d'autre… »

Elle posa son index entre ses sourcils et le fit descendre le long de son nez, de ses lèvres et de son menton. Puis elle recommença.

« Oui, dit-il. Oh, Seigneur ! » Il se rassit sur le lit, les genoux contre la poitrine, la tête dans ses mains, et contempla fixement le plancher. Elspeth rayonnait. *Enfin !* Le soulagement lui tournait presque la tête. *Enfin, tu sais que je suis ici !*

Robert émit un grognement. Il se frappa le front avec ses deux poings. « Je perds vraiment la tête, moi ! »

scanda-t-il. *Merde !* Il se leva, attrapa les cartons et le sac-poubelle, et se dirigea à grands pas vers le bureau. Elspeth le suivit, incrédule. *Non, Robert, attends, s'il te plaît…*

Il souleva les cartons un par un et entreprit de les descendre chez lui. Elle resta dans l'encadrement de sa porte d'entrée, écoutant le bruit de ses pas tandis qu'il déposait les affaires dans l'appartement du dessous et remontait chez elle. Chaque fois, elle le laissa passer à travers elle et elle le suivit, tendant l'oreille pour saisir les phrases qu'il marmonnait tout haut.

« Jessica a raison. "Vous allez vous rendre malade", m'a-t-elle dit… Et qu'est-ce que je suis en train de faire, hein ? Quoi que je fasse, elle ne reviendra pas… Mon Dieu, Elspeth… »

La porte refermée, Elspeth se retrouva seule. *Des pleurs*, réclama-t-elle, comme s'il s'agissait d'un vêtement. Elle porta la main à son visage. Il était mouillé de larmes. *Incroyable, je pleure*. Elle s'émerveilla un instant de ce nouveau succès, puis retourna affronter le silence de son appartement.

DEUXIÈME PARTIE

Les jumelles en miroir

Julia et Valentina Poole descendirent de l'avion et pénétrèrent dans l'aéroport d'Heathrow. Leurs chaussures blanches en cuir foulèrent la moquette avec une précision digne d'une comédie musicale. Les jumelles étaient entièrement vêtues de blanc, de leurs chaussettes à leur manteau en laine et à leur longue écharpe, en passant par leur T-shirt et leur jupe plissée dont l'ourlet s'arrêtait à dix centimètres au-dessus du genou. Chacune traînait une valise à roulettes. Celle de Julia était en éponge rose et jaune avec un dessin de manga et une face de singe grimaçante. Celle de Valentina, vert et bleu, représentait une souris à l'expression à la fois timide et pleine de regret.

Derrière les vitres de l'aéroport, le ciel matinal était bleu. Les jumelles parcoururent les couloirs interminables, tinrent leur droite sur les tapis roulants, descendirent des rampes et des escaliers derrière d'autres passagers épuisés. Elles firent la queue à la douane en se tenant la main et en bâillant à s'en décrocher la mâchoire. Lorsque vint leur tour, elles présentèrent leur passeport vierge.

« Combien de temps va durer votre séjour ? interrogea l'agent des douanes, une femme à l'air las.

— Nous sommes là pour toujours, répondit Julia. On a hérité d'un appartement et on vient l'habiter. » Elle sourit à sa sœur, qui lui rendit son sourire. La femme examina leur visa de résidence, tamponna leur passeport et leur fit signe de passer. Elles étaient au Royaume-Uni.

Pour toujours, pensa Valentina. *Julia et moi allons vivre pour toujours dans notre appartement londonien que nous n'avons jamais vu, entourées de gens que nous ne connaissons pas. Pour toujours.* Elle pressa la main de Julia, qui lui adressa un clin d'œil.

Le taxi était froid, plein de courants d'air. Les jumelles s'installèrent sur le siège arrière et somnolèrent main dans la main, des bagages à leurs pieds. Les rues de Londres défilèrent par la vitre ; la circulation était parfois fluide, parfois bloquée, régie par des règles incompréhensibles. Les jumelles savaient conduire, mais au fur et à mesure que le taxi s'engageait dans des rues sinueuses et encombrées, Julia se rendit compte qu'elle-même et plus encore Valentina seraient incapables de prendre le volant dans cette ville. Sa petite souris de sœur avait peur de se perdre et n'aimait pas se trouver dans des lieux inconnus. Sans compter qu'elles n'avaient pas de voiture. Julia se résolut à devoir utiliser les taxis et les transports en commun. Elle observa le bus rouge à impériale qui roulait à côté du taxi. Tous les passagers semblaient morts de fatigue et d'ennui. *Comment pouvez-vous vous ennuyer ? Vous vivez à Londres, quand même ! Vous respirez le même air que la reine Elizabeth et Vivienne Westwood !*

Le taxi passa devant une station de métro, d'où sortait une foule de gens. Julia consulta sa montre. Elle indiquait quatre heures quinze. Elle la mit à l'heure locale : dix heures quinze. La voiture s'engageait à présent dans Highgate Road et Julia se dit qu'elles étaient presque arrivées. Elle jeta un coup d'œil à Valentina, qui s'était redressée sur son siège et avait le nez collé à la vitre. Le taxi emprunta ensuite un chemin qui montait. « Swain's Lane », lut Valentina. « C'est le chemin des amants, n'est-ce pas ? » demanda-t-elle au chauffeur. « Plutôt des pourceaux[1], miss, répondit l'homme. C'est là qu'on menait les cochons. » Valentina devint écarlate. Julia sortit son rouge à lèvres et l'utilisa sans se servir d'un miroir, avant de le passer à sa sœur, qui en fit autant. Elles se regardèrent. Julia tendit l'index et effaça une trace rose qui débordait au coin de la bouche de Valentina. La radio diffusait une liste de noms et de chiffres qui ressemblaient à un code secret : *Tamworth un ; Burton Albion – Dagenham and Redbridge un ; Barnet zéro, Woking zéro ; Exeter City zéro, Hereford United un ; Aldershot deux...* « Ce sont des résultats de foot », dit le chauffeur en réponse à la question de Julia.

Ils atteignirent le sommet de la colline et s'engagèrent dans une voie étroite, bordée d'un côté par un parc, de l'autre par des maisons de brique. Une vaste église se dressait au milieu du pâté de maisons. Le taxi s'arrêta entre l'édifice et le bâtiment de stuc sans relief

1. Jeu de mots entre le terme anglais « swain », qui signifie « amant, soupirant », et « swine », qui veut dire « pourceau, cochon ». *(N.d.T.)*

qui lui succédait. « Vous y voilà. Vautravers Mews. » Le chauffeur prit l'argent de Julia, qui eut un choc en s'apercevant que la course coûtait presque cent vingt dollars. Elle laissa dix pour cent de pourboire. « Merci beaucoup », dit le chauffeur. Valentina ouvrit la portière et un vent froid et humide l'accueillit.

« Je ne vois pas où c'est », dit-elle à Julia. L'église se dressait sur la gauche, le bâtiment en stuc était le numéro 72. Entre les deux, un chemin en asphalte descendait en à-pic dans la pénombre, obscurci par l'énorme mur de brique qui bordait le terrain de l'église. Mais Valentina n'apercevait nulle part la maison où elles devaient se rendre.

« Ce doit être par là, dit le chauffeur de taxi. Je vais vous aider à porter tout ça. » Joignant le geste à la parole, il s'empara de leurs multiples bagages et s'engagea sur le chemin. Les jumelles le suivirent avec leurs petites valises en tissu-éponge. Ils parvinrent ainsi derrière la maison en stuc. À cet endroit s'élevait un haut mur de pierres surmonté de piques, sur lequel retombaient des branches de bouleaux. Une odeur de terre mouillée monta aux narines de Valentina et cela lui donna le mal du pays. Julia introduisit une grosse clé dans la serrure d'un lourd portail de bois, qui s'ouvrit sans bruit, puis elle disparut derrière le mur. Peu désireuse de la suivre, Valentina resta auprès des bagages que le chauffeur de taxi avait déposés en demi-cercle. L'homme la dévisagea avec curiosité. C'était un maigrichon d'un certain âge, aux yeux bleus larmoyants, vêtu d'un cardigan vert pomme et d'un pantalon à carreaux marron. « Ça va aller, miss ? demanda-t-il.

— Oui », répondit-elle malgré une légère nausée.

« Viens, Mouse ! » lança Julia. Sa voix était étouffée et semblait venir de loin.

« Vous êtes américaines ? poursuivit le chauffeur.

— Notre tante nous a laissé son appartement en héritage », dit Valentina. Aussitôt, elle regretta ses paroles. En quoi cela le regardait-il ?

« Ah », fit son interlocuteur, sa curiosité apparemment satisfaite. Valentina lui fut reconnaissante de s'arrêter là. Il ne leur avait pas demandé si elles étaient jumelles. Par discrétion, peut-être, ou parce qu'il n'avait rien remarqué. Elle aimait bien que les gens ne remarquent rien.

« Mouse ! »

Le chauffeur de taxi lui sourit. « Allez-y ! » dit-il. Elle lui rendit son sourire et passa le portail en tirant sa valise.

Julia se tenait devant la porte d'entrée, la main sur le loquet. Elle attendit que Valentina l'ait rejointe en foulant la mousse spongieuse qui recouvrait les pierres de l'allée. Avec un frisson, Valentina contempla la silhouette massive et sombre de Vautravers, les fenêtres noires et le fer forgé. Il ne pleuvait pas vraiment, mais le temps restait très humide. Elle entendait les pas du chauffeur de taxi qui faisaient un bruit de succion derrière elle. Julia ouvrit la porte.

Elles pénétrèrent dans le hall d'entrée. Une douce chaleur y régnait et rien ne l'encombrait. Les murs étaient d'un gris tirant sur le rose, couleur qui fit penser Valentina à de la cervelle. Sur la droite se trouvait une porte en chêne, ornée d'une minuscule carte avec le nom *Fanshaw* écrit à la main. En face, un parapluie était appuyé contre une petite table avec trois paniers vides posés dessus. Un escalier en colimaçon partait sur la gauche. Valentina s'attendait presque à tomber sur un petit flacon marqué « Bois-moi », comme dans *Alice au Pays des Merveilles*, mais il n'y avait rien de tel.

« Vous pouvez laisser les bagages ici », affirma Julia au chauffeur de taxi et Valentina ajouta : « Merci. » « Alors, bonne chance », dit l'homme en repartant. Valentina se sentit un peu désemparée. « Allez, viens ! » lança Julia en montant les escaliers quatre à quatre, comme si elle était libérée de la force de gravité. Valentina la suivit à un rythme plus mesuré.

Sur le palier du premier était posé un tapis oriental aux couleurs passées. Les marches continuaient, mais les jumelles n'allèrent pas plus loin. Le nom *Noblin* était inscrit en caractères d'imprimerie sur la carte vert pâle affichée sur la porte. Julia introduisit la clé dans la serrure. Elle dut s'y reprendre à plusieurs fois avant que le verrou ne cède. Lorsqu'elle y parvint enfin, elle se retourna vers Valentina. Valentina prit sa main et, ensemble, elles pénétrèrent dans leur nouvelle demeure.

L'entrée était pleine de parapluies et de miroirs. Dix-huit glaces renvoyaient l'image des jumelles, qui semblait elle-même être réfléchie à l'infini. Stupéfaites, Valentina et Julia s'immobilisèrent, ne sachant plus très bien à qui les reflets appartenaient. Puis Julia tourna la tête : la moitié des reflets l'imita et l'effet fut moindre. « Ça fait froid dans le dos », commenta-t-elle, pour rompre le silence. « Euh… oui », dit Valentina. Elle mit les mains en avant, telle une aveugle, et s'avança dans le couloir jusqu'à une vaste pièce obscure.

Elspeth était en train de somnoler dans son tiroir. Elle s'éveilla en entendant des voix.

Au moment où Julia pénétra dans le séjour sur les talons de Valentina, elle eut l'impression d'être sous l'eau, comme si la pièce se trouvait au fond d'un étang. Il n'y avait autour d'elle que des masses sombres et même Valentina n'était qu'une ombre évoluant dans cette obscurité. Julia entendit un bruit au moment où sa sœur buta sur une pile de livres, puis le jour entra dans la pièce lorsque Valentina tira les rideaux des baies vitrées. C'était une lumière particulière, grise et froide. Elle permit aux jumelles de remarquer la poussière dans la pièce.

« Regarde, Julia ! » À la place d'une suspension qui avait laissé un trou d'où émergeaient des fils électriques, une chouette était pendue au plafond. Ses ailes étaient déployées et ses serres ouvertes, prêtes à capturer une petite proie. Julia tendit la main et toucha l'une de ses pattes avec précaution, la faisant tourner sur elle-même.

« C'est chouette, non ? » dit-elle, et Valentina se mit à rire.

Elspeth se tenait dans l'encadrement de la porte et observait les jumelles. *Vous m'avez manqué. J'avais envie de vous revoir et vous voilà.* Elle croisa les bras sur sa poitrine, impatiente et pleine d'appréhension.

Comme Edie l'avait prévu, le mobilier était ancien, lourd et ouvragé. Les canapés capitonnés, aux nombreux boutons et aux pieds massifs, étaient recouverts d'un velours rose pâle. Il y avait un piano demi-queue – les jumelles ne jouaient pas de musique – et un grand tapis persan aux motifs chrysanthème, doux au toucher, dont le rouge profond d'origine s'était changé en rose passé. Tout dans la pièce semblait décoloré. Julia se demanda si la couleur ne s'était pas réfugiée ailleurs, par exemple dans un placard, dont elle allait jaillir, une fois la porte ouverte, pour réinvestir les objets dont elle s'était retirée. Tout cela lui évoquait la Belle au Bois dormant et son château empli de courtisans figés sur place pendant un siècle. Edie et Jack préféraient le style moderne. Elle passa un doigt sur les touches du piano, laissant une trace noire luisante sur la poussière. Valentina éternua. Les deux jeunes filles se tournèrent vers la porte, comme si elles s'attendaient à être surprises en train de troubler le silence de l'appartement.

Elspeth fit un pas en avant, prête à leur adresser la parole, avant de se rendre compte qu'elles ne pouvaient la voir.

Il y avait des livres partout : rangés sur les étagères qui couvraient les murs, empilés sur des tables et sur le sol. Valentina se baissa pour reconstituer la pile qu'elle avait renversée, un îlot de bestiaires et d'herbiers. « Oh, Julia, une manticore ! » s'exclama-t-elle.

Les jumelles regagnèrent l'entrée, suivies par Elspeth, puis traversèrent une salle à manger assez dépouillée, meublée d'une table, de quelques chaises et d'un buffet ; une ottomane trônait seule dans un coin. Une lumière grise entrait par de vastes portes-fenêtres donnant sur un petit balcon. Par-dessus un mur couvert de lierre, les jumelles pouvaient apercevoir l'église.

La pièce suivante, destinée au départ à être un petit salon, avait servi de bureau à Elspeth. Elle était occupée par une immense table de travail ouvragée et une chaise de bureau datant des années 1950. Sur la table étaient posés un vieil ordinateur, des piles de papiers, encore des livres, un boîtier à cartes bancaires, ainsi qu'une délicate tasse à thé blanc et or, avec au fond un reste de thé desséché depuis longtemps et des traces de rouge à lèvres corail sur le bord. Des rayonnages couvraient les murs, remplis d'ouvrages de référence, dont l'édition complète de l'*Oxford English Dictionary*. Curieusement, deux étagères étaient vides et sans un grain de poussière. Il y avait aussi des classeurs et une accumulation de cartons à-plat et d'emballages bulle, sans compter une petite hermine empaillée posée sur le dessus d'un fichier à tiroirs. La pièce donnait l'impression d'avoir été mise en ordre, sans être rangée pour autant. Valentina s'assit au bureau et ouvrit le tiroir du milieu. Il contenait des carnets de factures, des petits bonbons à la menthe, des trombones, des élastiques et des cartes de visite professionnelles :

ELSPETH NOBLIN
ACHAT VENTE
LIVRES RARES ET D'OCCASION
enoblin@bookish.uk.com

« D'après toi, tous ces livres lui appartenaient, ou elle comptait les vendre ? interrogea-t-elle. Je me demande si elle avait une boutique.

— C'était ça, sa boutique, je pense, répondit Julia. Aucune de ces quittances ne comporte une adresse. Elle devait travailler chez elle. D'ailleurs, l'héritage ne mentionne que cet appartement.

— J'aurais aimé que maman en sache plus. C'est moche qu'elles aient cessé de se parler. » Valentina se leva et examina l'hermine, qui la dévisageait de son regard fixe, l'air insouciant. « Je me demande comment elle s'appelait », dit-elle, tout en songeant : *Dommage qu'on l'ignore.*

Margaret, pensa Elspeth. *Elle s'appelait Margaret.*

« Cet animal a quelque chose de George Bush », lança Julia en regagnant la salle à manger, suivie par Valentina.

Une porte battante séparait la pièce de la cuisine, vieillotte et pourvue d'appareils ménagers qui, selon les critères américains des jumelles, semblaient plutôt destinés à une maison de poupée. Tout était blanc, pratique et compact. Seul le lave-vaisselle semblait récent. Valentina ouvrit un placard et y découvrit un lave-linge. Il y avait aussi un dispositif qui se dépliait pour former une installation compliquée de métal et de fils plastiques. « Je suppose que c'est le séchoir à linge », dit Julia en le repliant. Les prises électriques avaient une forme différente de celles que les jumelles connaissaient. Tous les ustensiles de cuisine semblaient bizarres, inhabituels. Les jumelles échangèrent des regards gênés. Valentina ouvrit le robinet et l'eau en jaillit dans un gargouillis. Après un instant d'hésitation, elle passa ses mains sous le liquide brunâtre qui mit du temps avant de devenir chaud.

Elspeth écoutait l'accent américain des jumelles qui s'étonnaient devant ses possessions très ordinaires. *Elles sont étrangères ; je ne m'y attendais pas.*

Derrière la cuisine se trouvait une petite chambre, bourrée de cartons et de meubles poussiéreux. Une salle de bains minuscule et très simple la jouxtait. Les jumelles se rendirent compte qu'elle devait être destinée à une domestique. Elles tombèrent ensuite sur la porte de service et sur un placard à provisions presque vide. « Hum, du riz », fit Julia.

De retour dans le couloir, elles gagnèrent les chambres principales, qui étaient au nombre de deux, reliées par une splendide salle de bains de marbre blanc. Chacune avait une cheminée, des bibliothèques intégrées, des fenêtres avec une banquette en dessous.

La chambre du fond, qui à l'évidence avait été celle d'Elspeth, donnait sur le jardin et sur le cimetière de Highgate.

« Viens voir, Julia. » Valentina se tenait à la fenêtre, émerveillée.

Le jardin sur l'arrière de Vautravers était petit et austère. Au contraire de celui de l'avant, qui était un fouillis de buissons, d'arbres et d'herbes, il avait presque un caractère japonais, avec ses allées de graviers en pente, ses bancs de bois et ses plantes modestes.

« C'est incroyablement vert pour un mois de janvier », dit Julia. Chez elles, à Lake Forest, il y avait une vingtaine de centimètres de neige.

Une porte de bois peinte en vert s'ouvrait dans le mur de brique qui séparait le jardin du cimetière.

« Je me demande si quelqu'un passe par là », dit Valentina. Autour de la porte, on avait soigneusement taillé le lierre.

« En tout cas, moi, je le ferai, répondit Julia. On ira pique-niquer. »

Au-delà du mur, le cimetière de Highgate s'étendait sous leurs yeux, immense et chaotique. Elles auraient dû voir loin, car elles se trouvaient au sommet d'une colline, mais les arbres, quoique dénudés, formaient un réseau dense qui arrêtait les regards. Elles apercevaient le haut d'un imposant mausolée et un certain nombre de tombes plus modestes. Un groupe de personnes emprunta une allée dans leur direction, puis s'arrêta, visiblement pour discuter à propos d'une tombe, avant de reprendre son chemin et de disparaître derrière le mur. Une multitude de corbeaux s'envola sur son passage. Les jumelles perçurent leur bruit d'ailes malgré la fenêtre fermée. Le soleil sortit soudain de derrière un nuage et le cimetière changea de couleur, passant de la grisaille au jaune et au vert pâle. Les pierres tombales reprirent une teinte blanche, presque argentée par endroits, évoquant des dents qui auraient émergé du lierre.

« On se croirait dans un conte de fées », dit Valentina. Jusque-là, l'idée d'habiter à côté d'un cimetière l'angoissait. Elle s'était imaginé des odeurs désagréables, du vandalisme, des histoires à faire dresser les cheveux sur la tête, et elle découvrait des pierres moussues dans un îlot de verdure, dont le silence était à peine troublé par le doux murmure des branches. Le groupe de visiteurs réapparut, marchant en sens inverse, et s'éloigna. « Ce sont sans doute des touristes avec leur guide, dit Julia.

— Il faudra qu'on fasse la visite, nous aussi.

— Bonne idée. » Julia se retourna et regarda autour d'elle. La chambre d'Elspeth comportait un grand lit douillet avec de nombreux oreillers, un couvre-lit en tissu chenille et une tête de lit en bois peint. « Je propose qu'on dorme ici », dit-elle.

À son tour, Valentina examina la pièce. Elle était effectivement plus agréable que l'autre chambre ; plus grande, plus confortable, plus claire. « Tu crois vraiment que c'est une bonne idée de prendre la chambre qui donne sur le cimetière ? demanda-t-elle. Ça fiche un peu la trouille. Dans un film, un tas de créatures en sortiraient la nuit et escaladeraient le lierre pour venir nous attraper par les cheveux et nous changer en zombies. En plus, c'était la chambre de tante Elspeth. Elle y est peut-être morte. Mieux vaut ne pas tenter le diable, non ? »

Julia se sentit gagnée par l'impatience. Elle avait envie de répondre : *Ne sois pas débile, Valentina*, mais ce n'était pas la bonne façon de rassurer sa sœur quand celle-ci basculait dans l'irrationnel. « Voyons, Mouse, dit-elle d'une voix douce, tu sais bien qu'elle est morte à l'hôpital. C'est ce que le notaire a dit à maman, tu te souviens ?

— Euh… oui. »

Julia s'assit sur le lit et tapota le couvre-lit pour inviter Valentina à la rejoindre. Valentina obéit et toutes deux s'allongèrent sur le dos, leurs fines jambes blanches ballantes. Julia poussa un soupir. Ses paupières s'alourdirent, ses yeux se fermèrent irrésistiblement.

« Ce doit être le décalage horaire », constata Valentina, mais Julia ne l'entendait déjà plus. Quelques instants plus tard, toutes deux dormaient.

Elspeth s'avança vers le lit. *Vous voilà grandes. Comme c'est étrange de vous avoir ici ! Je regrette que vous ne soyez pas venues plus tôt… Cela n'aurait pourtant pas été compliqué. Trop tard. Pour cela et pour le reste, c'est trop tard.* Elle se pencha vers les jumelles et les toucha avec délicatesse. Les lunettes qu'elle mettait pour lire effleurèrent l'épaule de Valentina. Elle constata que le grain de beauté que Julia avait près de l'oreille droite se dupliquait près de l'oreille gauche de sa jumelle. Puis elle posa sa joue sur leur poitrine et écouta battre leur cœur. Celui de Valentina faisait un bruit étrange, un murmure plutôt qu'un battement. Elspeth s'assit sur le lit auprès de Julia et lui caressa les cheveux, qui ne bougèrent pas plus que si une légère brise était passée sous les fenêtres closes.

Semblables, mais différentes. Elspeth reconnaissait en elles cette étrangeté, cette unicité qui, chez Edie et elle, avait toujours déconcerté les gens. Elle pensa à certaines choses qu'Edie lui avait écrites sur les jumelles. *Ça ne te gêne pas que Julia te commande tout le temps, Valentina ? Est-ce que vous avez des amis, l'une et l'autre ? Des petits amis ? Vous ne trouvez pas que vous êtes un peu âgées pour vous habiller pareil ?* Elspeth se mit à rire. *Je parle comme une mère rouspéteuse.* Elle se sentait toute ragaillardie. *Elles sont ici !* Elle aurait aimé pouvoir les accueillir d'une manière ou d'une autre, chanter une petite chanson, exprimer par des gestes la joie que suscitait leur présence, qui allait soulager la monotonie de son existence. Au lieu de quoi elle déposa un petit baiser sur le front de chacune et se roula en boule sur les oreillers afin de veiller sur leur sommeil.

Près d'une heure plus tard, Valentina remua. Elle s'éveilla au milieu d'un rêve. Elle était enfant et elle entendait la voix d'Edie lui demander de se lever, car il neigeait et elles allaient devoir quitter la maison de bonne heure pour aller à l'école.

« Maman ? »

Elle se redressa d'un coup et se retrouva dans une pièce inconnue. Il lui fallut un moment pour se repérer. Sa sœur dormait encore. Valentina eut envie d'appeler leur mère, mais leur portable ne fonctionnait pas à l'étranger. Elle découvrit un téléphone près du lit et souleva le combiné : pas de tonalité. *Personne ne peut nous appeler et nous ne pouvons appeler personne.* Elle éprouva un sentiment de solitude pas désagréable, à l'instar des gens qui sont rarement seuls. *Si je m'en allais maintenant, avant que Julia ne s'éveille, on ne me retrouverait pas. Je pourrais tout simplement m'évanouir dans la nature.* Elle descendit du lit sans déranger sa sœur. Il y avait un dressing à côté de la chambre d'Elspeth, une sorte de grand placard équipé de rangements et d'un miroir en pied. Valentina se regarda dans la glace. Comme d'habitude, l'image que le miroir lui renvoyait ressemblait plus à Julia qu'à elle-même. Elle ouvrit un tiroir, y découvrit un vibromasseur, et le referma aussitôt, gênée. Elspeth se tenait dans l'encadrement de la porte, légèrement inquiète. Elle observa Valentina qui essayait une paire de chaussures rouges à plateforme. Elles étaient un tout petit peu grandes, peut-être d'une demi-taille. Elles iraient sans doute mieux à Julia. Valentina ôta ensuite un manteau d'astrakan gris de son cintre et l'enfila. *Une petite souris déguisée en agneau*, se dit Elspeth. Valentina remit le manteau à sa place, puis regagna la chambre en passant sans le savoir à travers Elspeth. Elle frissonna et se frotta vigoureusement les avant-bras.

Julia s'éveilla et se tourna vers sa sœur. « Mouse », dit-elle d'une voix pâteuse.

« Je suis ici. » Valentina se réinstalla sur le lit. « Tu as froid ? » Elle remonta le couvre-lit sur elles et entortilla une mèche de cheveux de Julia autour de ses doigts.

« Non, répondit Julia en refermant les yeux. J'ai fait un rêve vraiment bizarre. »

Valentina attendit la suite, mais sa sœur s'arrêta là.

Un peu plus tard, Julia reprit la parole. « Alors ? » demanda-t-elle.

« Alors… c'est oui. » Elles échangèrent un sourire. La lumière qui filtrait à travers la trame du couvre-lit donnait à leur visage des reflets orange.

Elspeth considérait leurs deux formes réunies en une seule sous le tissu chenille. Les jumelles allaient rester, elle venait d'en avoir la certitude. Même si elle n'avait guère douté de leur décision, sa joie était immense. *Pensez à tout ce qui va se passer pour vous – pour nous ! Des aventures, des repas… Les livres vont être pris sur leurs étagères et ouverts. Il va y avoir de la musique, peut-être des soirées.* Elspeth fit plusieurs fois le tour de la pièce en tournoyant. Elle quitta le pull de laine rouge et le pantalon de velours marron qu'elle portait et enfila une robe-bustier verte qu'elle avait mise un jour d'été pour un bal à Oxford. En chantonnant, elle esquissa un pas de valse et gagna le couloir, où elle se mit à danser le long des murs et au plafond comme Fred Astaire. *Génial ! J'ai toujours eu envie de faire ça !*

« Tu n'as rien entendu ? demanda Valentina.

— Non.

— On aurait cru des souris.

— Des zombies ! » Elles se mirent à rire. Julia sortit du lit et s'étira. « Allons chercher nos bagages », dit-elle. Elspeth les suivit jusqu'à la porte et sautilla gaiement en les regardant traîner leurs affaires dans son appartement, tout excitées par cette situation nouvelle. Elles suspendirent leurs vêtements à côté des siens, posèrent leurs flacons de shampoing dans la douche et branchèrent leurs ordinateurs portables pour recharger la batterie. Après une brève discussion, elles installèrent la machine à coudre de Valentina dans la petite pièce du fond, où elle allait prendre la poussière pendant des mois. Elspeth les observait avec ravissement. *Vous êtes magnifiques*, pensa-t-elle, tout en se disant qu'il n'y avait là rien de surprenant. *Vous êtes à moi.* Le sentiment qu'elle éprouvait à l'égard de ces jeunes filles, de ces étrangères, ressemblait à de l'amour.

« Enfin, ça y est ! » s'exclama Julia quand elles eurent vidé leurs valises et discuté âprement de l'emplacement de chaque pull-over et brosse à cheveux.

« Je crois que oui », acquiesça Valentina.

Maître Roche

Le lendemain matin, Julia et Valentina rendirent visite à Xavier Roche, leur notaire, ou plutôt celui d'Elspeth, dont elles avaient hérité avec tout le reste. Depuis plusieurs mois, Maître Roche leur envoyait des papiers à signer, des clés, des instructions et des e-mails d'une sécheresse administrative.

Le taxi les déposa à Hampstead devant un bâtiment de style faux-Tudor. L'office notarial Roche, Elderidge, Potts et Lefley était situé au-dessus d'une agence de voyages. Après avoir monté un escalier étroit, les jumelles se retrouvèrent dans une petite antichambre. Un bureau nu avec une chaise pivotante, deux fauteuils inconfortables et une table basse sur laquelle était posé un exemplaire du *Times* faisaient face à une porte. Elles s'assirent et attendirent une dizaine de minutes, un peu inquiètes, mais rien ne se passa. Finalement Julia se leva et ouvrit la porte. Elle fit signe à Valentina de la rejoindre.

Dans la pièce adjacente, une secrétaire d'âge mûr à l'allure impeccable était assise devant un énorme ordinateur beige. Le décor, de style « début Thatcher », comme disait Elspeth, parut étrangement modeste aux yeux des jumelles. C'était leur premier contact avec la tendance typiquement britannique à mélanger l'important et le miteux, le cher et le bon marché. La secrétaire les introduisit dans un autre bureau décoré dans le même style, mais où il y avait plus de livres. « Asseyez-vous, je vous en prie, dit-elle. Maître Roche va vous recevoir. »

Maître Roche ne tarda pas à faire son entrée. Les jumelles ne l'imaginaient pas ainsi. C'était un vieux monsieur qui semblait sorti d'un roman de Dickens. De petite taille, il avait encore rétréci avec l'âge. Il marchait lentement, en s'appuyant sur une canne, et tandis qu'il s'avançait vers elles sur le tapis, les jumelles eurent tout le loisir de contempler la mèche rabattue sur son crâne, ses sourcils impressionnants et son costume bien coupé, mais dans lequel il flottait un peu. « Mesdemoiselles Poole ! lança-t-il d'une voix grave en leur serrant successivement les mains. C'est pour moi un grand plaisir de faire votre connaissance. » Il avait des yeux sombres et un nez aquilin. *Il ressemble à la boîte à biscuits en forme de gnome qu'a maman*, pensa Julia. Elspeth, en privé, l'avait parfois appelé « le Lutin ».

« Installons-nous autour de la table », proposa-t-il. Valentina tira une chaise à son intention et les deux sœurs attendirent qu'il soit assis. « C'est plus agréable et plus informel que si je m'installe derrière mon bureau, poursuivit-il. Constance va nous apporter du thé. Oh, merci, ma chère. Maintenant, racontez-moi ce que vous avez fait depuis votre arrivée.

— On a surtout dormi, répondit Julia, à cause du décalage horaire.

— Est-ce que Robert Fanshaw est venu vous voir ?

— Non, mais nous ne sommes là que depuis hier, vous savez.

— Je suppose qu'il vous rendra visite dans la journée, dans ce cas. Il a hâte de faire votre connaissance. » Maître Roche les dévisagea l'une après l'autre. « Votre ressemblance avec votre mère et sa sœur est incroyable, dit-il en versant le thé dans leurs tasses. Pour un peu, je croirais être assis à côté d'Edie et d'Elspeth, vingt ans plus tôt.

— Vous les avez connues à cet âge ? » interrogea Valentina. Maître Roche lui semblait si âgé qu'elle n'aurait pas été étonnée qu'il ait connu la reine Victoria.

Il sourit. « Ma chère enfant, mon père était déjà le notaire de votre arrière-grand-père. J'ai fait sauter votre grand-père sur mes genoux quand il était petit, et votre mère et votre tante ont joué avec des cubes sur ce tapis pendant que je parlais à leurs parents, tout comme nous parlons tous les trois aujourd'hui. » Les jumelles lui rendirent son sourire. « Quelle pitié qu'Elspeth ne soit plus là pour vous accueillir ! poursuivit-il. Je peux toutefois vous dire qu'elle était ravie à l'idée que vous veniez vivre ici et elle a laissé de quoi pourvoir largement à vos besoins. J'espère que les clauses du testament sont claires…

— Nous devons occuper l'appartement pendant un an avant de pouvoir le vendre, dit Julia.

— Et nos parents ne peuvent venir nous rendre visite, compléta Valentina.

— Bien au contraire, j'espère que vos parents viendront ! Ce n'est pas ce qu'Elspeth a voulu dire. Elle a simplement stipulé qu'ils ne devaient pas *pénétrer* dans l'appartement.

— Pourquoi donc ? demanda Valentina.

— Ah, ça ! » Maître Roche prit un air navré. Il inclina la tête, fit un geste d'impuissance avec ses mains noueuses. « Elspeth gardait souvent ses pensées pour elle. Vous avez interrogé votre mère ? Quoique… Elle n'a sans doute pas envie d'en parler. » Le vieil homme les observait tout en discutant et Julia eut l'impression qu'il attendait d'elles une réaction. « Les dernières volontés des gens sont parfois curieuses, poursuivit-il. Vous ne pouvez pas imaginer les clauses étranges qu'on trouve dans les testaments, généralement avec des effets inattendus. »

Il se tut et, sous son regard, elles s'agitèrent sur leur chaise, gênées. « Vraiment ? » demanda finalement Julia, mais Maître Roche n'enchaîna pas. Il baissa les yeux et prit un classeur.

« Bien, dit-il, je vais vous montrer comment votre argent est investi. » La demi-heure qui suivit parut aux jumelles à la fois ennuyeuse et excitante. Elles avaient gagné un peu d'argent en faisant du baby-sitting et en travaillant un été comme monitrices dans un camp de filles scoutes du Wisconsin, mais elles n'auraient jamais imaginé posséder les sommes que le notaire mettait sous leurs yeux.

« Il y a combien en tout ? demanda Julia.

— Quelque chose comme deux millions et demi de livres, si l'on compte la valeur de l'appartement. »

Julia jeta un coup d'œil à Valentina. « On peut vivre une éternité avec ça », dit-elle. Valentina fronça les sourcils.

Maître Roche hocha imperceptiblement la tête. « Pas à Londres. Vous serez étonnées du coût de la vie ici.

— Est-ce qu'on a le droit de travailler ? interrogea Valentina.

— Vous n'avez pas les visas qu'il faut, mais on peut faire une demande. Quel genre de job souhaiteriez-vous ?

— On ne sait pas encore, dit Valentina. Mais on a l'intention de reprendre nos études.

— En fait, on les a laissé tomber », précisa sa sœur.

Le notaire les regarda alternativement. « Ah, fit-il.

— Nous aimerions savoir pour quelle raison tante Elspeth nous a légué tous ses biens, déclara Julia. On lui est très reconnaissantes, bien sûr, mais on a du mal à comprendre pourquoi dans la mesure où elle n'est jamais venue nous rendre visite. »

Le vieil homme ne répondit pas tout de suite. « Elspeth n'avait pas la fibre nourricière, disons, mais elle avait le sens de la famille. Je ne saurais dire pourquoi, mais le fait est là. »

Je ne saurais dire, ou je ne veux pas dire ? s'interrogèrent les jumelles.

« Avez-vous d'autres questions ?

— Eh bien, dit Valentina, on voudrait savoir comment marche le chauffage dans l'appartement. Cette nuit, il a fait un froid de canard.

— Robert Fanshaw peut vous montrer. Il a un grand sens pratique. Saluez-le pour moi et demandez-lui de m'appeler, voulez-vous ? Il y a deux ou trois choses que nous devons voir ensemble. »

L'entretien était terminé. Au moment où les jumelles s'en allaient, Julia se retourna et vit que le notaire les regardait l'air médusé, les deux mains appuyées sur sa canne.

À leur retour à Vautravers, l'immeuble était calme et sans vie. « On pourrait peut-être frapper à sa porte, suggéra Julia dans le hall d'entrée.

— La porte de qui ?

— De ce Robert Fanshaw. Pour qu'il nous explique le fonctionnement du chauffage. »

Valentina se contenta de hausser les épaules. Le son d'une télévision leur parvenait du fond de l'appartement. Julia frappa, puis, n'obtenant pas de réponse, recommença, un peu plus fort cette fois. Personne n'ouvrit. « Bon, tant pis », dit-elle en entraînant sa sœur vers l'escalier.

Le voisin du dessus

Martin reposa le téléphone sur le lit. Le lit était une île, entouré par une mer de contamination, et Martin était roulé en boule dessus depuis quatre heures. Heureusement, il avait avec lui quelques éléments de survie : le téléphone, du pain et du fromage, son vieil exemplaire de Pline. Martin mourait d'envie de quitter ce lit, d'abord parce qu'il avait besoin d'uriner et ensuite parce qu'il espérait travailler un peu. Son ordinateur l'attendait dans le bureau. Mais il sentait, non, il *savait*, que quelque chose d'épouvantable s'était passé dans la nuit. Le sol de la chambre était couvert d'immondices : des germes, des excréments, des vomissures. Quelqu'un s'était introduit dans l'appartement et avait étalé cette saleté sur le plancher. *Pourquoi ?* se demanda-t-il. *Pourquoi est-ce que ça arrive toujours ? Est-ce réel ? Non, ce n'est pas possible. Mais qu'est-ce que je peux faire pour éviter ça ?*

La réponse lui vint : *Compte à l'envers en partant de mille, en chiffres romains, et touche la tête de lit pendant ce temps.* Bien sûr ! Martin s'exécuta, mais il se trompa en arrivant à DCCXXIII et dut tout reprendre depuis le début. Tandis qu'il se livrait à ce décompte, une autre partie de son cerveau s'interrogeait sur sa nécessité. Il perdit le fil, recommença.

Le téléphone sonna. Martin l'ignora et tenta de se concentrer sur ce qu'il faisait. Trois sonneries plus tard, le répondeur se mit en marche. *Bonjour, vous êtes bien chez Martin et Marijke Wells. Nous ne sommes pas là pour le moment, mais laissez-nous un message.* Bip. Un silence. « Martin ? Décrochez, je sais que vous êtes là. Vous êtes toujours là. » La voix de Robert. « Martin ! » Un déclic. Martin s'aperçut qu'il avait oublié à quel chiffre il était arrivé. Il lança le téléphone à travers la pièce. L'appareil s'écrasa contre le mur d'en face et émit un bourdonnement. Martin fut horrifié. Maintenant, il allait devoir le remplacer. L'appareil gisait sur le sol, contaminé. La lumière qui pénétrait dans la chambre était celle, oblique, de l'après-midi. Il n'était pas parvenu à s'échapper de ce lit. Une fois de plus, il s'était laissé dominer par sa folie.

Une idée lui vint. Oui, il allait tout simplement déplacer le lit. C'était un grand meuble à l'ancienne, tout en bois. Martin avança jusqu'au pied du lit et se balança afin de faire progresser le lit vers la salle de bains. Les roulettes en bois grattèrent le plancher, sans grand résultat. Suant et soufflant, Martin se concentra sur sa tâche, avec une sorte de joie. Centimètre par centimètre, il parvint enfin à le déplacer, jusqu'à ce que, posant le pied sur le tapis en éponge, il soit enfin libéré.

Quelques minutes plus tard, alors qu'il était sur le point de se laver les mains après avoir uriné, Martin entendit Robert qui l'appelait dans l'appartement. Il attendit qu'il arrive dans la chambre pour dire : « Je suis ici. » Au bruit qui lui parvint, il comprit que Robert était en train de remettre le lit à son emplacement d'origine.

Robert était parvenu devant la porte de la salle de bains. « Ça va ? interrogea-t-il.

— Oui. Je crois que j'ai bousillé le téléphone. Vous pourriez le débrancher ? »

Robert s'éloigna et revint avec l'appareil entre les mains. « Il fonctionne, Martin.

— Non… Euh, il est… il était sur le sol.

— Donc il est contaminé ?

— Oui. Vous pouvez le jeter ? Je vais en commander un neuf.

— Martin, je peux le décontaminer. C'est le troisième en… quoi, un mois ? J'entendais l'autre jour une émission à la radio où l'on disait que les décharges britanniques sont pleines à ras bord de téléphones mobiles et d'ordinateurs usagés. Ce serait vraiment dommage de jeter un téléphone en parfait état de marche. » Sans répondre, Martin entreprit de se laver les mains. Il fallait toujours beaucoup de temps avant que l'eau soit suffisamment chaude. Le savon qu'il utilisait était un antibactérien agressif pour la peau.

Robert demanda : « Vous allez bientôt sortir ?

— Ça risque de prendre un certain temps.

— Je peux faire quelque chose ?

— Emporter le téléphone.

— Entendu. »

Martin attendit. Robert resta quelques instants encore de l'autre côté de la porte, puis quitta la pièce. La porte d'entrée claqua. *Je suis désolé*. La formule se répéta dans sa tête jusqu'à ce qu'il la remplace par une autre, plus secrète. L'eau avait atteint la bonne température. L'après-midi allait être long.

Robert rentra chez lui et appela Marijke à son travail. Elle lui avait demandé de ne le faire qu'en cas d'urgence, mais elle ne prenait pas ses appels sur son mobile et ne rappelait jamais. Elle travaillait à VPRO, l'une des stations de radio les moins conventionnelles des Pays-Bas. Robert n'était jamais allé dans ce pays. Quand il imaginait la Hollande, il pensait aux tableaux de Vermeer.

Il entendit une tonalité de sonnerie étrangère, puis une voix répondit, mais ce n'était pas celle de Marijke. Il demanda à parler à Marijke et la voix annonça qu'elle allait la chercher. Robert se tenait dans son séjour, l'oreille collée à son mobile, écoutant les bruits de la station et des phrases qui lui parvenaient étouffées : *« Nee, ik denk van nie... » « Vertel hem dat het onmogelijk is, hij wil altijd het onderste uit de kan hebben... »* Il imagina le récepteur posé sur le bureau de Marijke comme un insecte abandonné, et Marijke qui arrivait. Il revoyait son visage banal légèrement ridé, son regard vert fatigué et ses lèvres peintes en rouge trop vif, son expression toujours un peu tendue. Sans doute portait-elle le pull-over orange qu'elle mettait plusieurs jours de suite chaque hiver. Marijke avait toujours les mains occupées à tenir une cigarette ou un stylo, à ôter une peluche imaginaire sur le col de quelqu'un, à tortiller une mèche de ses cheveux plats, ce qui énervait considérablement Robert.

Elle prit l'appareil.

« Hallo ? » Marijke avait une voix sensuelle. Robert disait toujours à Martin qu'elle aurait gagné des fortunes au téléphone rose. Dans son ancien poste à la BBC, elle lisait les bulletins d'info-trafic l'après-midi ; parfois des hommes venaient la demander à l'accueil.

À VPRO, elle était l'animatrice très populaire d'une émission où l'on parlait surtout de violations des droits de l'homme, du réchauffement de la planète et d'animaux martyrs.

« Marijke. C'est Robert. »

Elle marqua un temps et il perçut son malaise. « Bonjour, Robert, dit-elle enfin. Comment allez-vous ?

— Bien. C'est votre mari qui ne va pas.

— Que voulez-vous que j'y fasse ? Je suis loin.

— Je voudrais que vous reveniez et que vous repreniez la situation en main.

— Il n'en est pas question. » Marijke posa sa paume sur le récepteur et parla à quelqu'un, puis reprit : « Je n'ai aucunement l'intention de revenir. Et comme il est même incapable de descendre prendre son courrier, je ne pense pas qu'on se verra l'un de ces jours.

— Au moins, passez-lui un coup de fil.

— Pour quoi faire ?

— Pour le persuader de prendre ses médicaments. Pour lui remonter le moral. Je ne sais pas, moi. Vous ne voulez pas l'aider à s'en sortir ?

— Robert, j'ai tout essayé, je vous assure. C'est sans espoir. »

Robert contempla par la fenêtre le jardin sur le devant de Vautravers, qui formait un petit talus, ce qui donnait l'impression de regarder une scène de théâtre inclinée. Au moment où Marijke lui expliquait qu'elle se désintéressait totalement de l'avenir de Martin, les jumelles s'engagèrent dans l'allée conduisant au portail. Elles étaient vêtues à l'identique d'un manteau et d'un chapeau bleu ciel, et portaient des manchons mauves. L'une des deux laissait se balancer son manchon au bout de sa lanière ; l'autre montra du doigt quelque chose dans un arbre et toutes deux éclatèrent de rire.

« Robert ? Vous êtes toujours là ? »

L'une des jumelles précédait légèrement l'autre ; telles que Robert les voyait, elles formaient une créature à deux têtes, à quatre jambes et à deux bras. Elles franchirent le portail. Il ferma les yeux et l'image qui se forma derrière ses paupières fut celle d'une silhouette chatoyante de jeune fille sur un fond sombre. Robert était sous le charme. Les jumelles étaient comme une version antérieure d'Elspeth qu'il n'avait pu connaître. *Elles sont si jeunes. Et si étranges. On dirait qu'elles ont douze ans, ce n'est pas croyable !*

« Robert ? » Il ouvrit les yeux. Les jumelles avaient disparu.

« Excusez-moi, Marijke, que disiez-vous ?

— Je dois vous laisser, j'ai à faire.

— Euh… bien. Excusez-moi de vous avoir dérangée.

— Robert, quelque chose ne va pas ? »

Il réfléchit un instant avant de répondre. « Je viens de voir un spectacle incroyable.

— Oh ! fit Marijke. Quoi donc ? Où êtes-vous ? » C'était la première fois qu'elle manifestait de l'intérêt au cours de leur conversation.

« Les jumelles d'Elspeth sont arrivées. Elles viennent de traverser le jardin. Elles sont… surprenantes.

— J'ignorais qu'Elspeth avait des enfants.

— Ce sont les filles d'Edie et de Jack.

— La fameuse Edie. » Marijke poussa un soupir. « Je n'ai jamais vraiment cru à l'existence d'Edie. Je soupçonnais Elspeth de l'avoir inventée. »

Robert sourit. « Pour ma part, j'ai toujours eu des doutes sur celle de Jack, le fiancé légendaire qui s'est enfui aux États-Unis avec la jumelle démoniaque. Ils semblent qu'ils existent vraiment, en fin de compte. »

Marijke couvrit de nouveau le récepteur de sa main pour parler à quelqu'un. « Il faut que j'y aille, maintenant, Robert », dit-elle lorsqu'elle eut terminé. Elle marqua un temps d'arrêt, puis ajouta : « Elles ressemblent à Elspeth ?

— Si vous revenez ici, vous jugerez par vous-même. »

Elle éclata de rire. « Je vais l'appeler, mais je ne retournerai pas à Londres. Je ne m'y suis d'ailleurs jamais tout à fait sentie chez moi, vous savez. » Marijke avait vécu vingt-six ans à Londres. Elle avait vécu vingt-cinq ans avec Martin. Robert n'arrivait pas à comprendre comment elle y était parvenue. Il l'imagina en compagnie d'autres Hollandais, des gens robustes qui parlaient cinq langues et mangeaient des harengs que l'on vendait dans des charrettes au coin des rues. À Londres, elle semblait soucieuse et dépaysée. Robert se demandait si elle avait retrouvé dans sa ville ce qui lui manquait si cruellement.

« Il vous attend, Marijke. »

Silence à l'autre bout de la ligne. Robert céda. « Oui, elles ressemblent beaucoup à Elspeth. Elles sont plus blondes, toutefois. Et elles n'ont pas son côté sauvage. Elles ont plutôt l'air de chatons.

— De chatons ? Voilà qui est curieux. Finalement, ce ne sera pas mal qu'il y ait des chatons dans cet immeuble. Cela vous remontera le moral, à Martin et à vous. Bon, cette fois, je vous laisse, Robert. Merci d'avoir appelé.

— Au revoir, Marijke.

— Au revoir. »

Dans son bureau, Marijke resta la main posée sur le téléphone. Il était un peu plus de trois heures de l'après-midi et elle avait encore quelques minutes devant elle, malgré ce qu'elle avait dit à Robert. Elle allait appeler Martin, mais à partir de son mobile, car il avait la présentation du numéro. Elle éprouva un sentiment de culpabilité. Quand elle était partie, un an plus tôt, elle avait téléphoné à peu près toutes les deux ou trois semaines. Cette fois, elle avait laissé passer deux mois sans le faire. Elle porta son mobile à son oreille et compta les sonneries. Martin répondait toujours à la septième. Six, sept : il était là.

« Allô ? » L'appel semblait l'avoir interrompu au milieu de quelque chose. Elle se demanda ce qu'il était en train de faire, mais préféra ne pas poser la question.

« *Hallo,* Martin.

— Marijke… » Elle pressa l'appareil contre son oreille. Elle avait toujours aimé sa façon de prononcer son prénom. Cette fois, c'était un moment difficile. Elle se pencha en avant et s'accroupit près de sa table de travail, de sorte que lorsqu'elle levait les yeux, elle ne voyait que les cloisons de son bureau modulaire et les dalles du faux plafond. « Comment vas-tu, Marijke ? » Il ne semblait pas différent par rapport à la dernière fois où elle lui avait parlé.

« Bien. J'ai eu une promotion. J'ai quelqu'un pour m'assister, maintenant.

— Génial. » Il fit une pause. « Un homme ou une femme ? » Elle se mit à rire. « Une femme. Elle s'appelle Ans.

— Super. Je n'aurais pas aimé que tu tombes sous le charme d'un jeune Adonis doté – il baissa la voix – d'une fa-bu-leuse é-lo-cu-tion.

— Ne t'inquiète pas, il n'y a ici que des timbrés de radio. Les plus jeunes sont trop occupés à bavarder entre eux pour s'embêter avec des bonnes femmes dans mon genre. » Marijke éprouvait un curieux sentiment de satisfaction à l'idée que Martin la croie poursuivie par des soupirants. Elle l'entendit allumer une cigarette, puis souffler la fumée.

« J'ai arrêté de fumer, annonça-t-elle.

— J'ai du mal à le croire. Que vas-tu faire de tes mains ? Les pauvres, elles seront perdues sans une cigarette pour les occuper. » Martin parlait d'un ton cajoleur, mais Marijke percevait l'effort qu'il faisait pour avoir l'air détaché. « Ça date de quand ?

— Six jours, douze heures et… » Elle consulta sa montre. « Et treize minutes.

— Félicitations. Je suis jaloux. » Le terme *jaloux* suscita un silence mutuel.

Marijke se creusa les méninges pour trouver un autre sujet de conversation. « Sur quoi travailles-tu ? Les Assyriens ? » Martin travaillait de temps à autre pour le British Museum et la dernière fois qu'ils avaient bavardé ensemble, il lui avait parlé d'inscriptions en araméen qu'il était en train de traduire.

« Non, ça, c'est terminé. Je suis maintenant sur un petit recueil de poèmes censés être l'œuvre d'une femme, Marcella, qui vivait à l'époque d'Auguste. S'ils étaient authentiques, ce serait très excitant, car il n'existe pratiquement aucune œuvre féminine de cette période qui nous soit parvenue à ce jour. Mais j'en doute. Charles a été abusé, j'en ai peur.

— Comment sais-tu qu'ils ne sont pas authentiques ? Charles a dû vérifier, non ?

— Au premier abord, on n'a pas de raisons d'émettre des doutes. Ce sont plutôt certains détails de langage qui clochent, un peu comme si l'on décidait aujourd'hui de composer des sonnets à la manière de Shakespeare. Même si l'on manie joliment la langue, certaines tournures archaïques utilisées sonneront faux. Elles ne correspondront pas à celles qui seraient venues naturellement sous la plume d'un poète de cette époque. Pour moi, l'auteur de ces poèmes est un Français du XXe siècle qui possède une excellente maîtrise du latin du XIXe.

— Mais ce sont sans doute des copies de copies. Des fautes peuvent avoir été introduites durant ce processus…

— On les a trouvés dans la bibliothèque d'Herculanum. Le recueil est donc censé être l'original. Je dois d'ailleurs appeler Charles aujourd'hui, sinon il va être furieux… »

Bernard, le patron de Marijke, apparut à la porte de son bureau modulaire. Il la chercha désespérément du regard avant de la découvrir assise par terre. Elle articula « Martin » en silence. Il pointa l'index vers sa montre et attendit, ses rares cheveux gris dressés sur la tête comme un personnage électrocuté dans une bande dessinée. Marijke se leva. « Je dois raccrocher, Martin, dit-elle. Le boulot. »

Martin sursauta. C'était si réconfortant de parler à Marijke, si juste, si naturel, si semblable à leurs conversations habituelles, qu'il avait oublié que cela allait avoir une fin. Quand le rappellerait-elle ? La panique s'empara de lui.

« Marijke… »

Elle attendit. Si seulement Bernard la quittait des yeux ! De sa main libre, elle lui adressa un petit signe qui voulait dire : *Oui, je sais, j'arrive tout de suite.* Bernard haussa ses sourcils impressionnants en guise d'avertissement et regagna son bureau.

« Rappelle-moi vite, Marijke.

— Entendu. » Elle en avait le désir, mais elle savait qu'elle ne le ferait pas. « *Groetjes*, chéri.

— *Doeg ! Ik hou van je…* » Tous les deux se turent. Elle raccrocha la première.

Martin resta dans son bureau, son portable à la main, submergé par une foule d'émotions. *Elle m'a appelé. Elle m'a dit « chéri ». J'aurais dû lui poser plus de questions, j'ai trop parlé de mon travail. Elle a dit qu'elle rappellerait bientôt. Mais quand ? J'ai dû lui demander de me donner des nouvelles pour qu'elle dise qu'elle le ferait. Quoique… Elle a téléphoné aujourd'hui, donc elle rappellera. Quand ça ? Je devrais noter les questions que je veux lui poser. Elle a arrêté de fumer, c'est stupéfiant. Je devrais en faire autant. On pourrait arrêter ensemble, je lui dirai ça la prochaine fois. Mais quand va-t-elle appeler ?* Martin prit une autre cigarette dans le paquet et l'alluma. *Elle m'a appelé. On se parlait encore il y a quelques instants.* Il pressa le mobile contre sa joue. L'appareil était tiède. Il éprouva une certaine tendresse pour cet objet qui lui avait apporté la voix de Marijke. Le téléphone dans une main et une cigarette dans l'autre, Martin marcha jusqu'à la cuisine, puis fit demi-tour et regagna son bureau. *Elle m'a appelé. Elle a promis de me rappeler. Elle a appelé. Quand va-t-elle rappeler ? Je devrais peut-être arrêter de fumer…*

Marijke ferma le clapet de son téléphone, qu'elle rangea dans sa poche. Elle termina le texte qu'attendait Bernard et le lui envoya par e-mail. Elle entendit le « ping » qui signifiait qu'il l'avait bien reçu sur son ordinateur, à quelques mètres du sien. Quelqu'un lui lança : « Tu es à l'antenne dans un quart d'heure. » Elle acquiesça d'un signe de tête et se dirigea vers le studio. En route, elle s'arrêta aux toilettes, s'appuya contre le mur et fondit en larmes. *Il n'a pas changé.* Elle regrettait d'avoir appelé. Au téléphone, elle retrouvait trop facilement le Martin d'autrefois. Marijke se lava le visage et se précipita vers le studio, où le technicien lui lança un regard chagriné. Il se passerait des mois avant qu'elle ne rappelle Martin.

La filature

Il y avait un an que Robert imaginait l'arrivée des jumelles. Il tenait avec elles des conversations dans sa tête, à propos de Londres, du cimetière, d'Elspeth, de restaurants, de sa thèse et de mille autres sujets. Tout en vaquant à ses occupations durant cette longue période, il notait des éléments qui les intéresseraient. *Il y a la statue du chat de Dick Whittington, ça les amusera, et puis je les emmènerai à Postman's Park, au Hunterian Museum, au musée Sir John Soane. On fera un tour sur la Grande Roue du Millénaire au coucher du soleil.* Tout cela, il l'avait fait avec Elspeth. *On ira voir la maison de Dennis Severs à Noël. C'est un vrai petit musée de la vie quotidienne à Londres au* XVIII*e* *siècle. Et le Foundling Museum, le musée des enfants trouvés.* Robert se voyait devenir le guide des jumelles à Londres, leur indispensable sherpa. Elles lui soumettraient leurs petits dilemmes et leurs questions, il les conseillerait comme un oncle et leur ferait connaître la ville. Malgré sa hâte de les rencontrer, il avait reporté sur elles tant d'attentes et d'espoir que maintenant qu'elles étaient enfin là, il avait peur d'elles.

Il s'était dit qu'il monterait simplement à l'étage, frapperait à la porte et se présenterait. Mais leurs rires et le bruit de leurs pas le paralysaient. Il suivait leurs allées et venues, et les regardait traverser le jardin de devant dans des tenues similaires, portant des sacs de l'épicerie, des fleurs, une affreuse lampe. *Pourquoi ont-elles besoin d'une lampe ? Il y a quantité de lampes chez Elspeth.*

Tous les jours, elles venaient frapper à une ou deux reprises à sa porte et chaque fois, Robert s'immobilisait à son bureau ou devant son repas. Il les entendait parler en sourdine dans le hall. *Ouvre la porte*, se disait-il, *ne sois pas idiot.*

Leur gémellité le faisait hésiter ; ensemble, elles semblaient sublimes et inviolables. Le matin, il les voyait négocier le chemin glissant jusqu'au portail. Elles paraissaient si autonomes et en même temps si dépendantes l'une de l'autre qu'il se sentait exclu sans même avoir échangé un mot avec l'une d'entre elles.

Par une matinée froide et ensoleillée, Robert se posta à sa fenêtre, une tasse de café à la main, vêtu de son manteau et de son chapeau. Un peu plus tard, il les entendit dévaler les escaliers et les vit traverser le jardin, puis franchir le portail.

Il les suivit.

Elles traversèrent Pond Square et Highgate Village, avant de suivre Jackson's Lane jusqu'à la station de métro Highgate. Il ralentit, les laissa disparaître de sa vue, mais s'affola à l'idée qu'une rame pouvait déjà être en train d'arriver. Il descendit en toute hâte l'escalier mécanique. Il était onze heures et demie. La station était presque vide. Il les aperçut sur le quai en direction du sud et se positionna de manière à monter dans le même wagon. Elles s'assirent près des portes du milieu. Il prit place quelques mètres plus loin, face à elles. L'une des deux jumelles étudia un plan de métro, l'autre s'appuya au dossier de son siège et considéra les affiches publicitaires. « Regarde, dit-elle à sa sœur, on peut aller en avion en Transylvanie pour une livre. » Robert fut étonné d'entendre leur accent américain, si différent de celui d'Elspeth, qui maniait avec assurance l'anglais châtié d'Oxford et de Cambridge.

Il évitait de les regarder. Cette attitude lui rappelait Squeak, un chat qui avait appartenu à sa mère. Chaque fois qu'on le conduisait chez le vétérinaire, le chat cachait sa tête sous le bras de Robert, comme s'il pensait que s'il ne voyait pas le vétérinaire, le vétérinaire ne le verrait pas. Robert détournait les yeux des jumelles pour qu'elles ne le voient pas non plus.

Elles descendirent à Embankment et prirent la District Line. Un peu plus tard, elles sortirent à la station Sloane Square, puis s'aventurèrent dans le quartier de Belgravia, en s'arrêtant souvent pour consulter leur plan de Londres. Robert ne venait jamais dans cette partie de la ville et lui aussi finit par ne plus savoir où il était. Il ralentit sans les perdre de vue. Il se sentait débile, pervers, visible comme le nez au milieu de la figure. Des jeunes gens chic des deux sexes le dépassaient, le mobile collé à l'oreille, de mystérieux sacs de shopping à la main, leur haleine formant de la buée tandis qu'ils parlaient comme des acteurs répétant leur texte. À côté, les jumelles ressemblaient à des gamines.

Elles prirent une petite rue où, soudain excitées, elles scrutèrent les numéros des immeubles. « C'est ici ! » s'écria soudain l'une des deux, en entraînant l'autre dans la minuscule boutique du créateur de chapeaux

Philip Treacy. Robert les observait depuis le trottoir opposé. Elles passèrent une bonne heure à faire des essayages à tour de rôle devant ce qui devait être une glace. La vendeuse, un grand sourire aux lèvres, leur apporta une énorme spirale vert acide que l'une des jumelles essaya et toutes trois eurent l'air ravi.

Robert regrettait de ne pas fumer. Au moins, cela lui aurait donné une excuse pour être dans la rue sans occupation apparente. *Je devrais peut-être aller boire une bière. Il y a de fortes chances pour qu'elles en aient pour l'après-midi.* Julia et Valentina s'extasièrent ensuite devant un disque en plastique orange qui lui rappela l'auréole en forme d'assiette placée au-dessus de la tête des saints dans les tableaux du Moyen Âge. *Il me faudrait un déguisement. Peut-être une barbe. Ou une combinaison étanche HazMat.* Finalement, les jumelles quittèrent la boutique sans rien acheter.

Robert les suivit dans tout Knightsbridge, pendant qu'elles léchaient les vitrines, mangeaient des pancakes, regardaient les autres flâneurs avec des yeux écarquillés. Au milieu de l'après-midi, elles s'engouffrèrent dans le métro. Il cessa sa filature et se rendit à la British Library.

Il déposa ses affaires dans un casier de la bibliothèque et monta à l'étage des humanités. La salle de lecture était bondée. Il trouva une place entre une femme au nez imposant entourée d'ouvrages sur Christopher Wren et un jeune homme hirsute qui faisait apparemment des recherches sur l'économie domestique des jacobites. Robert ne rechercha pas de livres ; il ne s'occupa même pas de ceux qu'il avait commandés auparavant. Il posa ses deux mains à plat sur la table et ferma les yeux. *Je me sens bizarre.* Il se demanda s'il n'avait pas attrapé la grippe. Il était partagé, aux prises avec des émotions contradictoires : honte, joie de vivre, sentiment de réussite, confusion, dégoût de lui-même et désir de suivre à nouveau les jumelles le lendemain. Il ouvrit les yeux et tenta de se reprendre. *Tu ne peux continuer à les espionner comme ça. Un jour ou l'autre, elles vont s'en apercevoir.* Il imagina Elspeth en train de le réprimander : « Aie un peu de cran, chéri, ouvre la porte quand elles sonneront, la prochaine fois. » Ensuite, il se dit qu'elle se moquerait de lui. Elspeth ne comprenait pas la timidité. Il s'adressa à elle en silence : *Ne te moque pas de moi, Elspeth, s'il te plaît.*

Le signal d'appel s'alluma sur sa table et Robert se rendit compte qu'il occupait la place d'une autre personne. Il jeta un regard autour de lui, puis se leva et sortit. Il regagna Vautravers par le métro. Dans l'allée conduisant à l'immeuble, il vit de la lumière dans l'appartement du premier et son cœur bondit de joie. Puis il se souvint : il s'agissait simplement des jumelles. *Aujourd'hui, c'était exceptionnel. Demain, j'irai frapper à leur porte et je me présenterai comme il se doit.*

Le lendemain matin, il les suivit jusqu'à Baker Street et paya vingt livres pour entrer au musée Madame Tussauds à leur suite. Il se tint à une distance raisonnable des jumelles tandis qu'elles s'esclaffaient devant les statues de cire de Justin Timberlake et de la famille royale. Le lendemain, il les suivit à nouveau lorsqu'elles se rendirent à la Tour de Londres, puis assistèrent à un spectacle de marionnettes au bord de la Tamise, sur l'Embankment. Robert commençait à désespérer. *Vous ne faites donc jamais rien d'intéres-*

sant ? Les journées défilèrent, entre Neal's Yard, Harrods, Buckingham Palace, Portobello Road, Westminster Abbey et Leicester Square. Robert perçut l'intention des jumelles : faire le tour des lieux les plus fréquentés de Londres en tentant d'y dénicher un accès souterrain à la ville authentique. Elles essayaient de se créer un Londres personnel à partir d'un guide touristique.

Né dans le quartier d'Islington, Robert n'avait jamais vécu en dehors de Londres. Sa cartographie de la ville était liée à des émotions. Les noms de rues évoquaient pour lui une petite amie, un camarade de classe, l'école buissonnière, des après-midi d'ennui et de désœuvrement, quelques rares sorties au zoo ou dans des petits restaurants avec son père, des rave parties dans des entrepôts de l'East London. Il s'inventa des histoires : il accompagnait les jumelles dans des sorties scolaires ; tous trois fréquentaient une école privée où l'on portait des uniformes étranges et où l'on étudiait le tourisme. Il cessa de réfléchir à son comportement et de craindre d'être pris sur le fait. Leur indifférence l'effrayait. Elles ne cherchaient pas à se fondre dans la masse, comme s'y efforcent les jeunes citadines. Elles attiraient tous les regards sans y attacher la moindre importance, comme si elles trouvaient naturel d'être constamment au centre de l'attention.

Elles menaient la marche ; il suivait. Il n'allait plus que de temps à autre au cimetière. Lorsque Jessica s'en étonna, il répondit qu'il travaillait à sa thèse chez lui. Elle le regarda d'un air curieux. Un peu plus tard, il découvrit les messages qui s'étaient accumulés sur son répondeur et comprit qu'elle pensait qu'il l'évitait.

Puis les jumelles restèrent chez elles plusieurs jours de suite. L'une des deux sortit seule pour faire des courses. Robert s'inquiéta. *Je devrais aller les voir, vérifier que tout va bien.* Il avait maintenant l'impression de les connaître, sans pour autant leur avoir jamais adressé la parole. Elles lui manquaient. Il s'en voulait de s'immiscer ainsi dans leur existence, mais il hésitait à franchir le pas. Il passait des journées entières chez lui, à tendre l'oreille, à attendre, à s'inquiéter.

Une journée de maladie

Ce matin-là, Valentina ne se sentait pas bien. Julia alla donc à la supérette du coin acheter de la soupe au poulet, des crackers et du Coca-Cola, menu qui, selon les jumelles, était bon pour une malade. Dès que sa sœur fut partie, Valentina se traîna hors du lit et alla vomir dans les toilettes. Puis elle se remit sous les couvertures, en chien de fusil, brûlant de fièvre. Elle contempla les motifs bleu et or du tapis et elle ne tarda pas à somnoler.

Quelqu'un se pencha sur elle et l'examina avec soin, sans pour autant la toucher. Valentina eut à peine conscience de cette présence attentive. Elle ouvrit les yeux, crut voir quelque chose de sombre et d'indistinct qui se dirigeait vers le pied du lit. Au même moment, elle entendit Julia ouvrir la porte d'entrée et s'éveilla complètement. Il n'y avait personne au pied du lit.

Peu après, Julia entra dans la chambre avec un plateau. Valentina s'assit et prit le verre de Coca-Cola que lui tendait sa sœur. Elle fit tinter les glaçons dans le verre, qu'elle appuya contre sa joue, but une petite gorgée, puis une autre. « Il y avait quelque chose de bizarre dans la pièce, dit-elle.

— Qu'est-ce que tu veux dire ? »

Elle s'efforça de le décrire. « Eh bien, ça flottait dans l'air, ça ressemblait à une tache et ça s'inquiétait pour moi.

— C'était gentil de sa part. Moi aussi, je m'inquiète pour toi. Tu veux un peu de soupe ?

— Oui, mais juste le bouillon, pas les nouilles ni le reste, si c'est possible.

— C'est possible. »

Pendant que Julia repartait vers la cuisine, Valentina fit le tour de la chambre du regard. Celle-ci était comme tous les matins. Il faisait beau et le soleil réchauffait le mobilier. *J'ai dû rêver. Pourtant, c'était vraiment étrange.*

Julia revint avec un bol de soupe. Elle posa la main sur le front de Valentina comme le faisait Edie. « Tu es brûlante, Mouse. » Elle s'assit au pied du lit pendant que sa sœur avalait quelques gorgées. « Je vais faire venir un médecin, dit-elle.

— C'est juste la grippe.

— Tu sais que tu ne peux pas rester sans soins, maman en aurait une attaque ! Tu risques de faire une crise d'asthme.

— Bon, on appelle maman ? » Elles avaient déjà téléphoné la veille, mais rien n'interdisait de passer deux coups de fil dans la semaine.

« Il est quatre heures du matin là-bas, dit Julia. On le fera plus tard.

— D'accord. » Valentina rendit le bol à sa sœur, qui le reposa sur le plateau. « Je crois que je vais dormir un peu.

— D'ac. » Julia ferma les rideaux, prit le plateau et sortit de la chambre.

Valentina se roula de nouveau en boule, satisfaite. Elle ferma les yeux. Quelqu'un s'assit auprès d'elle et lui caressa les cheveux. Elle s'endormit, un sourire aux lèvres.

Valentina et Julia sous la terre

Valentina n'aimait pas le métro. C'était sombre, rapide, sale et bondé. Elle n'aimait pas être serrée contre des gens, sentir une haleine sur sa nuque, être accrochée à la barre et projetée contre des hommes en sueur. Et surtout, Valentina n'aimait pas être sous terre. Et le fait que ce métro s'appelle l'Underground[1] n'arrangeait rien. Elle prenait l'autobus chaque fois qu'elle le pouvait.

Elle essayait de ne pas montrer ses craintes à sa sœur, mais Julia s'en doutait. Désormais, chaque fois qu'elles sortaient, Julia étalait le plan de métro sur la table de la salle à manger et prévoyait des itinéraires qui nécessitaient au moins trois changements. Valentina ne disait rien. Elle trottinait à côté de Julia, prenait des escaliers mécaniques interminables qui descendaient dans les entrailles des stations. Ce soir, elles allaient voir un spectacle de cirque au Royal Albert Hall. Le trajet débutait à la station Archway. À l'arrêt Warren Street, elles durent quitter la Northern Line et

1. C'est-à-dire « sous terre ». *(N.d.T.)*

prendre la Victoria Line, ce qui les obligea à emprunter un couloir carrelé de blanc en compagnie d'une masse compacte de passagers. Valentina tenait la main de Julia. En pensant aux pickpockets, elle vérifia mentalement qu'elle avait bien fermé la fermeture éclair de son portefeuille. Elle se demanda si l'on pouvait voir qu'elles étaient américaines. La foule coulait, épaisse comme du sirop.

Valentina remarqua un homme qui marchait devant elles.

Grand, avec des cheveux bruns ondulés, il était vêtu d'une chemise blanche rentrée dans un pantalon de velours marron et tenait à la main un épais livre de poche. Il était pieds nus dans ses chaussures à bout fleuri et se déplaçait avec l'allure déliée d'un chien de chasse. Il avait le teint pâle et son corps n'était pas celui d'un sportif. Valentina se demanda ce qu'il lisait. Les jumelles le suivirent dans l'un de ces longs escaliers roulants qui donnaient à Valentina l'impression que le monde avait basculé et qu'elle était soumise à une nouvelle forme de gravité. L'homme continua à les précéder dans les couloirs et dans un autre escalator jusqu'au quai de la Victoria Line.

Valentina essayait d'apercevoir le titre de son livre. Il se terminait en « ose ». Kafka ? Trop épais. Il portait de petites lunettes cerclées d'or et avait un visage aimable, avec une mâchoire solide et un nez long et mince, qu'il plongea dans son bouquin. Il avait des yeux marron ourlés de longs cils. La rame arriva, bondée. Comme aucun passager n'en descendit, personne ne put monter. L'homme leva les yeux et reprit sa lecture.

Julia parlait d'un accident dont elle avait été témoin le matin, dans lequel une piétonne d'un certain âge avait été renversée par une motocyclette. Valentina essayait de ne pas écouter. Julia savait qu'elle avait peur de traverser la rue. Valentina attendait systématiquement le signal vert pour s'aventurer sur la chaussée, même quand aucune voiture n'était en vue et que sa sœur gagnait sans hésitation le trottoir d'en face et lui faisait de grands signes pour qu'elle la rejoigne. « Arrête, intima-t-elle à Julia. Si tu continues, je ne sors plus de la maison et tu devras te coltiner les courses toute seule. » Julia eut l'air surpris, et, au grand soulagement de Valentina, se tut.

La rame suivante arriva une minute plus tard. Il y avait moins de monde dedans et les jumelles parvinrent à s'y faufiler. Julia s'avança jusqu'au milieu du wagon, tandis que Valentina restait accrochée à la barre près des portes. Au moment où le métro démarrait, Valentina leva les yeux et vit que l'homme qu'elle avait repéré était tout près d'elle. Elle croisa son regard et détourna les yeux. Il exhalait une odeur d'herbe, comme s'il venait de tondre le gazon, de sueur aussi, et un arôme que Valentina n'arrivait pas à définir. Du papier ? De la terre ? C'était une odeur agréable, et elle la respira comme si c'était une source de vitamines. Un sac de shopping lui éraflait la jambe. Elle leva de nouveau les yeux. L'homme l'observait toujours. Elle rougit mais ne détourna pas le regard, cette fois. « Vous ne semblez pas beaucoup aimer le métro, dit-il.

— Effectivement, répondit-elle.

— Je suis comme vous. » Il avait une voix grave très agréable. « Il y a une trop grande promiscuité. »

Elle approuva d'un signe de tête, tout en regardant les lèvres de l'homme. Il avait une grande bouche, avec une lèvre supérieure un peu fendue, révélant des dents légèrement protubérantes, qui auraient pu bénéficier d'un traitement orthodontique. Cela lui rappela les années qu'elle et Julia avaient passées chez le Dr Weissman pour redresser les leurs. À quoi leurs dents auraient-elles ressemblé sans ce traitement ?

« Vous êtes Julia, ou Valentina ? demanda-t-il.

— Valentina », répondit-elle, aussitôt effrayée par sa propre audace. Mais comment connaissait-il leurs prénoms ? Le métro arrivait en station. Elle perdit l'équilibre et l'homme la retint en la prenant par le coude. Il la soutint ainsi jusqu'à ce que la rame soit à l'arrêt. *Victoria*, annonça la voix désincarnée du métro.

« Mouse ! C'est notre arrêt, on change ici. » La voix de Julia lui parvint à travers le mur de passagers. Les portes s'ouvrirent. Valentina se tourna vers l'homme.

« Je dois descendre », lui dit-elle. La façon qu'il avait de la considérer avait quelque chose de rassurant, comme s'ils voyageaient ensemble et se trouvaient depuis des heures dans ce wagon.

« Où allez-vous ? » demanda-t-il. Julia s'avançait vers eux en jouant des coudes. Valentina descendit sur le quai.

« Au cirque », dit-elle, tandis que sa sœur la rejoignait. Il sourit. Les portes du métro se refermèrent et la rame se remit en marche. Valentina resta quelques instants immobile, les yeux fixés sur l'homme qui leva la main, hésita, puis lui adressa un petit signe.

« Qui c'était ? » demanda Julia. Elle prit la main de sa sœur et l'entraîna dans la foule qui se dirigeait vers la District Line.

« Je n'en sais rien, répondit Valentina.

— Il était plutôt mignon. » Valentina hocha affirmativement la tête. *Il connaissait nos prénoms, Julia. Or, nous ne connaissons personne ici. Comment est-ce possible ?*

Robert regarda Valentina et Julia disparaître à sa vue. Il descendit à l'arrêt suivant, Pimlico, marcha jusqu'à la Tate Gallery et s'assit sur les marches, face aux flots agités de la Tamise. *De quoi as-tu tellement peur ?* se demanda-t-il, mais la réponse ne lui vint pas.

Un déluge

Il était plus de deux heures du matin et les jumelles dormaient. Elles dormaient ensemble, Julia blottie contre le dos de Valentina. La soirée avait été glaciale. Elles ne savaient toujours pas comment marchait le chauffage, et cette nuit il semblait ne pas vouloir fonctionner, malgré la température particulièrement basse. Habituées à leur chauffage central américain, elles avaient passé la soirée à toucher les radiateurs, sans comprendre pourquoi ils étaient à peine tièdes. Elles avaient entassé les couvertures sur le lit et placé à leurs pieds une bouillotte dénichée dans un tiroir. Valentina était en position fœtale, le pouce non pas dans la bouche, mais tout près, comme si elle l'avait sucé, puis s'en était lassée. Julia enlaçait sa sœur. Cette position qu'elles adoptaient pour dormir rappelait celle qui avait été la leur dans l'utérus maternel. Chacune avait une expression différente : Valentina dormait d'un sommeil léger, le front et les yeux plissés. Les yeux de Julia remuaient sous la peau fine de ses paupières. Elle rêvait qu'elle était au bord du lac, chez elles, à Lake Forest. Il y avait des enfants sur la plage. Ils poussaient des petits cris ravis quand les vaguelettes venaient les bousculer. Julia sentait l'eau du lac sur sa peau. Elle s'agita dans son sommeil. Dans son rêve, il se mettait à pleuvoir. Les enfants se précipitaient vers leurs parents, qui rangeaient les jouets et les crèmes solaires. La pluie tombait maintenant à torrents. Julia essaya de se souvenir : *Où est la voiture ?* Elle se mit à courir…

De l'eau lui éclaboussa la figure. Elle porta la main à sa joue, toujours endormie. Valentina se réveilla, s'assit et regarda sa sœur. Un filet d'eau tombait du plafond sur les couvertures, au niveau des seins de Julia.

« Julia, réveille-toi ! »

Julia s'éveilla en grognant. Il lui fallut une bonne minute pour comprendre ce qui se passait. Le temps qu'elle sorte du lit, Valentina s'était déjà précipitée vers la cuisine et en revenait avec un énorme faitout, qu'elle plaça sous la fuite. L'eau y tomba à grand bruit. Le lit était trempé. Au plafond, le plâtre mouillé s'écaillait. Les jumelles regardèrent le faitout se remplir. De petits morceaux de plâtre surnageaient, semblables à du fromage blanc.

Valentina s'assit dans le fauteuil à côté du lit. « D'après toi, qu'est-ce qui se passe ? » interrogea-t-elle. Elle était vêtue d'un shorty et d'un débardeur et elle avait la chair de poule. « Il ne pleut pas, pourtant », poursuivit-elle en levant la tête vers le plafond. « Peut-être que quelqu'un a oublié de refermer le robinet de sa baignoire ?

— Dans ce cas, ça fuirait dans notre salle de bains. » Julia s'y rendit, alluma et examina le plafond. « C'est sec », dit-elle.

Les jumelles se regardèrent pendant que l'eau continuait à dégouliner dans le faitout. « Je n'y comprends rien », reprit Julia. Elle enfila son peignoir, un vieux machin en soie rose qu'elle avait trouvé dans une vente de charité. « Je vais monter voir.

— Je viens avec toi, dit Valentina.

— Non, reste ici, au cas où le faitout déborderait. » Effectivement, le récipient était déjà bien rempli.

Julia n'était jamais montée à l'étage du dessus. En arrivant sur le palier, elle découvrit des journaux empilés, notamment le *Guardian* et le *Telegraph*. La porte de l'appartement n'était pas fermée. Elle frappa. Pas de réponse.

« Il y a quelqu'un ? » demanda-t-elle. Elle entendait un bruit d'abrasion, comme si l'on ponçait quelque chose, et un homme qui parlait à voix basse.

Elle resta devant la porte, un peu inquiète. Après tout, elle ne savait rien de ses voisins. Elle regrettait de ne pas avoir laissé Valentina l'accompagner. Ces gens étaient peut-être des satanistes, ou des pédophiles, ou des fous qui découpaient les jeunes femmes trop curieuses à la tronçonneuse. Y avait-il des tronçonneuses en Angleterre, ou bien était-ce propre aux tueurs en série américains ? La main sur la poignée de la porte, Julia hésitait. Puis elle eut la vision de l'eau inondant tout leur appartement, tandis que Valentina tentait d'échapper au déluge à la nage et de sauver quelques-unes de leurs possessions au passage. Elle entra.

« Il y a quelqu'un ? » répéta-t-elle.

L'appartement était plongé dans la pénombre. Dès qu'elle mit le pied dans l'entrée, elle buta contre des cartons. Elle eut la sensation oppressante qu'ils étaient nombreux. Il y avait de la lumière dans une pièce, mais elle n'en percevait qu'un faible reflet. Sous ses pieds nus, le plancher était collant et comme sablonneux. Un passage était dégagé entre les piles de cartons, qui montaient jusqu'au plafond. C'était dangereux : ils pouvaient s'effondrer sur quelqu'un. Peut-être y avait-il des gens ensevelis dessous ? Elle s'avança à tâtons, telle une aveugle. Une odeur de viande et d'oignons frits lui parvint, mêlée à l'arôme douceâtre du tabac et à celle, irritante, d'un nettoyant à base d'ammoniaque. Il y avait aussi une odeur de fruits moisis. Des citrons ? Et une odeur de savon. Julia essayait de les identifier. Elle ressentit des picotements dans le nez. *Mon Dieu, pourvu que je n'éternue pas !* pensa-t-elle. Elle éternua.

Le bruit de ponçage et les marmonnements s'interrompirent brusquement. Julia s'immobilisa durant ce qui lui sembla une éternité avant qu'ils ne reprennent. Le cœur battant à tout rompre, elle se retourna pour voir si elle avait laissé la porte d'entrée ouverte, mais elle ne distinguait plus rien. *Je n'ai pas semé de miettes de pain derrière moi*, pensa-t-elle. *Pas de fil d'Ariane. Je ne vais jamais savoir revenir sur mes pas.*

Soudain, elle ne sentit plus les cartons sous ses doigts. Elle tendit la main, la glissa le long d'une porte fermée. Si cet appartement avait la même disposition que le leur, il s'agissait de la chambre de devant. Le bruit était de plus en plus fort. Julia poursuivit sa progression jusqu'à la chambre du fond. Debout sur le seuil, elle jeta un coup d'œil à l'intérieur.

L'homme lui tournait le dos. Vêtu en tout et pour tout d'un jean, il était accroupi et récurait le sol sans le toucher avec autre chose que ses pieds et la brosse. Dans cette position, on aurait pu croire qu'il imitait un tamanoir. L'éclairage était violent, le lit immense. Des vêtements, des livres et toutes sortes d'objets étaient éparpillés un peu partout. Des photos et des cartes étaient épinglées aux murs. Tout en récurant, l'homme récitait quelque chose dans une langue étrangère. Il avait une belle voix et Julia sentit que ces paroles étaient tristes et violentes. Elle se demanda s'il s'agissait d'un fanatique religieux.

Il y avait beaucoup d'eau par terre, car il plongeait sa brosse dans un seau et la retirait dégoulinante et pleine de mousse. Julia l'observait. Au bout d'un moment, elle se rendit compte qu'il était toujours en train de récurer la même section de parquet. Le reste du plancher restait sec.

La jeune fille était désemparée. Elle avait envie de dire quelque chose, mais elle ne savait par quoi commencer. Puis elle songea qu'elle se comportait comme Mouse, et cela lui donna le courage de prendre la parole.

« Excusez-moi », dit-elle d'une voix douce. L'homme avait plongé la main dans le seau. Sous l'effet de la surprise, il le renversa et le liquide se répandit sur le sol. « Oh, je suis vraiment désolée ! s'exclama Julia. Permettez-moi de… » Elle se précipita vers la salle de bains en pataugeant dans l'eau, et revint avec des serviettes. L'homme, toujours accroupi, la regardait faire avec une expression d'incrédulité, presque de stupéfaction. Julia s'efforçait de contenir le flot en faisant barrage avec les serviettes, comme si c'étaient des sacs de sable. Elle repartit dans la salle de bains et revint avec des serviettes supplémentaires tout en murmurant des excuses. Comme paralysé par son énergie, Martin se contentait de la regarder. Son peignoir rose s'était ouvert et elle avait les cheveux emmêlés. Elle ressemblait à une petite fille qui aurait fait un tour sur un manège pour adultes dans sa tenue de nuit. On voyait ses jambes et Martin trouvait un certain charme à cette intrusion d'une jeune fille en culotte et vieille robe de chambre. Il se demandait ce qu'elle venait faire, mais il y avait là quelque chose qui le soulageait. La vague d'anxiété qu'il éprouvait avait disparu. Il s'essuya les mains sur son pantalon. Julia finit d'éponger le sol, ramassa les serviettes et alla les essorer dans la baignoire. Elle regagna la chambre, contente d'elle, et vit Martin qui l'observait, accroupi, les bras croisés sur sa poitrine.

« Euh… bonsoir », dit-il. Il lui tendit la main. Julia remarqua qu'elle saignait un peu. Elle la saisit et tira. Martin s'était attendu à échanger une poignée de main et il fut tout étonné de se retrouver debout. Julia, pour sa part, fut surprise par son agilité. Elle avait devant elle un homme mince, dans la force de l'âge, avec des articulations noueuses et un torse légèrement concave. Ses lunettes à monture d'écaille étaient de travers sur son nez. Il n'était pas du tout velu. Elle rougit et leva les yeux. Il avait des cheveux poivre et sel et paraissait très gentil.

« Je me présente : Martin Wells, dit-il.

— Julia Poole. Je suis votre voisine du dessous.

— Oh ! Mais oui, bien sûr. Vous… vous vous sentiez seule ?

— Non, c'est à cause de l'eau… En fait, notre lit est juste en dessous d'ici et l'eau passe à travers le plafond. Ça nous a réveillées. »

Ce fut au tour de Martin de rougir. « Je suis vraiment navré. Je vais faire venir quelqu'un pour réparer et remettre votre plafond en état. »

Julia considéra le seau, la brosse et le sol mouillé. « Qu'est-ce que vous faites ? interrogea-t-elle, l'air intrigué.

— Du nettoyage. Je lave le sol.

— Vos mains saignent. »

Martin regarda ses mains. Les paumes étaient crevassées à force de séjourner dans l'eau et la peau luisante avait une couleur rouge vif. Julia examinait la chambre et les piles de cartons alignés contre les murs.

« Qu'y a-t-il dans ces cartons ? demanda-t-elle.

— Des trucs et des machins. »

Julia ne s'embarrassa plus de manières. « Vous vivez comme ça ?

— Oui.

— Vous faites partie de ces gens qui lavent tout le temps. Comme Howard Hughes. »

Ne sachant que dire, Martin se contenta de répondre par l'affirmative.

« C'est cool, reprit Julia.

— Euh… en fait, pas du tout. » Martin alla dans la salle de bains, ouvrit l'armoire à pharmacie et prit un tube de crème, dont il s'enduisit les mains. « C'est une maladie. » Il remit ses lunettes en place sur son nez d'un doigt collant. Julia comprit qu'elle avait gaffé.

« Je suis désolée.

— Ce n'est pas grave. »

Il y eut un silence gêné. Aucun des deux n'osait croiser le regard de l'autre.

Julia sentit la nervosité la gagner. *J'avais raison, il n'est pas bien dans sa tête.* « Il faut que j'y aille, dit-elle. Valentina doit se demander ce que je fais.

— Je suis navré pour votre plafond. J'appellerai quelqu'un demain à la première heure. Je descendrais bien moi-même…

— Oui ?

— Mais je ne sors jamais de chez moi. »

Alors que quelques instants auparavant, Julia avait hâte de partir, elle éprouva un sentiment de déception. « Vraiment ?

— Cela fait partie de… ma maladie. » Martin lui sourit. « Ne me regardez pas comme ça. Il faudra que *vous* veniez me voir. » Il guida Julia à travers le dédale de cartons. Devant la porte d'entrée, il la laissa l'ouvrir et la franchir. « J'espère que vous reviendrez. Pour prendre le thé, par exemple. Demain, ce serait possible ? »

Julia, sur le palier bien éclairé, scruta la pénombre de l'entrée dans laquelle se tenait Martin. « Entendu, dit-elle. Je viendrai.

— Votre sœur est la bienvenue, elle aussi. »

Julia éprouva un petit sentiment de possessivité. S'il rencontrait Valentina, il la préférerait certainement à elle. C'était toujours ainsi. « Hum, je verrai si elle est disponible.

— Alors à demain, dit Martin en souriant. Seize heures, cela vous convient ?

— Entendu. J'ai été ravie de faire votre connaissance », ajouta Julia avant de dévaler l'escalier.

Quand elle rentra dans l'appartement, Valentina venait de vider le faitout. De l'eau continuait à tomber goutte à goutte du plafond et la literie était trempée. Les jumelles allèrent examiner les dégâts. « Alors, que s'est-il passé ? » demanda Valentina.

Julia le lui raconta, mais elle eut du mal à décrire Martin. Lorsqu'elle lui transmit son invitation à prendre le thé, sa sœur prit un air horrifié. « Mais ce que tu racontes est effrayant ! s'exclama Valentina. Il ne quitte jamais son appartement ?

— Je n'en sais rien. Il était super poli, en tout cas. D'accord, il est un peu fêlé, mais à la manière délicieusement excentrique des Anglais, si tu vois ce que je veux dire. » Les jumelles entreprirent d'ôter le couvre-lit. Elles l'emportèrent dans la salle de bains et tentèrent de l'essorer. « J'ai peur qu'il ne soit fichu, reprit Julia.

— Non, ce n'est que du plâtre, on doit réussir à le nettoyer. Tu crois qu'on peut le mettre à tremper ? » Valentina ferma le clapet de la baignoire et mit de l'eau chaude à couler.

« En tout cas, j'ai accepté son invitation, conclut Julia. Tu restes si tu veux, mais tu peux au moins faire sa connaissance. Après tout, c'est notre voisin. »

Valentina haussa les épaules. Elles finirent d'ôter la literie et laissèrent le faitout sur le matelas pour recueillir les dernières gouttes d'eau. Puis elles allèrent se coucher dans la chambre d'amis, une pièce assez humide, à vrai dire, et elles s'endormirent en réfléchissant l'une et l'autre aux réparations et à l'invitation.

La chose délicate

Chacune à sa manière, les jumelles considéraient la virginité comme un poids.

Julia avait une petite expérience. Quand elle était au lycée, elle s'était laissé embrasser, voire caresser par des garçons dans une voiture, ou bien dans une chambre lors d'une fête chez des amies en l'absence des parents. Cela lui était aussi arrivé une fois dans des toilettes sur la Navy Pier, la jetée de Chicago, et à plusieurs reprises sur les marches de la maison familiale. Elle regrettait d'ailleurs que celle-ci ne soit pas une demeure plus cossue, avec un porche et une balancelle sur laquelle elle aurait pu s'installer en compagnie d'un garçon pour partager une glace et se lécher mutuellement les lèvres, pendant que Valentina les aurait espionnés depuis le séjour plongé dans l'obscurité. Mais il n'y avait pas de porche, et les baisers étaient aussi insipides que la maison.

Julia se souvenait d'avoir repoussé les avances de certains sur la plage, dans une salle de musique du lycée, ou derrière l'abri de West Park après le patin à glace. Chaque garçon avait réagi différemment, entre colère et confusion. « Pourquoi tu viens ici, alors ? »

lui avait demandé l'un d'eux, celui de la salle de musique. Elle n'avait pas la réponse à cette question.

Valentina était plus courtisée et moins négative. Quand les jumelles étaient adolescentes, c'est à elle que s'intéressaient les garçons sans histoire et ceux qui se prenaient pour des graines de rock star. Tandis que Julia avait le chic pour courir après des garçons à qui elle était indifférente, Valentina, qui les ignorait tous superbement, traînait les cœurs après elle. Elle était toujours surprise quand son voisin du cours d'algèbre lui déclarait sa flamme au moment où elle prenait son vélo ou quand le rédacteur en chef du journal du lycée lui demandait d'être sa cavalière au bal de fin d'année.

« Tu devrais les laisser venir à toi », expliquait-elle à sa sœur qui se plaignait de cette situation. Mais Julia était impatiente et refusait d'être mise sur la touche, comportement peu propice aux histoires d'amour, surtout dans la mesure où il existait à côté d'elle un double capable d'indifférence.

Valentina trouvait le sexe intéressant, mais les garçons avec lesquels elle aurait pu coucher ne l'intéressaient pas. Lorsqu'elle jetait son dévolu sur l'un d'eux, il lui paraissait toujours immature, terne et lourd. Habituée à l'extrême intimité qu'elle partageait avec Julia, elle ignorait qu'une relation débutante doit s'envelopper d'un voile d'espoir et d'illusion. Valentina ressemblait à quelqu'un qui, après de longues années de vie conjugale, a perdu le mode d'emploi du flirt. Par son étonnement poli, elle refroidissait l'ardeur des garçons qui la suivaient à une distance respectueuse dans les couloirs du lycée de Lake Forest.

De sorte que les jumelles étaient restées vierges. Julia et Valentina avaient vu toutes leurs amies de lycée et de la fac entrer tour à tour dans l'univers adulte de la sexualité. Elles étaient les seules à s'attarder dans celui des non-initiées. « Alors, ça ressemble à quoi ? » demandaient-elles à chacune. Mais elles n'obtenaient que des réponses vagues : le sexe était une affaire personnelle, qu'il fallait expérimenter soi-même.

Cette histoire de virginité préoccupait les jumelles, ensemble et séparément. Elles n'abordaient toutefois pas le problème majeur, à savoir qu'elles ne pouvaient faire cette expérience qu'individuellement. Il fallait bien que l'une des deux commence, ce qui mettrait l'autre à la traîne. Elles devraient aussi choisir chacune un partenaire, et ce petit ami potentiel voudrait passer du temps avec l'élue de son cœur et trouver sa place dans la vie de Julia ou de Valentina. Il les éloignerait l'une de l'autre. Bientôt, il y aurait des moments de la journée où Julia ne saurait même pas où serait sa sœur, ni ce qu'elle ferait, et où Valentina, voulant parler à Julia, se retrouverait à la place face au petit ami, alors que seule Julia aurait été capable de comprendre ce qu'elle voulait dire.

C'était une chose délicate, leur univers privé. Il requérait une fidélité absolue, et donc elles attendaient, en conservant leur virginité.

Des perles

Julia se présenta chez Martin le lendemain à seize heures exactement, seule, car dans un accès de timidité, Valentina avait refusé de l'accompagner. Le matin, un ouvrier était venu et avait commencé à réparer le plafond de leur chambre, et Julia estimait qu'elle devait tenir sa promesse vis-à-vis de leur voisin.

Elle était vêtue d'un jean et d'un chemisier blanc. Quand Martin ouvrit la porte, elle fut surprise de voir qu'il avait mis un costume et une cravate. Il portait aussi des gants de chirurgien en latex, ce qui le faisait ressembler à un maître d'hôtel dans une série TV.

« Entrez, je vous en prie, dit-il en la guidant vers la cuisine, une pièce étonnamment confortable, malgré le papier journal et le ruban adhésif qui recouvraient les fenêtres. C'est ici que nous mangeons. La salle à manger est envahie par les cartons. » Il prononça ces derniers mots sur le ton de quelqu'un qui n'y serait pour rien.

« Vous avez une famille ? » demanda Julia. Il ne lui était pas venu à l'idée qu'une femme pouvait être mariée à cet homme à l'esprit dérangé.

« Oui. Mon épouse est à Amsterdam et mon fils à Oxford.

— Oh ! Votre femme est en vacances ?

— En un sens, oui. Je ne sais quand elle va revenir, alors je me débrouille. C'est un peu l'improvisation ici, en ce moment. » Martin avait mis la table pour trois. Julia s'assit face à la porte de service. *Au cas où je devrais m'enfuir.*

« Valentina n'a pas pu venir, elle ne se sentait pas très bien », dit-elle, ce qui n'était pas loin de la vérité.

« Dommage. Ce sera pour une autre fois. » Martin était fier de lui. Il était parvenu à improviser un thé convenable, avec des sandwiches aux rillettes de poisson, au concombre et au cresson, et une génoise. Il avait sorti le service en porcelaine de la mère de Marijke, ajouté un petit pot de lait et un sucrier. C'était presque aussi bien à ses yeux que si Marijke avait tout préparé. « Qu'est-ce que je vous sers comme thé ? demanda-t-il.

— De l'earl grey, si vous en avez. »

Il appuya sur le bouton de la bouilloire électrique et plaça un sachet de thé dans la théière. « Je ne le fais pas dans les règles de l'art, je l'avoue. J'ai la flemme.

— Et quelles sont les règles de l'art ?

— Eh bien, il faut ébouillanter la théière et utiliser du thé en vrac… Pour ma part, je ne sens pas la différence, et comme je bois beaucoup de thé, je me simplifie la vie.

— Notre mère se sert de sachets, affirma Julia.

— Alors ce doit être la bonne méthode », dit gravement Martin. L'eau était brûlante (il l'avait en fait amenée à ébullition à plusieurs reprises avant l'arrivée de Julia, juste pour vérifier que la bouilloire fonctionnait) et il put préparer le thé. Bientôt, tous deux furent assis en train de boire et de manger. Un sentiment de bien-être envahit Martin. Jusque-là, il ne s'était pas rendu compte à quel point le fait de partager un repas avec un autre être humain lui manquait. Julia leva les yeux et découvrit son air radieux. *Il est peut-être timbré, mais il est chaleureux.*

« Et… hum… il y a longtemps que vous habitez ici ? interrogea-t-elle.

— Vingt et quelques années. Au début de notre mariage, nous avons vécu à Amsterdam, puis nous sommes venus habiter Londres, dans le quartier de St. John's Wood. Nous avons acheté cet appartement juste avant la naissance de Theo.

— Vous êtes toujours… resté à l'intérieur ? »

Martin secoua négativement la tête. « Non, ça c'est récent. J'étais employé au British Museum comme traducteur de langues anciennes et classiques. Maintenant, je travaille chez moi. »

Julia sourit. « Alors on vous apporte la pierre de Rosette et tout ça ici ? » Les jumelles s'étaient rendues au British Museum la semaine précédente. Julia revit en pensée l'émotion de Valentina, penchée sur la momie de l'homme de Lindow.

« Non, bien sûr. J'ai rarement besoin de l'objet en tant que tel. Je travaille à partir de photos et de dessins. Avec le numérique, tout est beaucoup plus facile, maintenant. Peut-être qu'un jour, il suffira d'agiter des objets devant l'ordinateur pour qu'il donne la transcription des inscriptions en chant grégorien, mais en attendant, on a besoin de gens comme moi pour faire le travail. » Martin se tut quelques instants avant de demander, presque timidement : « Vous aimez les mots croisés ?

— Nous ne sommes pas très douées pour ça. Maman fait ceux du *New York Times*. Elle a tenté de nous apprendre, mais on ne va pas au-delà des grilles du lundi, les plus faciles.

— Votre tante Elspeth était un vrai crack en ce domaine. Pour son anniversaire, je concevais une grille spéciale pour elle. »

Julia avait envie d'interroger Martin sur Elspeth, mais elle comprit qu'il l'invitait à poser des questions sur ses mots croisés. « Vous créez des grilles ? demanda-t-elle par politesse.

— Oui. Pour le *Guardian.* » Il y avait de la fierté dans sa voix, comme s'il révélait qu'il était en secret un super-héros. Julia prit une expression qu'elle espérait admirative. « Comme c'est intéressant ! On ne pense jamais aux gens qui les font quand on les voit dans le journal.

— C'est une activité artistique qui n'est pas reconnue à sa juste valeur, en effet. » *Parle-lui d'elle, mon vieux, tu vois bien que tu monopolises la conversation.* « Et vous, que faites-vous ?

— Nous ne savons pas encore. Nous n'avons rien décidé. »

Martin but une gorgée de thé et regarda Julia d'un air intrigué. « Vous parlez souvent de vous à la première personne du pluriel ? »

Elle fronça les sourcils. « Euh… non. “Nous”, c'est Valentina et moi. Aucun métier ne nous tente toutes les deux pour le moment.

— Parce que vous devez exercer la même profession ?

— Évidemment ! » Julia se tut quelques instants, consciente qu'elle parlait à un étranger, pas à sa jumelle.

« C'est-à-dire que nous voudrions travailler ensemble. On pourrait peut-être s'orienter vers deux activités légèrement différentes, mais complémentaires d'une manière ou d'une autre.

— Qu'est-ce qui plaît à chacune ?

— Valentina aime les vêtements. Les transformer. Par exemple, elle va prendre votre veste, l'ouvrir dans le dos et en faire un corset ou un bustier. Elle ne jure que par Alexander McQueen, son couturier préféré. »

Julia contempla le couvert dressé pour sa sœur et se demanda ce qu'elle était en train de faire. Martin essayait de s'imaginer en bustier ; il ne put réprimer un sourire.

« Et vous ? interrogea-t-il.

— Je ne sais pas. J'aime bien découvrir des choses, dit-elle en plongeant le nez dans son assiette décorée de liserons bleus. *Pourquoi ai-je l'impression d'être au bord du gouffre ?*

— Encore un peu de thé ? » demanda Martin. Julia fit « oui » de la tête. « Vous êtes bien jeune, poursuivit-il en remplissant sa tasse. Mon fils non plus n'a pas trop d'idées sur son avenir. Il fait des études de maths, mais elles ne le passionnent pas. Je pense qu'il va finir dans la finance et passer son temps à programmer des vacances à l'autre bout du monde. Il aime surtout ce qui est dangereux.

— Quoi, par exemple ?

— La moto. Je suis persuadé qu'il fait aussi de l'escalade, mais rien ne dit que j'aie raison et je préfère ne pas le savoir, au fond.

— Vous vous inquiétez pour lui ? »

Martin éclata de rire. Il y avait des mois qu'il n'avait eu le cœur aussi léger. « Ma chère enfant, je m'inquiète pour *tout*. Mais pour répondre à votre question, oui, je me fais particulièrement du souci pour Theo. C'est le propre des parents. Dès qu'il a été conçu, je me suis inquiété pour lui. Je ne pense pas que cela lui ait été le moins du monde bénéfique, mais c'est plus fort que moi. »

Julia le revit en train de laver le sol. *Vous êtes comme un chien qui lèche sans cesse le même endroit.* « Alors vous lavez. »

Martin s'appuya au dossier de sa chaise et croisa les bras sur sa poitrine. « Bien vu. Oui, c'est vrai. » Il la regarda et elle soutint son regard. Chacun se reconnaissait un peu en l'autre. *Il est atteint de troubles psychiques et je le comprends*, pensa-t-elle. *Mais peut-être n'est-il pas vraiment cinglé. Peut-être est-ce comme une sorte de folie lucide, comme un rêve.* Martin reprit la parole. « Vous aimez découvrir des choses. Quelle sorte de choses ? »

Julia essaya de lui expliquer. « Oh, pratiquement tout. J'aime découvrir ce qu'on n'est pas censé voir. Quand je suis allée au British Museum, cela m'a plu, mais ce qui me plairait plus encore, ce serait de pouvoir entrer dans les bureaux et les réserves, d'ouvrir les tiroirs et… de faire des découvertes. Et j'aime bien me renseigner sur les gens. Vous voyez, je sais que c'est impoli, mais j'aimerais savoir pourquoi vous avez tous ces cartons et ce qu'il y a dedans, pourquoi vous calfeutrez vos fenêtres et depuis quand c'est comme ça, ce que ça vous fait quand vous lavez et pourquoi vous n'essayez pas de traiter ce problème. » Elle jeta un coup d'œil à Martin. *Maintenant, il va me demander de partir*, se dit-elle. Ils restèrent tous deux silencieux durant ce qui lui sembla une éternité, puis Martin sourit.

« Vous êtes très… américaine, n'est-ce pas ?

— Si c'est un euphémisme pour "très impolie", oui, je suis très impolie. Excusez-moi.

— Vous n'avez pas à vous excuser. Encore un peu de thé ?

— Non, merci. Si je prends trop d'excitants, je vais perdre toute retenue. D'ailleurs, c'est peut-être déjà fait ! »

Martin remplit sa propre tasse. « Vous voulez vraiment savoir tout ça ? interrogea-t-il. Parce que si je réponds à toutes vos questions, je risque de perdre une partie de mon mystère et vous ne reviendrez pas me rendre visite.

— Bien sûr que si. » *Vous êtes la personne la plus étrange que je connaisse et vous ne pourriez pas vous débarrasser de moi même si vous le vouliez.*

Martin marqua un temps d'hésitation. « Vous fumez ? demanda-t-il.

— Oui. » Le visage de Martin s'illumina. Il se leva et revint avec un briquet et un paquet de cigarettes. Il tira une cigarette du paquet et l'offrit à Julia. Elle la porta à ses lèvres et il l'alluma. À peine avait-elle tiré une bouffée qu'elle fut prise d'une violente quinte de toux. Martin alla lui chercher un verre d'eau. Lorsqu'elle put enfin parler, elle demanda : « C'est quoi, ce truc ?

— Une Gauloise. Sans filtre. Excusez-moi, je n'avais pas l'intention de vous tuer ! »

Elle lui tendit la cigarette allumée. « Si ça ne vous ennuie pas, je préfère la respirer que la fumer. »

Martin tira sur la cigarette et rejeta lentement la fumée par la bouche, avec une expression de plaisir pur que Julia n'avait encore jamais vue sur personne. Elle comprit à cet instant comment il avait pu séduire et épouser une jeune femme. *Il l'a regardée comme ça.* Elle se dit qu'elle aimerait être regardée ainsi, puis elle repoussa cette pensée.

Martin reprit la conversation là où ils l'avaient laissée avant cet épisode. « La curiosité est un vilain défaut, dit-il en aspirant une nouvelle bouffée.

— Je sais. Mais si je n'ai pas de réponses à mes questions, quelles qu'elles soient, j'ai l'impression que ma tête va éclater.

— Vous feriez un bon chercheur. »

Julia était fascinée par les petits nuages de fumée qui sortaient des lèvres de Martin. *Je croyais que papa était un fumeur invétéré, mais ce type le bat.* « Je n'en aurais pas la patience. J'ai besoin de savoir *tout de suite*, et puis je passe à autre chose.

— Alors, c'est le journalisme qui vous conviendrait.

— Peut-être, dit-elle sur un ton dubitatif, mais je ne suis pas sûre que ce soit le cas pour Valentina. » Elle remarqua qu'il avait ôté ses gants de latex pour fumer. Ils étaient posés près de sa tasse et de sa soucoupe.

« Vous ne pensez pas que ce serait mieux pour vous deux si chacune avançait dans sa propre voie ?

— Mais nous sommes *ensemble*. Nous avons toujours tout fait ensemble.

— Hum… »

Julia eut la sensation désagréable que quelqu'un s'était glissé chez Martin avant son arrivée et lui avait communiqué la conception de l'existence de Valentina. « Mais encore ? dit-elle.

— Dommage qu'Elspeth ne soit plus là. Elle avait des choses passionnantes à dire sur la gémellité.

— Quoi, par exemple ? » interrogea Julia, très intéressée.

Martin ne répondit pas tout de suite. Il proposa un morceau de gâteau à Julia, qui refusa d'un signe de tête. « Je vais en prendre une petite part », dit-il. Il découpa délicatement une tranche, la déposa sur une assiette, puis l'ignora tandis qu'il continuait à fumer. « Elspeth, reprit-il enfin, considérait qu'il fallait une limite à l'intimité de la relation entre jumeaux, en termes de perte d'individualité. Votre mère et elle, pensait-elle, étaient allées au-delà de cette limite.

— De quelle manière ? »

Martin hocha la tête. « Elle ne me l'a pas dit. Il faudra que vous interrogiez Robert. Si elle en a parlé à quelqu'un, ce ne peut être qu'à lui.

— Robert Fanshaw ? Nous n'avons pas encore fait sa connaissance.

— Tiens, c'est bizarre. J'aurais pensé qu'il serait le premier à se présenter.

— On a frappé à sa porte, mais il n'est jamais là. Peut-être qu'il s'est absenté ?

— Non, je l'ai vu encore ce matin ; c'est lui qui s'est occupé de faire venir quelqu'un pour votre plafond. » Martin sourit. « Il m'a passé un savon parce que je vous ai causé des soucis. » Il écrasa sa cigarette et remit soigneusement ses gants.

« Ah… Je me demande comment ça se… C'est quel genre d'homme ? »

Martin prit une bouchée de gâteau et la mastiqua. « Il était très dévoué à Elspeth. Je crois que sa mort l'a déstabilisé. Mais c'est quelqu'un de bien et il se montre très patient avec tous mes handicaps.

— Euh… il vous arrive souvent de… Je veux dire, est-ce qu'on doit sans arrêt s'attendre à ce que le plafond nous tombe sur la tête ? »

Martin eut l'air embarrassé. « C'est arrivé une seule fois auparavant. Je vous promets de tout faire pour l'éviter.

— Vous avez le choix ?

— En général, j'ai une petite marge de manœuvre. »

La fumée de cigarette faisait tourner la tête de Julia. « Je peux aller me laver les mains ?

— Bien sûr. » Martin pointa le doigt en direction de la chambre de service. « Par là. » La jeune fille se leva en tanguant un peu et traversa la pièce encombrée de cartons jusqu'à une petite salle de bains. Il y avait aussi des cartons empilés dans la baignoire. *C'est un peu comme vivre dans un entrepôt.* Après avoir utilisé les toilettes, elle se passa de l'eau sur la figure et se sentit mieux. Quand elle revint dans la cuisine, elle demanda : « Alors, qu'y a-t-il dans ces cartons ? On dirait que vous venez d'emménager. »

Martin la considéra avec indulgence. « OK, pour vous faire plaisir, je vous laisse en ouvrir un, miss Pandore.

— N'importe lequel ?

— Pourquoi pas ? Je ne me souviens pas toujours de ce qu'ils contiennent. »

Ils se levèrent. *On se croirait à Pâques, ou à Noël.* « Pas d'indices, alors ?

— Non, dit-il. Il n'y a rien de bien passionnant dans la plupart. » Ils gagnèrent la salle à manger. Julia contempla l'impressionnante accumulation de cartons. « Vous pourriez peut-être en prendre un qui soit plutôt sur le dessus pour nous éviter de tout déranger », proposa Martin.

Julia pointa l'index et désigna un carton. Martin le retira précautionneusement de la pile. Il le lui tendit, puis alla chercher un cutter, car il était entouré de ruban adhésif. Julia posa son fardeau sur le sol, s'agenouilla à côté et entreprit de l'ouvrir avec le cutter. Martin recula, comme s'il craignait qu'il n'explose.

Le carton était rempli de film plastique. Tout d'abord, Julia pensa qu'il ne contenait rien d'autre, mais en plongeant sa main à l'intérieur, elle s'aperçut qu'il s'agissait en fait d'objets emballés individuellement dans du film plastique et du ruban adhésif. Elle leva les yeux vers Martin. Il tirait nerveusement sur ses gants, debout sur le seuil de la pièce. « Vous voulez que j'arrête ? interrogea-t-elle.

— Non. Déballez-en un. »

Elle fouilla dans le carton et en retira un petit paquet, qu'elle ouvrit avec soin. Il contenait une boucle d'oreille, une perle unique avec une monture en argent raffinée. Elle la donna à Martin. Il se pencha et l'examina. « Ah, dit-il sans la prendre, c'est à Marijke. Elle voudra la récupérer.

— Vous pensez que l'autre boucle se trouve dans le carton ? » Il répondit par un signe de tête affirmatif et Julia continua à fouiller jusqu'à ce qu'elle trouve un paquet identique. Quand elle fut en possession de la paire de boucles d'oreilles, elle se leva. Elle s'approcha de Martin et tendit la main. Il mit les siennes en coupe et elle y déposa les bijoux. Elle rangea ensuite tout le film plastique dans le carton, qu'elle remit à sa place. Elle ne tenait pas à savoir ce qu'il contenait d'autre. Tous deux revinrent vers la cuisine et se tinrent près de leur chaise, un peu gênés. Martin déposa avec soin les boucles d'oreilles dans la tasse préparée pour Valentina. « Parfois un objet est… trop, dit-il. Il doit être mis à l'écart. » Il haussa les épaules et poursuivit : « Ainsi, ce qu'il y a dans ces cartons, c'est… de l'émotion. Sous forme d'objets. » Il s'interrompit pour jeter un coup d'œil à Julia. « C'est ce que vous vouliez savoir ?

— Oui. » Le système était parfaitement cohérent. « Merci.

— D'autres questions ? »

Elle contempla la pointe de ses chaussures. « Je suis navrée. Je ne voulais pas… c'était très gentil de votre part. » Elle se tut, prête à fondre en larmes.

« Allons, allons, mon petit ! » De l'index, Martin lui releva délicatement le menton. Elle le regarda en papillonnant des paupières. « Il n'y a pas de mal. Ne prenez pas cet air tragique.

— J'ai eu vraiment l'impression pendant quelques instants d'être Pandore qui ouvre sa boîte.

— Rien à voir. Mais je crois que je ferais mieux de vous renvoyer chez vous.

— Je pourrai revenir ? » Julia avait besoin de savoir.

« Oui, dit Martin. J'en serai ravi. Vous ressemblez beaucoup à votre tante, vous savez. Revenez quand vous voulez, cela me fera très plaisir.

— Entendu. Merci pour tout. » Ils gagnèrent la porte d'entrée en naviguant entre les cartons. Martin resta sur le seuil tandis que Julia descendait l'escalier et se retournait pour lui faire un petit signe de la main avant de disparaître à sa vue. Il l'entendit ouvrir et refermer sa porte en appelant : « Mouse ! » Une voix lui répondit. « Seigneur », murmura-t-il, puis il referma sa propre porte.

Sa nature électrique

C'était un samedi soir morose de la mi-février. La pluie battait les fenêtres ; Elspeth se disait que peut-être cette eau allait laver la saleté qui les recouvrait. Julia et Valentina dînaient devant la télévision. *Elles vont avoir une carence en vitamines*, pensa Elspeth. *Je ne les vois jamais manger de fruits ni de légumes*. Ce soir, il y avait au menu de la soupe au poulet en boîte, des tartines au beurre de cacahuètes et du lait demi-écrémé. Les jumelles passaient beaucoup de temps devant la télévision (Julia disait pour plaisanter qu'elles devaient apprendre la langue d'une manière ou d'une autre), mais ce jour-là, elles semblaient tenir à regarder une émission en particulier : *Doctor Who.*

Elspeth planait au-dessus d'elles à plat ventre, le menton posé sur ses bras croisés. *Il n'y a rien d'autre à la télé ?* Elle était très snob en matière de science-fiction et n'avait pas regardé un épisode de *Doctor Who* depuis le début des années 1980. *Enfin, c'est sans doute mieux que rien.* Elle observa Julia et Valentina en train de regarder la télévision. Les jumelles buvaient lentement leur soupe dans un bol, l'air passionné. Elspeth jeta un coup d'œil à l'écran au moment où le docteur Who quittait sa machine à voyager dans le temps, le *Tardis*, et pénétrait dans un vaisseau spatial abandonné.

C'est David Tennant ! Elspeth se dirigea vers le poste et s'assit tout près. Le docteur Who et ses compagnons avaient découvert une cheminée datant du XVIIIe siècle dans le vaisseau. Un feu y brûlait. *Je voudrais un feu*, pensa Elspeth. Elle s'était réchauffée au-dessus de la cuisinière les rares fois où les jumelles avaient fait la cuisine. Le docteur, accroupi près du foyer, conversait avec une petite fille vivant à Paris en 1727, qui se trouvait apparemment de l'autre côté de la cheminée. *N'est-ce pas un peu triste de craquer pour David Tennant quand on est morte ? Cette émission est vraiment bizarre*. La petite fille se révélait être la future Mme de Pompadour. Des androïdes-horloges du vaisseau spatial tentaient de s'emparer de son cerveau.

« C'est cyber-steampunk, ou steam-cyberpunk ? » demanda Julia. Elspeth n'avait aucune idée de ce qu'elle voulait dire par là. Valentina lança : « Regarde comment elle est coiffée, tu crois qu'on pourrait faire pareil ?

— C'est une perruque », répondit sa sœur. Le docteur lisait dans les pensées de la Pompadour. Il posa ses mains sur sa tête, les paumes encadrant son visage, les doigts en éventail sur ses oreilles. *Comme il a les doigts longs !* s'extasia Elspeth. Elle plaça sa main fine sur celle de David Tennant. L'écran était délicieusement tiède. Elspeth appuya dessus.

« C'est incroyable ! » s'exclama Valentina. La forme sombre d'une main se superposait à celle du docteur. Celui-ci lâcha le visage de Mme de Pompadour, mais la main noire ne disparut pas. Elspeth ôta la sienne ; celle sur l'écran resta noire. « Comment avez-vous fait ça ? » demanda le docteur. Elspeth pensa qu'il s'adressait à elle, puis elle se rendit compte que Mme de Pompadour répondait. *Je dois avoir brûlé l'écran. Est-ce que je pourrais faire ça avec mon visage ?* Elle s'introduisit tout entière dans la télévision et se retrouva en train de regarder à travers l'écran. Elle se sentait bien dans le poste ; la température était douce et l'espace agréablement confiné. Quelques instants plus tard, les jumelles virent l'écran devenir noir. Le poste était mort.

« Zut, fit Julia. En plus, il a l'air neuf. » Elle se leva et alla tripoter les boutons. Sans résultat.

« Il est peut-être encore sous garantie, avança sa sœur. Je me demande où elle l'avait acheté. »

Chez John Lewis, se souvint Elspeth. *Mais je crains que le délai de garantie n'ait expiré.* Elle sortit de l'appareil et resta devant, dans l'espoir qu'il se remette à marcher. *C'était vraiment excitant ; elles m'ont vue ! Ou du moins elles ont vu ma main.* L'écran ne se rallumait pas. *J'ai court-circuité un appareil électrique. Suis-je électrique ? De quoi suis-je faite, à vrai dire ?* Elle contempla ses mains, qui lui parurent simplement normales, puis se dirigea vers un lampadaire posé dans un coin de la pièce. Il était éteint. Elle toucha la base de l'ampoule du bout des doigts. Celle-ci commença à éclairer, faiblement. *Ah, c'est formidable !* Elle se tourna vers les jumelles pour voir si elles avaient remarqué quelque chose, mais ce n'était pas le cas.

« Peut-être que le type du dessus nous permettrait de regarder la télé chez lui », dit Valentina, partagée entre son manque d'empressement à faire la connaissance du voisin et son désir de ne pas rater la fin de l'épisode.

« Je ne suis pas sûre qu'il l'ait, répondit Julia. Je n'ai rien vu, mais on ne peut pas savoir, dans tout son bazar. » Les jumelles se regardèrent en silence, indécises.

« Bon, il y a peut-être un jeu de Scrabble quelque part. » Valentina se leva, suivie par Julia. Elles sortirent de la pièce. Elspeth, déconfite, resta là, les doigts toujours posés sur l'ampoule du lampadaire. *Il est dans l'armoire de la chambre d'amis.* Elle lâcha l'ampoule et la lueur disparut. Elle entendait les jumelles fouiller dans son bureau. *Il faudrait que je me renseigne sérieusement sur tout ça. Je regrette de ne pas avoir lu plus d'histoires de fantômes. J'aurais sans doute trouvé des renseignements dans les livres de Sheridan Le Fanu et d'autres auteurs de récits fantastiques. Peut-être y a-t-il quelque chose sur Wikipedia. Je me demande si je pourrais mettre l'ordinateur en marche. Non, je le bousillerais certainement.* Elspeth retourna à l'intérieur du défunt poste de télévision, encore tiède. *Qu'est-ce qui ne va pas chez moi ? J'ai l'impression d'être complètement tarée. En mourant, j'ai dû perdre une bonne cinquantaine de points de Q.I. Avant, j'étais capable de raisonner. Maintenant, je passe mon temps à faire des expériences aléatoires sur la nature de l'existence et à m'apitoyer sur mon sort.*

Quand le poste eut complètement refroidi, Elspeth en sortit et s'aventura dans la chambre d'amis. L'armoire était entrouverte. Le jeu de Scrabble était sur l'étagère du haut, glissé sous la boîte du Monopoly et un damier. Elspeth s'insinua sur l'étagère, derrière les jeux, et poussa. En vain. Les boîtes étaient trop lourdes pour elle. *Et merde !*

Elle alla dans son bureau voir ce que faisaient les jumelles. Elles étaient assises par terre côte à côte, plongées dans la lecture d'un vieux numéro de *The Face*. Cela énerva Elspeth. *Quelles sottes ! Vous êtes dans un appartement bourré de textes magnifiques et qu'est-ce que vous lisez ? Une interview de Morrissey.*

« Ne sois pas… dit Valentina.

— Ne sois pas quoi ? demanda Julia.

— Ne sois pas en colère après moi. Ce n'est pas ma faute si la télé ne marche plus.

— Je ne suis pas en colère après toi. » Julia reposa le magazine et considéra sa sœur. « Je m'embête, en fait.

— Ah bon. J'avais l'impression que c'était moi qui t'embêtais.

— Pas du tout.

— Alors, ça va. »

Elles se replongèrent dans leur lecture. Elspeth s'accroupit sur le sol un peu plus loin et les observa. Valentina leva la tête et fit le tour de la pièce du regard, perplexe. Ne voyant rien, elle baissa de nouveau les yeux vers le magazine. Julia tourna la page.

Bien, pensa Elspeth, *on va arriver à quelque chose*.

« Il fait affreusement froid ici, allons nous mettre au lit », proposa Valentina. Julia posa le magazine et éteignit la lumière. Elspeth se retrouva seule dans le noir, écoutant les jumelles qui se lavaient les dents. Lorsqu'il n'y eut plus aucun bruit, elle s'approcha de son bureau et toucha l'ampoule de la lampe. L'ampoule s'éclaira.

Des écureuils

Depuis plusieurs jours, Martin entendait du bruit dans les gouttières. Quelque chose grattait, griffait, courait, dans l'espace entre son plafond et le toit. Il appela Robert, qui appela l'employé chargé de la lutte contre les nuisibles, un dénommé Kevin.

Kevin arriva le lundi matin à la première heure. C'était un homme grand et large, qui devait peser dans les cent quarante kilos. Il suivit Martin et Robert dans les pièces obscures de l'appartement remplies de cartons sans faire de commentaire. Martin se demandait comment un être humain de ce volume allait pouvoir se glisser dans la petite trappe qui, dans le dressing, donnait accès à l'avant-toit.

Kevin retira l'échelle, prit une lampe torche et s'introduisit dans l'ouverture avec un petit grognement. Robert et Martin entendirent ses bottes qui passaient de solive en solive. Martin contemplait le passage avec une certaine nervosité. Une bestiole pouvait en jaillir dans une course précipitée. Peut-être aurait-elle des puces. Peut-être que Kevin allait rapporter ces puces sur la semelle de ses bottes. D'ailleurs, il restait bien longtemps là-haut. L'anxiété de Martin s'accrut. « Vous n'avez pas besoin de rester là, lui dit Robert. Pourquoi n'allez-vous pas en griller une à votre bureau ? Je vais l'attendre. » Martin secoua négativement la tête. Les bruits de bottes semblaient suivre le périmètre extérieur du bâtiment. « Vous êtes déjà monté là-haut ? reprit Robert.

— Au début où nous nous sommes installés ici, Marijke l'a fait. Et nous avons eu quelques problèmes avec la toiture, mais c'était avant votre arrivée. Il y a juste des planches et des matériaux d'isolation. » Martin se demandait s'il pouvait persuader Kevin d'ôter ses bottes avant de descendre de l'échelle. Vraisemblablement pas.

Les bruits de pas se rapprochèrent. Kevin apparut dans l'ouverture et s'apprêta à descendre l'échelle. Martin fixait ses bottes du regard. « Vous avez vu quelque chose ? interrogea Robert.

— Y a rien là-haut, déclara Kevin. Les gouttières sont on ne peut plus vides.

— Hum ! fit Robert. Alors ils doivent être sur le toit, pas dans la toiture.

— Ça se peut. »

Robert raccompagna Kevin et remonta chez Martin, qui était déjà en train de récurer le parquet du dressing.

« Eh bien ? demanda Robert.

— Vaste sujet, dit Martin.

— C'est ce que disait toujours mon grand-père.

— Pourquoi ne vous êtes-vous présenté aux nièces d'Elspeth ? Il y a déjà six semaines qu'elles vivent ici. »

Robert s'appuya au montant de la porte et réfléchit à la question. « Franchement, je n'en sais rien. J'ai été très pris. Je me suis tout de même occupé de leur plafond. » Il regarda Martin qui continuait à nettoyer le parquet. « Vous devriez utiliser un peu moins d'eau quand vous faites ça, si vous ne voulez pas que le plafond de leur dressing s'effondre et que toutes les chaussures d'Elspeth soient fichues.

« Elles sont charmantes. Du moins, celle des deux que j'ai rencontrée, Julia. Elle tient beaucoup d'Elspeth.

— Qu'a-t-elle de semblable ?

— Un côté carré, presque brutal. Elspeth savait le contrôler, ce qui n'est pas tout à fait le cas de Julia. Mais en fait, c'est une jeune fille adorable. Aucune raison d'avoir peur. »

Robert émit un son nasal que Martin interpréta correctement comme *Ça va comme ça.* « Ces bruits que vous entendez, dit-il, vous êtes sûr que ce sont des animaux ? J'ai remarqué que le grand chêne dépasse le toit, maintenant. Il faudrait peut-être demander à quelqu'un de le tailler. Cela ne pourrait lui faire que du bien.

— Entendu. » Martin était persuadé que les gouttières étaient envahies par quelque chose, mais il préférait ne pas insister dans la mesure où le spécialiste n'avait rien trouvé. Il savait qu'il existait deux réalités, une réalité objective et une réalité ressentie. Il avait déjà essayé d'expliquer cela à Robert, mais celui-ci ne comprenait pas et il se mettait à parler de traitement médicamenteux sur un ton sérieux et un rien protecteur. Martin cessa de récurer. Il regarda le sol, ferma les yeux et s'interrogea. Oui, son besoin de le nettoyer était satisfait. Il se leva, rassembla son seau et sa brosse.

« Votre thèse avance ? demanda-t-il à Robert.

— Oui. Aujourd'hui, je vais à la Royal Society of Medicine. J'aide le Dr Jelliffe à rédiger une brochure sur tous les médecins enterrés à Highgate.

— Oh, formidable ! » s'exclama Martin, une nuance d'envie dans la voix. Parmi les plaisirs dont sa réclusion le privait, les recherches en bibliothèque étaient l'un de ceux qui lui manquaient le plus. Robert faillit dire quelque chose, mais se ravisa. « Saluez le docteur pour moi, reprit Martin. Et pour l'amour du Ciel, allez vous présenter aux jumelles ! »

Robert sourit et lui lança un coup d'œil énigmatique. « Entendu. J'y vais de ce pas. » Il tourna les talons et sortit de chez Martin. Au premier étage, il resta devant la porte et contempla la petite carte sur laquelle était inscrit le nom d'Elspeth. Il leva la main pour frapper, puis interrompit son geste et regagna son appartement du rez-de-chaussée.

Primrose Hill

C'était une journée grise et froide. Sous un ciel menaçant, Julia et Valentina montaient Primrose Hill, les joues rosies par l'effort. Julia avait acheté un petit dictionnaire d'argot britannique et elle proposait de temps à autre une définition à sa sœur.

« *Bubble and squeak*, c'est quoi, d'après toi ? » demanda-t-elle. Qu'est-ce que les Anglais peuvent bien appeler « bouillonne et couine » ?

Valentina réfléchit. « C'est quelque chose qui se mange.

— Oui. Il s'agit d'un plat à base de chou et de pommes de terre qu'on fait frire ensemble. » Julia tendit le livre à Valentina. « Bon. À toi maintenant de me poser une question. »

Tout en parlant, elles atteignirent le sommet de la colline, d'où l'on avait une vue panoramique de Londres. Elles l'ignoraient, mais pendant la Seconde Guerre mondiale, Winston Churchill était souvent venu à ce même endroit pour réfléchir à sa stratégie. Le spectacle les déçut. À Chicago, la vue était époustouflante et, du haut du John Hancock Center, on était pris de vertige en découvrant la forêt de gratte-ciel bordant une immense étendue d'eau. Depuis Primrose Hill, les jumelles découvraient Regent's Park, sinistre en février, et de petits immeubles au loin.

« Il fait drôlement froid ici ! » s'écria Julia en sautillant sur place, les bras serrés autour du corps. Elle se lança dans une danse endiablée, le corps incliné d'un côté, puis de l'autre. Valentina la contemplait, les bras croisés. De temps en temps, Julia butait contre elle. « Allez, viens ! » lui dit-elle en prenant ses mains gantées de mitaines. Les deux sœurs firent la ronde jusqu'à ce que Valentina, n'en pouvant plus, reste pliée en deux, le souffle court et rauque.

« Ça va ? » interrogea Julia. Valentina secoua négativement la tête, ce qui fit tomber son chapeau. Sa sœur le ramassa. Au bout de quelques minutes, Valentina récupéra et respira de nouveau normalement. Julia avait l'impression qu'elle aurait pu escalader et dévaler la colline une dizaine de fois sans être aussi essoufflée que sa sœur après leur courte danse. « Et maintenant, ça va mieux ?

— Oui. » Elles se mirent à descendre la colline. Le vent tomba aussitôt. Valentina sentit l'étau se desserrer dans sa poitrine. « Il faudra qu'on voie un médecin.

— C'est sûr. » Elles marchèrent en silence, avec les mêmes pensées en tête. *On a promis à maman de consulter tout de suite un médecin pour Valentina, sans attendre que ce soit urgent. Mais comme on n'est là que depuis six semaines, c'est encore « tout de suite ». En plus, il y a un hôpital en bas de Highgate Hill, donc, si besoin est, on peut toujours aller aux urgences. N'empêche qu'on n'a pas encore de couverture sociale et qu'il faudra bien prévenir les parents. Comment marche la Sécurité sociale ici ? Peut-être que le notaire pourra nous l'expliquer.*

« Il va falloir qu'on appelle Maître Roche », direntelles d'une seule voix, ce qui les fit éclater de rire.

« Ça porte la poisse, commenta Julia.

— Je me sens mieux », dit Valentina. Au même moment, elle éprouva l'impression, devenue familière ces temps-ci, d'être observée. Elle ne l'avait toutefois pas ressentie au sommet de la colline. Elle regarda autour d'elle, mais il n'y avait personne d'autre dans la rue qu'une jeune femme avec un bébé endormi dans sa poussette. Les maisons aux rideaux tirés avaient un air inhospitalier. Les jumelles descendirent quelques marches vers le chemin qui longeait le Regent's Canal ; l'eau était calme, bordée de larges promenades de chaque côté. Les maisons les surplombaient et, avec les effets de perspective, elles avaient l'impression d'avancer sous une rue transparente. De temps à autre, elles recevaient de grosses gouttes d'une pluie glacée. Valentina ne cessait de regarder par-dessus son épaule. Un adolescent à vélo les dépassa sans leur jeter un regard. En hauteur, quelqu'un marchait dans la rue au même rythme qu'elles. Valentina entendait le bruit de ses pas.

Son malaise n'échappa pas à Julia. « Qu'est-ce qu'il y a ? demanda sa jumelle.

— Tu le sais bien. »

Julia allait lui répéter, comme les autres jours, qu'elle se faisait des idées, lorsqu'elle entendit elle aussi les bruits de pas. Elle leva les yeux. On ne voyait rien, à part le mur, la rambarde et les maisons. Elle s'arrêta net, aussitôt imitée par Valentina. Les pas continuèrent, *un, deux, trois, quatre*, puis s'arrêtèrent.

L'environnement aquatique les avait rendus plus sonores ; maintenant, leur absence était accentuée par le canal qui léchait ses rives de ciment. Julia et Valentina se tenaient face à face, la tête légèrement penchée pour essayer de capter le son. Elles attendirent ; silence. Elles firent demi-tour et repartirent en sens inverse. Les bruits de pas reprirent, poursuivant leur route, un peu hésitants, puis ils diminuèrent peu à peu.

Les jumelles atteignirent les marches et remontèrent vers la rue. Au loin, un homme vêtu d'un long pardessus s'éloignait d'elles en toute hâte. Valentina fronça les sourcils. « Tu veux qu'on rentre chez nous ? » demanda Julia.

Oui, mais pas au sens où tu l'entends. « Non », dit Valentina. L'impression qu'elle ressentait était plus forte lorsqu'elles étaient dans l'appartement. « Allons au Victoria and Albert Museum voir les habits de la reine Caroline.

— Entendu. »

Elles firent une halte, le temps pour Julia de consulter son guide de Londres. Valentina resta aux aguets, mais la présence avait disparu.

Elspeth sentait qu'elle était au seuil d'une découverte. Elle avait bien réfléchi à sa situation de fantôme. *Il y a un équilibre entre l'esthétique et la pratique. Je me suis emmêlé les pinceaux en essayant de faire la même chose que les vivants, par exemple manipuler des objets. Mais je peux faire des choses dont ils se révèlent incapables : voler, passer à travers les murs, démolir la télé. Comme je ne suis pas exactement faite de matière, je dois être constituée d'énergie.* Elle regrettait de ne pas s'être davantage intéressée à la physique. Dans l'ensemble, sa connaissance des sciences exactes lui venait des mots croisés et des jeux télévisés. *Admettons que je sois de l'énergie. Et après ?* Elle avait du mal à comprendre pourquoi Valentina seule semblait sentir sa présence. Mais elle redoublait d'efforts. Elle la suivait dans l'appartement en allumant et en éteignant la lumière. Valentina se plaignait à Julia de la vétusté de l'installation électrique et du risque d'incendie. En l'absence des jumelles, Elspeth s'obligeait à faire des exercices : projeter une ombre, faire flotter un ticket de caisse du supermarché à quelques centimètres de la table de la salle à manger. (Elle ne réussissait ni l'un ni l'autre.) Elle envisageait des actes plus spectaculaires : *Je vais sortir tous les livres des rayonnages, jouer le* Maple Leaf Rag *au piano.* Mais elle était trop faible pour tirer une seule note de l'instrument. Elle marchait sur les touches en appuyant aussi fort que possible avec ses Doc Martens jaunes. Les touches s'abaissaient de quelques millimètres ; elle croyait entendre les cordes chuchoter, mais c'était une illusion. Elle avait plus de succès avec les portes. Si les gonds étaient bien huilés, elle pouvait en refermer une en s'appuyant dessus et en poussant de toutes ses forces.

Elle continua donc à s'exercer. *Si j'avais fait autant de gym de mon vivant, j'aurais réussi à soulever une Mini Cooper.* Les résultats étaient progressifs, mais indéniables. Ce qu'elle réussissait le mieux, c'était simplement de fixer son regard sur Valentina.

Valentina n'aimait pas ça. Elle percevait apparemment les états d'âme d'Elspeth. Pourtant, elle était mal à l'aise même lorsque Elspeth essayait de projeter de la gaieté et des sourires. Elle regardait autour d'elle et se levait, abandonnant le livre qu'elle lisait et emportant sa tasse de thé dans une autre pièce. Parfois Elspeth la suivait ; parfois, elle la laissait s'échapper. Elle essayait aussi de scruter Julia, pour ne pas être injuste, mais Julia restait de marbre.

Un matin, Elspeth arriva alors que les jumelles prenaient leur petit-déjeuner dans la salle à manger. « Je ne sais pas, disait Valentina, c'est comme... un fantôme, tu vois, juste une présence. Comme s'il y avait quelqu'un ici. » Elle promena son regard autour de la pièce, qui était baignée par le soleil matinal. « C'est là en ce moment. Ça ne l'était pas il y a une minute. » Obligeamment, Julia s'immobilisa, aux aguets. Puis elle secoua la tête. « Je ne sens rien », déclara-t-elle.

Fais quelque chose, se dit Elspeth. Le fait que Valentina ait utilisé le mot « fantôme » la stimulait. Elle alla se placer derrière la chaise de Julia et entoura de ses bras les épaules de la jeune fille, les mains posées sur son cœur. « Ouh ! » s'exclama Julia. Elspeth la lâcha et la jeune fille se recroquevilla sur sa chaise, toute frissonnante.

« Que se passe-t-il ? demanda Valentina d'un ton inquiet.

— Il fait horriblement froid ici. Tu ne trouves pas ? »

Valentina hocha négativement la tête. « C'est le fantôme », dit-elle. Elspeth lui caressa le bras du bout des doigts. Elle avait peur de l'enlacer comme Julia : peut-être Valentina n'avait-elle pas le cœur assez solide pour ça. « Il y a des courants d'air glacés », murmura Valentina en se frottant le bras. Les deux jeunes filles restèrent aux aguets. *Maintenant. C'est maintenant ou jamais*. Elspeth chercha des yeux quelque chose d'assez léger pour qu'elle puisse le manipuler. Elle réussit à faire discrètement vibrer la petite cuillère de Valentina contre sa tasse. Les jumelles observèrent la cuillère et échangèrent un regard. Puis Elspeth alluma les ampoules des appliques sur le mur, mais comme la pièce était ensoleillée, les jumelles ne s'en aperçurent pas. Elle recommença donc à faire vibrer la cuillère contre la tasse.

« Alors ? demanda Valentina.

— Je n'ai aucune idée, répondit Julia. Et toi ? » *Ne la contrarie pas.*

« Il se passe quelque chose.

— Le fantôme ? »

Valentina haussa les épaules, tandis qu'Elspeth, ravie, pensait : *On y est presque.* « Il est heureux, affirma Valentina.

— Qu'est-ce qui te fait dire ça ?

— Eh bien, j'ai brusquement éprouvé un sentiment de bonheur, alors que je ne suis pas heureuse. C'était comme si ça me venait de l'extérieur.

— Bon, au moins ce n'est pas un fantôme avec de mauvaises intentions. Comme dans *Poltergeist*, la maison qui est construite au-dessus d'un cimetière », ajouta Julia en jetant un regard empreint de doute à sa sœur.

« Tu crois que c'est quelque chose qui vient du cimetière ? » Valentina imagina un cadavre visqueux enjambant le mur du cimetière et se glissant jusqu'à leur appartement. « Beurk ! » Elle se leva, prête à s'enfuir.

« Ça devient sinistre, dit Julia. Allez, viens, on sort. » Elle voyait que Valentina avait peur. Mieux valait bouger.

« On s'en va, fantôme, déclara Valentina. Ne nous suis pas, s'il te plaît. Je déteste quand tu fais ça. »

De quoi parles-tu ? Je ne quitte jamais l'appartement. Elspeth regarda les jumelles s'habiller, puis elle les suivit jusqu'à la porte d'entrée. « Au revoir, fantôme », lança Valentina avec une nuance d'hostilité dans la voix. La porte claqua au nez d'Elspeth, qui s'efforça de ne pas le prendre personnellement.

Le Chaton de la Mort

Dans la soirée, il neigea. Valentina et Julia s'aventurèrent avec précaution sur le chemin glissant qui menait de South Grove à Vautravers. La couche de neige ne dépassait pas quelques centimètres, mais elles portaient des chaussures de cuir à semelles souples et la pente rendait la descente aventureuse. Elles étaient en train de se demander si elles devaient dégager la voie ou si c'était du ressort de leurs voisins. Le mur de St. Michael obscurcissait le chemin. Dans le ciel sans nuages, la lune était pleine et, sous la neige, Highgate Village semblait sorti d'un conte de fées. Julia fumait une cigarette dont le bout rougeoyant tressautait dans l'ombre près de son visage et décrivait un arc de cercle lorsqu'elle la prenait entre ses doigts et soufflait la fumée invisible au-dessus de sa tête. Cela gênait Valentina, car Julia sentirait la cigarette dans le lit et son haleine serait désagréable le lendemain matin. Mais elle ne dit rien, pensant que si elle s'abstenait de tout commentaire, sa sœur cesserait de fumer à tout bout de champ juste pour l'ennuyer. Julia se mit à tousser en avalant la fumée et dut s'arrêter, pliée en deux. Valentina l'attendit et c'est à ce moment qu'elle aperçut une petite forme blanche, à peu près de la taille d'un écureuil, qui grimpait dans le lierre du mur de l'église. Elle se demanda s'il existait des écureuils blancs à Londres. Puis elle songea au fantôme et sa gorge se serra. La chose fila vers le sommet du mur et s'immobilisa, comme si elle se savait observée. Julia cessa de tousser et se redressa.

« Regarde ! » chuchota Valentina, le doigt tendu. La forme blanche se hissa sur le rebord du mur et les jumelles virent qu'il s'agissait d'un chaton. Il s'étira, s'assit sur le mur et les contempla d'un air supérieur du haut de son perchoir, à près de cinq mètres du sol.

Julia poussa une exclamation. « Des chats peuvent faire ça ? demanda-t-elle. On aurait cru un petit singe ! »

Valentina pensa à un tigre blanc qu'elles avaient vu dans un cirque. Il avait posé sa patte sur l'épaule de son dresseur avec une douceur incroyable, comme s'il voulait danser avec lui, après avoir marché sur une corde à trois mètres au-dessus du sol.

« C'est le Chaton Trompe-la-Mort, dit Valentina. Tu crois qu'il vit dans le cimetière ?

— C'est le Chaton de la Mort. Hello, Chaton de la Mort ! » Julia émit des sons censés l'attirer, mais il s'ébroua et disparut de l'autre côté du mur. Elles l'entendirent dégringoler dans le lierre.

Lorsqu'elles furent rentrées chez elles, Valentina déposa une tasse ébréchée remplie de lait et une soucoupe avec du thon sur le balcon de la salle à manger. Julia s'en aperçut le lendemain au petit-déjeuner.

« Que fais-tu ?

— C'est pour le Chaton de la Mort. J'ai envie qu'il vienne nous voir. »

Julia leva les yeux au ciel. « Tu vas plutôt recevoir la visite de ratons laveurs. Ou de renards.

— Ça m'étonnerait qu'ils grimpent de cette manière. »

Julia mordit dans son toast beurré. « Les ratons laveurs grimpent partout. »

Le thon et le lait restèrent toute la journée sur le balcon, attisant la curiosité de quelques oiseaux. Valentina se glissa à plusieurs reprises dans la salle à manger pour voir si le chaton était venu, mais la soucoupe et la tasse demeurèrent intactes jusqu'au dîner.

« Tu vas attirer les fourmis avec cette nourriture, avertit Julia.

— Mais non, on est en hiver et en hiver, les fourmis hibernent. » Valentina finit par jeter le lait dans l'évier, lava la tasse et la remplit de lait frais. Elle fit de même avec le thon, puis remit le tout en place sur le balcon et alla se coucher.

Le lendemain matin, elle ouvrit les portes-fenêtres donnant sur le balcon et découvrit avec plaisir que le thon avait disparu et qu'il ne restait que la moitié du lait. Elle ôta la soucoupe et la tasse avant l'arrivée de Julia. Dans la soirée, elle les remplit de nouveau et les déposa sur le balcon, puis elle éteignit la lumière, s'assit sur le sol de la salle à manger et attendit.

Pendant ce temps, Julia s'activait dans l'appartement : elle se déshabillait, se lavait le visage, se brossait les dents. Puis elle se mit en quête de sa sœur. « Mouse ? » Les pas se rapprochèrent de Valentina, qui ne se manifesta pas, comme si elles jouaient à cache-cache. Julia était dans le couloir et avançait vers la salle à manger. *Tu chauffes.* « Mouse ? Où es-tu ? » Elle ouvrit la porte et découvrit Valentina assise sur le sol

dans un rayon de lune, près des fenêtres. *Tu brûles !*
« Mais qu'est-ce que tu fais là ?

— Chut ! J'attends le chaton.

— Oh ! Je peux rester avec toi ? » Valentina se demanda comment sa jumelle se débrouillait pour murmurer plus fort qu'elle ne parlait.

« Entendu, à condition que tu ne fasses aucun bruit. » Les jumelles restèrent assises côte à côte sur le parquet. Aucune des deux n'avait de montre. Le temps s'écoula.

Julia s'allongea par terre et ne tarda pas à s'endormir. Il faisait froid dans la salle à manger et plus encore sur le parquet. Julia portait un bas de jogging et un T-shirt à l'effigie du groupe de rock Wilco fauché à Luke Brenner, un garçon dont elle avait été un peu amoureuse au lycée. Valentina partit chercher des oreillers et des couvertures, car elle-même avait beau être chaudement habillée, son nez et toutes ses extrémités étaient glacés. Elle décida de se faire du thé par la même occasion.

Quand elle revint, Julia était réveillée. Elle posa un doigt sur ses lèvres. Il y eut un bruissement, comme si l'on nageait parmi des feuilles mortes. Valentina posa doucement le thé, les oreillers et les couvertures au sol, et s'assit.

Julia regarda sa jumelle, dont les yeux brillaient dans l'ombre. Ce jour-là, Valentina ne s'était pas lavé les cheveux, qui étaient tout plats. Elle retenait son souffle, concentrée sur la tasse et la soucoupe. Julia sourit. Elle aimait quand Valentina désirait vraiment quelque chose.

Les bruits se rapprochèrent, puis cessèrent. Les jumelles étaient toujours immobiles. Un instant, tout resta en suspens, puis le chaton blanc sauta du mur sur le balcon.

Il était minuscule et l'on voyait ses côtes. Ses oreilles volumineuses le faisaient ressembler à une chauve-souris, son poil ras était emmêlé. Mais il n'avait rien de pathétique ; il semblait très déterminé. Il n'avait rien non plus de surnaturel. Bien au contraire, il se précipita sur la soucoupe et dévora le thon. Les jumelles voyaient ses flancs se soulever. Il évoqua à Valentina la méduse qu'elle avait découverte un jour, échouée sur une plage de Floride. Elle s'aperçut, ravie, que le chaton était une femelle.

La petite bête finit de manger et entreprit de se nettoyer. Elle leur jeta un bref coup d'œil (peut-être se contenta-t-elle de regarder dans leur direction ; Valentina n'était pas certaine qu'elle pouvait les voir, dans la mesure où la lune s'était déplacée et où elles se tenaient maintenant dans l'ombre). Puis elle sauta du balcon et disparut.

Julia tendit sa main ouverte à Valentina, qui tapa dans sa paume. « Génial. Tu vas continuer à nourrir la minette ? »

Valentina sourit. « Je vais l'adopter. Avant que tu dises “ouf”, elle portera un collier et ronronnera sur mes genoux.

— Mais tu ne trouves pas qu'elle est un peu… sauvage ? Que va-t-on faire si elle n'est pas propre ? »

Valentina lui lança un regard noir. « Elle est encore toute petite. Elle apprendra. »

La scène se répéta les soirs suivants. Valentina alla acheter un bac à litière et des boîtes de pâtée. Cinq soirs de suite, elle attendit derrière les portes-fenêtres l'arrivée du Chaton de la Mort. Le sixième soir, elle les laissa ouvertes et tenta de l'attirer à l'intérieur, mais ne réussit qu'à l'effrayer et tout fut à recommencer. La petite chatte était vraiment sauvage et ne se laissait pas apprivoiser.

« Je croyais qu'elle devait être en train de ronronner sur tes genoux, dit Julia pour taquiner sa sœur.

— Essaie donc, toi », rétorqua Valentina.

Julia réfléchit à la question. Le soir, elle entra dans la salle à manger munie d'une bobine de fil empruntée à la boîte à couture d'Elspeth. Elle attendit que l'animal ait terminé son repas, puis fit rouler la bobine vers le balcon. La petite chatte jeta un coup d'œil soupçonneux à l'objet, puis avança la patte lorsque Julia tira sur le fil. Quelques instants après, elle jouait comme une folle, attendant la prochaine traction sur le fil. Mais dès que Julia fit revenir la bobine à l'intérieur, elle leva les yeux, découvrit sa présence et disparut en un éclair dans le lierre.

« Pas mal », dit Valentina. Secrètement, elle était satisfaite de voir que la petite chatte ne s'était pas non plus approchée de Julia, quoique son désir de l'attirer fût maintenant plus fort que tout.

En fin de compte, ce ne fut ni l'une ni l'autre des jumelles qui fit entrer le Chaton de la Mort à l'intérieur. Un mardi soir de la fin février, Valentina avait préparé sa nourriture et franchissait la porte de la salle à manger avec un plateau lorsqu'elle entendit un bruit de feuilles froissées. Les portes-fenêtres étaient ouvertes, laissant pénétrer dans la pièce un air glacé. Sur le balcon, le chaton bondissait après la bobine de fil qui, manipulée par une main invisible, tressautait et roulait, tantôt restant hors de sa portée, tantôt se déplaçant sur le balcon. Valentina s'immobilisa. La bobine de fil atterrit entre l'une des portes-fenêtres et le seuil, où elle continua à bouger légèrement. Le chaton, attiré, hésita, puis se ramassa sur lui-même et bondit dessus. Emporté par son élan, il pénétra à l'intérieur de la salle à manger. La fenêtre se referma sur lui.

Valentina et la petite bête se regardèrent, aussi choquées l'une que l'autre. Elles retrouvèrent leurs esprits en même temps. La jeune fille posa son plateau sur le parquet. Le chaton se mit à courir en tous sens, cherchant une issue. Valentina ferma la porte de la salle à manger et s'y adossa.

« Qui est là ? » demanda-t-elle d'une voix qu'elle espérait naturelle, mais qui tremblait. « Qui est là ? » Sur le sol, la bobine de fil ne bougeait plus. Rien ne bougeait dans la pièce, à l'exception de l'animal, qui alla se cacher sous l'ottomane. Valentina tendait l'oreille, ou plutôt, elle tentait de *percevoir* la pièce avec son corps pour savoir s'il y avait quelqu'un. Mais elle tremblait, et elle était incapable de sentir autre chose que l'air froid et la peur du chaton. Puis on poussa l'autre côté de la porte sur laquelle elle s'appuyait et elle manqua se trouver mal.

« Mouse ? » C'était Julia. Valentina, soulagée, entrouvrit la porte. « Entre vite ! » dit-elle. Julia s'insinua dans l'intervalle et referma derrière elle. « Alors, tu l'as attrapée ? interrogea-t-elle, le visage animé.

— Non. Le fantôme l'a attrapée. » Elle s'attendait à une réponse sarcastique de sa sœur, mais Julia, voyant qu'elle tremblait, appuya sur l'interrupteur. La lumière du lustre éclaira faiblement la pièce.

« Viens par ici », dit Julia. Elle tira l'une des chaises rangées autour de la table de la salle à manger et Valentina s'assit dessus. Julia jeta un regard circulaire autour de la pièce. « Bon, si le fantôme a attrapé la minette, où est-elle ?

— Sous l'ottomane. »

Julia se mit à quatre pattes et souleva avec précaution la jupe du pouf. Elle aperçut une boule de poils aux yeux verts qui lui montra les dents en crachant. « Je te la laisse », dit-elle.

Valentina sourit. « Approche le thon du pouf, elle va peut-être sortir pour manger.

— Hé, comment il a fait, ce fantôme ? » interrogea Julia tout en s'exécutant. Elle avait décidé de croire à sa présence pour le moment. L'idée d'un fantôme qui savait se rendre utile lui plaisait.

« Il a utilisé la bobine comme toi. Mais notre minette ne pouvait pas le voir, alors quand elle a bondi dans la pièce, le fantôme a refermé la fenêtre.

— Dans ce cas, le fantôme nous observe peut-être ? » Malgré elle, Julia commençait à avoir la chair de poule. « Sinon, comment saurait-il que tu voulais ce chaton ? Tu avais laissé ici la bobine de fil ou bien elle était dans la boîte à couture ?

— Elle était ici.

— Hum ! » Julia se mit à faire les cent pas, les mains derrière le dos. Valentina pensa à un film de Sherlock Holmes qu'elles avaient vu cent fois à la télévision quand elles étaient petites. Holmes marchait toujours de long en large. Elle s'attendait presque à ce que sa sœur déclare : *Élémentaire, mon cher Watson*, mais Julia s'assit sur le parquet et scruta l'ottomane, le front plissé. « À ton avis, il est toujours là, ce fantôme ? »

Valentina regarda autour d'elle. Il n'y avait que peu d'endroits où un fantôme aurait pu se cacher, car la salle à manger était très peu meublée. « Oui, mais c'est surtout une *sensation* ; du moins ça l'était jusqu'à ce soir. Ce n'est pas comme si je l'avais *vu*. Et en ce moment, je ne le *sens* plus. »

Elspeth était juchée sur la table, vêtue d'une robe de cocktail en mousseline bleue, de bas résille et d'escarpins à talons aiguilles. L'idée qu'elle puisse marcher sur le bois sans le marquer la ravissait. Elle était également enchantée d'avoir capturé la petite chatte et de savoir que Valentina avait été témoin de la scène. *Voilà, c'est fait, j'ai réussi. Elles ne peuvent faire autrement que de croire à mon existence, désormais.*

Le Chaton de la Mort se tenait sous l'ottomane, furieux. La petite bête sentait la présence toute proche du thon, mais elle ne voulait pas donner à Julia la satisfaction de la voir le manger. Au bout d'un certain temps, Julia se lassa et alla se coucher. Valentina plaça le bac à litière non loin de l'ottomane, espérant que le chaton n'allait pas faire pipi partout, puis elle éteignit la lumière et alla se mettre au lit, elle aussi. Sur la table, Elspeth attendait.

« Minou, minou », fit-elle, sachant qu'il ne pouvait pas l'entendre. Au bout d'une demi-heure de silence complet, le chaton sortit de sa cachette et fit le tour de la pièce, en quête d'une issue. Elspeth descendit de son perchoir et s'assit sur l'ottomane. Elle attendit que le chaton se soit calmé et le caressa pendant qu'il dévorait la nourriture, mais il ne s'aperçut de rien.

Une visite guidée du cimetière de Highgate

Au début du mois de mars, par un dimanche ensoleillé, Jessica se tenait devant les grilles de la partie est du cimetière et observait les visiteurs réunis devant l'entrée principale, du côté ouest. Il y avait là un couple d'Américains munis d'appareils photo impressionnants et chaussés d'énormes baskets, un homme d'âge mûr un peu chauve avec une paire de jumelles, trois jeunes Japonais en blue-jean baggy et casquettes de base-ball, une femme avec une poussette aérodynamique et un costaud muni d'un énorme sac à dos, qui marchait de long en large d'un pas élastique.

Jessica consulta sa montre. Il était trois heures moins le quart. Elle se retourna pour jeter un coup d'œil à Kate, une charmante bénévole américaine à la silhouette ronde qui parlait avec des propriétaires de tombes de la rénovation du mur de la partie est. Quand Jessica se retourna, elle s'aperçut que deux jeunes filles, vêtues de blanc des pieds à la tête, avaient rejoint le groupe réuni près de l'entrée et se tenaient un peu à l'écart, main dans la main. Elles portaient un sweatshirt à la capuche bordée de fourrure, une minijupe, des leggings et des bottes, et leurs cheveux étaient presque aussi clairs que leur bonnet de laine blanc. Elles avaient beau tourner le dos à Jessica, celle-ci n'avait pas besoin de voir leur visage pour savoir qu'il s'agissait de jumelles. *Qu'elles sont mignonnes !* Elle se demanda si elles savaient à quel point les allées du cimetière étaient boueuses et si elles avaient plus de seize ans.

Julia et Valentina, frigorifiées, dansaient d'un pied sur l'autre. Derrière les grilles, tout était calme et Julia s'interrogea : où étaient les gens ? Elle apercevait une vaste cour au-delà de la loge, entourée par une colonnade en demi-cercle. Quelqu'un utilisait un talkie-walkie, mais on ne voyait personne. De l'autre côté de la route s'étendait l'autre moitié du cimetière, là où Karl Marx était enterré. Elle semblait plus ouverte, plus proche d'un cimetière américain ordinaire. Dans le guide, on disait que le cimetière ouest était le plus intéressant, mais qu'on ne pouvait le visiter qu'avec un guide. De toute façon, c'était sur cette partie que donnaient les fenêtres des jumelles.

Jessica traversa Swain's Lane, s'avança parmi la petite assemblée et ouvrit les grilles massives. Elle portait des vêtements de différentes nuances de mauve et de violet, assortis d'un chapeau en feutre à large bord avec une plume noire passée dans le gros-grain qui suscita aussitôt la convoitise de Valentina. La première impression qu'elle fit aux jumelles fut celle d'une aristocrate, peut-être une duchesse, venue inaugurer quelque chose ou rendre visite à un cher disparu et qui serait restée pour donner un coup de main. Mais lorsque la dame ouvrit la bouche, elles changèrent aussitôt d'avis. « Entrez, mes chers amis. Tout le monde a pris connaissance des consignes ? Bien. Je vous demanderai de laisser *tous* vos bagages dans les bureaux. Et je suis *absolument* navrée, mais les enfants de moins de huit ans n'ont pas accès à la partie ouest du cimetière. Les photographies ne sont autorisées que dans le cadre d'un usage personnel. Par *ici*, je vous prie, *posez-vous* face au mémorial de guerre, là-bas, à l'extrémité de la cour, nous arrivons *tout de suite*. » Les jumelles s'assirent sur un banc et attendirent, comme on le leur demandait.

Robert émergea des bureaux, la caisse des tickets d'entrée à la main, l'esprit préoccupé par une définition de mots croisés que James venait de lui lire. Il rejoignit Jessica et ils traversèrent ensemble la cour. Quand il aperçut les jumelles, son estomac se noua. Cette sensation lui rappela le trac, puis il se rendit compte que c'était de la culpabilité.

« Ne les fais pas payer, enjoignit-il à Jessica.

— Pourquoi donc ?

— Ce sont des propriétaires de tombes.

— Ça m'étonn… » Elle s'interrompit et les observa plus attentivement. « Oh, je vois », reprit-elle tandis qu'ils continuaient à marcher. « Est-ce que ça va aller ? Voulez-vous que Kate s'occupe de la visite ?

— Ne dites pas de bêtises. Je vais devoir faire leur connaissance de toute façon. »

Les jumelles les regardaient arriver. Julia donna un coup de coude à sa sœur. « Ce n'est pas le type que tu as rencontré dans le métro ? » chuchota-t-elle. Valentina fit « oui » de la tête. Elle observa Robert pendant qu'il déchirait les tickets et que Jessica prenait les cinq livres que lui tendait chaque visiteur. Les jumelles étaient au bout de la rangée de bancs. Après avoir fait payer le couple d'Américains, Jessica ferma sa boîte et leur adressa un clin d'œil. Julia lui tendit dix livres, mais Jessica hocha négativement la tête en souriant, sous le regard réprobateur de l'Américaine. Julia pressa la main de Valentina.

« Bienvenue au cimetière de Highgate, commença Jessica. Robert sera votre guide. C'est l'un des meilleurs connaisseurs de ce sujet et un historien, spécialiste de l'ère victorienne. Il écrit d'ailleurs un livre sur le cimetière. Notre collaboration est *intégralement* sur la base du volontariat et chaque année nous devons récolter plus de trois cent cinquante mille livres *juste* pour pouvoir garder le cimetière ouvert au public. » Elle parlait d'un ton enjôleur tout en montrant la boîte verte. « À la sortie, une bénévole se tiendra à la grille avec cette boîte et *toute* l'aide que vous pourrez nous apporter sera grandement appréciée. » Les touristes manifestèrent quelques signes de nervosité. Jessica leur souhaita une excellente visite et regagna le bureau. Elle éprouvait une certaine excitation. *Pourquoi ?* Elle se posta à la fenêtre et regarda Robert rassembler ses troupes devant la colonnade, monter deux marches et s'adresser à elles en faisant de grands gestes. D'où ils se trouvaient, les visiteurs ne voyaient que de la verdure et des marches. *Ces jeunes filles sont le portrait craché d'Elspeth. Comme la vie est étrange ! J'espère que tout va bien se passer pour lui. Il était un peu pâle.*

Robert essayait d'avoir les idées claires. Il avait l'impression de s'observer, comme s'il y avait deux Robert, l'un qui faisait tranquillement la visite guidée, l'autre tétanisé et cherchant désespérément que dire aux jumelles. *Mon pauvre vieux, on dirait un gamin de dix-sept ans ! Voyons, tu n'as pas à leur parler. C'est elles qui t'adresseront la parole. Attends, c'est tout.*

« Au début du XIXe siècle, commença-t-il, les cimetières londoniens étaient honteusement surpeuplés. Les enterrements avaient lieu depuis des siècles dans le cimetière de l'église et les villes attiraient de plus en plus de monde, car avec la révolution industrielle, les usines embauchaient. Il n'y avait plus de place pour inhumer qui que ce fût, et pourtant les gens continuaient à mourir. En 1800, Londres comptait environ un million d'habitants. Et plus du double vers 1850. Les cimetières ne parvenaient plus à suivre le rythme des décès.

« Les cimetières représentaient également un risque sanitaire. Ils contaminaient les nappes souterraines et étaient à l'origine d'épidémies de typhoïde et de choléra. Dans la mesure où il n'y avait plus la place d'installer de nouvelles tombes, on déterrait des cadavres pour inhumer les morts récents. Si vous avez lu Dickens, vous savez de quoi je parle : ossements émergeant du sol, profanateurs de sépultures volant les cadavres pour les vendre aux écoles de médecine… C'était une situation intenable.

« En 1832, le Parlement vota une loi autorisant la création de cimetières privés à vocation commerciale. Dans les neuf années qui suivirent, sept cimetières virent ainsi le jour sur ce qui était alors la ceinture de la ville. On les appela les Sept Magnifiques : Kensal Green, West Norwood, Highgate, Nunhead, Brompton, Abney Park et Tower Hamlets. Celui de Highgate ouvrit en 1839 et il devint bientôt le cimetière le plus recherché de Londres. Montons les marches et vous comprendrez pourquoi. »

Comme les jumelles étaient au dernier rang du groupe, elles ne distinguèrent que les jambes des autres visiteurs. Quand elles arrivèrent en haut, ceux-ci formaient déjà un cercle autour de Robert. Elles découvrirent un grand nombre de tombes, penchées et envahies par les arbres et la verdure. Valentina eut une impression de déjà-vu. *Je suis déjà venue ici ! Mais non. Je l'ai sans doute rêvé.* Un corbeau passa au ras de leur tête et alla se poser sur le toit de la chapelle. Elle se demanda quelle impression cela ferait de survoler l'ensemble du cimetière. Que pouvait bien penser ce corbeau ? *C'est si bizarre de mettre les gens en terre et de les recouvrir de pierres.* Étaient-ils tous d'accord d'être ainsi ensemble sous terre ?

Robert poursuivit : « Nous nous trouvons tout en haut de la colonnade. Tournons-nous vers les chapelles, dans la direction d'où nous venons : il y en avait deux, celle des anglicans et celle des réprouvés, réunies en un seul bâtiment. Nous sommes dans la partie ouest, qui est le cimetière d'origine. Il occupe une superficie de sept hectares, dont un peu moins d'un hectare alloué aux réprouvés, c'est-à-dire les baptistes, les presbytériens, les sandemaniens et autres sectes protestantes. Highgate était si populaire qu'il fallut envisager de l'agrandir en 1854. La compagnie des cimetières de Londres fit alors l'acquisition de huit hectares de l'autre côté de Swain's Lane pour y installer le cimetière est. Cet achat engendra un problème. En effet, une fois le service funèbre célébré dans la chapelle des anglicans, comment transférer le cercueil dans la partie est sans lui faire quitter la terre consacrée ? Il était impossible de consacrer Swain's Lane ; donc, les victoriens, avec leur ingéniosité habituelle, décidèrent de creuser un tunnel sous la route. À la fin du service, le cercueil descendait par un ascenseur pneumatique dans le tunnel. Les croque-morts le réceptionnaient et le transportaient de l'autre côté où il était remonté dans la partie est, en une touchante allusion à la Résurrection. »

Il a l'air aussi content de lui que s'il avait inventé tout le truc, pensa Julia. Elle souffrait du froid et de l'humidité. Elle jeta un coup d'œil à Valentina, qui buvait les paroles de leur guide. Robert parcourut l'assemblée du regard. La plupart des visiteurs avaient en main leur appareil photo et brûlaient visiblement de bouger et de s'en servir. Il croisa le regard de Valentina et se tourna vers la sépulture la plus proche.

« Cette tombe, reprit-il, est celle de James William Selby, qui fut en son temps un cocher célèbre. Il aimait conduire son équipage vite et par tous les temps. Le fouet et la corne sont les attributs de sa profession et les fers à cheval inversés nous révèlent que le sort lui fut contraire. En 1888, il releva le pari de relier Londres à Brighton en moins de huit heures. Il y parvint en sept heures cinquante, en utilisant plusieurs attelages. Il gagna un millier de livres, mais mourut cinq mois plus tard. On peut penser que ses gains ont servi à lui bâtir ce beau mémorial. Faites attention où vous mettez les pieds, le chemin est peu praticable aujourd'hui. »

Robert entreprit d'escalader la colline, tandis que les touristes s'efforçaient avec difficulté de le suivre dans l'allée centrale boueuse et pleine de trous, de cailloux, de racines d'arbres. Le mitraillage des appareils photo résonnait dans sa tête comme une stridulation d'insectes. Il avait la nausée. *Est-ce que je ne pourrais pas les installer à Comfort's Corner et aller tranquillement vomir dans les buissons ?* Néanmoins, il continua bravement sa route. Il montra aux visiteurs la tombe de style gothique avec une chaise de pierre vide, symbole du départ définitif de son occupant. Il les conduisit ensuite vers celle de sir Loftus Otway, un gigantesque mausolée familial qui comportait autrefois de grands panneaux de verre : « On pouvait voir les cercueils à l'intérieur de la tombe. Ne croyez pas que c'était pour satisfaire nos instincts voyeuristes : à l'époque victorienne, nombreux étaient ceux qui détestaient l'idée d'être à six pieds sous terre et, dans ce cimetière, beaucoup gisent au-dessus du sol… » Il leur parla de la Société des Amis du Cimetière, qui avait réussi à sauver Highgate. « Avant la Première Guerre mondiale, le personnel comptait vingt-huit jardiniers. L'endroit était spacieux, serein et parfaitement entretenu. Mais les hommes valides furent tous mobilisés et rien ne fut plus comme avant. La végétation commença à envahir l'espace, il n'y eut plus assez de place pour installer de nouvelles tombes, l'argent ne rentra plus. En 1975, on ferma la partie ouest, qui fut abandonnée aux satanistes, aux cinglés, aux vandales, à Johnny Rotten…

— Qui est-ce ? demanda l'un des Japonais.

— Le chanteur des Sex Pistols. Il vivait non loin d'ici, dans Finchley Park. Bon, vous avez sans doute remarqué que les environs de ce cimetière sont plutôt chic, et les gens du voisinage commencèrent à s'inquiéter des profanations et de la mauvaise fréquentation. Certains se regroupèrent et firent l'acquisition du cimetière de Highgate pour cinquante livres. Ils essayèrent alors de le restaurer. Ils inventèrent la notion de "négligence contrôlée", ce qui dit bien ce que ça veut dire : ils ne tentèrent pas de le rendre impeccable et d'imiter les victoriens, mais de laisser voir ce que le temps et la nature ont fait de ce lieu, tout en veillant à ce que cela ne présente pas de danger. En un sens, c'est un musée. Mais c'est aussi un cimetière chrétien. » Robert jeta un coup d'œil à sa montre. Il devait accélérer le rythme. Jessica lui avait recommandé de ne pas faire traîner ses visites guidées. « Par ici », lança-t-il.

Il les conduisit d'un pas vif vers Comfort's Corners, puis entama le récit de l'histoire d'Elizabeth Siddal Rossetti. Comme d'habitude, il dut lutter contre l'envie de raconter tout ce qu'il savait sur le sujet, sinon les visiteurs seraient encore là dans plusieurs jours, morts de faim et de fatigue. *Ils veulent surtout voir le site. Ne les ennuie pas avec une avalanche de détails.* Il se dirigea ensuite vers l'une de ses sépultures favorites, une dalle comportant un bas-relief représentant une pleureuse tenant compagnie la nuit au cercueil. « Quand la technologie médicale moderne n'existait pas encore, on avait du mal à déterminer si quelqu'un était vraiment mort. C'est pourtant évident, me direz-vous, mais on connaît des cas célèbres où le mort s'est soudain remis à vivre, et les victoriens redoutaient d'être enterrés vivants.

« Comme ils avaient un sens pratique développé, ils ont essayé de trouver des solutions à ce problème. Ils ont inventé un système de cloches attachées à des fils qui descendaient sous terre jusque dans le cercueil, de sorte que la personne inhumée puisse donner l'alerte et être sortie de là. On n'a toutefois enregistré aucun sauvetage par ce système. Les gens laissaient toutes sortes d'instructions bizarroïdes dans leur testament. Certains, par exemple, demandaient à être décapités pour ne pas courir le risque de revenir à la vie dans leur cercueil.

— Et les vampires ?

— Les vampires ?

— J'ai entendu dire qu'il y avait un vampire dans ce cimetière.

— Non. Il y a eu une bande d'abrutis qui, pour attirer l'attention sur eux, ont raconté qu'ils avaient vu un vampire. Néanmoins, le bruit court que c'est à la suite d'une exhumation qui a eu lieu ici, à Highgate, que Bram Stoker a eu l'idée d'écrire *Dracula*. »

Restées à l'arrière du groupe, Julia et Valentina vivaient la situation chacune différemment. Julia avait envie de quitter les autres et de partir à l'aventure, car elle détestait les conférences et les professeurs. Et Robert lui donnait des boutons. *Tout ça, c'est du bla-bla. Y en a marre.* Valentina, pour sa part, ne suivait pas le commentaire de leur guide, parce qu'une idée lui trottait dans la tête depuis que Jessica le leur avait présenté : *Vous êtes le Robert Fanshaw d'Elspeth. C'est pour ça que vous nous connaissiez.* Elle était perturbée à l'idée qu'il les ait repérées sans qu'elles le sachent. *Je dois en parler à Julia.* Elle considéra sa sœur. *Non, mieux vaut attendre. Elle est de mauvais poil.*

Robert poursuivit sa montée de la colline et s'arrêta à l'entrée de l'avenue égyptienne. Il attendit que les Américains l'aient rattrapé : le couple avait tendance à rester en arrière, car il photographiait tout. *Vous n'allez jamais y arriver, voyons. Il y a ici 52 000 tombes.* L'un des Japonais poussa une exclamation. Robert aimait le côté spectaculaire de cette avenue ; on aurait cru un décor pour une représentation d'*Aïda*.

« Le cimetière de Highgate n'était pas qu'un lieu de sépulture chrétien. C'était aussi une entreprise commerciale. Afin que les défunts les plus éminents de la société victorienne y soient inhumés, il fallait des éléments capables de les attirer. À la fin des années 1830, lors de l'ouverture de Highgate, l'Égypte était à la mode. Voilà pourquoi cette avenue existe. L'entrée a été faite sur le modèle d'une tombe de Louxor. À l'origine, elle était en couleurs. L'avenue elle-même n'était pas aussi sombre. Elle était à ciel ouvert, sans ces arbres qui se penchent actuellement au-dessus d'elle…

« Les mausolées de l'avenue égyptienne peuvent contenir de huit à dix personnes. On y a placé des étagères pour les cercueils. Notez que les torches sont inversées, tout comme les serrures. Les trous que vous voyez au bas des portes permettent aux gaz de s'échapper.

— Aux gaz ? interrogea l'homme aux jumelles.

— Quand les cadavres se décomposent, ils émettent des gaz. Autrefois, on mettait des chandelles pour brûler ces gaz. La nuit, ça devait faire un drôle d'effet. »

Le groupe avança jusqu'au bout de l'avenue. Le soleil ne réussissait pas à réchauffer les jumelles qui gardaient les bras serrés autour d'elles. En les regardant, Robert revit Elspeth debout à peu près au même endroit, le visage tendu vers le soleil. *Oh, toi…* Sa voix se brisa. *Ne les regarde pas. Ne pense pas à elle.* Robert fixa le sol des yeux pendant un moment, puis se reprit.

« Nous nous tenons dans le cercle du Liban. C'était l'adresse la plus convoitée du cimetière. Il tient son nom du gigantesque cèdre du Liban que vous apercevez au-dessus des mausolées. Il a aujourd'hui plus de trois cents ans, mais il devait déjà être fort impressionnant lors de la création du cimetière. Le terrain faisait partie à l'origine des terres de l'Évêché de Londres et, quand on réalisa le cercle, on creusa autour de l'arbre qui est donc en hauteur aujourd'hui, mais au niveau du terrain de l'époque. Imaginez le chantier que fut l'évacuation de toute cette terre avec les équipements des années 1830. On réalisa en premier le cercle intérieur, qui fut si prisé que l'on commença le cercle extérieur vingt ans plus tard. Vous pouvez constater l'évolution du goût en matière d'architecture, de l'égyptien au gothique. »

Robert les guida dans le cercle. *Ça ne s'arrange pas*, pensa-t-il en consultant sa montre. Il résolut de faire l'impasse sur certaines sépultures.

« Voici maintenant le mausolée de Mabel Veronica Batten et de son amant, Radclyffe Hall… Et là, vous pouvez voir un columbarium. Le nom vient du latin *columba*, "colombe", car il désignait à l'origine les niches où vivaient les colombes… Suivez-moi, je vous prie, nous allons monter ces marches… Bien. Ici nous avons la tombe de George Wombwell, le célèbre propriétaire de ménagerie. Il débuta en achetant deux boas constrictors à un marin… » Robert laissa de côté Mrs. Henry Wood, le tombeau d'imitation égyptienne de la famille Carter et Adam Worth, et conduisit directement les visiteurs vers le sommet du cercle, d'où ils purent admirer la vue sur l'église St. Michael. Puis il gagna l'espace entre les catacombes de la terrasse et l'impressionnante sépulture de la famille Beer. Les jumelles se rendirent alors compte qu'elles avaient sous les yeux l'énorme mausolée qu'elles voyaient de la fenêtre de leur chambre. Elles prirent du recul pour pouvoir regarder au-dessus des catacombes, mais si elles réussirent à apercevoir l'appartement de Martin, le leur demeura invisible.

« Julius Beer était un juif allemand arrivé à Londres sans le sou ; il fit fortune grâce à la Bourse... » Valentina était en train de penser qu'elle n'avait jamais vraiment réfléchi à la mort. Chez elles, à Lake Forest, le cimetière était vaste et bien entretenu. Les parents de Jack y avaient une sépulture modeste, avec des plaques de granit rose. Les jumelles n'avaient jamais rencontré leurs grands-parents. *Parmi les personnes que nous connaissons, personne n'est mort. C'est difficile d'imaginer de ne plus être là, ou que Julia ne soit plus là...* Son cœur se serra, sans qu'elle sût si c'était un sentiment de solitude ou le mal du pays. Elle observa Robert. Il l'ignorait et semblait délibérément fixer son attention sur l'homme à la paire de jumelles. *Il connaissait Elspeth. C'était son amant. Il pourrait nous parler d'elle.*

« ... Julius Beer ne pouvait vraiment s'intégrer à la société victorienne, car non seulement il était juif et étranger, mais il avait fait fortune au lieu d'hériter de son argent. C'est pourquoi il fit construire ce mausolée de grande taille à un endroit où l'on ne pouvait pas ne pas le voir. Si l'on se promène sur le toit des catacombes, comme les dames de l'époque victorienne aimaient à le faire le samedi après-midi, la sépulture de la famille Beer bouche la vue. » Valentina pensa à la porte verte de leur jardin de derrière et s'imagina en crinoline avec Julia, en train de déambuler au-dessus des centaines de cadavres pourrissants qui gisaient dans les sombres catacombes. *Il n'y a pas à dire, on savait s'amuser, à l'époque de la reine Victoria !*

Robert guida les visiteurs le long des allées, au-delà du secteur des réprouvés. Il leur montra la tombe de Thomas Sayers, sur laquelle veillait patiemment Lion, le chien de pierre. Il sauta celle de sir Rowland Hill, l'inventeur du système postal appelé Uniform Penny Post. Il passa sans faire de commentaire devant le mausolée de la famille Noblin. Une cinquantaine de mètres plus loin, lorsqu'il se retourna pour parler au groupe, il s'aperçut qu'il avait perdu Julia et Valentina. Les deux jumelles, bras dessus, bras dessous, étaient en grande conversation devant le tombeau des Noblin. Il demanda au groupe de l'attendre devant la sépulture de Thomas Charles Druce et les rejoignit à petites foulées.

« Hello ! » lança-t-il.

Elles se figèrent. « Vous êtes Robert Fanshaw, n'est-ce pas ? » demanda Valentina. *Quoi ?* se dit Julia.

L'estomac de Robert se serra. « Oui, c'est exact. » Valentina et lui échangèrent un regard que Julia ne réussit pas à interpréter. « On parlera après la visite, vous voulez bien ? » reprit-il. Il les précéda et tous trois rejoignirent les autres. Il bredouilla le commentaire sur l'exhumation de Thomas Charles Druce et sauta la partie concernant Eliza Barrow, la malheureuse victime d'un meurtre, ainsi que Charles Cruft, le célèbre organisateur d'expositions canines. Il se reprit quelque peu en évoquant Elizabeth Jackson et Stephan Geary, puis entraîna le groupe à pas pressés le long du Cuttings Path. Jessica les attendait au portail avec sa boîte verte. « Je repars, juste le temps de montrer la sépulture de leur famille aux jumelles », lui annonça-t-il. Au fond de lui-même, il espérait qu'elle l'en empêcherait, mais elle se borna à sourire en lui faisant signe d'y aller.

« Ne tardez pas trop, dit-elle simplement. Vous savez que nous manquons de personnel aujourd'hui. » Robert se dirigea vers Julia et Valentina dont les silhouettes, telles deux statues blanches éclairant la pénombre, se détachaient sur l'arche devant les marches de la colonnade. Il se dit qu'il était inévitable qu'il les rencontre à cet endroit.

« Venez », lança-t-il. Elles le suivirent, leur curiosité en éveil. Robert devina leur regard sur lui tandis qu'il les conduisait en haut des marches, puis le long des allées. Les jumelles commençaient à se sentir mal à l'aise : durant la visite, elles avaient trouvé Robert loquace et désireux de plaire, et maintenant il leur faisait traverser le cimetière sans prononcer un mot. Le silence environnant était rompu par le bruit des oiseaux, de la circulation, de leurs bottes sur le sol boueux, du vent dans les arbres. Le pardessus de Robert se soulevait derrière lui et Valentina se souvint de la silhouette qu'elle avait vue disparaître un jour près du canal. Elle fut gagnée par la peur. *Nul ne sait que nous sommes ici.* Puis elle se rappela la duchesse près des grilles et se sentit rassurée. Ils arrivèrent enfin devant le mausolée des Noblin.

« Nous sommes devant le tombeau de votre famille », dit Robert avec l'impression d'effectuer une absurde parodie de visite guidée du cimetière. « Il vous appartient. Vous pouvez y venir quand bon vous semble aux heures d'ouverture du cimetière. Nous vous donnerons un laissez-passer de propriétaires de sépulture. Il y a une clé dans le bureau d'Elspeth.

— Une clé qui ouvre quoi ? interrogea Julia.

— Cette porte. Vous avez également la clé de la porte du jardin qui donne sur le cimetière. Le personnel du cimetière nous demande toutefois de ne pas l'utiliser.

— Vous le faites ?

— Non. » Le cœur de Robert battait à tout rompre.

« On se posait des questions sur vous, dit Valentina. On se demandait pourquoi vous étiez invisible. On pensait que vous étiez peut-être parti en voyage, quelque chose comme ça… »

Julia l'interrompit. « Martin nous a dit que ce n'était pas le cas.

— Du coup, on était un peu désorientées, reprit Valentina, parce que Maître Roche nous avait dit que vous nous aideriez… » Elle leva les yeux vers Robert, mais il contemplait fixement ses chaussures. Un moment s'écoula avant qu'il ne réponde.

« Je suis désolé », murmura-t-il.

Il semblait incapable de les regarder et les jumelles, sans trop savoir pourquoi, eurent pitié de lui. Julia était stupéfaite de voir cet homme perdre tous ses moyens devant elles, alors qu'un peu plus tôt il s'était montré si volubile et si désireux de faire partager ses connaissances sur le cimetière. Ses cheveux lui tombaient dans les yeux et il avait l'air misérable. *Il est simplement très timide – il a peur de nous*, pensa Valentina. Et parce que Valentina était elle aussi une timide vivant à côté d'une extravertie qui ne se privait pas de se moquer de son manque d'assurance, parce qu'elle n'avait jamais rencontré quelqu'un d'apparemment normal qui se soit soudain révélé inhibé, parce que la peur de Robert éveillait un écho au plus profond d'elle-même, et enfin parce que la présence de Julia lui donnait du courage, Valentina s'avança vers Robert et posa sa main sur son bras. Robert la dévisagea par-dessus la monture de ses lunettes.

« Il n'y a aucun problème », dit-elle. Et sans être capable de le définir, Robert sentit que quelque chose qu'il avait perdu lui revenait.

« Merci. » Il avait prononcé ce mot à voix basse, mais avec une telle intensité que Valentina tomba amoureuse de lui, bien qu'étant incapable d'identifier ce sentiment et ne disposant d'aucun élément de comparaison. Ils seraient restés ainsi un long moment si Julia n'était pas intervenue. « Bon, on ferait peut-être bien de revenir », observa-t-elle. Robert réagit. « C'est vrai, dit-il, j'ai dit à Jessica que nous n'en aurions pas pour longtemps. » La Terre s'était arrêtée de tourner pour Valentina. Maintenant, elle reprenait son cours. Ils revinrent côte à côte par l'allée de la colonnade.

Julia interrogea Robert sur sa thèse. Sa réponse les conduisit jusqu'aux grilles du cimetière. Au moment où ils franchirent la porte du bureau, Jessica apparut. Robert se dit qu'elle les guettait. Elle prit les mains des jumelles dans les siennes. « Elspeth nous était *très* chère à tous. Nous sommes *ravis* de faire enfin votre connaissance. J'espère que vous viendrez nous voir souvent.

— Bien sûr », dit Julia. L'idée d'aller dans les coulisses du cimetière et de découvrir à quoi il ressemblait après le départ des touristes l'enchantait. Valentina croisa le regard de Jessica et lui adressa un sourire. Robert les observait, un peu en retrait de Jessica. « Au revoir », dit Valentina tandis qu'elle se glissait entre les grilles avec sa sœur. Robert lut sur son visage un sentiment qui le remplit d'appréhension, car il éprouvait le même. Il comprenait de quoi il s'agissait, mais il ne voulait pas savoir.

« Au revoir », dit Jessica. Elle ferma le portail à clé et suivit du regard les jumelles tandis qu'elles remontaient Swain's Lane. *Pourquoi une telle inquiétude ?* se demanda-t-elle. *Elles sont adorables.* Robert avait disparu à l'intérieur du bureau. Elle le trouva en train de compter la monnaie déposée dans de petits sacs en plastique.

« Ça va, Robert ? interrogea-t-elle.

— Ça va », répondit-il sans la regarder. Elle allait poser d'autres questions lorsqu'une voix émana du talkie-walkie. C'était Kate, qui avait besoin d'un supplément de billets d'entrée pour le portail est. Jessica en prit une liasse et sortit, laissant Robert à ses états d'âme. Le reste de cette journée de dimanche passa sans qu'elle s'en aperçoive, entre les guides et les visiteurs, les reçus à compter et la fermeture. Lorsqu'elle pensa de nouveau à Robert, tous deux étaient devant les grilles du cimetière ouest, en train de faire la fermeture.

Avec d'autres guides de la jeune génération, Phil allait boire une bière au Gatehouse, le pub local. « Vous venez avec nous ? demanda-t-il à Robert.

— Non. » Un verre lui aurait fait du bien, mais il n'avait envie de parler à personne. Il préférait réfléchir à cet après-midi, le revivre et l'interpréter différemment afin de parvenir à une autre conclusion. « Non, j'ai quelque chose de prévu. » Il fit demi-tour et s'en alla, laissant le petit groupe interloqué par ce brusque départ.

« Qu'est-ce qu'il a ? » demanda Kate à Jessica.

Jessica hocha la tête. « Avec notre Robert, on ne sait jamais sur quel pied danser, répondit-elle. C'est sans doute simplement à cause d'Elspeth. » Elles remontèrent vers le pub en parlant de lui, mais très vite elles préférèrent échanger quelques anecdotes intervenues durant leur visite guidée, ce qui leur permettait de rivaliser de connaissances. Kate raccompagna Jessica chez elle en voiture, et toutes deux parvinrent à la conclusion que Robert n'était plus le même et que cela tenait à la disparition d'Elspeth. Le sujet étant épuisé, elles portèrent leur attention sur les obsèques du lundi.

Robert regagna son appartement, se munit d'un verre, d'une bouteille de whisky et de la clé de la porte verte, puis revint au cimetière. Il n'alla pas très loin. Il se contenta de s'asseoir, le dos appuyé au mur, et but jusqu'à la tombée de la nuit, en contemplant d'un regard vide le haut du mausolée de Julius Beer. Puis il rentra chez lui d'un pas mal assuré et se mit au lit.

Respire

Les journées s'écoulèrent sans qu'il se passe grand-chose. Julia et Valentina tentaient d'apprivoiser la petite chatte en l'attirant avec de la nourriture et des boulettes de papier d'aluminium et en lui parlant, assises dans la salle à manger, tandis qu'elle les regardait d'un air sceptique, réfugiée sous une chaise. Elspeth jouait avec elle quand les jumelles étaient sorties ou endormies, ravie de pouvoir s'occuper, même avec cette minette blanche peu aimable. Petit à petit, celle-ci s'adoucit et fut autorisée à pénétrer dans d'autres pièces. Parfois, elle acceptait d'être caressée. Au grand désespoir d'Elspeth, elle déchira le dos de *La Promenade au phare* de Virginia Woolf dans l'édition d'Hogarth Press et fit ses griffes sur l'arrière du canapé. Valentina, ravie de ses progrès, espérait pour bientôt « la félicité féline », selon la formule qu'elle utilisa.

Les jumelles entendaient parfois le bruit de la douche ou de la télévision de Robert, mais elles ne le voyaient jamais. Il était aux prises avec la rédaction d'un chapitre sur le cimetière de Highgate considéré comme une réserve naturelle. Tous les après-midi, il allait au cimetière et prenait des notes tandis que Jessica et Molly tentaient de l'informer sur la faune et la flore. Elles l'entraînaient dans des promenades et lui montraient de modestes fleurs sauvages qui ne fleurissaient que rarement, lui apprenaient leur nom latin, regrettaient la présence d'espèces invasives, évoquaient les réussites d'autrefois sur le site et s'exclamaient devant des araignées rares. Robert pataugeait dans sa propre ignorance et tentait de les suivre tandis qu'elles filaient vers des endroits éloignés de l'enceinte. Lorsqu'il posait une question intelligente, les deux femmes le regardaient d'un air ravi. Pendant ce temps, il ne pensait plus aux jumelles et la fatigue physique l'aidait à dormir.

Julia rendit visite à Martin, qui lui demanda poliment de revenir dans quelques jours, car il était en retard dans son travail. Dès qu'elle fut partie, il recommença à nettoyer le sol carrelé de la salle de bains avec de l'eau de Javel et une brosse à dents. La date de l'anniversaire de Marijke approchait et il se demandait s'il serait capable de l'appeler et s'il pourrait lui envoyer un cadeau. Ces interrogations l'obsédaient depuis des jours, mais il n'avait toujours pas la réponse. Peut-être qu'il l'aurait s'il continuait à nettoyer.

Elspeth se tenait à distance des jumelles, du moins pour le moment. Il aurait été absurde de les forcer à admettre son existence si elles ne l'aimaient pas, et elles avaient exprimé clairement leur scepticisme (Julia) ou leur hostilité (Valentina). Elle restait donc dans son coin, s'occupant de ses petites affaires et attendant son heure. Valentina se trouva donc subitement libre. Robert ne les suivait plus et elle n'avait plus l'impression d'être épiée dans la rue : elle commença à se détendre et à apprécier de nouveau leurs sorties.

Lorsqu'elles allaient faire les magasins, les jumelles n'achetaient pas grand-chose. L'appartement était rempli des affaires d'Elspeth, dans lesquelles elles voyaient un compromis entre les merveilles sorties du chapeau d'un magicien et la découverte archéologique : elles avaient toujours sous la main ce dont elles avaient besoin. Elles vivaient sur ce qui avait appartenu à Elspeth, tels des chasseurs-cueilleurs trouvant leur subsistance dans les ruines de Troie.

Ce jour-là, elles étaient chez Harvey Nichols. Les vendeuses du grand magasin de luxe, qui les avaient étiquetées comme visiteuses et non acheteuses, s'occupaient d'elles sans hâte excessive, mais les jumelles passèrent l'après-midi à essayer du Prada et du Stella McCartney avec ravissement. Dans les cabines, Valentina retournait les vêtements et examinait les coupes et les tissus. Julia la regardait et se réjouissait de la voir heureuse. Depuis quelque temps, un plan, ou plutôt un besoin, avait pris forme dans l'esprit de Valentina. Un peu plus tard, alors qu'elles prenaient le thé au café du grand magasin, elle déclara à Julia : « Je veux aller prendre des cours au Central St. Martins College.

— Des cours ? Pour quoi faire ?

— J'aimerais travailler dans la mode, devenir créatrice. » Valentina tentait d'afficher un sourire assuré, comme si elle offrait un cadeau précieux à sa sœur. « C'est là qu'est allé Alexander McQueen, précisa-t-elle.

— Je vois. Et qu'est-ce que je vais faire pendant ce temps ?

— Je n'en sais rien. » Valentina se tut quelques instants. *Je m'en fiche*, pensait-elle. *Fais ce que tu veux.* Elle ignorait si elle avait ou non besoin de l'accord de

Julia pour tirer de l'argent sur leur compte. Elle demanderait à Maître Roche. Comme elle ne tenait pas à se disputer à ce sujet, elle proposa : « Tu pourrais être mon manager ? »

Julia fit la moue. « Ça semble affreusement ennuyeux.

— Dans ce cas, oublie. »

Elles se turent, chacune regardant dans une direction opposée. Le café, très haut de plafond, était rempli de jeunes mamans avec leur poussette et résonnait du joyeux cliquetis des couverts, mêlé au bruit des conversations. Valentina se disait qu'elle avait fini par jeter le gant. Elle visualisait un gant de métal gisant entre leurs tasses. *D'habitude, je m'écrase, mais pas cette fois.* « Un jour ou l'autre, il faudra bien qu'on travaille, reprit-elle. Et tu avais promis qu'on reprendrait nos études en venant ici. » Pour toute réponse, Julia lui jeta un regard noir.

La serveuse apporta la note, que Julia régla. « Quand on rentrera à la maison, poursuivit Valentina, on regardera sur Internet ce qu'il y a sur l'Université des Arts de Londres. Tu trouveras peut-être quelque chose d'intéressant pour toi. »

Julia haussa les épaules. Elles traversèrent le café en silence. Une fois dans la rue, elles hésitèrent. Valentina était persuadée que le métro était à gauche, mais Julia prit sur la droite et se mit à marcher à grands pas. Elles passèrent devant la station Hyde Park Corner. « Le métro est là », déclara Valentina. Sa sœur l'ignora. L'une derrière l'autre, elles poursuivirent donc dans Mayfair et commencèrent à faire des zigzags. Valentina savait qu'elles continueraient à déambuler ainsi jusqu'à ce que Julia ait décidé de lui parler. Entre-temps, elles se perdraient.

C'était l'heure de pointe et il y avait un monde fou dans les rues. La soirée était froide et claire. Valentina voyait des magasins, des squares, des rues dont le nom lui disait quelque chose, mais elle n'avait pas une carte de Londres dans la tête et était incapable de mettre en ordre cet environnement, car c'était la tâche habituelle de Julia. Elle ne s'était pas donné la peine de prendre des repères. La peur la gagna. Peut-être qu'elle allait pouvoir aller de son côté et trouver une station de métro. Elles étaient au centre de Londres et il devait y avoir plusieurs stations dans les environs immédiats. *Je dois rentrer par mes propres moyens*. Elle n'avait encore jamais abandonné sa sœur en pleine querelle. L'idée de prendre le métro toute seule pour la première fois l'angoissait. À ce moment-là, elle aperçut le panneau rouge, bleu et blanc familier : Oxford Circus.

Elles traversèrent Regent Street et furent aussitôt prises dans la foule qui tentait de pénétrer dans la station. Pendant quelques minutes, elles se retrouvèrent à contre-courant. Julia fut frappée par le calme de ces usagers. On aurait dit qu'ils faisaient cela tous les jours à dix-huit heures trente. D'ailleurs, c'était peut-être le cas. Elle entendait la respiration bruyante de Valentina dans son dos et elle tendit la main vers elle. Sa sœur s'en saisit. « Tout va bien », lui dit-elle. Elles purent enfin s'insérer dans une masse de personnes qui allait dans la même direction qu'elles.

Valentina avait l'impression de se noyer. Pressée de toutes parts, elle n'arrivait pas à respirer. Elle n'avait plus qu'une idée, maintenant : sortir de cette foule. Tant pis pour le métro. Elle recevait des coups de coude et de sacs à dos. Le bruit de la circulation, les marmonnements de ses voisins lui parvenaient, comme étouffés.

Il y eut une accélération soudaine à l'approche de l'entrée de la station. Julia fut propulsée vers l'avant, Valentina repoussée vers l'arrière. Leurs doigts se détachèrent. « Mouse ! » s'écria Julia. Valentina perdit l'équilibre et chuta. « Attention, elle est tombée ! Reculez ! » s'écria un homme, mais personne ne pouvait faire le moindre mouvement. Des mains se tendirent vers Valentina, la remirent sur pied. « Ça va aller, mon petit ? » demanda quelqu'un. Incapable de prononcer un mot, elle secoua la tête. Elle entendait sans la voir Julia qui l'appelait. Elle tenta de reprendre son souffle ; sa gorge était bloquée, l'air ne passait pas. La foule la poussait en avant, l'obligeant à marcher.

Julia, affolée, avait réussi à se mettre un peu à l'écart. « Valentina ! » hurla-t-elle. Pas de réponse. Elle replongea dans la masse de gens, mais elle ne voyait que ses voisins immédiats. *Oh mon Dieu !* Elle aperçut enfin des cheveux clairs et joua des coudes dans leur direction. Valentina la vit. Elle porta sa main à sa gorge. *Je ne peux plus respirer*. Julia l'attrapa et se mit à fendre la foule en sens contraire. « Laissez-nous passer, elle a une crise d'asthme ! » Les gens s'efforcèrent de leur laisser le passage. Enfin, les jumelles se retrouvèrent sur le trottoir d'Oxford Street.

Valentina s'appuya contre la devanture d'un magasin de chaussures bon marché en suffoquant, tandis que Julia prenait son sac et le fouillait. « Où est ton inhalateur ? » Valentina secoua la tête. *Je ne sais pas*. Quelques badauds se rassemblèrent autour d'elles, l'air inquiet. « Tiens, prends le mien ! » Un adolescent aux cheveux longs qui lui tombaient dans les yeux, une planche de skate sous le bras, lui tendait un inhalateur. Valentina s'en saisit, inspira. Sa gorge se dégagea légèrement. Elle fit un signe de tête au garçon, qui gardait la main tendue vers elle, comme s'il s'attendait à devoir la rattraper si elle tombait. Julia regardait Valentina et respirait fort, essayant de communiquer son souffle à sa sœur par sa simple volonté. Valentina tira encore quelques bouffées, la main posée sur le sternum. « Merci », dit-elle enfin en rendant l'inhalateur à son propriétaire.

« De rien. »

Les badauds se dispersèrent. Valentina aurait voulu disparaître dans un trou de souris, fuir le froid. « Je vais nous chercher un taxi », lança Julia avant de s'éloigner à grands pas. Valentina eut l'impression que des heures s'étaient écoulées avant qu'elle n'entende la voix de sa sœur qui l'appelait. « Mouse, par ici ! » Elle monta avec soulagement dans le taxi noir où régnait une douce chaleur. Une fois installée sur le siège, elle vida le contenu de son sac sur ses genoux et finit par trouver son inhalateur. Elle le garda dans sa main, telle une arme, tandis que le désespoir la gagnait. *C'est dément ! Je ne peux pas continuer à vivre comme ça, comme une petite souris.* Elle jeta un coup d'œil à Julia, qui regardait les embouteillages par la vitre d'un air impassible. *Tu crois que j'ai besoin de toi. Tu crois que je suis incapable de me détacher de toi.* Valentina considéra les immeubles inconnus. Londres était une ville immense, implacable. *Et si j'étais morte dans cette foule ?* Elle imagina Julia en train d'appeler leurs parents.

Sa jumelle la considéra. « Ça va ?

— Oui.

— Il va falloir que tu consultes un toubib.

— Oui. »

Elles n'échangèrent plus un mot jusqu'à Vautravers. « Tu veux qu'on regarde le site Internet dont tu m'as parlé ? demanda Julia quand elles pénétrèrent dans l'appartement.

— Non. Aucune importance. »

Le journal intime d'Elspeth Noblin

Valentina et Julia étaient étonnées par la présence d'une étagère vide dans le bureau d'Elspeth. Dans la mesure où la pièce était encombrée de livres, de bibelots, de papier et de tout ce qui était nécessaire à l'écriture, ainsi que par des objets divers utiles et inutiles, l'espace était rare et l'existence d'un rayonnage vierge restait une énigme. Il avait dû être rempli autrefois. Mais par quoi ? Et qui l'avait vidé ? L'étagère mesurait quarante-cinq centimètres sur trente. C'était la troisième à partir du bas de la bibliothèque proche du bureau d'Elspeth. Au contraire du reste de la pièce, elle avait été dépoussiérée récemment. Il y avait aussi un tiroir du bureau fermé à double tour dont la clé était introuvable.

Le contenu de cette étagère se trouvait maintenant chez Robert avec les autres objets qu'il avait retirés de l'appartement et placés dans des cartons posés près de son lit. Il n'avait touché à rien, sauf au pull-over et aux chaussures d'Elspeth, qu'il avait glissés dans un tiroir vide de son bureau. De temps à autre, il ouvrait celui-ci et les caressait, puis le refermait et se remettait au travail.

Il avait disposé les cartons sur le côté du lit opposé à la porte, de sorte qu'il pouvait passer des jours sans les voir. Il avait pensé les mettre dans la chambre d'amis, mais cela lui aurait paru une marque de froideur. Il faudrait plus tard qu'il en explore le contenu. Avant la mort d'Elspeth, il s'était dit qu'il aimerait lire son journal intime. Il croyait vouloir tout savoir d'elle, connaître tous ses secrets. Pourtant, il avait mis longtemps avant de les toucher et de les rapporter chez lui et maintenant qu'ils étaient là, il ne les avait toujours pas ouverts. Il vivait avec les souvenirs qu'il avait d'elle et il n'avait pas envie qu'ils soient modifiés ou contredits. En tant qu'historien, il n'ignorait pas que chaque document découvert avait un potentiel explosif. Les cartons gisaient sur le sol de sa chambre comme autant de mines, et il faisait tout son possible pour les ignorer.

Bon anniversaire

On était le 12 mars, jour du cinquante-quatrième anniversaire de Marijke. Il faisait gris, le ciel était bas. Martin s'éveilla à six heures et paressa dans son lit, partagé entre le plaisir de l'anticipation (elle attendrait son appel et répondrait donc certainement au téléphone) et l'inquiétude au sujet de l'hommage qu'il lui adressait (une grille de mots croisés fort complexe, dans laquelle la première et la dernière lettre de chaque définition constituaient de multiples anagrammes de ses nom et prénom, et la solution était l'anagramme d'un vers du poème de John Donne « Valédiction : Pour interdire les larmes »). Il avait confié la grille et son cadeau à Robert, qui avait promis de les envoyer en express. Martin avait décidé d'attendre quatorze heures pour téléphoner. Il serait alors quinze heures à Amsterdam : elle aurait fini de déjeuner et serait détendue, puisqu'on était samedi après-midi. Il se leva et entama sa routine matinale, dans l'état d'esprit du petit garçon qui attend le réveil de ses parents le matin de Noël.

Marijke se réveilla tard, l'esprit embrumé. Un pâle soleil pénétrait à travers les volets et effleurait son oreiller. *C'est mon anniversaire. Lang zal leven, hieperderpiep, hoera*. Elle n'avait rien prévu pour la journée, si ce n'est un café et des gâteaux avec des amies en fin d'après-midi. Elle savait que Martin allait appeler et elle espérait que Theo en ferait autant – il lui arrivait d'oublier ; apparemment, l'oubli lui servait de barrière de protection. Elle devait toujours lui téléphoner pour lui rappeler l'anniversaire de Martin. Peut-être Martin faisait-il de même pour le sien. Elle avait rêvé de Martin, un rêve très *aangename* à propos de leur ancien *gezellig* appartement de St. John's Wood. Elle faisait la vaisselle et il arrivait derrière elle et l'embrassait dans le cou. *Rêve ou souvenir ?* Elle imagina ses mains sur ses épaules, ses lèvres lui effleurant la nuque. *Mmmm*. Depuis qu'elle avait quitté Martin, Marijke bridait son imaginaire érotique. D'habitude, elle parvenait à se défaire rapidement de ses souvenirs lorsqu'ils tentaient de s'introduire dans son esprit, mais ce matin, en guise de cadeau d'anniversaire, elle se laissa envahir par l'atmosphère du rêve.

Le paquet arriva vers midi. Elle le posa sur la table de la cuisine pendant qu'elle cherchait un cutter, car il était presque entièrement recouvert de ruban adhésif et d'étiquettes portant la mention « fragile ». *On dirait qu'il a été envoyé par un fou. Mais c'est mon fou à moi*. Elle farfouilla dans l'emballage de plastique et en sortit une épaisse enveloppe et une boîte rose. Cette dernière contenait des gants de cuir turquoise. Elle les enfila. Ils lui allaient à la perfection et ils étaient d'une incroyable souplesse. Elle caressa l'invisible duvet de ses avant-bras. Les gants dissimulaient ses phalanges noueuses et ses taches de vieillesse. C'était comme si on lui avait offert des mains toutes neuves.

L'enveloppe contenait une lettre et une grille de mots croisés, avec la solution dans une autre enveloppe, plus petite. Marijke ouvrit cette dernière ; elle n'était pas douée pour les mots croisés et Martin le savait. Elle n'aurait jamais pu résoudre la moindre partie des chefs-d'œuvre qu'il inventait pour elle chaque année, et tous deux prenaient ces grilles d'anniversaire pour ce qu'elles étaient : une manifestation de dévotion, l'équivalent des pulls spectaculaires et compliqués que Marijke tricotait pour l'anniversaire de Martin. L'enveloppe contenait deux strophes du poème de John Donne :

Si deux sont, cela ne peut être
Que comme branches d'un compas,
Car la tienne, sans le paraître
Suit la mienne dans tous ses pas.

Et quoique au centre elle s'arc-boute,
Quand pour voyager l'autre part,
Elle se penche, elle l'écoute,
Se redressant, fini l'écart[1].

Marijke sourit. Elle décacheta la lettre et un minuscule paquet tomba dans sa main gantée. Elle dut ôter le gant pour l'ouvrir. Au début, elle crut qu'il était vide, car rien n'en sortit lorsqu'elle le secoua. Elle glissa ensuite son doigt dedans et découvrit deux petits bouts

1. Extrait des *Poèmes de John Donne*, traduit de l'anglais par Jean Fuzier et Yves Denis, Gallimard, Paris, 1980. La traduction des strophes citées ici est celle d'Yves Denis. *(N.d.T.)*

de métal avec une perle accrochée, qu'elle plaça dans sa paume ouverte. *Oh, mes boucles d'oreilles !* Elle s'approcha de la fenêtre en imaginant Martin se donnant le mal de farfouiller pendant des jours dans les cartons, parmi ses possessions emballées dans du plastique juste pour trouver ces bijoux. *Lieve Martin.* Elle referma la main sur elles et, les yeux clos, s'abandonna à la sensation de manque, le manque de Martin. *Toute cette distance...*

Elle releva la tête, parcourut du regard le tour de son studio. Au XVIIe siècle, c'était le grenier à foin d'une pension pour chevaux. Les murs étaient blanchis à la chaux, les poutres apparentes. Elle avait mis un futon dans un coin, et suspendu ses vêtements derrière un rideau dans un autre. Il y avait une table et deux chaises, une minuscule cuisine, une fenêtre donnant sur la rue étroite, avec, sur le rebord, un vase empli de freesias, une lampe, un fauteuil confortable. Depuis plus d'un an, son studio était son havre de paix, sa forteresse, son refuge, un pion gagnant et introuvable dans son jeu de cache-cache conjugal. Debout dans la pièce, ses boucles d'oreilles à la main, elle considéra ce cocon sous l'angle de la solitude. *Appartement. Un lieu où se mettre à part.* Pour se changer les idées, elle secoua la tête et lut la lettre de Martin.

Lieve Marijke,

Bon anniversaire, maîtresse de mon cœur ! J'aurais aimé te voir aujourd'hui, pour pouvoir t'entourer de mes bras. Mais dans la mesure où c'est impossible, je t'envoie des mains de substitution qui vont se glisser sur les tiennes, rester dans tes poches pendant que tu te promèneras dans ta ville, te réchauffer, te rappeler la couleur bleue du ciel (il est gris ici aussi).

Ton mari affectionné,

Martin.

C'est parfait, pensa Marijke. Elle disposa les gants, les boucles d'oreilles, les mots croisés et la lettre sur la table, à la façon d'une nature morte. *Dommage qu'il risque de tout gâcher en m'appelant.*

Martin se tenait dans son bureau, le téléphone à la main, l'œil rivé sur l'heure affichée sur l'ordinateur. Il allait être quatorze heures. Il avait revêtu un costume et une cravate et retenait son souffle. Lorsque l'horloge indiqua 14 : 00 : 00, il expira et appuya sur la touche de raccourci numéro 1.

« *Hallo*, Martin.

— Bon anniversaire, Marijke !

— Merci mille fois.

— Theo t'a appelée ? »

Elle éclata de rire. « À mon avis, il dort encore. Et toi, comment ça va ? Quoi de neuf ?

— Ça va. Tout va bien. » Martin alluma une cigarette et jeta un regard à la liste de questions posée sur son bureau. « Tu ne t'es pas remise à la cigarette ?

— Non. C'est formidable de ne plus fumer. Tu devrais essayer. J'ai retrouvé l'odorat. J'avais oublié l'odeur des choses, l'eau, les freesias… Il y a tant d'odeurs merveilleuses ! Celle des gants que tu m'as envoyés me fait penser au premier jour de l'hiver.

— Ils te plaisent ?

— Oh, tout était parfait. Je n'en reviens pas pour les boucles d'oreilles.

— Cela fait un peu minable de t'envoyer tes propres boucles d'oreilles pour ton anniversaire, mais dans la mesure où je les ai retrouvées… » Martin revit Julia en train de les lui mettre dans les mains. Marijke songeait au moment où Martin les lui avait offertes, à la naissance de Theo.

« Pas du tout, j'ai été ravie… Par la lettre et les mots croisés, aussi…

— Tu les as commencés ? demanda Martin pour la taquiner.

— *Ja*, et terminés en vingt minutes chrono ! » Tous deux éclatèrent de rire.

Après une pause, Martin demanda : « Que fais-tu pour ton anniversaire ?

— Je vais manger des gâteaux avec Emma et Lise. Je t'ai parlé d'elles, tu te souviens ?

— Ah oui ! Et le soir ?

— Rien, je dîne à la maison.

— Toute seule ? » Martin eut une inspiration. « Ce n'est pas une bonne idée. Écoute, je t'invite à l'extérieur. »

Marijke fronça les sourcils. « Martin…

— Non, non ! Voilà comment on va faire. Tu déniches un bon restaurant, tu réserves, tu te mets sur ton trente et un et tu emportes ton mobile. On se parlera au téléphone, tu commanderas un menu délicieux et ce sera presque aussi bien que si nous dînions ensemble.

— Martin, le téléphone n'est pas autorisé dans ce genre de restaurant. Et je n'aurais pas l'air malin, de dîner de cette manière.

— Je mangerai de mon côté. On mangera ensemble, mais dans des villes différentes.

— Oh, Martin ! » Sa résistance faiblit. « En quelle langue ?

— Celle que tu veux. Néerlandais ? Français ?

— Non, quelque chose de plus original, pour être tranquilles.

— Le pāli ?

— Dans ce cas, ce sera un dîner très bref ! »

Martin se mit à rire. « Réfléchis et dis-moi ce que tu choisis. On dîne à quelle heure ?

— À vingt heures trente pour toi ?

— Entendu, je serai ici », déclara-t-il, avant de se dire qu'il n'était peut-être pas utile de le lui rappeler. « N'oublie pas de recharger ton mobile.

— Je sais.

— *Tot ziens.*

— *Tot straks.* »

Martin reposa l'appareil sur son socle. Il était resté au même endroit, penché sur son bureau, durant toute la conversation. Quand il se redressa, un grand sourire aux lèvres, il manqua défaillir. « Oh ! » s'exclama-t-il en portant la main à son cœur.

Une silhouette sombre se découpait sur le seuil, faiblement éclairé. « Désolée, je ne voulais pas vous faire peur », dit Julia.

Il ferma les yeux et pencha la tête, comme s'il voulait la glisser sous l'aile. Il attendit que son rythme cardiaque s'apaise. « Ce n'est rien. Vous êtes là depuis longtemps ? » Il la regarda entrer dans la pièce et cesser d'être une simple forme.

« Non. C'était votre femme ?

— Oui.

— Les gants lui ont plu ? »

Martin fit un signe de tête affirmatif. « Allons dans la cuisine, je vais nous faire du thé. Oui, elle les a beaucoup appréciés. Je vous suis reconnaissant de les avoir choisis. » Il la suivit entre les rangées de cartons qui conduisaient vers la salle à manger et la cuisine.

« En fait, c'est Valentina qui les a repérés. C'est elle qui s'y connaît en vêtements. » Julia s'assit à la table et regarda Martin sortir les tasses à thé. *Il a mis une cravate pour parler au téléphone à sa femme.* Sans savoir pourquoi, cette idée la déprima.

« Valentina et vous, vous êtes comme un vieux couple. Les talents et les tâches sont répartis entre vous. » Martin lui lança un coup d'œil tout en remplissant d'eau la bouilloire électrique. Il y avait quelque chose de changé chez elle. *Qu'est-ce qui ne va pas ? J'ai l'impression qu'elle ne va pas bien.* « Quelqu'un vous a frappée ? » interrogea-t-il. Une meurtrissure apparaissait sur la pommette légèrement enflée de Julia.

Elle y porta la main. « Vous avez de la glace ? »

Martin farfouilla dans le freezer et en sortit un vieux paquet de petits pois surgelés. « Tenez, ça devrait faire l'affaire. » Julia l'appliqua sur sa pommette, tandis que Martin finissait de préparer le thé. Aucun des deux ne dit mot jusqu'à ce qu'il remplisse leur tasse.

« Un biscuit au chocolat ? proposa-t-il.

— Oui, merci.

— Vous avez envie d'en parler ?

— Non. » Julia gardait les yeux fixés sur son thé, le paquet de petits pois dissimulant son expression. « Elle ne l'a pas fait exprès.

— N'empêche.

— Vous êtes mariés depuis longtemps, votre femme et vous ? demanda-t-elle.

— Vingt-cinq ans.

— Et elle est partie depuis combien de temps ?

— Un an, deux mois et six jours.

— Elle va revenir ?

— Non. »

Julia posa son coude sur la table et le regarda de biais. « Alors… ?

— Un instant. » Martin alla chercher des cigarettes et un briquet dans son bureau. À son retour, il avait la réponse. « Alors je vais aller à Amsterdam. » Il alluma une cigarette et sourit en pensant à la surprise de Marijke.

« Super ! fit Julia. Quand ça ?

— Euh… bientôt. Quand je serai capable de sortir de la maison. Dans une semaine ou deux, peut-être.

— Oh. » Julia semblait déçue. « Peut-être jamais ?

— Ne dites jamais “jamais”.

— J'ai fait des recherches, vous savez. Il existe des médicaments contre les TOC. On les soigne aussi avec les thérapies comportementales.

— Je sais, Julia », dit-il avec douceur.

« Mais ?

— Eh bien, le refus de se soigner fait partie de la maladie.

— Je vois. » Elle prit le paquet de petits pois surgelés à deux mains et tenta de le fractionner. Martin trouva que l'ecchymose avait foncé, même si l'enflure semblait moindre. Les surgelés craquaient d'une manière qui le stressait. « Ce n'est pas votre problème, Julia. J'irai plus tard à Amsterdam. »

Elle lui adressa un petit sourire. « Bien. » Elle but une gorgée de thé et appuya de nouveau les surgelés sur sa joue.

« Ça va aller ? interrogea Martin.

— Comment ? Oh, oui. C'est juste un peu douloureux.

— Cela arrive souvent ?

— Quand on était petites, oui, pas depuis. À l'époque, on se tapait dessus, on se mordait, on se tirait les cheveux et tout le toutim, mais en grandissant, ça s'est tassé.

— Êtes-vous sûre que vous ne risquez rien en rentrant chez vous ? »

Julia éclata de rire. « Bien sûr. Valentina est ma jumelle, pas un affreux monstre. En fait, elle est très timide.

— Les timides sont parfois surprenants.

— Elle m'a surprise, effectivement. »

Martin tira sur sa cigarette en pensant à Marijke. *Comment sera-t-elle habillée ?* Il l'imagina en train de sortir du taxi et d'entrer dans un restaurant aux nappes blanches, avec des fleurs sur les tables. Julia, elle, pensait à Valentina, qui s'était enfermée dans le dressing. Julia était restée près de la porte, écoutant les sanglots de sa sœur. *Je devrais peut-être y retourner.* Elle se leva.

« Je descends la voir, dit-elle.

— Prenez ceci. » Martin lui tendit le paquet de biscuits. « Une offrande de paix.

— Merci, c'est gentil. Je peux emporter les petits pois ? Nous n'avons pas de glaçons.

— Bien sûr. » Il se leva à son tour en souriant et la conduisit jusqu'à la porte. *Pois, paix... Dis quelque chose...* « J'ai toujours cru que les Américains faisaient une fixation sur la glace, avec toutes leurs boissons glacées... Alors comme ça, vous n'avez pas de glaçons au freezer ?

— Non, ils se sont évaporés. Vous savez, nous sommes à moitié anglaises. On peut donc dire que nous ne sommes pas tout à fait des Américaines moyennes.

— Il n'y a rien de moyen chez vous, à mon avis. » Julia descendit l'escalier, l'air ravi. *Pois, paix...* Martin consulta sa montre. *Trois heures et vingt-huit minutes à tuer avant le dîner. Juste le temps de prendre une douche.*

Marijke était assise à une longue table du restaurant Sluizer, tenant discrètement son téléphone mobile à la main. Elle avait expliqué sa situation au maître d'hôtel, qui l'avait aimablement installée dans une salle réservée d'habitude aux soirées privées. Après avoir allumé les bougies et débarrassé les couverts inutiles, il l'avait laissée seule dans cette pièce capable d'accueillir une vingtaine de personnes. Elle épluchait la carte, même si elle commandait toujours la même chose ici.

Le téléphone sonna au moment où un serveur lui apportait un verre de vin.

« Martin ?

— Bonsoir, Marijke. Où es-tu ? demanda-t-il.

— Au Sluizer. Dans un salon particulier.

— Comment es-tu habillée ? »

Elle contempla son pantalon et son pull à col roulé gris. « J'ai ma robe rouge décolletée dans le dos, des escarpins à bout ouvert, mes boucles d'oreilles. » Elle avait effectivement mis les boucles d'oreilles. « Tu as choisi ?

— Hum, je crois que je vais prendre un chiche-kebab en entrée, et comme plat de la selle de chevreuil aux légumes épicés, sauce barbecue. Avec un vin rouge. Du merlot.

— C'est du solide. Où es-tu censé festoyer ?

— Au Cinnamon Club.

— Ce n'est pas ce restaurant indien installé dans une bibliothèque ?

— Si.

— Je n'y suis jamais allée.

— Moi non plus. Je m'offre l'expérience. » Tout en parlant, Martin ouvrait des paquets de surgelés, le mobile coincé entre sa joue et son épaule. Poulet tikka massala et saag aloo. Le Cinnamon Club ne préparait pas de plats à emporter. « Et toi, une dorade, comme d'habitude ?

— Oui. » Le maître d'hôtel vint prendre sa commande. Marijke lui rendit la carte et contempla son reflet dans la vitre de la fenêtre. À la lumière douce des bougies, elle semblait presque jeune. Elle sourit à son image.

« Theo a appelé ? demanda Martin.

— Mais oui ! Juste au moment où je partais, ce qui fait qu'on n'a pas parlé longtemps.

— Comment va-t-il ?

— Bien, dit Marijke. Il viendra peut-être pour les vacances. Et apparemment, il a une nouvelle copine.

— Tiens donc ! Il t'a donné des détails ?

— Elle s'appelle Amrita. C'est une étudiante étrangère, originaire du Bangladesh. Sa famille est dans la confection de serviettes à thé, ou quelque chose comme ça. D'après Theo, elle a la tête pleine *et* bien faite. En plus, il paraît qu'elle sait cuisiner.

— Il a l'air d'être amoureux, dis-moi. Et qu'est-ce qu'elle étudie, cette jeune surdouée ? » Martin pressa le bouton du four à micro-ondes, dont le plateau se mit à tourner.

« Les maths. Il m'a expliqué, mais j'avoue que je n'ai pas compris grand-chose. Tu lui poseras la question. »

Martin se sentit soudain léger, débarrassé temporairement de ses soucis. « Parfait. Ils pourront parler ensemble de leur travail. » Marijke et lui s'étaient rencontrés en cours de russe ; ils avaient toujours aimé débattre ensemble des subtilités de la traduction, du passage d'une langue à l'autre. « J'avais peur qu'il ne se retrouve avec une institutrice d'école maternelle à l'enthousiasme communicatif.

— Attention, il n'est pas encore marié !

— Je sais. » Il remplit de nouveau son verre de vin. « Voilà ce que c'est que de vivre par procuration. Tout va plus vite que dans la vie réelle. Dans trois minutes, je vais m'interroger sur le prénom de leurs futurs enfants. »

Marijke ne put s'empêcher de rire. « Je les ai déjà choisis, figure-toi : Jason, Alex et Daniel pour les garçons, Rachel, Marion et Louise pour les filles.

— Six enfants ?

— Pourquoi pas ? Ce ne sera pas à nous de les élever ! » plaisanta-t-elle. Sa commande arrivait.

Martin ôta son plat du micro-ondes. Son aspect peu appétissant lui fit regretter de ne pas être au Cinnamon Club dans la réalité. En même temps, il se dit : *Voyons, ce que j'aimerais, c'est dîner avec elle, absolument n'importe où.*

« C'est bon ? demanda-t-il.

— Délicieux. Comme d'habitude. »

Un peu plus tard, tandis que Marijke sirotait son cognac, elle murmura : « *Diz-me coisas porcas.* (Dis-moi des cochonneries.)

— En portugais ? Charmante maîtresse, il va me falloir un dictionnaire ou deux pour ça. » Il alla dans son bureau, s'empara d'un dictionnaire anglais-portugais et gagna leur chambre. Il ôta ses chaussures et s'installa sur le lit. Puis il réfléchit un moment et feuilleta les pages, en quête d'inspiration. « Allez, on y va. *Estamos a sair do restaurante. Estamos num táxi a descer a Vijzelstraat. Somos dois estranhos que partilham um táxi. Sentados tão afastados um do outro quanto possível, cada um olhando pela sua janela. Vai ser uma longa viagem. Olho de relance para ti. Reparo nas tuas belas pernas, collants de seda e saltos altos. O vestido subiu-te até às coxas, terá sido quando entraste no táxi, ou talvez o tenhas puxado para cima deliberadamente ? Hmm, é difícil dizer...* » (Nous sortons du restaurant. Nous voici dans un taxi, qui emprunte Vijzelstraat. Nous ne nous connaissons pas, nous partageons ce taxi. Nous sommes assis aussi loin que possible l'un de l'autre, chacun regardant par la fenêtre. Le trajet va être long. Je te regarde à la dérobée. Je remarque tes jambes ravissantes, tes bas de soie, tes talons hauts. Ta robe dévoile tes cuisses, peut-être s'est-elle relevée quand tu es montée dans la voiture, à moins que tu ne l'aies fait exprès. Hum, c'est difficile à dire...)

Son verre de cognac à la main, le mobile collé à l'oreille, Marijke laissait son esprit vagabonder dans le passé, dans ce taxi qui parcourait les rues d'Amsterdam. *J'ai envie que tu sois là. J'ai envie que tout redevienne comme avant.*

« Marijke ? Tu pleures ?

— Non, non… Continue. » *Parle le plus longtemps possible, jusqu'à ce que la batterie de notre téléphone soit épuisée, jusqu'à l'aube, jusqu'à ce que je te revoie, mon amour.*

Postman's Park

Le lendemain était une journée d'une douceur inhabituelle, le genre qui pousse les gens à incriminer le réchauffement de la planète avec un sourire entendu. Robert s'éveilla au son des cloches de l'église et se dit : *C'est une journée idéale pour aller pique-niquer dans Postman's Park.*

Il prit son courage à deux mains et monta inviter les jumelles. À midi, il avait mis les sandwiches, l'eau minérale, des pommes et une bouteille de vin blanc dans un vieux panier à pique-nique emprunté à James et Jessica. Il décida qu'ils prendraient le bus, en partie à cause de la phobie du métro dont souffrait Valentina et en partie pour familiariser ses invitées au système des bus. Lorsqu'ils arrivèrent devant les grilles du parc, tous trois mouraient de faim et les jumelles avaient perdu tout repère.

Robert les entraîna dans le parc et posa le panier sur un banc. « Et voilà ! Postman's Park », s'exclama-t-il.

Il ne leur avait donné aucun détail sur leur lieu de destination. Valentina et Julia, qui s'attendaient à trouver un espace vert semblable à St. James Park ou à Regent's Park, regardaient autour d'elles, déconcertées. Le parc occupait une zone peu étendue entre une église et des bâtiments quelconques. Il était ombragé, bien entretenu et pratiquement vide de visiteurs. Il y avait une minuscule fontaine, huit bancs de bois, quelques arbres et fougères disséminés, une espèce de remise et des pierres tombales dans le style tablettes anciennes adossées aux immeubles.

« C'est un cimetière ? demanda Julia.

— Un vieux cimetière d'église, oui. »

Valentina eut l'air intrigué, mais ne dit rien. Le parc n'était guère enthousiasmant et elle se demandait pourquoi Robert avait tenu à les y emmener.

« Pourquoi l'appelle-t-on Postman's Park ? Je ne vois aucun facteur.

— Il y avait une poste non loin de là. Les facteurs venaient y déjeuner. »

Valentina s'approcha d'un panneau sur le mur de l'église portant l'inscription « Guild and Ward Church of St. Botolph-Without-Aldersgate ». Elle regarda Robert, qui haussa les épaules en souriant, puis elle se dirigea vers l'appentis du fond du parc.

« Cette fois, vous brûlez », dit Robert. Julia était déjà devant le petit édifice et Valentina se hâta de la rejoindre. L'appentis était recouvert de magnifiques carreaux blancs, portant des inscriptions en bleu :

Elizabeth Boxall, 17 ans, de Bethnel Green, morte en tentant de Sauver un Enfant tombé sous les sabots d'un cheval échappé. 20 juin 1888.

Frederick Alfred Croft, inspecteur, 31 ans A sauvé du suicide une Démente à la gare de Woolwich Arsenal, mais fut Lui-même écrasé par le Train. 11 jan 1878.

Les jumelles allaient d'une plaque à l'autre. Il semblait y en avoir des centaines.

David Selves, 12 ans de Woolwich a soutenu son compagnon de jeu qui se noyait avant de couler avec lui dans ses bras 12 septembre 1886.

« Vous êtes malade avec ça », dit Julia à Robert, qui eut l'air froissé.

« Ce sont des plaques à la mémoire de personnes ordinaires qui ont sacrifié leur vie pour les autres, répondit-il. Elles sont magnifiques, je trouve. » Il se tourna vers Valentina, qui approuva de la tête.

« Elles sont sympas », dit-elle, surprise de l'attitude désagréable de sa sœur. D'habitude, c'était le genre de découvertes qu'elles aimaient faire. Les plaques avaient quelque chose de bizarre : le récit était plus que sommaire, mais elles étaient décorées de fleurs, de feuilles, de couronnes, d'ancres. L'ornementation démentait les mots : noyé, brûlé, écrasé, tombé.

Sarah Smith, Pantomime au Prince's Theatre morte des terribles blessures reçues en tentant dans sa robe inflammable d'étouffer les flammes qui enveloppaient son compagnon. 24 janvier 1863.

Ces drames ordinaires perturbaient Valentina, qui retourna s'asseoir sur le banc. Par précaution, elle sortit son inhalateur et aspira deux bouffées. Robert et Julia la considérèrent.

« Elle a de l'asthme ? demanda Robert.

— Oui, mais je dirai plutôt que là, elle essaie de juguler une crise d'angoisse. » Julia fronça les sourcils. « Pourquoi nous avez-vous emmenées ici ?

— C'était l'un des sites préférés d'Elspeth. Si elle vous avait fait visiter Londres elle-même, il aurait été au programme. » Ils rejoignirent Valentina. « Et si nous déjeunions ? » proposa Robert. Il déballa les sandwiches et distribua les provisions. Tous trois se mirent à manger, tranquillement installés sur le banc.

Robert s'adressa à Valentina. « Comment vous sentez-vous ?

— Bien, répondit-elle. Merci d'avoir apporté le pique-nique. C'est délicieux. » Elle jeta un coup d'œil à Julia. *Dis quelque chose de gentil, Julia.*

« Excellent, dit Julia. Les sandwiches anglais sont une découverte.

— Connaissez-vous les États-Unis ? demanda Valentina.

— J'y suis allé avec Elspeth il y a quelques années. On a visité New York et le Grand Canyon. »

Les jumelles ouvrirent des yeux ronds. « Pourquoi n'êtes-vous pas venus nous voir ? interrogea Julia.

— On en a discuté, mais elle a finalement décidé que non. Il y a des choses qu'elle ne m'a jamais dites. Peut-être l'aurait-elle fait si elle avait su qu'elle allait mourir ? » Robert haussa les épaules. « Elle n'aimait pas parler de son passé. »

Les jumelles se regardèrent et, tacitement, décidèrent que ce serait Valentina qui tenterait d'obtenir ce qu'elles voulaient. « Mais vous possédez son journal intime, n'est-ce pas ? demanda Valentina. Donc vous savez tout, maintenant ? » Elle posa son sandwich et s'efforça d'avoir l'air naturel.

« Je l'ai, effectivement, mais je ne l'ai pas lu. »

Julia ne put contenir son indignation. « Voyons, comment est-ce possible ? »

Doucement, Julia, laisse-moi faire. « Vous n'êtes pas curieux ? interrogea Valentina.

— C'est plutôt par crainte », dit Robert.

Valentina se tourna vers sa sœur, qui semblait prête à foncer à l'appartement et à prendre connaissance du journal de gré ou de force. « Eh bien, on se demandait… enfin, si ça ne vous ennuie pas… si nous pouvions le lire. C'est-à-dire qu'on vit chez elle, avec toutes ses affaires, et pourtant on ne la connaît pas, alors qu'on s'intéresse à elle, vous voyez. »

Valentina n'avait pas fini de parler que Robert secouait négativement la tête. « Je regrette. Je sais qu'elle fait partie de votre famille et en temps normal je vous l'aurais volontiers communiqué, mais Elspeth m'a demandé de ne pas vous le remettre. Désolé.

— Mais elle est *morte* ! » s'exclama Julia.

Un silence s'installa. Valentina était assise à côté de Robert et, à l'insu de Julia, elle lui prit la main. Leurs doigts s'entrelacèrent. « N'en parlons plus, dit-elle. Oubliez ce qu'on vous a dit. C'est nous qui sommes navrées. » Julia leva les yeux au ciel. Son ecchymose était moins visible aujourd'hui ; elle l'avait camouflée sous du fond de teint, mais Valentina avait mal rien que de la voir. Elle se demanda si Robert l'avait remarquée.

« Ce n'est pas moi qui décide, dit-il. Et comme je n'en connais pas le contenu, je ne peux dire si ce serait bien ou mal que vous lisiez son journal. Mais Elspeth tenait beaucoup à vous et je pense qu'elle n'aurait pas été aussi stricte à ce sujet si ce n'était pas important.

— Très bien, n'en parlons plus », conclut Julia.

Des nuages avaient fait leur apparition dans le ciel et quelques gouttes de pluie commençaient à tomber. « Nous ferions mieux de tout remballer », lança Robert. Le pique-nique n'était pas une réussite ; il n'avait ressemblé en rien au rêve citadin qu'il avait imaginé le matin même. Ils quittèrent le parc, tous trois plus ou moins dépités. Mais dans le bus, Valentina s'assit à côté de lui, tandis que Julia s'installait face à eux. Il lui tendit la main. Elle y mit la sienne et ils firent le trajet jusqu'à Highgate en silence, à la fois heureux et surpris.

Des écureuils à forme humaine

Martin rêvait qu'il était dans le métro, sur la Circle Line, dans un de ces wagons où l'on est assis parallèlement à l'allée centrale. Au début, il était l'unique passager, puis des gens montaient et il devait garder les yeux fixés sur ses genoux pour éviter de contempler le bas-ventre du passager pressé contre lui par la foule. Il ne savait plus très bien à quelle station il devait descendre : dans la mesure où il était sur la ligne circulaire, ils pouvaient tous faire le tour indéfiniment. Aussi resta-t-il à sa place, en essayant de se souvenir où il allait.

Il entendait des bruits provenant de la rangée de sièges d'en face. On aurait dit qu'on écrasait, déchirait, mâchait des choses, et c'était de plus en plus fort. Martin commençait à s'inquiéter : ces sons lui tapaient sur les nerfs, comme si quelqu'un grinçait des dents. Un objet roula à ses pieds. Il baissa les yeux : c'était une noix.

Le métro s'arrêta à la station Monument, et un certain nombre de passagers descendirent. Il apercevait maintenant les sièges d'en face. Deux jeunes femmes étaient assises côte à côte. Elles portaient une tenue de chirurgien et des chaussures de sport blanches éraflées, et chacune avait un cabas posé sur les genoux. L'une et l'autre avaient les yeux exorbités et la mâchoire supérieure avancée. L'air méfiant, elles semblaient prêtes à défendre leur sac contre des voleurs. Elles plongeaient la main comme une pelle dans leur cabas et en retiraient des noix, qu'elles broyaient ensuite avec leurs grandes dents.

« Kéchketurgardes ? » demanda l'une d'elles à Martin. Il entendait des noix rouler sur le sol. Les autres passagers semblaient ne rien remarquer. Horrifié, il vit les deux femmes se lever et s'asseoir de part et d'autre de lui. Celle qui venait de parler se pencha et approcha sa bouche de son oreille.

« Nous sommes des écureuils à forme humaine, chuchota-t-elle. Et c'est aussi ton cas. »

Respire

« Il va falloir que tu consultes un médecin », dit Julia. Valentina approuva d'un signe de tête et éternua.

C'était plus facile à dire qu'à faire. Les jumelles ignoraient les complexités du NHS, le système de santé britannique. Robert tenta de ne pas s'énerver en les leur expliquant.

« Vous ne pouvez pas arriver en pensant qu'on va régler votre problème », dit-il à Valentina lorsque les jumelles l'abordèrent devant sa porte. Il avait son courrier à la main et l'agita pour ponctuer son affirmation. « Vous devez d'abord vous renseigner pour savoir quel généraliste accepte de nouveaux patients, ensuite téléphoner pour prendre rendez-vous afin de vous faire enregistrer. À ce moment-là, vous remplirez tout un tas de papiers et indiquerez vos antécédents. Et c'est seulement *ensuite* que vous pourrez avoir un rendez-vous. » Valentina voulut dire quelque chose, mais elle en fut empêchée par une quinte de toux.

Julia brandit son index sous le nez de Robert comme s'il était à l'origine du National Health Service. « Pas question, affirma-t-elle. Mouse a besoin d'un docteur tout de suite.

— Dans ce cas, il faut aller aux urgences du Whittington Hospital. »

C'est ce qu'elles firent, accompagnées de Robert. Le Whittington Hospital était un ensemble de bâtiments situé au bas de Highgate Hill, de l'autre côté de Waterlow Park. Ils s'y rendirent à pied. Le vent de printemps était âcre et humide et, lorsqu'ils arrivèrent aux urgences, Valentina respirait avec difficulté.

Après avoir subi un interrogatoire et patienté, elle fut emmenée par une jeune infirmière pakistanaise. Julia et Robert entendirent l'infirmière la rassurer à voix basse en lui faisant franchir les doubles portes qui séparaient la salle d'attente du service des urgences proprement dit. Ils s'installèrent pour remplir le questionnaire avec l'homme d'âge mûr qui enregistrait les arrivées.

« Elle fait des allergies ? demanda celui-ci.

— Oui, aux tétracyclines, aux moisissures, au soja, répondit Julia.

— Des problèmes de santé antérieurs ?

— Oui. Elle a un *situs inversus.* » L'homme, qui jusque-là semblait peu intéressé, haussa les sourcils et regarda Julia d'un air interrogateur. « Nous sommes des jumelles en miroir, expliqua-t-elle, et ma sœur a la plupart des organes internes inversés. Par exemple, elle a le cœur ici. » Julia plaça la main sur la droite de son sternum. « Et son foie, ses reins et tout sont à l'envers des miens. » Son interlocuteur absorba ces informations et se mit à taper avec rapidité.

« Je ne savais pas ça, dit Robert.

— Eh bien maintenant, vous êtes au courant, répondit Julia avec irritation. Cela n'a d'importance que pour le médecin de Valentina, à vrai dire.

— Je veux parler du fait que vous êtes des jumelles en miroir. Je vous croyais identiques. Est-ce que des jumelles en miroir ne sont pas plus, euh… opposées ? »

Julia haussa les épaules. « Comme nous sommes assez symétriques, ce n'est pas très visible sur notre visage. On le remarque plus si l'on regarde l'emplacement de la raie de nos cheveux, ou nos grains de beauté, ou encore des radios. Là, c'est très net, parce que Valentina est vraiment inversée. » À l'intention de l'employé de l'hôpital, elle ajouta : « Elle a un prolapsus de la valve mitrale asymétrique.

— Qu'est-ce que ça signifie ? demanda Robert.

— Elle a une malformation valvulaire. C'est pourquoi je suis très inquiète quand je vois qu'elle respire comme ça. Il y a un risque de souffrance cardiaque et nous aurons alors un gros problème.

— Comment se fait-il que vous n'ayez pas consulté alors que vous êtes à Londres depuis bientôt trois mois ? » Pris soudain d'une vive inquiétude, Robert avait parlé d'un ton sec.

« Nous allions le faire, rétorqua Julia. Nous repoussions le moment parce que nous ne savions pas très bien comment nous y prendre. Ce n'était pas faute d'y avoir pensé. » Elle savait que ce n'était pas vraiment une raison valable et cela la mettait en colère. Elle finit de remplir le formulaire et tous deux retournèrent dans la salle d'attente.

Les médecins diagnostiquèrent une bronchite. Dans le taxi du retour, Julia tint dans ses bras Valentina, qui toussait à fendre l'âme. Une fois dans l'immeuble, quand elles se dirigèrent vers l'escalier, Robert tenta de les suivre mais Julia s'y opposa. « Nous allons nous débrouiller, merci », dit-elle en se retournant d'un geste brusque.

« Mais elle a besoin de... protesta-t-il.

— *Je* vais m'occuper d'elle. C'est *mon* affaire. » Elle regarda sa sœur monter péniblement l'escalier, en s'arrêtant à chaque marche.

« Je peux aller chercher les médicaments à la pharmacie », proposa Robert.

Julia réfléchit. Cela lui serait utile ; il fallait prendre le bus. « Entendu. Voici l'ordonnance. » Elle tendit le papier à Robert comme si elle lui faisait une faveur et non l'inverse. Il partit en toute hâte. *C'est moi qui vais prendre soin d'elle. Pas toi !* pensa Julia. Elle suivit Valentina dans l'appartement. Sans ôter son manteau, elle prépara une bouillotte et gagna la chambre, où Valentina était en train de se déshabiller lentement.

« Où est Robert ? » interrogea Valentina. On aurait pu croire qu'elle n'avait pas entendu leur conversation.

« À la pharmacie. »

Valentina se coucha sans faire de commentaire. Julia lui donna sa bouillotte, prépara l'appareil à inhalations, alla lui chercher le livre qu'elle était en train de lire, puis fit du thé. Elle accomplissait toutes ces tâches de bon cœur, en chantonnant. Quand elle entra dans la chambre, elle trouva sa sœur endormie. La petite chatte était lovée près de sa tête. Elle tendit une patte, qu'elle plaça d'un air protecteur sur l'épaule de la malade, et jeta un coup d'œil soupçonneux à Julia. *Quoi, toi aussi ?* se dit Julia. *Décidément, chacun veut se l'accaparer*. Elle posa le plateau sur la table de nuit. *Si j'étais malade, moi, est-ce que tout le monde se précipiterait à mon chevet ?* Cette pensée l'irrita. À quoi cela rimait-il de se poser la question, puisqu'elle n'était jamais malade ? Valentina avait le souffle rauque. Julia s'installa sur la banquette sous la fenêtre avec sa tasse à thé. Elspeth, qui était là depuis le début, se leva et resta près du lit, inquiète, à se mordiller le pouce. Ce fut une journée d'inquiétude pour tout le monde : les humains, les chats, les fantômes.

Edie buvait un café à la table de la salle à manger, le téléphone à portée de main. Elle savait qu'il allait sonner dans quelques minutes. Jack entra, le *Sunday Times* sous le coude. Il entreprit de sélectionner les pages qui les intéressaient respectivement. Edie tendit la main et il lui remit la partie Économie. Elle l'ouvrit et suivit du doigt les cours de la Bourse, en émettant de petits « tss tss » désapprobateurs. Le téléphone sonna. Elle avala une gorgée de café, comme si elle n'était pas pressée de décrocher, et laissa sonner trois fois avant de le faire. Jack alla prendre la communication sur le combiné de leur chambre.

« Maman ?

— Hello, Julia, dit Edie.

— Valentina ?

— Hello, papa », dit Valentina. Elle essayait de parler normalement, mais l'effort qu'elle fit déclencha une quinte de toux.

« Seigneur, s'exclama Edie, quelle vilaine toux !

— C'est juste une bronchite, dit Julia. Nous sommes allées voir le médecin.

— D'ailleurs, je vais mieux aujourd'hui », affirma Valentina. Elle posa le combiné et alla tousser dans la salle de bains. Julia la vit se plier en deux, les coudes sur le rebord du lavabo, la main sur la bouche pour étouffer le bruit.

« On t'a donné des antibiotiques ? Tu prends le fluidifiant que t'a prescrit le Dr Brooks ? » Edie et Julia se lancèrent dans une discussion détaillée sur la façon de soigner la bronchite de Valentina. Peu après, celle-ci revint à l'appareil.

« On a fait la connaissance de Robert Fanshaw, annonça-t-elle pour changer de sujet.

— Ce n'est pas trop tôt, commenta Jack. Où était-il pendant tout ce temps ?

— Il nous a aidées à trouver un médecin traitant, dit Julia.

— Ah, bien, fit Edie. Euh… il est comment ? »

C'est Julia qui répondit la première. « Pas franchement gai. Bizarroïde. S'il avait notre âge, il serait un de ces gothiques avec des piercings et des tatouages, je suppose.

— Mais non, protesta Valentina, il est charmant. C'est quelqu'un de timide et on voit bien qu'Elspeth lui manque. Il porte des petites lunettes rondes comme John Lennon, tu vois. » Elle voulait en dire plus, mais elle dut de nouveau poser le téléphone et s'éloigner pour tousser.

« Valentina a un faible pour lui », annonça Julia. Valentina se tourna vers elle et passa le doigt sur sa gorge en un geste de menace éloquent. *Arrête, Julia !*

« Il est un peu vieux pour elle, non ? dit Jack. Il doit avoir notre âge.

— Je crois qu'il est plus jeune. Trente-cinq, trente-six, peut-être. »

Valentina reprit le combiné. « Je n'ai *pas du tout* un faible pour lui, affirma-t-elle. N'empêche qu'il est charmant. » *Tiens, tiens*, pensa Edie, qui se garda bien de faire le moindre commentaire. La conversation s'orienta ensuite vers la météo, les films, la politique. Quand elles eurent raccroché, Valentina se tourna vers sa sœur. « Bon, maintenant ils ne vont plus penser qu'à ça ! lança-t-elle sur un ton furieux. Pourquoi es-tu allée leur raconter un truc pareil ?

— Pour qu'ils oublient un peu que tu es malade.

— De toute façon, c'est faux. »

Julia se contenta d'émettre un petit rire.

Edie et Jack avaient raccroché en même temps. Ils se retrouvèrent dans le couloir. « Ne sois pas si inquiète, dit Jack. Elle a dit que ce n'était pas grave.

— Justement », répliqua Edie.

Il passa son bras autour de ses épaules. « Effectivement, elle n'avait pas une bonne voix.

— On devrait peut-être aller là-bas. Pas dans l'appartement, évidemment, mais à Londres. On pourrait peut-être louer quelque chose pas très loin… » Edie se blottit contre lui. Elle aimait se sentir minuscule à côté de la silhouette massive de Jack. C'était très rassurant.

Il lui caressa les cheveux. « Qu'aurais-tu pensé si ta mère avait traversé l'océan pour venir s'installer à trois pas de chez nous ?

— Ce n'était pas pareil.

— Elles se débrouillent parfaitement. Laissons-les tranquilles. »

Edie hocha négativement la tête, mais lui sourit. *Voilà, souris et sois mon Edie, je n'ai besoin de rien de plus.* Il déposa un baiser au sommet de son crâne. « Tout ira bien. »

Robert et Jessica prenaient le thé ensemble dans le bureau du cimetière. Jessica posa un regard insistant sur Robert, qui s'attendit à subir un sermon. Il pensait qu'elle allait lui répéter de ne pas laisser les touristes ralentir la visite avec leur manie de tout filmer ou photographier, ou lui rappeler de ne pas garder les mains dans les poches parce que cela ne se faisait pas, mais elle le surprit.

« Vous ne croyez pas qu'elle est un peu jeune pour vous ? demanda-t-elle.

— Un peu ?

— Ridiculement jeune pour vous ?

— Peut-être. Ça commence à quel âge, trop jeune ?

— Ce n'est pas une question d'années, Robert. J'ai connu des jeunes de vingt et un ans d'une grande maturité. Non, c'est qu'elles paraissent *très très* jeunes, toutes les deux. Elles me rappellent mes filles quand elles avaient seize ans.

— Cela ne manque pas de charme, Jessica. »

Elle agita la main dans sa direction. « Vous savez bien ce que je veux dire. Après une femme comme Elspeth, qui avait du plomb dans la tête et ne ressemblait en rien à une écervelée… on peut penser que… eh bien… que Valentina n'est pas faite pour vous.

— Certaines personnes me trouvaient trop jeune pour Elspeth.

— J'ai dit ça, moi ?

— Je crois, oui. Ici, dans ce bureau, si ma mémoire est bonne.

— Elle ne l'est pas, je le crains.

— Elspeth avait neuf ans de plus que moi. Je vais la rattraper. Et vous êtes plus jeune que James.

— James a quatre-vingt-quatorze ans, j'en aurai quatre-vingt-six en juillet.

— En quoi est-ce socialement plus acceptable que l'homme soit plus âgé ?

— À mon avis, ce sont les hommes qui ont fait en sorte que ce le soit.

— Vous ne m'avez jamais dit comment vous vous étiez rencontrés, James et vous. »

Jessica hésita avant de répondre. *J'aurais mieux fait de me taire*, pensa Robert. *On dirait que je lui demande la taille de son soutien-gorge.* « C'était pendant la guerre. J'étais son adjointe à Bletchey Park[1].

— Sans blague ? Je ne m'en serais jamais douté. Vous décryptiez les messages codés ?

— En réalité, notre tâche était plus… administrative. » Jessica plissa les lèvres, comme si elle en avait trop dit.

« Je croyais que vous faisiez votre droit.

— On fait beaucoup de choses au cours d'une longue vie, Robert : j'ai aussi joué au tennis et élevé trois enfants. On a le temps de connaître pas mal d'aventures.

— Et vous avez sauvé le cimetière.

— Pas toute seule, comme vous le savez. Molly, Catherine, Edward… de nombreuses personnes nous ont apporté une aide précieuse. Quoique nous ne soyons jamais assez nombreux pour toutes les petites tâches qu'il faut accomplir. À propos, est-ce que ça vous ennuierait de prendre ces courriers et de les déposer dans les boîtes d'Anthony et de Lacey ? Cela économiserait des timbres.

— Pas du tout. »

1. Manoir anglais dans lequel, pendant la Seconde Guerre mondiale, une équipe de plusieurs milliers de personnes a réussi à déchiffrer les messages codés des Allemands. *(N.d.T.)*

Jessica poussa un soupir. « J'avoue que l'idée de toutes les lettres que j'ai à écrire me fatigue d'avance. » Elle posa sa tasse sur le bureau et lui tendit les mains. « Allez, aidez la vieille carcasse à se lever. »

Robert passa l'après-midi à méditer dans le mausolée des Strathcona, près de l'entrée du cimetière est, à vendre des billets et à observer les jardiniers en train de tailler les arbres. La journée n'était pas chargée et il eut largement le temps de se demander si Jessica avait raison. Peut-être Valentina était-elle trop jeune pour lui, après tout. Peut-être ferait-il mieux de la laisser tranquille et de continuer à pleurer Elspeth. Il n'avait pourtant pas cessé de le faire ; chaque fois qu'il pensait à Elspeth, la douleur lui déchirait le cœur. Il devait toutefois reconnaître que c'était moins fréquent qu'avant et que l'arrivée des jumelles avait coïncidé avec le début de ce ralentissement. Il en avait honte, comme une sentinelle qui aurait abandonné son poste à l'ennemi. *Mais Elspeth n'aurait pas voulu que je passe le reste de mon existence à la pleurer, non ?* Ils n'en avaient jamais parlé, et pourtant il s'en voulait tout autant de se consacrer à son souvenir que de laisser Valentina se glisser dans des rêveries qui auraient autrefois mis Elspeth en scène. Il vivait dans un état de culpabilité latente. C'était perturbant, mais somme toute pas déplaisant.

Un matin de bonne heure, Robert trouva Valentina assise dans le jardin de derrière avec une bouteille thermos emplie de thé. Il rentrait par la porte verte et n'aurait pas soupçonné sa présence si elle ne lui avait lancé : « Bonjour !

— Bon sang ! » s'exclama-t-il. Il recula, manquant de se fouler la cheville sur une pierre tombale. « Pardon, bonjour ! »

Valentina était assise sur le petit banc de pierre, vêtue d'une robe de chambre matelassée, les pieds nus. « Oh, je suis désolée !

— Vous n'avez pas froid ? » La journée s'annonçait douce, mais le petit matin était glacial.

« Un peu, si, maintenant. Mon thé a refroidi.

— Pourquoi n'entreriez-vous pas un moment ? »

Valentina leva les yeux vers les fenêtres du premier. « Bon, Julia dort encore », dit-elle.

Elle se fraya un chemin sur la mousse humide et Robert lui tint la porte de son appartement ouverte. Lorsqu'elle se glissa sous son bras pour entrer, il eut l'impression d'avoir capturé un petit oiseau.

« Voulez-vous un pull-over, ou quelque chose pour vous réchauffer ?

— Un peu de thé, je veux bien. » Robert alluma la bouilloire et alla se changer. Ses vêtements étaient maculés de boue. Lorsqu'il revint dans la pièce, Valentina se tenait devant son bureau. « Qui sont toutes ces femmes ? » demanda-t-elle.

Le mur au-dessus de la table était couvert de cartes postales, de pages découpées dans des magazines, d'illustrations de livres photocopiées ou d'images imprimées à partir d'Internet, représentant toutes des personnages féminins. Elles formaient un vague dessin en forme de soleil à partir du centre du mur, groupées comme des systèmes solaires dans une galaxie de femmes. « Oh, il y a Eleanor Marx, la fille de Karl. Et ça, c'est Mrs. Henry Wood. Là, c'est Catherine Dickens.

— Elles sont toutes enterrées à Highgate ?

— Exactement.

— Pas d'hommes ?

— Les hommes sont là-bas. » Une autre galaxie était affichée sur le mur adjacent. « Quand je suis bloqué dans mon travail, je préfère regarder des femmes ; les hommes en groupe sont un spectacle moins charmant. »

Valentina alluma la lampe de bureau pour mieux voir. La bouilloire siffla et Robert bondit hors de la pièce. Il revint bientôt avec le thé. « On a vu le tableau à la Tate Gallery. » Elle pointait le doigt en direction d'une carte postale au centre du mur. « Qui est-ce ?

— C'est l'*Ophélie* de Millais. Elizabeth Siddal a servi de modèle. » Robert sentit ses joues devenir brûlantes lorsque Valentina se tourna vers lui. « Vous avez beaucoup d'images la représentant, dit-elle.

— C'était la muse de Dante Gabriel Rossetti, qui l'a peinte sans cesse. Et l'égérie des préraphaélites. Je fais un peu une fixation sur elle.

— Pourquoi ?

— Je me le demande. Elle ne semblait pas particulièrement séduisante en tant que personne : elle n'avait pas une bonne santé et elle était dans le besoin. Disons que c'est parce qu'elle était belle et qu'elle est morte jeune. » Robert sourit. « Ne prenez pas cet air inquiet. C'est une obsession très légère !

— Vous semblez attiré par les jeunes filles mortes. »

Elle plaisantait, mais Robert se défendit. « Pas parce qu'elles sont mortes. Quoiqu'il y ait toujours quelque chose d'attirant dans l'inaccessibilité.

— Ah. » *Qu'est-ce qu'il veut dire par là ?*

Robert débarrassa le bureau de quelques papiers, s'assit dessus et proposa à Valentina le fauteuil pivotant. Elle s'y installa et, tenant sa tasse à thé bien droite, elle s'amusa à tourner à 360 degrés, ses pieds nus tendus devant elle. Elle semblait si jeune qu'il eut le cœur serré. *Je crois que les jeunes filles mortes sont le dernier de mes problèmes en ce moment.*

« Vous n'avez pas beaucoup de meubles, commenta Valentina.

— Non. Cet appartement est trop grand pour moi. Et trop cher, soit dit en passant.

— Pourquoi l'habitez-vous, dans ce cas ?

— C'est la faute d'Elspeth. »

Valentina lui adressa un grand sourire et fit un tour complet avec son fauteuil. « Nous sommes ici aussi à cause d'elle. » Elle arrêta sa révolution du bout de son pied nu et repartit dans l'autre sens. « Vous vous êtes installé ici parce qu'elle y vivait ?

— On s'est rencontrés devant l'immeuble, en fait. J'étais venu voir parce qu'il y avait un panneau "À louer" et que je cherchais un appartement jouxtant le cimetière, avec une petite porte pour pouvoir m'y glisser, vous voyez… Au moment où je notais le numéro de téléphone de l'agence, Elspeth a ouvert la porte d'entrée et m'a proposé de me montrer l'appartement en disant qu'elle avait les clés. J'ai accepté, bien sûr, et elle m'a fait visiter. J'ai tout de suite su qu'il était beaucoup trop grand, mais il n'y a rien de plus séduisant qu'une jolie femme dans un appartement vide… » Perdu dans ses souvenirs, Robert avait presque oublié la présence de Valentina. « C'est comme ça que j'ai emménagé ici. Il m'a quand même fallu des années avant d'admettre que c'est elle qui m'avait dragué et non l'inverse. J'étais très jeune, à l'époque.

— C'était quand ? »

Robert compta mentalement. « Il y aura bientôt treize ans. »

Julia et moi avions huit ans à l'époque. Une question vint soudain à l'esprit de Valentina. « Pourquoi n'avez-vous pas vécu ensemble ? Ces appartements sont immenses. C'est bizarre d'avoir autant d'espace pour deux personnes seules. Et ce n'est pas comme si vous aviez quantité de meubles…

— C'est vrai. » Le regard de Robert s'arrêta sur les genoux de Valentina. « Elspeth n'était pas très pour. Elle avait cohabité avec quelqu'un avant et cela lui avait laissé un mauvais souvenir. Elle a sans doute changé d'avis vers la fin, quand je lui consacrais tout mon temps. Je crois qu'elle s'est rendu compte que cela aurait pu marcher si on avait vécu ensemble. Nous étions tous les deux autonomes. Elle aimait être seule, sachant que j'étais tout près si elle avait besoin de moi.

— Notre mère est comme ça.

— Vraiment ?

— Papa ne sait pas très bien sur quel pied danser. Des fois, maman semble être ailleurs, elle est complètement détachée, et à d'autres moments elle va être très marrante, beaucoup plus présente, quoi. » Elle leva les yeux vers lui. « C'était le cas d'Elspeth ?

— Oui, dit-il. Parfois, elle était loin, même quand elle était physiquement là. » Il pensait à la façon dont Elspeth, après l'amour, semblait l'oublier alors qu'il était effondré sur elle, baigné de sueur.

« C'est exactement ça. Est-ce qu'Elspeth aimait diriger tout le monde ? Notre mère s'occupe de tout, tout le temps.

— J'ai l'impression que oui, mais à vrai dire j'aime bien qu'on me commande. Ma famille, c'étaient mes tantes. J'ai passé mon enfance à obéir à des femmes. » Il lui lança un regard amusé. « J'ai l'impression que Julia vous commande.

— Je n'aime pas ça. » Valentina fit la grimace. « Moi, je ne veux dicter la conduite de personne et je ne veux pas qu'on me dicte la mienne.

— Cela me semble raisonnable.

— Quelle heure est-il ? » demanda-t-elle. Elle se redressa et posa sa tasse sur le bureau, soudain inquiète.

Robert consulta sa montre. « Sept heures et demie.

— Je dois partir, dit-elle en se levant.

— Attendez ! Où est le problème ? » Il se laissa glisser à bas du bureau et se planta devant elle.

« Julia va s'affoler si elle se réveille et ne me trouve pas. »

Robert hésita. *Elle reviendra. Laisse-la partir.* Avant même qu'elle eût tourné les talons, il éprouva un intense sentiment de solitude. Il la suivit jusqu'à l'entrée de service. Elle posa la main sur la poignée. Tous deux se sentirent soudain gênés.

« Vous accepteriez de dîner avec moi ? demanda-t-il.

— Oui.

— Ce samedi ?

— Entendu. » Elle attendait. Robert se dit qu'il pouvait l'embrasser, et il le fit. Le baiser le surprit. Il y avait bien longtemps qu'il n'avait pas embrassé quelqu'un, à part Elspeth. Le baiser étonna aussi Valentina, parce qu'elle n'avait jamais vraiment embrassé quelqu'un de cette manière – pour elle, jusque-là, c'était plus de l'ordre de la théorie que de la pratique. Quand ce fut fini, elle resta les yeux clos, les lèvres entrouvertes, le visage penché. *Elle va me briser le cœur et je vais la laisser faire*, pensa Robert. Elle se dégagea et monta l'escalier. Robert l'entendit ouvrir sa porte. Il resta là, cherchant à comprendre ce qui venait de se passer, mais la confusion régnait dans son esprit. Finalement, il se servit un verre et alla se coucher.

Le samedi suivant, Robert se présenta en fin de journée chez les jumelles vêtu d'un costume. Valentina se glissa au-dehors en disant : « Allons-y. » Dans les miroirs de l'entrée, il aperçut Julia qui se tenait, solitaire, dans la pénombre. Il s'apprêtait à lui faire un petit signe, mais Valentina dévalait déjà l'escalier et il la suivit. Il se retourna au moment où Julia passait la tête sur le palier. Elle lui fit une grimace et referma la porte.

Il avait commandé un taxi. « À Soho. Le restaurant Andrew Edmunds », dit-il au chauffeur. Ils traversèrent Highgate Village et Kentish Town. Robert regarda plus attentivement Valentina et vit qu'elle portait des vêtements ayant appartenu à Elspeth, une robe de velours noir et une étole blanche en cachemire qui lui rappelèrent d'autres soirées, plusieurs années auparavant. *Qu'est-ce que ça signifie ?* se demanda-t-il, mais il se dit que Valentina n'avait peut-être pas apporté de tenues habillées dans ses valises. Pourtant, pensa-t-il non sans irritation, Elspeth avait laissé aux jumelles plus d'argent qu'il n'en fallait pour renouveler leur garde-robe. Dans les vêtements d'Elspeth, Valentina paraissait plus âgée, comme si elle lui avait aussi emprunté un peu d'elle-même. La jeune fille regardait par la fenêtre. « Je ne sais jamais me repérer », dit-elle.

Robert jeta un œil à l'extérieur. « Nous sommes à Camden Town.

— Tout me paraît semblable, soupira-t-elle. Et c'est si grand !

— Vous n'aimez pas Londres ? »

Elle secoua la tête. « Je *voudrais* bien l'aimer. N'empêche que ce n'est pas chez moi. »

Robert n'avait jamais pensé qu'elle pourrait ne pas rester au-delà d'une année. Maintenant, il n'avait plus qu'une idée : la convaincre des charmes de sa ville. « Moi, je ne pourrais imaginer vivre ailleurs, lui confia-t-il. Il faut dire que j'y ai passé mon enfance. Si je devais partir, je me sentirais déraciné. Tous mes souvenirs sont ici.

— C'est la même chose pour moi avec Chicago. »

Le ton sérieux de Valentina le fit sourire. « N'êtes-vous pas beaucoup trop jeune pour être si nostalgique ? Je suis un vieil historien moisi, j'ai le droit d'être fossilisé. Mais vous, vous devriez vivre toutes sortes d'aventures.

— Quel âge avez-vous ? demanda-t-elle.

— J'aurai trente-sept ans dans quinze jours. » Il nota qu'elle ne l'avait pas contredit quand il s'était qualifié de « vieux ».

« Il faudra qu'on organise une petite fête. »

Sur le moment, Robert crut que le « on » les désignait, elle et lui, puis il se rendit compte qu'elle parlait d'elle et de Julia. Il imagina la tête que ferait sa jumelle à cette perspective et déclara : « Je crois qu'on a prévu quelque chose au cimetière, du thé et des petits gâteaux.

Pourquoi ne viendriez-vous pas ? Vous rencontreriez tout le monde.

— D'accord. » Elle sourit. « Je ne suis encore jamais allée à une fête d'anniversaire dans un cimetière.

— Oh, ce n'est pas une fête à proprement parler, juste un thé un peu amélioré. Il n'y aura pas de cadeaux, rien de ce genre. »

Ils se mirent à échanger des histoires d'anniversaire. « On est allés au cirque pour la première fois… » « J'ai fini à l'hôpital avec un lavage d'estomac… » « Julia était furieuse… » « Mon père a débarqué ce matin-là et je ne l'avais encore jamais vu…

— Quoi ? »

Robert se tut. Il n'était pas certain de vouloir lui raconter son histoire à ce stade. Il oubliait toujours qu'ils se connaissaient à peine. « Eh bien… en fait, mes parents n'étaient pas mariés. Mon père avait une autre famille à Birmingham. C'était sa famille officielle – elle l'est toujours – et ils ignorent tout de ma mère et de moi. Je n'ai fait sa connaissance que le jour de mes cinq ans. Il est arrivé dans une Lamborghini et nous a emmenés passer la journée à Brighton. Je n'avais encore jamais vu la mer.

— Comme c'est bizarre ! Comment se fait-il qu'il ait attendu si longtemps avant de vous connaître ?

— C'est un homme centré sur lui-même, qui n'aime pas beaucoup les enfants. Curieusement, j'ai cinq demi-frères et sœurs. D'après ma mère, il est venu me voir parce qu'elle a fini par lui demander de l'argent. Après ça, il s'est montré de temps en temps, en apportant des cadeaux inutiles. Il est très amusant et pas fiable pour deux sous. Quand j'étais plus jeune, j'avais peur qu'il ne cherche à m'enlever à ma mère et que je ne la revoie plus jamais. »

Valentina le dévisagea. *Parle-t-il sérieusement ?* S'il plaisantait, rien ne permettait de le détecter. Le taxi s'arrêta devant le restaurant. Valentina s'attendait à un endroit vaste à l'atmosphère feutrée, mais elle se retrouva dans une salle minuscule et bondée au plafond bas, pleine de boiseries. Elle eut l'impression étrange de prendre trop de place. *C'est le vrai Londres, le lieu où mangent les Londoniens.* Elle fut submergée par un tourbillon d'émotions : sensation de triomphe à l'idée de ne plus faire partie des touristes, satisfaction d'être là, elle et non Julia, crainte de ne pas être à la hauteur de la conversation avec Robert. *Que dit-on à quelqu'un qui craignait que son père ne l'enlève ? Que dirait Julia ?* Une fois qu'ils furent assis à une petite table, coincés entre un groupe bruyant de gens de la City et un agent littéraire en train de courtiser un éditeur, elle demanda : « Pourquoi aurait-il fait ça ? »

Robert lui jeta un coup d'œil par-dessus le menu. « Pardon ?

— Euh… votre père. Vous avez dit que…

— Ah oui ! Je sais aujourd'hui qu'il n'aurait jamais fait une chose pareille, mais il passait son temps à plaisanter à ce sujet. Il disait que ce serait formidable si l'on était tous les deux et qu'il allait m'emmener vers le nord. Je le considérais comme une sorte de lutin. J'ai eu très peur de lui jusqu'à l'adolescence. »

Valentina ouvrit de grands yeux, puis, ne sachant que dire, elle se réfugia dans la lecture de la carte. *Il raconte ça avec un tel calme ! Il faut croire qu'en ce qui concerne notre propre famille, rien ne nous surprend.* Elle avait l'impression, familière maintenant, d'être absurdement jeune et d'incarner l'Amérique profonde.

Je suis allé trop loin, pensa Robert. « Voulez-vous un verre de vin ? proposa-t-il. Vous avez fait votre choix ? » Ils entamèrent une conversation à bâtons rompus, passant des Monty Python, qu'ils appréciaient tous les deux, à des anecdotes sur le cimetière et à des commentaires appréciateurs sur le velouté de fenouil, sans oublier le récit des petites singeries du chaton de Valentina. À la fin du dîner, ils étaient mutuellement à l'aise, ou du moins plus à l'aise qu'ils n'avaient réussi à l'être jusque-là.

Dans l'appartement, Julia trouvait le temps long. Elle envisagea de monter voir Martin mais, dans sa rage d'être abandonnée, elle avait décidé de ne rien faire pour améliorer sa soirée. La télé ne marchait toujours pas et c'était tant mieux.

Elle réchauffa une soupe à la tomate, s'installa dans la salle à manger et ouvrit un vieux volume de *Jim-la-chance* qu'elle avait trouvé dans le bureau d'Elspeth. Elspeth s'était assise face à elle. *Ne renverse pas de soupe dessus, c'est une édition originale*. Elle se rendait compte qu'elle aurait dû laisser des instructions plus précises aux jumelles. Sans vouloir mal faire, elles traitaient ses affaires avec une incroyable légèreté, lisant des éditions rares de *Tristram Shandy* et de *Villette* dans leur bain et fourrant des pamphlets de Daniel Defoe dans leur sac pour les lire dans le métro. Elle avait envie d'arracher le livre des mains de Julia. *Mais pourquoi est-ce que je m'inquiète ? C'est un livre, elle le lit, je devrais être contente. Et je ne devrais pas me faire du souci parce que Valentina est en train de dîner avec Robert, habillée avec mes vêtements, mais je m'en fais, si, je m'en fais beaucoup.* Julia finit sa soupe, referma le livre, débarrassa la table et fit la vaisselle. Elle joua avec le chaton jusqu'à ce qu'il se lasse et aille dormir dans le dressing. Elle s'allongea sur le canapé du séjour et contempla le plafond, puis, n'en pouvant plus, elle alluma son ordinateur. Elle réussit à tuer le temps en rédigeant un certain nombre de courriels à des camarades de lycée qu'elle avait laissées sans nouvelles depuis longtemps. Elspeth regagna son tiroir, l'humeur morose. À vingt-deux heures, Julia prit un bain. À vingt-deux heures trente, elle se dit que Valentina n'allait pas tarder à rentrer. À minuit, elle l'avait déjà appelée trois fois sur son mobile et commençait à s'affoler. Elspeth la vit marcher de long en large et elle eut la prémonition de… *De quoi ? Des ennuis. Du danger.* C'était trop, cette répétition du passé avec de déconcertantes variations. Elle passa en revue les endroits où Robert avait pu emmener Valentina, ses bars favoris, ses promenades préférées… *Rentre à la maison, reviens ici, là où je peux garder un œil sur toi.* Julia s'était couchée et fulminait. Elspeth était assise près de la fenêtre. Toutes deux attendaient.

« Vous voulez faire un petit tour sur la rive sud de la Tamise ? » demanda Robert à Valentina. Il avait payé l'addition et ils s'apprêtaient à quitter le restaurant. Valentina hésita. Elle considéra ses escarpins pointus et un peu trop grands. « Oui, bien sûr », dit-elle.

Ils prirent un taxi jusqu'au pont de Westminster. Les rues étaient étrangement vides. Le bruit de leurs pas résonnait sur le trottoir. De l'autre côté du fleuve, des rires s'élevaient. Valentina n'était jamais venue de nuit à cet endroit. *C'est beaucoup mieux sans la foule.* Robert lui fit traverser le pont et descendre quelques marches. Ils restèrent un certain temps côte à côte à contempler le palais de Westminster. Une lune rousse brillait juste au-dessus de Big Ben. Robert mit son bras autour des épaules de la jeune fille. Elle se raidit. Ils restèrent ainsi pendant quelques minutes, chacun s'interrogeant sur ce que l'autre avait dans la tête. Un peu plus tard, il demanda : « Et si l'on marchait ? Vous devez avoir froid.

— Un peu, oui. » Ils remontèrent les marches. Valentina était soulagée de ne plus être immobile. Elle ne savait pas à quoi s'attendre : il l'embrasserait certainement, mais voulait-il autre chose ? S'imaginait-il qu'elle allait monter chez lui ? Comprenait-il que c'était impossible ? *Quelle heure est-il ?* Julia serait perturbée si elle ne rentrait pas bientôt. *Elle l'est déjà, mais là, elle péterait les plombs.* Elle tenta de regarder à la dérobée la montre de Robert, puis elle se souvint de l'endroit où elle se trouvait et se retourna pour voir Big Ben. Il allait être minuit. Ils dépassèrent le pont de Waterloo et le pont Blackfriars. Elle avait les pieds en feu. Robert lui parlait d'une exposition qu'il avait vue à la Tate Modern. Chaque fois qu'ils passaient devant un banc, elle lui lançait un regard d'envie. Ils arrivaient près du pont de Londres lorsqu'elle demanda : « Pourrait-on s'asseoir un peu ?

— Oh ! s'exclama-t-il, comprenant soudain. Je suis désolé, je ne pensais plus à vos talons hauts. »

Valentina se laissa tomber sur un banc et ôta ses chaussures. Elle agita les orteils et effectua une rotation des chevilles. Robert se pencha, glissa une main dans chaque escarpin et s'assit près d'elle avec les chaussures. Elles étaient tièdes et un peu humides. « Vos pauvres pieds ! s'exclama-t-il.

— Ce ne sont pas mes chaussures, dit-elle.

— Je sais. » Il déposa les escarpins d'Elspeth sur le banc. « Donnez-moi vos pieds », dit-il en tendant les mains.

Elle prit un air dubitatif, mais obéit. Il lui laissa un peu de place, de façon qu'elle puisse s'appuyer sur les coudes, les pieds sur les genoux de Robert.

« Vous pourriez ôter vos bas ?

— Ne regardez pas. »

Il se mit à lui masser les pieds. Au début, elle observa ce qu'il faisait, puis elle rejeta la tête en arrière et il ne vit plus que son long cou et son petit menton pointu. Il se consacra à sa tâche, avec le sentiment d'avoir atteint un nouveau stade de débauche en effectuant un massage des pieds à une jeune fille en public. *Je me demande si on risque d'être arrêté pour ce genre de choses...* Puis il cessa de penser. Le monde se réduisit à leur banc, à ses mains, aux pieds de Valentina.

Valentina releva la tête. Elle avait un peu le vertige et se sentait complètement détendue. Robert se baissa et lui embrassa les pieds. « Et voilà, dit-il.

— Je ne crois pas que je vais pouvoir marcher, vous savez, répondit-elle.

— Je vais vous porter », décida-t-il. Et il joignit le geste à la parole.

Il était presque deux heures du matin quand Julia et Elspeth entendirent des pas dans l'escalier. Julia bondit du lit, ne sachant si elle allait se précipiter à la rencontre de Valentina ou attendre que sa sœur la rejoigne.

Elspeth fila vers l'entrée. Elle vit la porte qui s'ouvrait doucement. Elle vit aussi Robert qui portait la jeune fille et la déposait avec délicatesse sur le sol, Valentina qui oscillait un peu, une chaussure dans chaque main, et elle sut ce qui s'était passé entre eux comme si elle avait assisté à la scène. Valentina essayait de s'habituer à l'obscurité. Elle se retourna vers Robert et lui fit un petit signe d'au revoir. Il s'inclina avec un sourire, lui tendit ses bas et descendit l'escalier. Valentina pénétra dans l'appartement et referma la porte derrière elle. Elle se dirigea sans bruit vers la chambre.

Elspeth resta dans l'entrée. Elle ne tenait pas à assister à la dispute qui n'allait pas manquer d'avoir lieu entre les jumelles. *Ça va comme ça.* Elle avait envie de quitter l'appartement, d'être seule, de reprendre ses esprits. Elle avait envie d'aller voir Robert et de discuter avec lui. *Mais que pourrais-je lui demander ? Que pourrais-je dire ?* Elle avait envie d'un bon verre d'alcool, de pleurer dans son bain. Elle avait envie de marcher jusqu'à tomber d'épuisement. Au lieu de quoi, elle alla dans son bureau et contempla le jardin sous la lune. *Laisse-moi partir*, dit-elle à la puissance qui la maintenait sur place. *Je veux mourir maintenant, par pitié, mourir pour de bon et disparaître. S'il te plaît, mon Dieu, ou qui que tu sois, laisse-moi partir*. Elle leva les yeux vers le ciel. Rien ne se produisit. Elle comprit alors que personne ne l'écoutait. Tout ce qui lui arriverait serait le fruit de ses propres efforts.

Valentina se glissa dans la chambre, ses chaussures et ses bas toujours à la main. Julia était assise sur le lit en pyjama, les jambes ballantes. Elle se tourna vers sa sœur.

« Tu sais l'heure qu'il est ?

— Non.

— Il est presque deux heures du mat'.

— Oh ! »

Julia sauta du lit. *Si elle essaie de me frapper, je peux toujours me défendre avec les chaussures*, pensa Valentina. Toutes deux se regardèrent, chacune hésitant à prononcer les mots qui allaient provoquer la dispute. *Nous ferions bien d'aller nous coucher*, se disait Julia. Pourtant, elle ne put s'empêcher de lancer : « C'est tout ce que tu as à répondre : Oh ? » Elle se mit à imiter Valentina tentant de se disculper : « Oh, Oh, Oh ! »

Valentina haussa les épaules. « Le couvre-feu n'est pas en vigueur, que je sache. Et tu n'es pas ma mère. Et même si tu l'étais, je te signale que j'ai vingt et un ans. » *Prends ça, Julia.*

« N'empêche que, par politesse, tu pourrais me dire à quelle heure tu vas rentrer, afin que je ne m'inquiète pas. » *Je suis plus que ta mère. Tu ne peux sortir sans moi.*

« Ce n'est pas mon problème. Tu savais où j'étais et avec qui. » *Je ne t'appartiens pas.*

« Tu sortais dîner. Un dîner ne dure pas jusqu'à deux heures du matin. » *Qu'est-ce que tu as bien pu faire pendant sept heures ?*

« J'avais un rendez-vous et le reste ne te regarde pas ! » *Lâche-moi les baskets !*

« Oh mais si ! Qu'est-ce que tu crois ? » *On n'a pas de secrets l'une pour l'autre.*

« Tu ne crois pas qu'il est temps qu'on ait chacune sa propre vie ? » *Par pitié, Julia, arrête.*

« On l'a. On a notre propre vie tout en étant ensemble… » *Valentina !*

« Ce n'est pas de ça que je parle ! » Valentina lança les escarpins à travers la pièce. Ils rebondirent sans dommage sur la moquette. « Tu sais ce que je veux dire. Je veux avoir une vie à moi. J'en ai assez d'être la moitié d'une personne. » Elle éclata en sanglots. Julia s'avança vers elle, mais elle se mit à hurler : « Ne me touche pas ! » avant de s'enfuir hors de la pièce.

Julia resta les bras ballants, les yeux clos. *Demain, il n'en restera plus rien. Ce sera comme si rien ne s'était passé*. Elle se recoucha en guettant les bruits de Valentina dans l'appartement. Elle finit par s'endormir et rêva qu'elle était à l'étage du dessus, chez Martin, et déambulait sans fin parmi les piles de cartons.

Valentina était allée se coucher dans la chambre d'amis. Les draps étaient humides et elle trouva bizarre de dormir en sous-vêtements. *Je ne me souviens pas d'avoir jamais dormi seule.* Elle était trop nerveuse pour s'endormir. La dispute avec Julia lui occupait l'esprit et la soirée avec Robert semblait lointaine, un interlude agréable dans la vraie bagarre. Elle pensait avoir été rationnelle et avoir remporté la victoire. *J'ai gagné*, se dit-elle. *J'ai dit exactement ce que j'avais prévu. Elle a eu tort. À partir de maintenant, tout va être différent*.

Au matin, les jumelles se retrouvèrent dans la cuisine, gênées. Elles préparèrent des œufs brouillés et des toasts, et prirent ensemble leur petit-déjeuner dans la lumière froide de la salle à manger en échangeant à peine quelques mots. Leur vie reprit son cours habituel, mais tout avait changé.

Des vitamines

« Vous avez une mine épouvantable, dit Julia à Martin quelques jours plus tard. Je vais vous acheter des vitamines.

— J'ai l'impression d'entendre Marijke.

— C'est une critique ou un compliment ? » Ils étaient dans le bureau de Martin. L'après-midi touchait à sa fin. Valentina était au cimetière avec Robert, ce qui avait poussé Julia à monter chez Martin comme un petit animal perdu et à se plaindre d'avoir été abandonnée en espérant qu'il lui proposerait de regarder la télévision avec elle. Mais Martin travaillait. Elle dut se contenter de se pencher au-dessus de lui en rongeant son frein.

Martin sourit et se retourna vers elle. Éclairé par l'écran de l'ordinateur, il ressemblait à une créature venue d'un autre monde. Julia le trouva très beau, tout en sachant que c'était une beauté abîmée. Il avait le visage bleuâtre et, sous la lumière de la lampe de bureau, ses mains avaient pris une extraordinaire teinte d'orange sanguine. « Ça fait du bien de sentir que quelqu'un s'intéresse un tant soit peu à moi, dit-il. Pourtant, je n'aimerais pas que vous vous fassiez trop de souci. »

Une idée vint à l'esprit de Julia. « Ne craignez rien. Mais si je vous apporte des vitamines, est-ce que vous les prendrez ? »

Martin se tourna de nouveau vers l'écran. Il était en train de réaliser une grille de mots croisés. D'un clic de souris, il noircit trois cases. « Sans doute, mais j'oublie toujours d'avaler mes comprimés.

— Je pourrais vous le rappeler. Ce serait mon boulot.

— J'aurai moins de mal que si je devais manger des fruits et des légumes, je suppose.

— Alors, c'est d'accord. Je file dès demain à la pharmacie. » Julia hésita, puis reprit : « Vous allez travailler toute la nuit ?

— Oui. J'aurais dû commencer dès hier, mais j'ai été distrait. Je dois la rendre après-demain. » Martin nota quelque chose sur la grille qu'il avait dessinée à la main. « Vous pouvez regarder la télé, si vous voulez.

— C'est sympa, mais je n'aime pas la regarder seule. Je vais aller lire chez moi.

— Désolé d'être une aussi piètre compagnie, mais je dois absolument terminer ça, sinon, mon rédacteur en chef va m'assassiner.

— Pas de problème. »

Quand Julia regagna son appartement, son plan était déjà au point.

« Tu ne peux pas faire ça ! » s'exclama sa sœur lorsqu'elle lui annonça ses intentions. « Tu ne peux lui refiler des médicaments sans le lui dire !

— Et pourquoi pas ? Il m'a expliqué que le refus de se soigner fait partie des symptômes. Donc, je vais le soigner sans qu'il le sache. Si ça marche, il sera content de pouvoir sortir.

— Et les effets indésirables ? Et s'il est allergique ? D'ailleurs, comment vas-tu te procurer un médicament contre les troubles obsessionnels compulsifs ?

— Il suffit que nous allions voir un médecin en prétendant souffrir de TOC. J'ai lu pas mal de choses sur le sujet, ce ne sera pas difficile de faire semblant. Je pourrais prétendre être terrifiée par les serpents. Et m'arracher les sourcils.

— Attends, tu as bien dit "nous" ? Je te préviens qu'il n'est pas question que je t'accompagne. » Valentina s'accrochait aux accoudoirs de son fauteuil comme si elle redoutait que Julia ne l'en extirpe.

Julia haussa les épaules. « Dans ce cas, j'irai seule. »

L'affaire fut plus compliquée qu'elle ne le pensait, mais elle finit par obtenir une ordonnance d'Anafranil. Elle transvasa les comprimés dans un flacon de vitamines et se présenta chez Martin un soir après dîner.

« Vous voyez, j'y ai pensé ! » lança-t-elle en secouant le flacon.

Martin était penché sur des photos et plongé dans une langue étrangère. Il sursauta. « Quoi ? Oh, bonsoir, Julia. Qu'est-ce que c'est ? Ah, oui ! Merci, c'est très gentil. Regardez, je vais les poser près de l'ordinateur, comme ça je penserai à les prendre.

— Non, c'est moi qui vais les garder et vous les donner au fur et à mesure. C'est notre accord, OK ?

— Ah bon ! » fit-il. Elle alla dans la cuisine et remplit un verre d'eau. Lorsqu'elle le lui tendit, avec un comprimé, Martin posa celui-ci au creux de sa main et le considéra, puis il jeta un coup d'œil inquisiteur à Julia.

« Vous le prenez ? » demanda-t-elle, agacée. La mention « Anafranil 25 mg » figurait sur chaque comprimé :

elle espérait que la presbytie de Martin l'empêcherait de le voir.

« Hein ? Ah oui ! » Il avala le comprimé avec une gorgée d'eau. « Merci, mademoiselle l'infirmière. »

Julia éclata de rire. « Vous avez déjà meilleure mine. » Elle secoua le flacon d'un air engageant et redescendit chez elle. Valentina, assise sur le sol du bureau d'Elspeth, contemplait l'écran de son ordinateur portable.

« Tu vas le tuer, commenta-t-elle.

— Mais non, qu'est-ce que tu racontes !

— Regarde. » Elle orienta l'ordinateur vers sa sœur, qui s'assit elle aussi par terre. « Jette un œil aux effets indésirables. »

Julia lut : *vision brouillée, constipation, nausées, vomissements, allergie, palpitations*... La liste était longue. Elle se tourna vers Valentina. « Je suis souvent là-haut et je le vois plus fréquemment qu'un docteur. J'ai juste à le surveiller.

— Et s'il a une crise cardiaque ?

— C'est peu probable.

— Un accident vasculaire cérébral ? Quant à l'impuissance et à la constipation, il ne risque pas de t'en parler.

— Je lui ai juste donné une petite dose. »

Valentina éteignit l'ordinateur et le referma. « Tu es complètement secouée, dit-elle en se relevant. On ne peut pas décider à la place des gens. Et tu as une drôle de tête sans sourcils.

— Tu n'as même pas encore fait sa connaissance », rétorqua Julia, mais Valentina avait déjà quitté la pièce. Julia l'entendit traverser l'appartement, ouvrir la porte d'entrée et descendre les escaliers. « Bien, murmura-t-elle. Continue comme ça et tu vas voir. »

Un anniversaire

La journée de l'anniversaire de Robert s'annonçait belle et douce. Il s'était couché raisonnablement tôt la veille et il sauta du lit avec un enthousiasme inhabituel. « Bon anniversaire, la la la la-lère ! » chanta-t-il sous la douche avant de manger un toast et un œuf à la coque. Il passa la matinée à réécrire le chapitre de sa thèse qu'il consacrait à Stephen Geary, l'architecte du cimetière de Highgate. Il arriva au cimetière un peu avant midi et traîna aux archives avec James jusqu'à la visite guidée de quatorze heures. Tous les monuments funéraires familiers semblaient lui dire : *Tu mourras un jour, mais aujourd'hui tu es vivant*. Au retour de la visite, il ne trouva personne dans le bureau du rez-de-chaussée, excepté Nigel, le directeur, et un jeune couple qui préparait les obsèques de leur bébé. Robert se retira en toute hâte et monta à l'étage.

Valentina, juchée sur l'une des chaises de bureau, se faisait toute petite ; Jessica était au téléphone ; Felicity préparait le thé en bavardant à voix basse avec George, le tailleur de pierre, au sujet d'un mémorial qu'il était en train de dessiner ; James appela Jessica depuis les archives, tandis qu'Edward faisait des photocopies et que Phil déballait un gâteau. Thomas et Matthew firent une timide apparition et soudain le bureau parut bondé, car les fossoyeurs y entraient rarement et ils étaient très grands tous les deux.

« Regardez, dit Phil, je leur ai demandé de faire un glaçage reproduisant l'avenue égyptienne.

— Hum, ce n'est pas très appétissant, commenta Robert.

— Je suis d'accord. Le gris n'est pas une couleur très gastronomique. »

Felicity éclata de rire en découvrant le gâteau, mais les autres lui firent « Chut ! », se souvenant de la présence des parents éplorés en dessous, dans le bureau de Nigel. « C'est génial », chuchota-t-elle en commençant à disposer des petites bougies roses sur la pâtisserie. Jessica reposa le téléphone et lança à la ronde : « Un peu de tenue. » Puis elle fit un clin d'œil à Valentina et descendit au rez-de-chaussée.

Les seules personnes que Valentina avait rencontrées auparavant étaient Robert et Felicity. Quand Robert était entré, il lui avait souri et cela l'avait rassurée. Surprise, elle le vit badiner avec Phil et répondre aux plaisanteries de croque-mort de Thomas et Matthew sur l'année supplémentaire qui le rapprochait du moment fatal. *Je suis comme une zoologue qui observe un animal rare dans son habitat naturel.* Ici, toute la timidité de Robert s'envolait. Il vint la chercher dans son coin et lui présenta tout le monde, une main effleurant son dos. L'idée qu'elle puisse être considérée par les amis de Robert comme formant un couple avec lui excitait Valentina, même si elle était consciente de refuser par ailleurs que Julia veuille la réduire à la moitié d'un couple de jumelles.

James descendit des archives et s'installa au bureau de Jessica, qui revint un peu plus tard, suivie par Nigel.
« Que fête-t-on ici ? demanda le directeur du cimetière.

— Le 20 avril, date de l'anniversaire de Robert, dit James.

— Je suis désolé, j'avais la tête ailleurs.

— Tout est organisé ?

— Oui, l'enterrement aura lieu lundi à onze heures. »

L'atmosphère s'assombrit. Au cimetière, personne n'aimait les obsèques de jeunes enfants. *Il pleut toujours quand on enterre un bébé*, pensa Robert. Puis il se dit que ce devait être une impression, pas la réalité. *Je prendrai tout de même un parapluie, au cas où.*

« Nom d'un chien ! s'exclama Nigel en découvrant le gâteau. Quelle est cette catastrophe ?

— Doucement, répliqua Phil, un peu de respect pour ce chef-d'œuvre de la pâtisserie. » Il sortit son téléphone portable et prit une photo. « Pour nos archives », précisa-t-il.

Felicity alluma les bougies et tous se rassemblèrent autour de Robert en chantant *Bon anniversaire*, d'un air à la fois ravi et un peu embarrassé. Valentina chanta elle aussi. Elle avait l'impression de connaître ces gens depuis toujours : Phil avec son manteau de cuir et ses tatouages ; George avec ses manches relevées jusqu'au coude et sa voix de baryton, le croquis d'une pierre tombale entre ses mains encore tachées par la mine de son crayon ; Edward, digne dans son costume-cravate, qui lui faisait penser à l'acteur principal d'un vieux film en noir et blanc et qui chantait les mains jointes comme s'il était à l'église ; Thomas et Matthew avec leur grand sourire, leurs bottes et leurs bretelles ; Nigel qui chantait la mine triste, comme si c'était une tâche solennelle aux conséquences potentiellement désagréables ; Felicity l'air affable, chantant d'une voix claire, et Jessica et James s'époumonant. Tous interprétaient en chœur : *Bon anniversaire, nos vœux les plus sincères.* À la fin de la chanson, Robert inspira profondément et souffla toutes les bougies, sauf une. Un murmure parcourut l'assistance. Il recommença et éteignit cette fois la bougie restante sous les rires et les applaudissements. Puis il découpa le gâteau. Il servit Valentina en premier. Son assiette en carton dans une main et sa fourchette en plastique dans l'autre, elle le regarda distribuer les autres parts. Felicity versa le thé dans les tasses dépareillées du cimetière. Robert goûta le gâteau : le glaçage gris avait le même goût que s'il était d'une autre couleur. Il leva les yeux vers Valentina et s'aperçut qu'elle le regardait en silence, l'air solennel dans cette joyeuse assemblée. Elle lui sourit alors et il se sentit le cœur léger : le passé s'effaçait et l'avenir s'ouvrait à lui. Il la rejoignit et ils mangèrent côte à côte, heureux et calmes dans le joyeux brouhaha. *Tout se passera bien*, se dit-il.

Jessica les observait. *C'est fou ce qu'elle ressemble à Elspeth*, se dit-elle. *C'en est énervant.* Elle songea aux malheureux parents qu'elle venait de rencontrer. Ils avaient quitté le cimetière appuyés l'un contre l'autre, comme s'ils affrontaient un vent qu'ils étaient les seuls à percevoir. Robert et Valentina ne se touchaient pas, mais quelque chose dans leur attitude évoquait celle du jeune couple. *Il a l'air heureux.* Elle soupira et but une gorgée de thé. *Peut-être que tout se passera bien.*

Écriture fantôme

Elspeth était en train d'utiliser la poussière. Elle se demandait pourquoi elle avait mis tant de temps à s'apercevoir du pouvoir de communication de ce matériau. La poussière était légère et elle pouvait la déplacer sans peine : c'était le médium idéal pour des messages.

Lorsque les jumelles étaient entrées pour la première fois dans l'appartement, Julia avait passé un doigt distrait sur la poussière accumulée sur le piano, laissant une trace brillante. Cela avait gêné Elspeth, qui avait laborieusement entrepris de remettre la poussière à sa place et s'était alors rendu compte qu'elle était tombée sur l'équivalent de la *tabula rasa*, une sorte de page blanche qui allait lui permettre de communiquer. La poussière était un mégaphone capable d'amplifier ses appels de détresse. Cela l'avait tellement excitée qu'elle avait aussitôt regagné son tiroir pour réfléchir aux possibilités offertes.

Qu'allait-elle raconter, maintenant qu'elle avait enfin l'instrument pour le faire ? *« Au secours, je suis morte. » Non, les jumelles n'y peuvent rien. Mieux vaut ne pas être trop pathétique. Mais je ne veux pas leur faire peur. Je veux qu'elles sachent que c'est moi, pas une blague.* Elle pensa à Robert. Elle pouvait lui écrire, lui faire savoir qu'elle était ici.

Le lendemain matin, un dimanche, il pleuvait et il faisait gris dans le séjour. Elspeth flottait au-dessus du piano. Si elle avait été visible, elle serait apparue comme un visage et une main droite, rien de plus.

Dans la salle à manger, les jumelles traînassaient devant leur café et les restes de leurs tartines de confiture. Elspeth entendait leur conversation, qui tournait autour de sujets anodins, comme ce qu'elles allaient faire pour occuper leur journée. Elle se concentra sur l'espace poussiéreux qui s'étendait devant elle.

Elle posa délicatement l'extrémité d'un doigt sur le piano. Elle se souvenait d'avoir lu quelque part que la poussière à l'intérieur des maisons était constituée en grande partie par des cellules mortes d'êtres humains. *Dans ce cas, je suis peut-être en train d'écrire avec des éléments du corps que j'avais avant.* La poussière s'en allait au fur et à mesure qu'elle traçait un chemin brillant. C'était d'une facilité qui la ravissait ; elle fit attention à bien former les lettres, pour que Robert sache que l'écriture était la sienne. Elle mit ainsi plusieurs heures pour écrire quelques lignes. Lorsqu'elle termina, les jumelles avaient déjà quitté l'appartement. Elle se pencha sur son œuvre en chantonnant et admira sa signature, la précision de sa ponctuation. Avec beaucoup de mal, elle parvint à allumer le lampadaire qu'elle utilisait autrefois pour déchiffrer des partitions. *Elles ne peuvent pas le manquer*, murmura-t-elle et, pour fêter l'événement, elle vola dans tout l'appartement, en passant à toute allure à travers les portes et en effleurant les plafonds. Elle réussit à faire tomber un morceau de sucre sur la tête de la petite chatte qui dormait sur une chaise à moitié poussée sous la table de la salle à manger. *Quelle merveilleuse matinée !*

C'était le 1er mai. Robert passa la journée à l'entrée du cimetière est à indiquer l'emplacement de la tombe de Karl Marx à quantité de visiteurs, en majorité chinois. Le soir, il s'installa à sa table de travail, épuisé. L'œil sur l'écran de l'ordinateur, il chercha à comprendre ce qui l'énervait tellement dans le chapitre trois. Le ton n'y était pas : il était enlevé, presque enjoué, alors qu'il était question d'épidémies de typhoïde et de choléra.

Il surlignait en rouge les éléments essentiels lorsqu'on frappa à la porte.

Les jumelles se tenaient dans l'entrée de l'immeuble, l'air solennel. « Venez chez nous, dit Valentina.

— Que se passe-t-il ?

— On a quelque chose à vous montrer. »

Julia monta l'escalier à la suite de Robert et de Valentina, consciente d'être pleine d'espoir.

L'appartement était baigné de lumière. Les jumelles escortèrent Robert jusqu'au piano, puis reculèrent. Il découvrit alors l'écriture d'Elspeth :

BONJOUR VALENTINA ET JULIA,

JE SUIS ICI,

AFFECTUEUSEMENT, ELSPETH

Et puis :

ROBERT – 22 JUIN 1992 – E

Robert restait immobile, déconcerté. Il avança la main pour toucher l'écriture, mais Valentina lui saisit le poignet.

« Que signifie cette date ? interrogea Julia.

— C'est quelque chose qui ne concerne qu'elle et moi.

— Elle a allumé cette lampe », dit Valentina.

Julia insista. « Que s'est-il passé ce jour-là ?

— L'écriture ressemble à celle de maman, constata sa sœur.

— Que s'est-il…

— C'est personnel, d'accord ? C'est entre Elspeth et moi. » Robert avait parlé d'un ton sec. Les jumelles échangèrent un regard et allèrent s'installer sur le canapé, les mains jointes. Robert lisait et relisait le message. Il se revoyait, ce premier jour, devant l'immeuble, en train de noter le numéro de l'agence qui avait placé le panneau « À louer ». Elspeth le regardait par la fenêtre et lui faisait un petit signe de la main. Il avait répondu de la même manière et elle était arrivée presque aussitôt dans le jardin, à croire qu'elle avait dévalé l'escalier. Elle portait une robe bain de soleil blanche et ses cheveux étaient retenus en arrière par une pince. Ses sandales de caoutchouc bon marché – *comment les appelait-on, déjà ?* – claquaient tandis qu'elle le précédait dans l'appartement. Le sien maintenant. À l'époque, il était vide. Elle le lui avait fait visiter, mais ils avaient aussi parlé de choses et d'autres. De quoi exactement ? Il ne se le rappelait pas. Il se souvenait simplement de sa robe qui découvrait ses omoplates, de ses vertèbres délicates, de la fermeture éclair, de la taille serrée et de la jupe ample. Cet été-là, elle était légèrement bronzée. Plus tard, ils étaient montés chez elle et ils avaient bu une bière panachée dans la pièce où il se trouvait actuellement et plus tard encore, ils étaient allés dans sa chambre et il avait défait la fermeture éclair de la robe qui était tombée comme une coquille. Sa peau était tiède sous ses doigts. Par la suite, il avait loué l'appartement, mais cet après-midi-là, il avait oublié pourquoi il était là, il avait tout oublié sauf ses pieds nus, ses cheveux qui ne cessaient de s'échapper de la pince, son visage sans maquillage, les mouvements de ses mains. *Je vais m'effondrer, Elspeth. Je ne peux... je suis désorienté.*

Il gardait les yeux fixés sur l'inscription tandis que Valentina pensait : *Il n'éprouve pas ça à mon égard.* Julia attendait. Elle se demandait si Elspeth était en ce moment dans la pièce, avec eux. La petite chatte sauta sur le canapé et se percha sur l'un des accoudoirs. Elle replia ses pattes sous elle et les observa, sans se préoccuper de la présence éventuelle d'esprits.

Finalement, Robert dit : « Elspeth ? »

Chacun à son tour, ils éprouvèrent une fugitive sensation de froid dans tout le corps. « Tu peux nous écrire quelque chose ? » poursuivit Robert. Les jumelles se levèrent et le rejoignirent près du piano. Tous trois gardèrent les yeux fixés sur sa surface.

Comme dans un dessin animé au ralenti, la poussière sembla se déplacer de son propre chef et les lettres apparurent, formées par une main invisible : OUI.

Elspeth voyait que Robert était à la fois perturbé et excité, et qu'il tentait de concilier le passé et le présent. Valentina observait Robert et Julia observait Valentina. *Voilà*, se dit Elspeth, *c'est dur pour nous tous*. Elle se mit à errer dans la pièce, poussant des objets ici et là. Des portes vibrèrent, des rideaux frémirent. Robert s'arracha à sa contemplation du piano lorsqu'elle alluma et éteignit une lampe plusieurs fois de suite.

« Approche-toi, mon ange », dit-il, et elle vola à ses côtés, soudain emplie de bonheur. Il sentit une présence proche, un froid. *Comment n'ai-je pas compris plus tôt ? Elle était ici et je l'ai laissée seule.* Il se rappela toutes ses visites à sa tombe, les heures passées à parler en vain sur les marches du mausolée de la famille Noblin, et aussi la soirée au bord de la Tamise avec Valentina, et il se sentit comme un imbécile, le cœur au bord des lèvres. *Mais je ne pensais pas qu'elle était ici.* Il hocha involontairement la tête. « Dis-nous à quoi ça ressemble… Comment c'est ?… Comment es-tu ? » Il avait envie de lui dire certaines choses, mais la présence des jumelles l'en empêchait. Elspeth se plaça au-dessus du piano et réfléchit à ses questions. *Comment je suis ? Morte. Essayons d'être positive avec ça, hum…* Elle dessina une petite spirale dans la poussière. Robert se remémora les pages qu'elle couvrait de ce genre de gribouillis pendant qu'elle téléphonait. *Tu es vraiment là.*

Les jumelles virent apparaître la spirale brillante. *On est comme les moutons à la naissance de Jésus*, se dit Julia. Valentina se demandait si Elspeth les observait sans cesse. *Que sait-elle sur nous ? Est-ce qu'elle nous aime ?* Tout cela la mettait mal à l'aise. Elle tenta de se rappeler si l'une ou l'autre avait dit quelque chose de désagréable sur Elspeth. Lorsqu'elles étaient petites, les jumelles avaient l'habitude de se faire mutuellement peur avec l'idée que Dieu pouvait les observer à tout instant du jour et de la nuit. *On n'est jamais assez sage…* Elle se tourna vers Robert. Il avait oublié sa présence. Il attendait qu'Elspeth continue à écrire.

Des lettres firent leur apparition. TRÈS SEULE. COINCÉE DANS APPARTEMENT. RAVIE DE VOIR V § J. TU ME MANQUES.

« Y a-t-il quelque chose que vous voudriez ? » interrogea Julia.

LIRE LIVRES. JOUER. PRÊTER ATTENTION.

« Vous prêter attention ? »

OUI. PARLEZ-MOI, JOUEZ AVEC MOI. Elspeth écrivait aussi vite qu'elle le pouvait. Son écriture n'était pas maîtrisée et prenait beaucoup de place, et elle se rendait compte que la surface du piano ne permettrait pas une longue conversation. À ce moment, la petite chatte sauta sur les touches du piano qui protestèrent bruyamment, puis bondit au milieu du couvercle, effaçant les inscriptions aussi efficacement qu'un chiffon. « Vilaine fille ! » s'écria Valentina en la soulevant et en la déposant sur le canapé. Le chaton, ainsi repoussé, alla bouder sous le piano.

La moitié de la poussière avait disparu du piano. Elspeth écrivit sur la tranche du lutrin : R – SÉANCES OUI-JA ?

« Oui, les victoriens utilisaient des planches Oui-ja. Et l'écriture automatique. Les esprits prenaient possession du médium et parlaient par son intermédiaire. Du moins, c'est ce que prétendaient les médiums. Mais c'étaient des charlatans, Elspeth. »

PEUT-ÊTRE.

« Bon, d'accord. Tu veux qu'on essaie ? »

OUI-JA ?

« Il faut que je fabrique la planche. » Robert se tourna vers les jumelles. « Vous avez une grande feuille de papier ? Il nous faut un cahier, un stylo-bille et un verre en guise de planchette. » Julia alla dans la cuisine et revint avec un grand verre et un stylo. Valentina apporta un cahier et quelques feuilles de papier blanc prises dans l'imprimante.

Robert écrivit les lettres de l'alphabet sur trois rangs et inscrivit les mots OUI et NON dans les angles supérieurs du papier. Il plaça ensuite celui-ci sur la table basse et posa le verre renversé au centre de la feuille.

Ce verre est trop lourd, se dit Elspeth. Elle parvint à le secouer comme s'il subissait un séisme interne, mais elle fut incapable de le déplacer d'un centimètre.

« Il nous faut quelque chose qui ne pèse presque rien, déclara Robert. Peut-être une capsule de bouteille ? » Julia se précipita vers la cuisine et revint avec le scellé de sécurité en plastique bleu qu'elle avait ôté de la bouteille de lait le matin même. « Génial ! » s'exclama Robert. Il le substitua au verre et le bout de plastique se mit à évoluer sur le papier. *On dirait qu'il est ravi d'être hors de la poubelle, il ressemble à un insecte tout content*, pensa Julia. Il était facile d'imaginer Elspeth présente dans la pièce quand elle écrivait sur le piano ; quand elle déplaçait le bout de plastique, on aurait cru que celui-ci était devenu un insecte et bougeait de lui-même. Julia et Valentina étaient assises par terre à côté de la table basse. Robert s'installa sur le canapé et se pencha sur la planche Oui-ja. Le bout de plastique s'arrêta, comme s'il écoutait. Le chaton s'approcha et frétilla de l'arrière-train, prêt à bondir dessus. *Fais sortir cette bête*, pensa Elspeth. Comme si Elspeth avait pensé à voix haute, Valentina se leva, prit la petite chatte et alla la mettre dans la salle à manger, dont elle ferma la porte.

Quand elle revint, elle s'adressa à Elspeth : « Vous dites que vous êtes coincée dans l'appartement. Qu'est-ce que ça signifie ? Vous avez toujours été là ? » Elle n'osa pas demander : *Vous nous observez tout le temps ?*

Le scellé en plastique se déplaça de lettre en lettre. Personne ne le toucha ; il évoluait de son propre chef. OUI TOUT LE TEMPS ICI PEUX PAS PARTIR Robert notait les lettres dans le cahier au fur et à mesure que le scellé s'arrêtait sur elles. Il regretta de ne pas avoir ajouté la ponctuation sur la planche.

« Et le paradis, enfin, le truc dont on nous parle à l'église, il existe ou pas ? » interrogea à son tour Julia.

PAS DE PREUVE POUR OU CONTRE ATTENDS ICI C'EST TOUT

« Indéfiniment ? Quelque chose change ? »

DEVIENS PLUS FORTE

« C'est pour tous les morts pareil ? »

SAIS PAS SUIS SEULE ICI Elspeth avait envie de poser des questions, pas d'y répondre. COMMENT VA EDIE demanda-t-elle avant que Julia puisse poursuivre.

Les jumelles échangèrent un regard. « Bien », dit Valentina. « Elle regrette beaucoup que vous lui interdisiez de venir nous voir ici », ajouta Julia.

Le petit bout de plastique se mit à errer sur le papier, puis Elspeth épela : DITES PAS À EDIE

Ce fut au tour de Robert d'intervenir. « Qu'on ne lui dise pas quoi, Elspeth ? »

QUE SUIS FANTÔME DIRE À PERSONNE

« De toute façon, personne ne nous croirait, dit Valentina. Vous connaissez maman, elle serait persuadée qu'on ment. En plus, elle trouverait ça méchant. »

OUI MÉCHANT VOUS PARLEZ FRANÇAIS

« Oui », dit Julia.

LATIN

« Euh… non. »

VENI HUC CRAS R UT TECUM EX SOLO COLLOQUAR

Robert sourit. « Ce n'est pas bien d'avoir des secrets », commenta Julia. Valentina pensait : *Cela fait des années qu'ils en ont.* Elle avait la nausée. Robert tendit le bras et lui caressa les cheveux. Elle le regarda d'un air dubitatif. Julia et Elspeth éprouvèrent un pincement de jalousie et pour des raisons différentes, cela leur fit une drôle d'impression à l'une et à l'autre.

Elspeth écrivit : LASSE

« Entendu », dit Robert.

BONNE NUIT

« Bonne nuit, mon ange. »

« Bonne nuit, tante Elspeth. »

Robert et les jumelles se levèrent, gênés, ne sachant trop que se dire en présence d'Elspeth. Ils auraient aimé aller ailleurs pour pouvoir laisser libre cours à leur stupéfaction devant cet événement excitant et bouleversant. « Bonne nuit, donc », dit Robert aux jumelles. « Bonne nuit », répétèrent-elles. Robert regagna son appartement. Il referma la porte derrière lui et resta à contempler le plafond, tout tourneboulé. Puis il fut pris d'un fou rire. Julia et Valentina l'entendirent. Elles étaient assises devant la table basse et faisaient osciller la planche Oui-ja sans échanger un mot. Elspeth, installée dans l'entrée, l'entendit aussi et s'inquiéta pour lui. Quand il se calma, elle revint dans le séjour et effleura le sommet du crâne des jumelles. *Bonne nuit, bonne nuit*. Puis elle alla se blottir dans son tiroir, satisfaite et enchantée.

Le lendemain matin, le ciel était toujours gris et il bruinait. Dans son lit, Robert écoutait les pas des jumelles au-dessus de sa tête. Il craignait qu'elles ne restent chez elles avec ce temps maussade. Il entendait aussi leur petite chatte qui galopait dans l'appartement. *Comment une bête à peine plus grosse qu'un rat de laboratoire peut-elle faire autant de bruit qu'une charge de cavalerie ?* se demanda-t-il. Il se fit du café, prit sa douche. Il avait à peine fini de s'habiller que les jumelles frappaient à sa porte.

« Vous voulez venir avec nous ? demanda Valentina. On va visiter les Cabinet War Rooms.

— J'aimerais bien, mais j'ai du travail. J'ai pris beaucoup de retard sur ma thèse. Jessica insinue même que je l'ai laissée tomber. »

Julia insista pour qu'il les accompagne, tout en sachant que personne ne croyait à sa sincérité. Valentina, elle, le suppliait du regard, mais il ne céda pas. Elles finirent par partir. Il alla à la fenêtre et les regarda franchir le portail en inclinant leur immense parapluie de golf écossais.

Quand il estima qu'elles étaient dans le métro, il se munit de feuilles de papier et d'un crayon, prit la clé de l'appartement d'Elspeth dans un petit tiroir de son bureau, et monta chez elle.

Une fois dans l'entrée, il réfléchit à la meilleure méthode à adopter et décida que la table de la salle à manger conviendrait le mieux. Il y posa la planche Oui-ja, le cercle de plastique et sa liasse de papier, puis s'assit.

« Elspeth ? » appela-t-il à voix basse. *Peut-être qu'elle dort. Les morts dorment-ils ?* « Elspeth, je me disais qu'on pourrait utiliser l'écriture automatique, parce que c'est un énorme travail pour toi de pousser une planchette sur une planche Oui-ja. Veux-tu essayer ? »

Il resta ainsi, prêt à écrire, pendant ce qui lui parut un très long moment.

Il songea aux nombreux œufs à la coque qu'il avait mangés à cette même table. Lors du premier petit-déjeuner qu'il avait pris avec Elspeth, elle avait demandé : « Tu veux tes œufs comment ? » et il avait répondu : « Coque ». Il lui avait montré comment les cuire, car elle-même mangeait des œufs brouillés. Et par la suite, tous les matins, elle lui avait préparé un œuf à la coque parfaitement cuit dans un petit coquetier bleu. Il se demandait où était ce coquetier. Il s'apprêtait à aller voir s'il le trouvait, lorsque sa main se refroidit et eut une secousse. Il regarda autour de lui. Rien. Il se saisit du crayon et reprit sa position.

Cette fois, il laissa la pointe du crayon toucher le papier. Petit à petit, sa main se refroidit. Le crayon commença à se déplacer.

Bientôt, la page fut pleine de cercles, de boucles et de lignes brisées semblables au tracé d'un sismographe. Parfois, Robert sentait ses doigts se resserrer d'eux-mêmes autour du crayon. Il se pencha sur le papier. Les traits rapetissèrent, rétrécirent. Robert se souvint de l'époque où, petit garçon, il apprenait à écrire l'alphabet avec un crayon épais sur un papier grossier. Le froid lui faisait mal aux doigts.

À QUOI PENSES-TU ?

Il lâcha le crayon, qui reposa sur la table, immobile.

« Aux œufs à la coque », répondit-il calmement.

Le crayon tourna sur lui-même à plusieurs reprises, comme s'il trouvait cela drôle, ou se sentait seul.

Robert le reprit dans sa main gauche, pour laisser à la droite la possibilité de se réchauffer.

TU ME MANQUES.

« Toi aussi, c'est le moins qu'on puisse dire. Je… je n'avais rien compris, Elspeth. Je n'arrête pas de faire ces rêves dans lesquels tu es vivante alors que je t'ai ignorée… Par exemple, la semaine dernière, je te cherchais dans un supermarché et tu t'étais transformée en laitue, mais je ne le savais pas… Et voilà que c'est le cas, pas que tu sois devenue une laitue, évidemment, mais que tu sois ici et que je ne m'en sois pas rendu compte. »

PAS TA FAUTE.

« Je me dis que je t'ai abandonnée. »

JE SUIS MORTE. PAS TA FAUTE.

« Au fond, je le sais… »

Assises sur le linoléum de la cuisine, les jumelles écoutaient, l'oreille collée à la porte de la salle à manger. Julia jeta un œil à la traînée d'eau boueuse qu'elles avaient laissée derrière elles. *J'espère qu'il ne va pas venir ici, parce qu'on ne peut se cacher nulle part.* Valentina regrettait qu'elles ne soient pas allées au musée. Elle ne voulait pas écouter ce que Robert avait à dire à Elspeth. Elle regarda Julia, qui se contorsionnait pour mieux entendre. Sa sœur était ravie ; elle adorait espionner les gens.

Elspeth était sur la table de la salle à manger et contemplait Robert. C'était comme s'il était devenu aveugle : ignorant où elle se trouvait, il lui parlait en regardant en l'air.

«… aussi j'ai du mal à avancer, rien n'a vraiment de sens. Et maintenant, tu es ici, sans être vraiment là. » Robert se tut quelques instants pour lui laisser le temps de répondre, mais elle ne dit rien et il reprit : « Je pourrais peut-être te rejoindre… si je mourais… »

NON.

« Pourquoi ? »

IMAGINE QUE TU SOIS COINCÉ CHEZ TOI.

« Ah ! »

JE NE SUPPORTERAIS PAS QUE TU MEURES.

Robert hocha affirmativement la tête. « Parlons d'autre chose. »

Tous deux perçurent au même moment un bruit de respiration. CONTINUE À PARLER, écrivit Elspeth, et Robert se lança dans le récit d'une anecdote que Jessica lui avait racontée la veille, concernant ses études de droit. Elspeth gagna la porte de la cuisine et passa la tête à travers. Au début, elle ne vit rien, puis elle baissa les yeux et découvrit les jumelles. Elle se mit à rire et revint auprès de Robert. DES ESPIONNES, écrivit-elle. REVIENS UN AUTRE JOUR.

COMMENT SAURAI-JE QUE JE PEUX ? répondit Robert par le même moyen.

JE SUIS TOUJOURS LÀ.

« Je dois y aller, mon ange. Il va être midi et j'ai promis à Jessica de lui donner un coup de main avec la lettre du cimetière. »

JE T'AIME.

Il ouvrit la bouche pour lui dire la même chose, puis choisit de le mettre par écrit. JE T'AIME AUSSI. À JAMAIS.

Elspeth caressa les lettres. Elle aurait aimé emporter le papier, mais elle se dit : *Non, ce n'est qu'un objet.* Robert reprit le cahier et replaça la chaise. Il resta un moment dans l'entrée, incapable d'abandonner Elspeth. Un courant froid le traversa. Cela lui souleva le cœur. Il attendit que la sensation disparaisse pour quitter l'appartement.

Elspeth se dirigea vers la cuisine. Elle s'attendait à y trouver les jumelles, mais elle ne vit que des traces de boue sur le sol. Elle alla à la fenêtre donnant sur l'arrière et aperçut Julia et Valentina qui s'esquivaient sans bruit par l'escalier de secours. Quand elles arrivèrent en bas, elles disparurent dans le jardin. *Elles sont plus malignes qu'elles n'en ont l'air.* Ce n'était pas forcément gênant. Elle avait conscience d'éprouver des émotions mêlées : fierté et méfiance, nostalgie et exaspération. *J'aimerais les envoyer quelque part pendant que je batifole avec Robert.* Elle poussa un soupir. *J'aurais fait une bien mauvaise mère.*

Y a-t-il un besoin plus fondamental que celui d'être connu de l'autre ? Cette connaissance, c'est l'essence de l'intimité, l'élixir de l'amour. Robert s'y livra. Tous les jours, chaque fois que les jumelles quittaient l'appartement, Elspeth et lui passaient des heures absorbés l'un par l'autre et revivaient par l'intermédiaire de feuilles de papier et d'un crayon des moments qui avaient semblé banals à l'époque, mais étaient maintenant précieux et profitaient de ces brèves remémorations pour resurgir.

« Tu te souviens du jour où tu t'es fracturé un orteil ? »

DANS GREEN PARK.

« Je ne t'avais jamais vue pleurer jusque-là. »

C'ÉTAIT DOULOUREUX. TU AURAIS PLEURÉ AUSSI.

« Sans doute. »

QUEL GENTIL CHAUFFEUR DE TAXI !

« Oui. Après, on a mangé des tonnes de glace. »

ET ON S'EST SOÛLÉS. LA GUEULE DE BOIS A ÉTÉ PLUS PÉNIBLE QUE LA FRACTURE.

« Mon Dieu, j'avais oublié. »

Et encore :

« Qu'est-ce qui te manque le plus ? »

TOUCHER. DES CORPS. BOIRE, CETTE BRÛLURE DANS LA GORGE. DE LA SUBSTANCE – DEVOIR EN VRAI LEVER LA MAIN OU LA JAMBE, TOURNER LA TÊTE. LES ODEURS. JE NE ME SOUVIENS PLUS DE LA TIENNE.

« J'ai gardé certains de tes vêtements, mais le parfum a disparu. »

DIS-MOI QUELLE ODEUR TU AS.

« Voyons… »

ON NE SENT PAS PAREIL PARTOUT.

« C'est vrai. Mes mains sentent le crayon et la crème au concombre que tu achetais pour moi… J'ai mangé des poivrons à midi… Et… Je crois que c'est impossible de savoir ce que l'on sent. Pas plus que ce à quoi l'on ressemble, tu ne trouves pas ? »

JE NE ME VOIS PAS DANS LES GLACES.

« Oh ! Ce doit être… une grande solitude. »

OUI.

« J'aimerais te voir. »

JE SUIS SUR TA GAUCHE, PENCHÉE SUR TOI.

« Hum… Non, je ne te vois pas. Peut-être es-tu dans une autre partie du spectre, l'ultraviolet ou l'infrarouge. »

IL TE FAUDRAIT DES LUNETTES SPÉCIAL FANTÔMES.

« Génial ! On pourrait déposer le brevet. Dans la rue, les gens verraient les fantômes qui voyagent dans le bus et hantent les supermarchés… »

TU POURRAIS LES PORTER DANS LE CIMETIÈRE. ÇA DOIT GROUILLER DE FANTÔMES, NON ?

« Je n'en sais rien. C'est-à-dire que tu n'es pas dans le cimetière, là où je me serais plutôt attendu à te trouver. »

LES JUMELLES ARRIVENT.

« Aïe ! À demain. »

Et aussi :

QU'EST-CE QU'ON VA FAIRE ? TU NE PEUX VIVRE AINSI.

« Que veux-tu dire ? Je suis heureux. Enfin, compte tenu des circonstances. »

VALENTINA EST AMOUREUSE DE TOI.

Robert posa son crayon. Il se leva et marcha de long en large dans la salle à manger, les bras croisés sur la poitrine comme pour se réchauffer. « Que voudrais-tu que je fasse ? » demanda-t-il en se rasseyant.

JE N'EN SAIS RIEN.

Il se releva. « Que puis-je dire, Elspeth ? » Il prit ses affaires et regagna son appartement. *Dis-moi que tu m'aimes*, pensa Elspeth. Deux jours s'écoulèrent avant que Robert ne réapparaisse dans la salle à manger avec son cahier. « J'ai réfléchi », déclara-t-il, le crayon en main, prêt à écrire. Il attendait qu'Elspeth se manifeste, mais elle resta assise sur l'une des chaises de l'autre côté de la table, les bras croisés, les yeux plissés.

Finalement, il reprit la parole. « Écoute, j'ai essayé d'y voir clair à propos de Valentina. Et… je ne sais pas où j'en suis. »

Silence. La journée était pluvieuse et la pièce était sombre.

« Bien. Je vais donc faire comme si je me parlais à moi-même. » Robert marqua une pause. Elspeth attendit la suite. « Elspeth, que croyais-tu qu'il allait se produire ? reprit-il. Tu es morte depuis bientôt un an et demi. J'ai passé un an à te pleurer, un an à avoir envie de mourir moi aussi, au point de réfléchir sérieusement au suicide, et au moment où les choses s'arrangeaient un peu, les jumelles sont arrivées. Rappelle-toi, tu as laissé entendre que tu faisais venir les jumelles comme une sorte de substitut de toi-même. Non, en fait, tu l'as dit clairement à plusieurs reprises. Et juste au moment où je commence à les considérer ou plutôt à considérer Valentina sous cet angle, tu apparais – enfin, tu manifestes ta présence dans cet appartement – et c'est quelque chose de merveilleux, mais en même temps ça rend la situation inextricable. »

À ce moment, Elspeth éprouva une impression qu'elle n'avait jamais connue de son vivant. *Il va me quitter*, se dit-elle. *Il ne m'aime plus*. Quelque chose dans le ton de Robert l'incitait à le penser.

« Elspeth, si je pouvais aller te chercher, si je savais où et comment, je le ferais et même si je pouvais te rejoindre, je n'hésiterais pas. » Elle se leva et s'approcha de lui, redoutant les paroles qu'il allait prononcer et craignant en même temps de l'interrompre.

« Mais nous sommes l'un et l'autre dans un entre-deux, n'est-ce pas ? Je suis là, prisonnier de mon corps, et toi tu es prisonnière ici, désincarnée, sans corps et sans voix… Quand je descends et que je relis toutes ces pages d'écriture, j'ai l'impression de devenir fou. »

Elspeth lui saisit la main et traça un trait tremblotant avec le crayon. Lorsqu'elle parvint à le contrôler, elle écrivit : TU VOUDRAIS QUE J'AIE UN CORPS ?

« C'est ce à quoi j'étais habitué, Elspeth. Désolé. »

Elspeth effectua un mouvement ascendant, jusqu'à ce qu'elle puisse contempler Robert depuis le plafond. Elle se retrouva dans le lustre, dont elle se mit à caresser les pendeloques de cristal. Robert leva les yeux. *C'est comme si j'étais un nuage et qu'il attendait la pluie.*

« Si tu veux que je laisse tomber Valentina, je le ferai », dit-il.

Elle s'interrogea. *Est-ce ce que je veux ? Pourquoi me laisse-t-il décider ?* Elle posa les doigts à la base de l'une des délicates ampoules torsadées du lustre. Celle-ci s'illumina brutalement et explosa. Robert se détourna en protégeant ses yeux avec ses mains. Il resta ainsi un moment qui parut très long à Elspeth, puis il demanda d'une voix douce : « Pourquoi as-tu fait ça ? » Il se saisit du crayon et posa la main avec précaution sur le papier, en essayant de ne pas se blesser avec les éclats de verre.

MILLE EXCUSES. PAS FAIT EXPRÈS. JE RÉFLÉCHISSAIS.

« Tu es en colère contre moi ? »

PAS EN COLÈRE, PEINÉE ET DÉROUTÉE.

« Attends ici, Elspeth. Je vais ôter tout ce verre. Cela nous donnera un peu de temps pour prendre du recul. » Il se rendit dans la cuisine et revint avec une balayette et une pelle. Quand il eut débarrassé les éclats de verre et remplacé l'ampoule, il se rassit et contempla la feuille de papier. *Il a l'air tellement déprimé*, se dit Elspeth. *Ce n'est pas bon pour lui d'être assis dans la pénombre à communiquer par écrit avec une morte. Si l'on était dans un conte de fées, la princesse viendrait le sauver. Le moins que je puisse faire est de lui laisser sa liberté.*

SI TU ES HEUREUX AVEC VALENTINA, VAS-Y, écrivit-elle.

« Elspeth… »

NE M'OUBLIE PAS.

« Elspeth, écoute… »

Mais elle avait déjà quitté la pièce, et elle ne revint pas communiquer avec lui ni ce jour-là ni pendant de nombreux jours encore.

TROISIÈME PARTIE

État liminal

Valentina se réveilla très tôt, avant Julia, selon son habitude. Elle se libéra doucement de l'étreinte de sa sœur et s'assit sur le lit. Les rideaux n'étaient pas entièrement tirés et une lumière pâle et diffuse baignait la pièce. Quelque chose remua. Encore ensommeillée, Valentina le vit sans le voir. Elle pensa tout d'abord que c'était le chaton, mais la petite bête était endormie près d'elle. Elle écarquilla les yeux. À ce moment, une forme se dégagea de l'endroit où elle se tenait, près de la fenêtre, et Valentina se rendit compte alors qu'elle était en train de regarder Elspeth.

C'était comme si elle voyait un objet dans le lointain. Elspeth était imprécise et à peine distincte. *C'est le portrait de maman*, songea Valentina, mais il n'y avait rien de familier dans la façon dont le fantôme l'observait. Elspeth remuait les lèvres, comme si elle parlait. Elle avança vers le lit. Jusque-là, Valentina n'avait pas eu peur, mais elle fut soudain effrayée. Elle se réveilla complètement et Elspeth disparut. Valentina sentit un contact froid sur sa joue, puis plus rien. Elle bondit du lit, s'enfuit de l'appartement, dévala l'escalier et s'arrêta en pyjama, le souffle court, devant les paniers du courrier.

Robert ne dormait que depuis une heure ou deux et il lui fallut un moment avant de prendre conscience qu'on frappait chez lui. Tout d'abord, il crut que la maison brûlait. En caleçon, il alla entrebâiller la porte et passa la tête par l'ouverture.

« Je peux entrer ? demanda Valentina.

— Un instant ! » Il se précipita dans sa chambre et enfila le pantalon et la chemise qu'il portait la veille, puis revint lui ouvrir. « Bonjour », dit-il, puis, observant Valentina de plus près, il demanda : « Que se passe-t-il ?

— J'ai vu Elspeth », annonça-t-elle, avant de fondre en larmes.

Robert passa son bras autour de ses épaules en émettant des petits bruits apaisants. Lorsqu'elle fut calmée, il déclara : « Il y a des semaines que j'essaie de la voir. À quoi ressemble-t-elle ?

— À maman.

— Alors pourquoi ces larmes ? demanda-t-il.

— C'est la première fois que je vois un fantôme. Enfin, elle est *morte* !

— Je sais. » Il la conduisit à la cuisine. Elle s'assit à la table et il entreprit de faire du thé. « Avez-vous eu l'impression qu'elle tentait de vous apparaître ? demanda-t-il tandis que Valentina se mouchait dans une serviette en papier. Qu'est-il arrivé exactement ? »

Valentina secoua la tête. « Au début, quand je l'ai vue, elle était sur la banquette et regardait par la fenêtre. Elle ne faisait rien pour que je la remarque. C'est quand elle s'est aperçue que je la regardais qu'elle s'est approchée. Là, j'ai pris peur et elle a disparu. » Elle se tut un instant avant de poursuivre : « En fait, je devais être encore à moitié endormie.

— Oh ! Ce serait donc un rêve ?

— Je ne crois pas. C'était plutôt comme… Parfois, on n'arrive pas à se souvenir de quelque chose et ça nous revient plus tard, quand on n'y pense plus… Vous voyez ce que je veux dire ?

— Oui.

— Eh bien, je l'ai peut-être vue parce que j'avais oublié que je ne pouvais pas la voir. »

Robert éclata de rire. « Il faudra que j'essaie ! Bien sûr, comme elle ne me parle plus ces temps-ci, j'imagine qu'elle ne m'apparaîtra pas. Comment était-elle ? Avait-elle l'air en colère après vous ?

— En colère ? Non, elle essayait de me dire quelque chose, mais elle ne semblait pas fâchée du tout. »

L'eau bouillait et Robert la versa dans la théière. « Est-ce que vous lui parlez, Julia et vous ? interrogea-t-il.

— De temps en temps. Mais elle refuse de répondre à nos questions. »

Robert sourit. Il disposa les tasses sur la table et s'assit en face de Valentina. « Peut-être que si vous la laissiez poser les questions, vous finiriez par connaître les réponses aux vôtres, dit-il.

— On ne sait jamais, mais j'aimerais que vous nous disiez…

— Quoi donc ?

— Eh bien… le grand secret à propos d'Elspeth et de maman. Voyons, elles étaient *jumelles* et elles ne se sont plus jamais parlé. De quoi s'agit-il ?

— Je ne peux le dire.

— Vous ne pouvez pas ou vous ne voulez pas ? demanda Valentina avec irritation.

— Je ne peux pas. Je n'ai aucune idée de la raison qui a poussé Edie et Elspeth à se séparer. C'est arrivé bien avant que je rencontre Elspeth et elle ne parlait presque jamais de votre mère. »

Il versa le thé. Valentina contempla sa tasse qui fumait.

« Pourquoi chercher à savoir ? reprit-il. Votre mère ne veut rien vous dire et Elspeth a veillé à ne rien laisser derrière elle qui puisse être source d'anxiété. En admettant qu'il y ait un secret, évidemment.

— Maman a peur qu'on ne le découvre.

— Ce serait une bonne raison pour *laisser tomber*, non ? » Il avait involontairement adopté un ton véhément et Valentina sursauta. « Parfois, poursuivit-il plus calmement, lorsqu'on a découvert ce qu'on cherchait, on se dit que c'était mieux quand on ignorait tout. »

Valentina plissa le front. « Comment le savez-vous ? En plus, vous êtes historien, vous passez votre temps à dénicher des renseignements sur les gens.

— Valentina, ce n'est pas la même chose de faire des recherches sur les victoriens et de rechercher les cadavres dans les placards de sa propre famille. »

Comme elle ne répondait pas, il poursuivit : « Je vais vous raconter une histoire qui va vous faire réfléchir. » Il but quelques gorgées de thé. *Ai-je vraiment envie de lui raconter ça ?* songea-t-il, hésitant. Mais Valentina était suspendue à ses lèvres et il se décida. « Quand j'avais quinze ans, ma mère est brusquement entrée en possession d'une grosse somme d'argent. "D'ou vient cet argent, maman ?" lui ai-je demandé. "Oh, c'est ma grand-tante Pru qui me l'a laissé en mourant" fut sa réponse. Dans ma famille, ce ne sont pas les tantes qui manquent et pourtant, je n'avais jamais entendu parler de celle-ci. En plus, du côté de ma mère, on parvient à remonter jusqu'aux croisades et, à ma connaissance, personne n'a jamais eu un sou. Mais elle s'en est tenue à cette version des faits.

« Quinze jours plus tard, j'étais devant la télévision. Un nouveau ministre était interviewé. Surprise : c'était mon père. Il portait un autre nom, mais c'était bien lui. J'ai crié : "Viens voir, maman !" et on est restés collés à l'écran tout le temps de son interview, l'air mielleux et respectable. »

Valentina avait déjà compris. « L'argent venait donc de votre père ?

— Oui. Une fois à ce poste, ma mère pouvait ruiner sa carrière si elle allait tout raconter aux tabloïds. On imagine les gros titres, du genre "La double vie du ministre". Il a donc payé pour qu'elle se taise et je ne l'ai jamais revu. Sauf à la télé, bien sûr. »

Valentina avait la réponse à une question qu'elle n'avait jamais osé lui poser. « C'est donc pour ça que vous ne travaillez pas, dit-elle.

— En effet, mais plus tard, quand j'aurai fini ma thèse, j'aimerais bien enseigner. » Il poussa un soupir. « À vrai dire, j'aurais préféré rester pauvre et voir mon père de temps à autre.

— Je croyais que vous ne l'aimiez pas beaucoup.

— C'est vrai qu'il ne s'intéressait pas trop aux enfants, mais j'avais juste atteint l'âge où nous aurions pu parvenir à une compréhension mutuelle… Enfin, c'était nul, tout ça. »

Valentina se sentit obligée de dire quelque chose. « Je suis navrée. »

Robert lui sourit. « Vous parlez de plus en plus comme une Anglaise, soit dit en passant. Vous n'avez pas à être navrée. » Ils entendirent les pas de Julia résonner au plafond. « Vous allez remonter ?

— Dans un moment.

— Alors, je vous sers un vrai petit-déjeuner ?

— Oui, merci. »

Robert ouvrit le réfrigérateur et y prit des œufs, du beurre, du bacon. « Vous voulez vos œufs comment ?

— Sur le plat. »

Pendant que les œufs et le bacon étaient en train de cuire, il fit griller le pain, disposa les assiettes et les couverts, le jus de fruits et la confiture. Valentina le regardait s'activer. Son efficacité la réconfortait et elle était ravie de cette situation inédite : c'était la première fois qu'un homme lui préparait un petit-déjeuner, tout en faisant semblant de ne pas remarquer qu'elle était en pyjama.

Robert les servit et s'assit. Ils commencèrent à manger. Au-dessus de leur tête, Julia déambulait dans la cuisine à pas volontairement lourds. « Il y a du mécontentement dans l'air, dit Robert.

— Je m'en fiche.

— Je vois.

— J'aimerais m'en aller. »

Mais vous venez d'arriver. « Eh bien, pourquoi ne le faites-vous pas ? » demanda Robert.

Valentina sentit qu'il était… quoi exactement ? *Offensé ?* « Je ne parlais pas de m'en aller de chez vous, mais de me séparer de Julia, se hâta-t-elle de préciser. Je n'ai plus envie de rester avec elle. Elle se comporte comme si j'étais sa chose. C'est un vrai dictateur. »

Robert hésita un instant, puis déclara : « À la fin de l'année, vous pouvez vendre l'appartement et faire ce que vous voulez. »

Valentina secoua la tête. « Julia ne le vendra pas. Elle ne fera rien qui me permette de devenir indépendante. Je suis coincée.

— Vous pourriez aller voir Maître Roche et lui demander de diviser l'héritage. Il y a assez d'argent placé pour que Julia conserve l'appartement et que vous preniez votre part en liquidités. »

Le visage de Valentina s'éclaira. « C'est possible ?

— Le testament le prévoit. Vous ne l'avez pas lu ?

— Si, mais je n'ai pas fait attention à ce qui était écrit en petits caractères.

— Elspeth a dit qu'elle regrettait d'avoir stipulé que vous deviez vivre un an dans l'appartement. Elle se fait du souci pour vous.

— Quand l'a-t-elle dit ?

— La semaine dernière.

— Trop tard.

— C'est vrai, admit Robert. Je crois que la séparation qu'elle voit se profiler entre Julia et vous lui rappelle douloureusement ce qui s'est passé entre elle et Edie. »

Valentina termina son assiette et s'essuya la bouche. « Dommage qu'elle ne veuille rien nous dire.

— Je crois qu'elle ne serait pas contre… À mon avis, c'est votre mère qui refuse que vous sachiez.

— Que feriez-vous à ma place, Robert ? »

Avec un grand sourire, Robert promena son regard sur le pyjama de Valentina. « Pas mal de choses. Vous voulez que je dresse la liste ?

— Non ! protesta-t-elle en rougissant. Vous savez bien ce que je veux dire. »

Il laissa échapper un soupir. « À votre place, je deviendrais amie avec Elspeth. »

Valentina réfléchit quelques instants. « Elle me fait peur, admit-elle.

— C'est parce que vous ne la connaissez que sous la forme de courants d'air froids, des choses comme ça, mais c'était une femme merveilleuse de son vivant.

— Pourquoi ne vous parle-t-elle plus ?

— Pardon ?

— Vous avez dit qu'elle ne…

— Ah, oui. » Robert se leva pour débarrasser la table. « C'est juste un malentendu. Ça ne durera pas.

— Est-ce qu'elle… est-ce qu'elle ressemblait plus à Julia ou à moi ? »

Robert secoua la tête. « Elle était elle-même. Courageuse, comme Julia, mais aussi réservée, comme vous. Et très intelligente. Elle n'en faisait qu'à sa tête, mais elle avait l'art et la manière, et généralement elle parvenait à ses fins sans me fâcher, bien au contraire.

— Ça me rend malade de savoir qu'elle nous observe sans qu'on le sache.

— Vous pourriez peut-être en profiter pour mieux vous comporter l'une avec l'autre, Julia et vous.

— Que vous a-t-elle donc raconté ? » demanda Valentina.

Il sembla surpris par la question. « Je n'ai pas les yeux dans ma poche, c'est tout. »

Elle devint écarlate, mais ne répliqua pas. « D'après ce que j'ai cru comprendre, poursuivit Robert, Elspeth et Edie s'étaient mises d'accord pour qu'Elspeth n'ait aucun contact avec vous deux. Et Elspeth avait l'impression d'avoir respecté sa part du contrat. » Il rangea le jus de fruits et le beurre dans le réfrigérateur. « Mais à mon avis, elle a envie de vous connaître un peu, maintenant que vous êtes ici. » Il fit couler de l'eau dans l'évier. « Si cela peut vous rassurer, elle ne passe sans doute pas autant de temps que vous le pensez à vous tourner autour. Elle était très indépendante. Si vous mettez quelques livres à sa portée, ou si vous laissez la télé allumée pour elle, elle devrait vous fiche la paix.

— La télé ne marche plus, lui rappela Valentina.

— Alors, on va s'occuper de ça. » Debout près de l'évier, Robert regardait par la fenêtre en pensant à Elspeth. *Tu dois t'ennuyer terriblement, sans personne à qui parler, sans rien à lire*. Qu'avait-elle éprouvé lorsque Valentina avait fui devant elle, paniquée ? Il se tourna vers Valentina. « Est-ce que cela vous ennuierait si je montais un peu plus tard pour essayer de lui parler ? »

Valentina haussa les épaules. « Pas du tout. Mais pourquoi poser la question, puisque vous êtes toujours dans notre appartement en train de bavarder avec elle ?

— Je croyais avoir été plus discret. »

Elle sourit. « Nous n'avons pas les yeux dans notre poche.

— Touché ! »

Elle se leva et s'approcha de lui. « Merci pour le petit-déjeuner », dit-elle. Il avait les mains dans l'eau de vaisselle. Au moment où il se retournait vers elle, elle déposa un baiser sur sa joue.

Il eut un petit sursaut. « Et si nous faisions ça comme il faut ? » proposa-t-il. Chaque baiser constituait une petite leçon. Robert appréciait, mais il commençait à se demander s'ils iraient un jour plus loin. Il glissa ses mains encore humides sous le haut du pyjama de Valentina et lui caressa les seins.

« Hum, c'est agréable, murmura-t-elle.

— Ce pourrait l'être plus encore.

— C'est trop tôt, Robert. » Elle recula, un peu gênée, et Robert sourit. « Je dois remonter.

— D'accord.

— Je vais parler à Elspeth.

— Bien.

— Et je serai gentille avec Julia.

— Très bien.

— À plus tard. »

Dans l'appartement, Valentina trouva Julia assise à la table de la salle à manger, déjà habillée. Elle était en train de boire son café et de fumer une cigarette tout en lisant le journal.

« Bonjour, dit Valentina.

— Bonjour, répondit Julia sans lever les yeux.

— J'aimerais mieux que tu ne fumes pas à l'intérieur.

— Et moi, j'aimerais mieux que tu n'ailles pas chez Robert te faire sauter pendant que je dors, mais tu t'en fiches, n'est-ce pas ?

— Je ne me suis pas fait… protesta Valentina. On n'a pas… De toute façon, ça ne te regarde pas ! »

Julia se tourna vers elle. « Qu'importe. Ton pyjama est tout mouillé. » Elle porta la cigarette à ses lèvres et souffla la fumée dans sa direction. Valentina alla prendre sa douche. Quand elle fut prête, sa sœur était sortie.

Elle se munit de feuilles de papier, de crayons et de stylos. Elle posa ensuite la planche Oui-ja que Robert avait fabriquée sur la table basse et plaça la planchette en plastique au milieu. « Elspeth ? appela-t-elle. Vous êtes là ? »

La planchette se mit à bouger et à épeler le mot BONJOUR. Valentina la suivit des yeux. C'est alors qu'elle vit Elspeth se matérialiser.

Penchée au-dessus de la planche, Elspeth poussait la planchette avec une grande concentration. Elle leva les yeux vers Valentina et lui sourit. Valentina lui rendit son sourire.

« Racontez-moi une histoire, Elspeth. »

QUEL GENRE D'HISTOIRE

« Parlez-moi de maman et de vous, quand vous étiez petites… »

Elspeth inclina la tête de côté et réfléchit. Elle mit ensuite le doigt à l'intérieur de la planchette et la fit tourner plusieurs fois. Puis elle s'agenouilla près de la table basse et commença à épeler : IL ÉTAIT UNE FOIS DEUX SŒURS PRÉNOMMÉES EDIE ET ELSPETH…

Un dentiste à domicile

Martin avait mal aux dents. La douleur couvait depuis des jours et maintenant elle avait fait irruption dans sa mâchoire, le rendant incapable de penser à autre chose. Planté devant le miroir de la salle de bains, il tenta d'apercevoir la dent en cause en penchant la tête en arrière, bouche ouverte, mais il ne réussit qu'à tomber à la renverse et à s'écorcher le tibia sur le rebord de la baignoire. Il abandonna et avala un comprimé de codéine qui datait de la période où Marijke avait eu une hernie discale. Puis il se recoucha.

Un peu plus tard, le téléphone sonna. L'appareil était posé près de sa tête sur le drap et il eut l'impression que la sonnerie résonnait à l'intérieur de sa dent. La douleur était abominable.

C'était Marijke. « Hello, marin, comment est la mer ce matin ? » lança-t-elle, visiblement très en forme.

« Toujours salée. Et toi, comment vas-tu ? » Il s'assit et chercha ses lunettes à tâtons.

« Que se passe-t-il ? Tu as l'air endormi.

— Non, j'ai… j'ai mal aux dents. » Il se sentait un peu honteux de le dire, mais il avait envie de se faire plaindre.

« Oh *non* ! » Marijke était chez elle, confortablement installée dans son fauteuil, et elle commençait cette journée de samedi avec un bon policier sur les genoux et un bol de chips à portée de main. Dans un élan de magnanimité, elle avait décidé d'appeler Martin et voilà qu'elle tombait sur cette rage de dents, qui la sollicitait de façon criante. « Tu as fait quelque chose pour la soigner ? C'est quelle dent ?

— L'une des molaires du haut. À droite. J'ai l'impression qu'on me boxe la figure. »

Ils se turent, sachant tous deux qu'il n'y avait pas de remède évident. Même si Martin avait pu sortir pour aller se faire soigner, il n'avait plus de dentiste attitré. Le Dr Prescott avait choisi d'exercer dans le privé et non plus dans le cadre du système de santé public ; il avait rayé Martin de sa liste de patients. En fait, cela n'avait guère d'importance, parce qu'il ne faisait pas de visites à domicile.

« Tu pourrais peut-être appeler Robert ? dit enfin Marijke.

— Pourquoi ?

— Il pourrait… Non, laisse tomber. »

Martin appuya sa main sur sa joue. La dent le lançait de plus en plus. « C'est un type brillant, mais je ne pense pas qu'il s'y connaisse en chirurgie dentaire. » Il sortit du lit et se rendit dans la salle de bains. Quelque chose avait changé, mais il était incapable de dire quoi, à cause de ces élancements. Il continua à parler à Marijke tout en cherchant désespérément le flacon de comprimés de codéine. *Ah, voilà !* Il en avala deux et regagna son lit. Au moment où il se recouchait, il s'aperçut qu'il venait de marcher pieds nus sur le sol sans même y penser. *Hum…* Il n'éprouvait aucune angoisse, aucun besoin irrépressible. Il reporta son attention sur Marijke.

« Alors, que vas-tu faire ? demanda-t-elle.

— Dormir, peut-être.

— Tu veux que j'appelle Robert ?

— D'accord, dis-lui de monter avec une paire de tenailles.

— Quelle horreur ! s'exclama-t-elle. Allez, rendors-toi. »

Un peu plus tard, légèrement abruti par la codéine, Martin essayait d'avaler du porridge tiède quand il entendit Robert entrer dans l'appartement plongé dans l'obscurité et l'appeler. « Je suis dans la cuisine, articula-t-il avec difficulté.

— Marijke m'a dit qu'une dent vous faisait des misères, dit Robert en le rejoignant. Si je vous trouve un dentiste, vous êtes capable de sortir ? »

Lentement, Martin fit « non » de la tête.

« Vous en êtes sûr ?

— Oui, désolé…

— Bon, je donne quelques coups de fil et je reviens. Très vite, j'espère. »

Le temps passait. Robert ne revenait pas. Martin posa la tête sur la table et se mit à somnoler. Quand il s'éveilla, Julia était assise face à lui et lisait le *Telegraph* de la veille. Elle avait fait la vaisselle.

« Robert m'a demandé de monter, dit-elle.

— Quelle heure est-il ?

— Quatre heures et quelque. Je peux vous être utile ? Faire du thé ?

— Oui, merci. »

Julia lui avait rapporté le paquet de petits pois surgelés. Il fut heureux de pouvoir le placer contre sa joue. Elle se leva et fit chauffer l'eau.

« Robert est ici », dit-elle. Martin se redressa et passa la main dans ses cheveux qui se dressèrent sur sa tête, lui donnant l'air étonné.

« Martin, dit Robert, je suis venu avec mon ami Sebastian. »

Sebastian Morrow, l'entrepreneur de pompes funèbres, se tenait sur le seuil de la cuisine, très élégant avec son beau costume bleu nuit et ses chaussures bien cirées. Il tenait à la main une sacoche de cuir. Martin l'avait toujours trouvé distant, mais maintenant, il lui semblait plutôt hésitant.

« Voyons, j'ai besoin d'un dentiste, s'exclama-t-il, pas d'un croque-mort ! Du moins, pas encore.

— Avant de devenir entrepreneur de pompes funèbres, Sebastian a fait dentaire, dit Robert. Un premier cycle à Barts. »

Julia se leva et alla s'adosser à la porte de service, les bras croisés sur la poitrine. *Il n'y a que Robert pour demander à un entrepreneur de pompes funèbres d'extraire une dent.*

« Pourquoi n'êtes-vous pas allé au bout de vos études ? demanda Martin à Sebastian.

— Les morts ne risquent pas de mordre. » Sebastian souleva sa sacoche et lui demanda : « Je peux ?

— Je vous en prie. »

Robert étala une serviette propre sur la table et Sebastian disposa dessus ses instruments : une seringue pour la novocaïne, un flacon d'alcool, du coton hydrophile et de la gaze. Pendant que Robert sortait du placard une tasse et un bol, son ami enfilait une blouse blanche immaculée, se lavait les mains et mettait des gants en latex.

En attendant le retour de Robert, Martin n'avait eu qu'une idée : qu'on mette un terme à sa souffrance. Mais devant les préparatifs de Sebastian, il commença à paniquer. « Un instant ! s'exclama-t-il en lui agrippant le poignet. Il faut que… J'ai quelque chose à faire avant.

— Martin, soupira Robert, on ne peut attendre des heures que vous… »

Julia se précipita vers Martin. « Je vais le faire à votre place, d'accord ? proposa-t-elle. Dites-moi simplement la marche à suivre. » Elle se pencha vers lui.

Martin hésita. *Est-ce la même chose si c'est elle qui le fait et pas moi ?* Il tenta d'écouter la voix intérieure qui lui dictait habituellement ses comportements, mais elle était muette. Finalement, il chuchota quelque chose à l'oreille de Julia, qui approuva de la tête. « Tout haut ? interrogea-t-elle.

— Non, mais restez là, que je vous voie.

— Bon, on va vous installer confortablement », dit Sebastian. Avec l'aide de Robert, il adossa Martin à son fauteuil, la tête penchée en arrière et soutenue par des répertoires téléphoniques et des serviettes posés sur la table. Julia se tenait au-dessus de Martin et dirigeait le faisceau d'une lampe de poche sur son visage. Elle commença à compter en remuant les lèvres en silence. Martin fixa son regard sur sa bouche et pria.

« Ouvrez grand, ordonna Sebastian. Hum, je vois ! »

Martin serra fort la main de Julia en attendant que l'anesthésique fasse effet ; l'autre main de la jeune fille, celle qui tenait la lampe de poche, tremblait.

Martin eut bientôt l'impression que la douleur s'évanouissait. « Ne bougez pas, dit Sebastian, je l'ai presque. » Martin ferma les yeux. Il sentit un craquement sourd, puis des mouvements de traction. « Ça y est », déclara Sebastian d'un ton légèrement étonné. Martin sentit une odeur d'huile essentielle de girofle et d'alcool, puis Sebastian bourra de coton l'espace vide sur sa gencive. « Mordez doucement, s'il vous plaît. » Martin ouvrit les yeux.

« C'est fini », dit Sebastian avec un grand sourire. Martin se redressa sur son siège. Sa dent gisait dans le bol. Elle était brunâtre avec des racines ensanglantées, et beaucoup plus petite qu'il ne l'aurait cru. Julia continuait à compter. D'un geste de la main, il lui fit signe d'arrêter. « Huit cent vingt-deux, énonça-t-elle.

— C'est tout ? » tenta-t-il de demander, mais il avait du mal à articuler et elle ne comprit pas ce qu'il disait. La douleur avait disparu, remplacée par un vide qu'une autre forme de douleur remplirait lorsque l'anesthésie se dissiperait. « Vous êtes un génie », marmonna-t-il à Sebastian.

« Certainement pas », protesta Sebastian, mais il semblait soulagé. « Tout le monde est capable d'extraire une dent. N'empêche, je suis content qu'elle soit venue d'une seule pièce, elle a l'air terriblement fragile. »

Robert intervint : « Est-ce qu'elle aurait pu être sauvée si nous avions été correctement équipés ?

— Non, mais on l'aurait su avant de l'arracher, pas après. » Sebastian entreprit de se nettoyer, aidé par Julia. Il remballa ensuite ses affaires dans sa sacoche et serra la main de Martin, qui proposa de le rémunérer, mais il refusa. « Heureux d'avoir pu rendre service. Ne fumez pas pendant quarante-huit heures et appliquez continuellement de la glace. Je file, j'étais occupé quand Robert m'a téléphoné. »

Robert le raccompagna à la porte. À son retour, Martin lui demanda : « À quoi était-il occupé au moment où vous l'avez appelé ? » Il l'imaginait penché au-dessus d'une forme inerte allongée sur une table d'acier, en train de manipuler des instruments étincelants…

« Il prenait le thé au Wolseley avec une ravissante jeune femme. Elle l'a attendu chez moi pendant qu'il s'occupait de votre dent. C'est l'une des raisons pour lesquelles j'ai mis autant de temps avant de revenir avec lui, l'autre étant qu'on a eu un mal fou à se procurer de la novocaïne. Ce qui me fait penser qu'il faut vous trouver des antibiotiques. »

Martin toucha sa joue. « Merci. Merci à tous les trois. » Il leva les yeux vers Robert. « Je vais envoyer une bouteille de whisky à Sebastian. Et à vous, Robert. » Il adressa un petit sourire en coin à Julia : « À vous aussi ? » demanda-t-il.

Elle lui rendit son sourire. « Non, merci. Ça a un goût de médicament.

— À propos de médicaments, je dois prendre mes vitamines, mademoiselle l'infirmière. »

Julia eut l'air gêné. « Ce n'est pas encore le moment.

— Je sais, mais je suis fatigué et je vais me coucher de bonne heure. Alors, soyez un amour…

— Entendu. » Julia quitta la pièce pour aller chercher les comprimés.

« De quoi s'agit-il ? interrogea Robert.

— Oh, elle me donne de l'Anafranil en prétendant que ce sont des vitamines, et moi je fais semblant de la croire. »

Robert éclata de rire. « Si je me réincarne, je voudrais que ce soit en une jolie fille. Car enfin, vous êtes un patient modèle pour Julia, alors que vous n'auriez pas suivi ce traitement pour Marijke et que vous ne vouliez même pas m'entendre aborder le sujet. » Il remplit la bouilloire électrique et la mit en marche. « Vous pouvez manger quelque chose ?

— Ce ne serait pas plus mal que j'essaie. » Martin regarda Robert sortir les tasses et les soucoupes. « En fait, c'est justement pour Marijke que je prends les antidépresseurs.

— Vraiment ? Vous le lui avez dit ?

— Pas encore. Je pensais lui faire la surprise un de ces jours. » Martin porta de nouveau la main à sa joue ; il la sentait enfler. Il se leva lentement et sortit le paquet de petits pois surgelés du freezer. Robert le prit et l'enveloppa dans une serviette avant de le lui rendre. Martin l'appliqua contre sa joue en songeant à Marijke. Il avait envie de l'appeler et de lui dire que tout allait bien, mais il préférait le faire en dehors de la présence de Robert. « Sebastian a bien dit que je devais m'abstenir de fumer ? » demanda-t-il.

À ce moment, Julia revint dans la cuisine. Elle regarda Robert. *Vous êtes encore là ?* « Vous ne pouvez ni fumer ni boire avec une paille, dans la mesure où la succion empêcherait la cicatrisation, dit Robert.

— Oh ! » s'exclama Martin, sur un ton tellement déçu que Robert et Julia éclatèrent tous les deux de rire. Robert demanda : « Que fait Valentina ? » et Julia fit le geste d'écrire sur un papier invisible. « Ah bon ? s'étonna Robert. Vous pensez que ça la dérangerait si je pointais le nez ?

— Je n'en sais rien, répondit Julia. Elle ne tenait pas à m'avoir dans les jambes, *moi*. Mais allez-y, je vais m'occuper du thé. »

Robert s'adressa à Martin : « N'hésitez pas à m'appeler si vous avez besoin de quelque chose.

— Tout va bien, maintenant. Merci encore. C'était... un vrai miracle.

— N'est-ce pas ? » Sur ces mots, Robert s'en alla, satisfait.

Julia prépara le thé et fouilla dans les placards, à la recherche de quelque chose à manger. Elle brandit une boîte de soupe au poulet. « Parfait ! » déclara Martin, dont l'estomac gargouillait. « Votre sœur aime écrire ? » demanda-t-il.

Julia hésita ; Elspeth leur avait dit de garder le secret et son souhait avait été respecté jusque-là. Elle avait eu envie d'en parler à Martin, mais quelque chose l'en empêchait. Elle craignait qu'il ne la traite de menteuse. « Oui, répondit-elle, mais il s'agit d'e-mails, pas d'écriture proprement dite. » Elle ouvrit la boîte de soupe et donna une tasse de thé à Martin, qui posa le paquet de petits pois surgelés sur la table et entoura la tasse de ses mains. L'effet de la novocaïne commençait à se dissiper. Il détestait l'impression de mâchoire en bois que donnait l'anesthésique, mais la période intermédiaire, avant le retour de la douleur, était également pénible.

Julia fit chauffer la soupe, plaça une pomme de terre au micro-ondes et mit le couvert. Elle évoluait sans bruit dans la cuisine de Martin, tout en pensant à Robert et Valentina qui étaient avec Elspeth à l'étage inférieur. Elle revoyait aussi les mains gantées de Sebastian tenant la pince et l'expression paniquée de

Martin quand il avait dû ouvrir la bouche, puis l'apaisement qui l'avait gagné lorsqu'elle s'était mise à compter et qu'il avait pu suivre les mouvements de ses lèvres. *Des chiffres... Pourquoi des chiffres ? En quoi compter est-il réconfortant ?* Elle se tourna vers Martin. Il était assis, épaules voûtées, la tête inclinée, le regard dans le vide. *Il a l'air triste. À moins que ce ne soit son air habituel quand il est inactif.*

Elle servit Martin et elle. Valentina ne s'attendrait pas à ce qu'elles dînent ensemble, songea-t-elle, puisque Robert était là. Martin mangeait avec précaution, en prenant garde à ne pas se mordre. Le repas terminé, elle lui donna ses comprimés, qu'il avala avec un demi-sourire : « Merci, mademoiselle l'infirmière. »

Elle entreprit de débarrasser la table. Quand elle lui jeta un coup d'œil, un peu plus tard, il avait de nouveau une expression triste. « Qu'est-ce qui ne va pas, Martin ?

— C'est bête, mais ça m'ennuie beaucoup de ne pas pouvoir fumer. Je sais que je ne devrais pas, et d'ailleurs j'essaie régulièrement d'arrêter. N'empêche que ce n'est pas le bon moment pour le faire. »

Julia sourit. « Quand on a arraché les dents de sagesse de mon père, il n'a pas pu fumer non plus, et c'est maman qui l'a fait à sa place.

— Ah bon ? Comment ça ? »

Julia claqua des doigts. « Où sont vos cigarettes ?

— Dans la chambre. »

Elle revint avec le paquet bleu et le briquet, rapprocha sa chaise de Martin et alluma une cigarette. « On y va. Ouvrez la bouche. » Elle prit une bouffée, en veillant bien à ne pas avaler la fumée, qu'elle souffla entre les lèvres de Martin. « On continue ? »

demanda-t-elle. Martin fit un signe de tête affirmatif, puis il rejeta la fumée par le nez. « On continue. »

Julia posa la main sur son épaule et ils s'appuyèrent l'un contre l'autre. Elle se détourna, tira sur la cigarette, dont le bout rougeoya. Martin attendait, yeux mi-clos, lèvres entrouvertes. Elle tourna la tête et quand elle fut à quelques centimètres de la bouche de Martin, elle souffla très lentement la fumée. Le son qu'il émit en l'inhalant lui rappela les hoquets asthmatiques de Valentina. Il exhala la fumée, puis gloussa.

Julia le considéra. « Qu'y a-t-il ?

— Vous voyez à quel point je suis inutile. Je suis même incapable de fumer tout seul.

— Ne dites pas de bêtises. » Elle toucha la mâchoire de Martin du bout des doigts. « Vous avez une joue de hamster. » Il haussa les sourcils. Elle prit une bouffée et il se pencha vers elle avec avidité.

Quand Robert arriva devant l'appartement des jumelles, il trouva la porte ouverte. Il frappa, puis entra. Une fenêtre devait également être ouverte quelque part, car il y avait un courant d'air frais dans l'entrée. Valentina était assise sur le canapé du salon. Des feuilles de papier étaient éparpillées par terre ; la planche Oui-ja et la planchette en plastique reposaient sur la table basse. Le crépuscule baignait la pièce d'une lumière dorée : le velours d'un rose passé retrouvait une nouvelle jeunesse, la robe vert pâle de Valentina, étalée autour d'elle, ressemblait à une feuille de nénuphar et les cheveux de la jeune fille formaient un cadre autour de son visage. Dans cette atmosphère, la scène parut à Robert sortie d'un tableau. Un pied replié sous elle, Valentina était installée à un bout du canapé, face à l'autre extrémité, comme si elle le partageait avec quelqu'un. Robert resta sur le seuil, s'efforçant vainement de distinguer cette autre personne.

Valentina se tourna vers lui. Jusque-là, il n'avait pas remarqué à quel point elle paraissait lasse. Elle avait les yeux injectés de sang et des cernes sombres. « Vous la voyez ? demanda-t-elle.

— Non. À quoi ressemble-t-elle ? »

Valentina sourit. « Elle a changé quand vous êtes entré. Pourquoi ne pas le dire ? » Elle hocha légèrement la tête. « Elle porte une robe en soie bleue, serrée à la taille, avec une jupe évasée. Elle a les cheveux courts, légèrement bouclés, ce qui lui fait des yeux immenses, et sa peau est incroyablement pâle, sauf sur les mains et le lobe des oreilles. Elle a un rouge à lèvres foncé… » *Que puis-je ajouter ?*

« Vous l'*entendez* ?

— Non, elle désigne des objets… »

Robert s'assit sur le sol, près des feuilles de papier éparpillées, et posa les coudes sur la table basse. De ce point d'observation, il crut déceler un léger mouvement dans l'air, à l'endroit où devait se trouver Elspeth : peut-être était-ce comme de regarder à travers du verre transparent, ou de tenter de percevoir de la musique avec les yeux. Il secoua négativement la tête. « Je n'y arrive pas, malgré tous mes efforts. »

La planchette commença à se déplacer et Valentina transcrivit le message. PEUT-ÊTRE PLUS TARD

« Oui », Robert était heureux d'être rentré dans les bonnes grâces d'Elspeth. Il jeta un coup d'œil aux feuilles de papier. « De quoi parliez-vous ?

— De la famille, répondit Valentina. Elspeth évoquait l'époque où maman et elle étaient petites, dans la maison de Pilgrim's Lane.

— Votre mère ne vous a rien dit à ce sujet ?

— Pas grand-chose. Elle était beaucoup plus bavarde sur Cheltenham, ses codes sociaux bizarres et ses uniformes scolaires barbants, par exemple. Julia dit toujours qu'elles auraient dû plutôt fréquenter le collège Poudlard. »

ON AIMAIT MIEUX ÇA QUE LA MAISON

« Pourquoi donc, tante Elspeth ? » interrogea Valentina. Mais Elspeth en resta là. Valentina la voyait fixer Robert des yeux, légèrement inclinée vers l'arrière, de sorte que leurs regards semblaient se rencontrer. Robert se tourna vers Valentina. « Vos grands-parents étaient des gens très stricts, expliqua-t-il. Apparemment, la pension a été un soulagement pour Elspeth et Edie. Elspeth parlait toujours des pièces de théâtre qu'on jouait à l'école et des blagues qu'elles faisaient aux autres pensionnaires, des blagues de jumelles, bien sûr.

— Vous étiez habillées pareil ? » demanda Valentina à Elspeth.

SEULEMENT TOUTES PETITES À L'ÉCOLE ON ÉTAIT EN UNIFORME. Valentina était déconcertée par l'attention qu'Elspeth portait à Robert ; depuis qu'il était entré, elle ne l'avait pratiquement pas quitté des yeux. *Elle est tellement habituée à être invisible qu'elle oublie que je peux la voir.*

Tout l'après-midi, comme elles le faisaient depuis plusieurs jours dès que Julia s'absentait, Valentina et Elspeth avaient conversé sous forme de questions-réponses. Valentina était stupéfaite de la différence qui existait entre ce que leur mère leur avait raconté et les histoires d'Elspeth. Dans l'enfance de sa tante, les événements avaient tendance à mal tourner : un pique-nique sur les bords d'un lac se terminait par la noyade d'une camarade de classe ; Edie et elle tentaient de se lier d'amitié avec un jeune voisin qui était par la suite interné dans un asile. Chaque récit d'Elspeth décrivait un couple de jumelles sans l'ombre d'un nuage, sans le moindre signe précurseur d'une faille à venir ; elles étaient toujours ensemble, et plus vives et plus intelligentes que leurs nombreux adversaires. Ces histoires donnaient à Valentina la nostalgie de la Julia de leur enfance, son double et sa protectrice, quand elle n'était pas encore devenue autoritaire et répressive avec elle. Le suspense était accentué par le caractère laborieux des déplacements de la planchette. Par nécessité, les récits d'Elspeth étaient des merveilles de concision. Ils rappelaient à Valentina les plaques blanc et bleu de Postman's Park.

Robert ramassa quelques feuilles de papier. « Je peux ? » Valentina regarda Elspeth, qui haussa les épaules. TU L'AS DÉJÀ ENTENDUE, épela la planchette.

Valentina avait ajouté quelques éléments de ponctuation. NOUS AVIONS NEUF ANS. UN JOUR RENTRANT À LA MAISON ON A VU UN PANNEAU « CHIOTS À VENDRE » DEVANT UNE BOUTIQUE. ON EST ENTRÉES TRÈS EXCITÉES. LE MARCHAND, UN BURALISTE, NOUS A CONDUITES À UN APPENTIS DANS LA COUR OÙ IL Y AVAIT LES CHIOTS, DES BEAGLES. ON A JOUÉ AVEC LONGTEMPS ET, AU MOMENT DE PARTIR, ON S'EST APERÇUES QU'IL NOUS AVAIT ENFERMÉES DANS L'APPENTIS. La page se terminait sur ces mots. Robert se souvenait qu'Elspeth lui avait raconté cette histoire, des années auparavant. Ils marchaient dans Pond Street, où se situait autrefois le bureau de tabac. Valentina trouva la page suivante et la lui tendit. ON A CRIÉ MAIS PERSONNE N'EST VENU. LA MÈRE DES CHIOTS ABOYAIT. LA NUIT EST TOMBÉE. L'HOMME A DÉVERROUILLÉ LA PORTE. ON S'EST RUÉES SUR LUI IL EST TOMBÉ ON A FILÉ À LA MAISON.

C'est comme dans les contes de fées, pensa Valentina. *Qu'y a-t-il de vrai là-dedans ?* Jusqu'alors, elle avait passé un bon moment, mais une certaine anxiété la gagnait.

Elspeth se remémorait l'appentis sinistre et froid, la peur des chiots lorsqu'elle s'était mise à hurler avec Edie. Elle considéra Valentina et songea : *Pourquoi est-ce que je lui raconte ça ? Elle est fatiguée et je la perturbe*. Elle afficha un sourire et épela RACONTE QUELQUE CHOSE V.

« Moi ? » demanda Valentina, interdite. *Je suis si fatiguée*. Elle souhaitait que Robert s'en aille, afin qu'Elspeth et elle reprennent leurs confidences mutuelles. Ou alors, elle avait envie que Robert l'emmène chez lui, l'embrasse et la dissimule aux yeux d'Elspeth. *À moins que je ne file en les laissant en tête à tête*.

« Que fait Julia ? demanda-t-elle à Robert.

— Elle prend soin de Martin, je suppose. » Il rapporta le mal de dents de Martin et la courageuse extraction de la dent par Sebastian. Valentina éprouva un pincement de jalousie : Julia s'occupait de quelqu'un d'autre qu'elle. Mais aussitôt après, elle pensa : *En fait, je m'en fiche. Complètement*. Elle s'appuya au dossier du canapé et laissa retomber sa tête. « Vous avez mangé ? interrogea Robert.

— Non. » Son petit-déjeuner lui semblait bien lointain. « On n'a pas fait les courses. » Elle leva vers lui des yeux qui paraissaient immenses dans son petit visage crispé.

« Vous avez l'air d'avoir un peu faim », dit Robert en bondissant sur ses pieds. *Complètement affamée, plutôt. Depuis quand êtes-vous assise ici ?* « Elspeth, je crois que Valentina a besoin d'un bon dîner. » Il tendit les mains et aida Valentina à se lever. Elle fut prise d'un léger vertige.

Elspeth les suivit du regard tandis qu'ils traversaient la pièce. Sur le seuil, Valentina se retourna vers elle. « Je reviens tout de suite, Elspeth, j'ai juste besoin de manger quelque chose. » La porte se referma sur eux.

Elspeth quitta le canapé. Elle se plaça devant la fenêtre ouverte et attendit. Quelques minutes plus tard, ils remontèrent l'allée et franchirent le portail. *Je suis pourtant avertie*, se dit-elle. *Elle est tellement habituée à ce qu'on s'occupe d'elle.* La lumière déclinait. *Je devrais être heureuse pour eux.* Elle regarda le ciel s'assombrir. Dans la rue, les lampadaires s'allumèrent. *C'était une bonne journée, néanmoins. Presque comme autrefois.*

Il faisait pratiquement nuit lorsque Julia revint. Elle parcourut l'appartement en appuyant sur les interrupteurs et en appelant : « Mouse ? » Quand elle fut dans le séjour, elle alluma le lampadaire près du piano, puis ferma la fenêtre. Elle ramassa les feuilles de papier, en parcourut quelques-unes. Elspeth l'observait, pensive. *Ça fait bizarre de retrouver ce qu'on a noté par écrit, comme si tout le monde pouvait entendre la conversation, ou que mon téléphone était sur écoute. Mais pourquoi pas, au fond ? Pourquoi parler à Valentina et pas à Julia ? Il ne faut pas faire de favoritisme.*

Comme si elle se sentait observée, Julia leva les yeux. « Elspeth ? Où est Valentina ? »

Elspeth se pencha sur la planche Oui-ja. DÎNE AVEC R, épela-t-elle.

Julia se sentit soudain seule. Elle s'assit sur le canapé.

ET LA DENT DE MARTIN

Le visage de Julia s'illumina. « Il va beaucoup mieux. Il avait envie d'aller se coucher, alors je suis descendue. »

TU T'OCCUPES BIEN DE TOUS

« Du moins j'essaie. » Julia hocha la tête. « Je crois que c'est ce que Valentina déteste chez moi. »

LA RECONNAISSANCE NE VA PAS DE SOI

« La reconnaissance n'est pas son fort. Si elle est malade, je la soigne. C'est comme ça. »

LAISSE-LA LIBRE ELLE T'AIMERA D'AUTANT PLUS

« Je le sais, mais j'en suis incapable. »

Stupéfaite, Elspeth s'aperçut que des larmes perlaient aux yeux de Julia. Toutes deux se turent. Au bout de quelques minutes, Julia quitta la pièce et Elspeth l'entendit se moucher. Lorsqu'elle revint, Julia demanda : « Pourquoi est-il question de “traumatisme crânien” sur cette feuille ? » Elle retourna les feuilles de papier de façon qu'Elspeth puisse les voir.

ELLE VOULAIT SAVOIR COMMENT NOTRE PÈRE ÉTAIT MORT

« Oh ! Nous ne l'avons pas connu, n'est-ce pas ? »

NON JUSTE VOTRE GRAND-MÈRE

« Mais nous n'avons aucun souvenir d'elle. »

ELLE EST MORTE QUAND VOUS ÉTIEZ PETITES

« À quoi ressemblaient-ils, nos grands-parents ? »

LUI CARACTÈRE DIFFICILE ELLE TRÈS DOUCE

Julia hésita. Pendant qu'elle réfléchissait à la question qu'elle allait poser ensuite, elle dessina quelques spirales sur le papier. *C'est stupéfiant*, pensa Elspeth. *Existe-t-il des gènes du gribouillage de spirales ?*

« Tante Elspeth, qu'est-il arrivé à maman et à toi ?

SECRET

« Allons, Elspeth ! »

NAVRÉE IMPOSSIBLE BONSOIR

« Elspeth ? »

Mais Elspeth n'était plus là. Julia haussa les épaules, puis elle alla se coucher, frustrée mais excitée. Elle dormait à poings fermés, rêvant de nombres et de dents, quand Valentina regagna l'appartement.

Martin était couché, le téléphone pressé contre sa joue maintenant dégonflée, et il écoutait dans le noir la sonnerie résonner à l'autre bout du fil. Lorsque Marijke décrocha, à la septième sonnerie, il se sentit gratifié.

« Martin ?

— Hello, ma chérie. Tu veux entendre une savoureuse histoire de dent ?

— J'étais très inquiète. On dirait que tu mâches un kilo de chewing-gum.

— Ce n'est pas le cas, mais ma joue a triplé de volume. Tu ne devineras jamais qui Robert est allé chercher pour pratiquer l'extraction… »

Marijke se laissa aller en arrière sur son lit et écouta. *Il a dû avoir tellement peur ! J'aurais dû être auprès de lui. C'est bien le genre de Robert de connaître un entrepreneur de pompes funèbres dentiste !* La voix de chacun réchauffait le cœur de l'autre. Allongés dans l'obscurité, à plusieurs centaines de kilomètres de distance, ils pensaient tous deux : *Cette fois, nous avons eu de la chance*. Et ils appuyaient encore plus fort le téléphone contre leur oreille, en se demandant combien de temps encore cette séparation allait pouvoir durer.

Perdus

Quand on se perd, on peut avoir plusieurs réactions. La panique en est une, et c'était généralement le premier mouvement de Valentina. On peut aussi profiter de cette expérience pour modifier la perception que l'on a du monde. Julia aimait ces moments, et elle se mit à les rechercher. Londres était l'endroit idéal pour se perdre. Les rues serpentaient et changeaient de nom à chaque pâté de maisons, elles convergeaient, divergeaient, finissaient en cul-de-sac, débouchaient soudain sur un square. Julia s'amusa bientôt à prendre le métro et à sortir à des stations au nom intéressant, comme Tooting Broadway, Ruislip Gardens, ou Pudding Mill Lane. Généralement, elle était déçue par ce qu'elle découvrait à l'air libre. Alors que les noms de stations lui évoquaient un charmant paysage urbain de jeu de l'Oie, les lieux auxquels ils correspondaient étaient dans l'ensemble assez sinistres et ne prêtaient pas à la rêverie, avec leurs PMU bondés, leurs rôtisseries et leurs marchands de boissons alcoolisées.

La carte de Londres que Julia avait dans la tête se remplissait peu à peu de curiosités : le bétail et les éléphants de l'Albert Memorial, la boutique de Bloomsbury où l'on ne vendait que des cannes et des épées, le restaurant de la crypte de l'église St. Mary-le-Bow. Elle passa un après-midi à l'Hunterian Museum devant des bocaux remplis d'organes, des échantillons d'antiseptiques et le squelette d'un dodo.

Chaque jour, elle revenait avec sa moisson de spectacles londoniens, de bribes de conversation et d'idées pour les aventures du lendemain. Quand elle rentrait dans l'appartement, elle trouvait immanquablement Valentina assise sur le canapé parmi des feuilles de papier, les yeux fixés sur la planchette qui se déplaçait sur la planche Oui-ja. Elle lui racontait sa journée, ainsi qu'à Elspeth. Valentina, elle, lui faisait partager certains récits d'Elspeth. Toutes deux découvraient avec plaisir que le fait de se séparer pendant la journée leur fournissait des sujets de conversation le soir au dîner, même si souvent Robert débarquait et emmenait Valentina, alors que Julia avait envie de passer une soirée avec sa sœur.

Dès qu'elle se réveillait, elle essayait de persuader Valentina de sortir avec elle. Valentina était souvent tentée, mais elle finissait toujours par trouver une bonne raison de rester à l'intérieur. « Vas-y, disait-elle. Je ne suis pas malade, seulement fatiguée. » De fait, elle avait l'air fatiguée. Sa vitalité semblait diminuer un peu plus chaque jour. « Tu aurais besoin de soleil, Mouse », répétait Julia, et Valentina répondait invariablement : « Demain. »

Martin se tenait devant sa porte d'entrée, à l'intérieur de son appartement. Il tendit une main gantée et la posa sur la poignée. Son cœur battait à tout rompre. Il resta immobile, en attendant que son rythme redevienne normal. *Voyons, tu es allé dans l'entrée un nombre de fois incalculable. Tu y es en sécurité. Rien de pénible n'est jamais arrivé sur le palier. Il n'y a personne, que des vieux journaux.* Il prit une profonde inspiration, expira et ouvrit la porte.

C'était la fin de l'après-midi et la cage d'escalier était baignée de soleil. Quelques grains de poussière flottaient dans la lumière. Martin cligna des yeux. *Tu vois, il n'y a pas de problème*. Il considéra le seuil, les journaux, le sol et s'imagina faisant un pas en avant et mettant les pieds à l'extérieur de chez lui pour la première fois depuis plus d'un an.

Vas-y. Ce n'est qu'un palier. Robert et Julia y passent tout le temps. Marijke y était. Marijke veut que tu quittes l'appartement. Tu es quelqu'un de rationnel, tu sais bien que tu ne risques rien. Si tu quittes l'appartement, tu pourras voir Marijke. Il se revit petit garçon, debout pour la première fois sur le haut plongeoir, mort de peur. Ses camarades de classe avaient ricané quand il avait fait demi-tour et redescendu l'échelle. *Il n'y a personne. Si tu n'y arrives pas, personne ne le saura. Mais si tu y arrives, tu pourras le dire à Julia.* Martin tenta de revoir en pensée le visage de Julia, mais ne parvint qu'à retrouver l'image de ses lèvres en train de compter pendant l'extraction de sa dent.

Il transpirait. Il sortit son mouchoir et s'essuya le front. *Passe simplement le seuil.* Sa respiration devenait difficile. Il ferma les yeux. *C'est absurde*. Il se mit à trembler. Il fit un pas en arrière et ferma la porte, oppressé.

Demain, je réessaierai demain.

Neuf vies

Valentina et Elspeth jouaient avec le Chaton de la Mort. Le jeu se présentait ainsi : Valentina était assise par terre dans le couloir près de la porte d'entrée, avec un seau plein de balles de ping-pong qu'elle avait trouvé dans le placard à provisions. (« Pourquoi, Elspeth ? » avait-elle demandé et Elspeth s'était contentée de hausser les épaules.) Elspeth se tenait à l'autre bout du couloir. Le chaton, comme d'habitude, n'avait pas conscience de sa présence. Lorsque Valentina faisait rouler une balle sur le sol, il se lançait en toute confiance à sa poursuite, mais Elspeth la faisait dévier de sa trajectoire à la dernière minute. Bientôt il s'énerva et se mit à bondir comme un fou sur ces balles blanches qui semblaient décider de leur itinéraire et étaient capables de changer de direction ou de s'envoler soudain à la verticale. Elspeth le laissait passer à travers elle, ravie de sentir le contact de cette boule de poils sur ses os et sa peau fantômes. Elle s'allongea sur le sol et les balles la traversèrent. Le chaton les poursuivait. Valentina la vit tendre les deux mains vers lui, comme pour s'en saisir. Elspeth oublia qu'elle était immatérielle. Elle sentit quelque chose de doux et de glissant s'enrouler autour de son petit doigt, quelque chose de ferme lui emplir les mains et elle eut l'impression d'avoir pris un poisson. La chose se tortilla et essaya de mordre. Elspeth avait attrapé le chaton.

Au même instant, Valentina vit celui-ci tomber à terre, inerte. Elle se précipita. La petite bête était morte.

« Elspeth ! » s'écria-t-elle en ramassant le corps inanimé. « Qu'as-tu fait ? Rends-la ! »

Elspeth tenait toujours le chaton, qui gigotait et la griffait. Le fantôme de l'animal était invisible pour Valentina, mais elle voyait bien qu'Elspeth était aux prises avec quelque chose.

« Rends-la tout de suite ! »

Elspeth s'efforça de faire réintégrer au chaton son corps inerte, mais c'était comme de vouloir glisser une truite vivante dans un bas de soie. Entre les mains d'Elspeth, le chaton se débattait, terrifié, et entre celles de Valentina, le chaton ne bougeait plus. Elspeth craignait de le blesser en tentant de le réintroduire dans son corps. Elle prit alors conscience qu'il était mort et qu'il n'y aurait plus rien à faire si elle ne mettait pas tout en œuvre pour lui rendre vie. Elle décida de s'occuper de la tête et de laisser le reste suivre. Elle avait l'impression d'utiliser un vieil appareil photo à télémètre et de tenter de réunir deux images en une seule.

Elspeth fit signe à Valentina de déposer le petit corps sur le sol. Le fantôme de l'animal qu'elle tenait dans ses mains était pour elle bien *réel* ; sa nature, quelle qu'elle fût, était semblable à celle de son propre être fantomatique, et il avait pour elle une présence physique. Depuis sa propre mort, c'était la première fois qu'elle touchait quelque chose qui semblait exister sur le même mode qu'elle, au lieu d'appartenir à un autre monde. *Je me sens si seule*, pensa-t-elle tout en s'efforçant de faire entrer la petite chatte dans son corps sans vie. *J'aimerais la garder.*

Le chaton cessa de se débattre, comme s'il comprenait la démarche d'Elspeth. Elspeth effectua de petits mouvements des doigts qui lui rappelèrent la manière dont sa mère, autrefois, pinçait la pâte à tarte sur les bords du moule. Soudain, le petit fantôme disparut, absorbé par son corps. Celui-ci eut une convulsion et le chaton s'assit sur son séant. Il vacilla un peu, puis, recouvrant ses esprits, regarda autour de lui et se mit à faire sa toilette.

Elspeth et Valentina se regardèrent. Valentina quitta la pièce et revint avec la planche Oui-ja et la planchette.

« Que s'est-il passé ? » demanda-t-elle à Elspeth.

ÇA A ACCROCHÉ ET PFUIT

« Qu'est-ce qui a accroché ? »

SON ÂME

« Accroché quoi ? »

Elspeth mit le petit doigt en l'air, comme une dame qui boit du thé.

Valentina réfléchit. « Tu pourrais le refaire, Elspeth ? »

VAUDRAIT MIEUX PAS

« Mais tu pourrais le refaire volontairement ? »

J'ESPÈRE QUE NON

« Oui, mais… »

Elspeth se leva, ou plutôt elle fut d'un seul coup en train de quitter la pièce. Lorsque Valentina la suivit dans la cuisine, elle disparut. La petite chatte miaula et se frotta contre la jambe de Valentina.

« Tu n'as pas du tout l'air mal en point, hein, chaton ! Tu as faim ? » Valentina sortit sa gamelle, y versa le contenu d'une boîte de pâtée et la posa à sa place habituelle. L'animal se jeta sur la nourriture avec enthousiasme. Valentina s'assit sur le sol et le regarda manger d'un air pensif.

Elspeth se tenait au milieu de la cuisine, invisible, et les observait. *À quoi penses-tu, Valentina ?*

Valentina songeait aux miracles. La petite chatte semblait tout à fait normale : c'était cela, le miracle. *Dire que dix minutes plus tôt, tu étais morte. Tu n'as même pas l'air de t'en être aperçue. Ça t'a fait mal ? Ça a été difficile de réintégrer ton corps ? Tu as eu peur ?*

Elle entendit claquer la porte d'entrée. Julia était de retour. « Mouse ? Où es-tu ? » *Pas un mot à Julia*, pensa Elspeth. Elle avait honte d'avoir tué le chaton, même si elle avait pu le faire revenir à la vie.

« Dans la cuisine ! » lança Valentina.

Julia entra, les bras chargés de sacs d'épicerie, qu'elle posa sur le plan de travail et entreprit de déballer. « Quoi de neuf ? interrogea-t-elle.

— Pas grand-chose. Et toi ? »

Julia se lança dans une histoire ennuyeuse à propos de la queue au supermarché et d'une vieille dame minuscule qui ne semblait se nourrir que de thé et de gâteaux.

Valentina se leva et aida Julia à ranger ses achats. Toutes deux s'activèrent en silence. Le chaton termina son repas et sortit de la pièce. Elspeth se tenait un peu à l'écart, les bras croisés sur la poitrine. *C'était extraordinaire*, songeait-elle. *C'était... un indice, mais de quoi ?* Il faudrait qu'elle y réfléchisse. Elle laissa les jumelles dans la cuisine et retrouva la petite chatte qui s'apprêtait à faire sa sieste au soleil sur le canapé. Elspeth s'installa à côté d'elle et l'observa tandis que ses paupières se fermaient et que sa respiration devenait régulière. C'était un spectacle à la fois banal et charmant, à l'opposé de l'humeur troublée d'Elspeth. Valentina entra dans la pièce et chuchota : « Elspeth ? », mais sa tante ne se manifesta pas. Valentina ressortit et alla jeter un coup d'œil dans les autres pièces de l'appartement, comme si toutes deux jouaient à cache-cache. Ombre invisible, Elspeth la suivit.

Fièvre de printemps

Par un bel après-midi du mois de mai, Robert était assis à son bureau et tentait d'écrire. Il travaillait à la partie de sa thèse consacrée à une romancière, Mrs. Henry (Ellen) Wood. Il trouvait Mrs. Wood affreusement ennuyeuse. Il s'était obligé à lire *Les Mystères d'East Lynne*, avait passé des heures à potasser les détails de la vie de la dame et, au bout du compte, il s'avérait incapable de s'intéresser à elle.

Quand il faisait visiter le cimetière, il sautait toujours l'étape de sa sépulture. Sur le plan géographique comme dans l'ordre alphabétique, elle se situait entre George Wombwell et Adam Worth, et elle ne lui semblait pas mériter une si bonne compagnie. Il resta là à mordiller son stylo, en se demandant s'il pouvait éviter de la mentionner dans sa thèse. Sans doute pas. Il pouvait essayer de tirer le meilleur parti de sa mort, mais celle-ci aussi manquait de relief : la romancière avait été emportée par une bronchite. *Qu'elle aille se faire voir*.

L'arrivée de Valentina le tira de ces réflexions mélancoliques. « Venez dehors, lança-t-elle. C'est le printemps ! »

Quand ils furent à l'extérieur, leurs pas les conduisirent tout naturellement vers le cimetière. Tandis qu'ils descendaient Swain's Lane, ils entendirent un joueur de trompette solitaire qui faisait des gammes dans Waterlow Park. Les notes avaient quelque chose d'élégiaque. Les hauts murs qui entouraient Swain's Lane de chaque côté plongeaient en permanence le chemin dans la pénombre, même lorsque le ciel était bleu et sans nuages. *On dirait que nous sommes une minuscule procession funèbre*, pensa Valentina. Elle fut soulagée d'arriver au portail du cimetière et d'attendre sous le soleil qu'on les laisse entrer.

Nigel leur ouvrit. « Nous ne vous attendions pas aujourd'hui, déclara-t-il.

— Effectivement, mais il fait si beau qu'on a pensé aller à la recherche de fleurs sauvages. »

Jessica sortit du bureau. « Profitez-en donc pour prendre des râteaux. Et on ne muse ni ne s'amuse, n'est-ce pas ?

— Bien sûr que non. » Robert confia un râteau à Valentina et en prit un pour lui. Il se munit d'un talkie-walkie et d'un grand sac pour mettre les détritus, et tous deux traversèrent la cour. « Désolé, dit-il à la jeune fille lorsqu'ils furent dans Dickens Path, je n'avais pas l'intention de vous faire travailler.

— Pas de problème. Je ne fais rien la plupart du temps. Ça ne me gêne pas de débarrasser le cimetière des saletés. D'où viennent toutes ces bouteilles d'eau vides ?

— Je pense que les gens les jettent par-dessus le mur. »

Ils manièrent le râteau en silence sur le chemin pendant quelque temps et ramassèrent une quantité impressionnante de papiers gras et de gobelets en plastique. Cette activité plaisait à Valentina, qui ne s'y était jamais livrée jusqu'alors. Elle se demanda quelles autres tâches elle aimerait accomplir. *Emballer des provisions ? Faire du télémarketing ? Qui sait ? Je pourrais peut-être essayer des petits boulots d'une semaine chaque fois*. Elle était en train de s'imaginer employée au vestiaire du British Museum lorsque Robert lui fit signe de le rejoindre.

« Regardez », chuchota-t-il. Elle aperçut deux renardeaux qui dormaient sur un tas de feuilles mortes. Robert, debout derrière elle, l'entoura de ses bras. Elle se contracta. Il la lâcha. Ils continuèrent leur route et se remirent à nettoyer le sol avec leur râteau.

Au bout d'un moment, Valentina demanda : « Qu'est-ce que ça veut dire "on ne muse ni ne s'amuse" ?

— C'est une expression de Jessica. Muser, c'est flâner, et s'amuser… Disons qu'on ne devait pas avoir exactement l'air de vouloir passer l'après-midi à ramasser des détritus. » Valentina rougit. « Je pense qu'on peut s'arrêter maintenant, poursuivit-il en regardant à l'intérieur du sac. Marchons un peu. On va laisser ici les râteaux et on reviendra les prendre. » Il prit sa main et la conduisit vers le Pré, un secteur ensoleillé du cimetière où les tombes étaient parfaitement entretenues.

« Ça fait du bien d'être au soleil, dit Valentina. Il me semble qu'il a fait gris tous les jours depuis notre arrivée.

— Mais non, voyons.

— C'est une impression, effectivement. On dirait que la grisaille imprègne les immeubles. »

Robert se sentit légèrement déprimé. *Tu ne peux pas l'obliger à aimer Londres. Ni à t'aimer, en l'occur-*

rence. Ils marchaient parmi les tombes, dont beaucoup étaient comme des jardins miniatures, avec des plantations de fleurs récentes.

« Pourquoi est-ce que vous vous figez dès que je vous touche, Valentina ? demanda-t-il.

— Pas du tout !

— Ce n'est pas systématique, mais vous l'avez fait tout à l'heure, quand on a regardé les renards.

— Peut-être bien. » Ils quittèrent le Pré et regagnèrent l'allée. « En fait, c'était… bizarre. Irrespectueux.

— Parce que nous sommes dans un cimetière ? demanda Robert. Moi, quand je serai mort, j'aimerais que des gens viennent régulièrement faire l'amour sur ma tombe. Cela me rappellerait des temps meilleurs.

— Mais est-ce que vous le feriez sur la tombe de quelqu'un ? Elspeth, par exemple ?

— Non, sauf si j'étais avec elle. D'une manière ou d'une autre. Si nous étions morts tous les deux, peut-être.

— Je me demande si les morts ont des rapports sexuels.

— Cela dépend sans doute de l'endroit où ils sont, au paradis ou en enfer. »

Valentina éclata de rire. « Ça ne répond toujours pas à ma question. »

Robert lui pinça les fesses et elle poussa un petit cri. « Eh bien, dit-il, en enfer, ce serait le sexe ennuyeux et appliqué, et au paradis le vilain sexe libéré.

— Ce n'est pas très logique.

— Voilà bien votre puritanisme américain. Pourquoi le paradis ne serait-il pas le lieu de tous les plaisirs ? Boire, manger, faire l'amour : si c'est mal, pourquoi est-ce une nécessité pour rester en vie et perpétuer l'espèce ? Non, pour moi, le paradis est une bacchanale sans fin. En enfer, ils s'embêtent avec des histoires de MST et d'éjaculation précoce. » Robert jeta un coup d'œil oblique au profil impassible de Valentina. « N'empêche que si vous n'y prenez pas garde, vous devrez aller dans la zone surveillée réservée aux vierges.

— Au paradis ou en enfer ?

— À vrai dire, je me le demande. Il vaudrait mieux que vous ne couriez pas le risque.

— Il va falloir que je m'y mette.

— J'aimerais bien que tu t'y mettes, petite Valentina. » Il s'immobilisa. Ils approchaient du petit virage conduisant à la tombe des Rossetti. Valentina, s'apercevant qu'il ne la suivait pas, se retourna vers lui. Elle soutint son regard un moment, puis baissa les yeux, troublée par la phrase et par le soudain tutoiement.

« Pas ici, tout de même ? » Sa voix était à peine audible.

« Non. Ce serait irrespectueux, comme tu l'as dit. Et si Jessica s'en apercevait, elle me ferait arrêter, je crois bien. Elle est déjà scandalisée par les visiteurs en short, rends-toi compte !

— Elle vous mettrait à la porte, tout simplement.

— Ce serait pire. Que ferais-je de mes dix doigts ? J'ai besoin d'un vrai travail. » Robert se remit en marche et elle chemina à ses côtés. « Valentina, est-ce que tu aimes que je te parle comme ça ? » demanda-t-il.

Elle ne répondit pas.

« Tu invites à ce genre de discours et puis tu prends l'air perturbé. Je ne suis pas… Personne n'a eu ce genre d'attitude à mon égard… du moins pas depuis la terminale. Le problème est sans doute notre différence d'âge. » Il soupira. « Quoique… À l'époque, la plupart des filles que je connaissais avaient hâte de se faire sauter. C'était une époque bienheureuse. »

Valentina hocha la tête. « Le problème n'est pas de se faire… » Elle hésita, gênée par le terme argotique qu'elle ne connaissait pas et par ce qu'elle essayait d'expliquer. « … de se faire sauter ou pas. C'est Julia. »

Robert la dévisagea, stupéfait. « Qu'est-ce que Julia a à voir là-dedans ?

— Eh bien, nous avons toujours tout fait ensemble, tout ce qui était important…

— Mais tu passes ton temps à me dire que tu veux être indépendante…

— Excusez-moi, dit-elle. J'ai peur, en fait.

— C'est compréhensible, Valentina.

— Non, c'est idiot. J'aimerais la quitter.

— Tu n'es pas *mariée* avec elle. Tu peux faire ce que tu veux.

— Vous ne comprenez pas.

— "Tu ne comprends pas." Tutoie-moi aussi, Valentina, c'est plus sympa. Oui, c'est vrai, je ne comprends pas. » Ils poursuivirent leur chemin en silence, puis Robert reprit la parole. « Un instant, dit-il, il faut que j'aille chercher les râteaux. » Il emprunta de nouveau l'allée en sens inverse, laissant Valentina dans une flaque de soleil. *C'est agréable ici*, pensa-t-elle. *Si j'étais Elspeth, je préférerais être ici plutôt qu'enfermée dans l'appartement.* Robert réapparut, les râteaux et le sac à la main. Elle le regarda revenir vers elle au petit trot. *Est-ce que je l'aime ? Je crois que oui. Dans ce cas, pourquoi ne pas… ?* Mais c'était impossible. Elle poussa un soupir. *Je dois prendre mes distances avec*

Julia. Robert ralentit et la rejoignit. « On va prendre le thé au bureau ? interrogea-t-il.

— Oui, bien sûr », répondit-elle, et ils regagnèrent les chapelles, plongés dans une mutuelle perplexité.

Avec ce beau temps, Julia aurait bien aimé se balader, mais elle ne voulait pas sortir seule et Valentina était quelque part avec Robert. Elle monta donc à l'étage supérieur, bien décidée à passer sa mauvaise humeur sur Martin.

« Bonjour, chère Julia, dit Martin lorsqu'elle fit son apparition dans son bureau obscur qui sentait le renfermé. Vous nous faites un peu de thé ? »

Elle gagna la cuisine et se mit à préparer le breuvage. D'habitude, elle aimait bien sortir les tasses et les soucoupes, faire chauffer de l'eau et accomplir tous les gestes apaisants de ce vieux rituel, mais aujourd'hui, elle n'avait aucune patience. Elle mit tout n'importe comment sur un plateau qu'elle apporta dans le bureau.

« Merci, Julia, on va le poser sur la table. Prenez une chaise. Voilà. »

Elle se laissa tomber sur la chaise. « Vous n'en avez pas assez de rester dans le noir ?

— Non, répondit-il gentiment.

— Pourquoi avoir tapissé les vitres avec du papier journal ? »

Martin sourit. « C'est à la demande de notre décorateur d'intérieur, plaisanta-t-il.

— Je vois. »

Il versa le thé dans les tasses. « Vous semblez de mauvais poil, miss Poole.

— Valentina est dehors avec Robert.

— Et en quoi est-ce un problème ? interrogea-t-il en lui tendant sa tasse.

— Eh bien, ils sortent ensemble. »

Martin haussa les sourcils. « Vraiment ? Comme c'est intéressant ! Il semble un peu âgé pour elle.

— Si vous n'étiez pas marié, est-ce que vous sortiriez avec moi ? »

Martin fut tellement surpris qu'il ne sut que répondre.

« Je dois considérer que la réponse est non, n'est-ce pas ? dit-elle devant son silence.

— Julia… »

Julia posa sa tasse, se pencha vers lui et l'embrassa, le laissant profondément troublé. « Vous ne devriez pas faire ça, dit-il au bout d'un moment. Je suis marié. »

Julia se leva et fit le tour de l'une des piles de cartons. « Marijke est à Amsterdam.

— Nous sommes toujours mariés. » Il s'essuya la bouche avec un mouchoir.

Julia tourna de nouveau autour des cartons. « Pourtant, elle est partie… »

D'un geste de la main, Martin désigna les fenêtres calfeutrées et les piles de cartons. « Elle n'aimait pas vivre ainsi, et je ne peux lui en vouloir. »

Julia fit un petit signe de tête affirmatif, sachant qu'il serait impoli de manifester son approbation de manière plus démonstrative.

Les mots franchirent les lèvres de Martin avant qu'il ne puisse les retenir : « Vous êtes très jolie, Julia. » Elle le regarda d'un air dubitatif. « Mais j'aime Marijke, poursuivit-il, et personne ne pourra la remplacer. »

Elle se remit à tourner en rond. « Dites-moi, qu'est-ce que ça fait, exactement ? » Comme Martin ne répondait pas, elle ajouta : « Je n'ai jamais été amoureuse. D'un garçon. »

Martin se leva et passa les mains sur son visage. Il avait les yeux fatigués et besoin de se raser. Ce n'était pas une compulsion, juste la désagréable sensation de ne pas être net à l'heure du thé. Il jeta un coup d'œil à l'ordinateur. L'horloge marquait seize heures. Il aurait été temps pour lui de prendre sa douche si Marijke était rentrée après son travail. Il pouvait attendre encore un peu. Julia pensa : *Il ne va pas me répondre* et se sentit soulagée. Mais Martin expliqua : « C'est comme si une partie de moi-même s'était détachée et vivait à Amsterdam, où elle m'attend. Vous avez entendu parler du syndrome du membre fantôme ? » Julia approuva de la tête. « Je souffre à l'endroit où elle devrait être et cela alimente l'autre souffrance, celle qui m'oblige à laver, à compter et ainsi de suite. De sorte que son absence m'empêche d'aller la chercher. Vous comprenez ?

— Vous ne vous sentiriez pas beaucoup mieux si vous y alliez ?

— Si, certainement. Bien sûr. Je serais très heureux. » Il semblait anxieux, comme si Julia s'apprêtait à le pousser au-dehors.

« Et alors ?

— Julia, vous ne comprenez pas.

— Vous n'avez pas répondu à ma question. Je vous ai demandé ce que ça fait d'être amoureux. Vous m'avez expliqué ce que cela vous a fait quand votre femme est partie. »

Martin se rassit. *Qu'elle est jeune ! Quand on avait son âge, on refaisait le monde et personne ne pouvait nous faire la moindre remarque*. Julia avait les poings serrés, comme si elle voulait lui extorquer une réponse par la force. « Être amoureux, c'est… une angoisse, dit-il. C'est vouloir plaire, craindre qu'elle ne me voie comme je suis vraiment, mais désirer en même temps qu'elle me connaisse. On est… on est tout nu, gémissant dans le noir, ayant perdu toute dignité… Je voulais qu'elle me voie et qu'elle m'aime, même si elle savait tout de moi et moi d'elle. Maintenant elle n'est plus là, et ma connaissance est incomplète. Alors toute la journée, j'imagine ce qu'elle fait, ce qu'elle dit, à qui elle parle, quelle allure elle a. Il y a des moments qui m'échappent et c'est de plus en plus difficile de remplir ces heures manquantes depuis le temps qu'elle est partie. Je dois faire appel à mon imagination. Je ne sais pas, voilà, je ne sais plus. » Sa tête tombait sur sa poitrine et sa voix était devenue presque inaudible. *Il ressent à l'égard de sa femme la même chose que moi pour Valentina*, se dit Julia. Cette idée l'effraya. Le sentiment qu'elle éprouvait envers sa jumelle était fou, douloureux, involontaire. Soudain, elle se prit à haïr Marijke. *Pourquoi le laisse-t-elle ici, malheureux comme les pierres, les fesses sur cette chaise ?* Elle songea à son père. *Est-ce qu'il ressent la même chose envers maman ?* Elle n'arrivait pas à imaginer son père tout seul. Elle s'avança vers Martin qui était assis, tête basse, les yeux clos. Elle se blottit contre son dos, passa les bras autour de ses épaules et appuya la joue contre sa nuque. Martin se raidit, puis, lentement, il croisa les bras et posa les mains sur celles de Julia. Il pensa à Theo et se demanda depuis quand son fils ne l'avait pas étreint ainsi.

« Excusez-moi, murmura Julia.

— Vous n'avez pas à vous excuser. » Elle le lâcha. Il se leva et quitta le bureau. Julia l'entendit se moucher au fond de l'appartement. Quand il revint, il passa la porte de biais, selon sa bizarre habitude.

« Vous ne l'avez pas fait quand vous êtes sorti tout à l'heure, constata Julia pendant qu'il se rasseyait.

— Ah bon ? Mince, alors. » Martin était consterné. *Il va falloir que j'y remédie*, se dit-il, mais contrairement à son habitude, il ne se sentait pas irrésistiblement poussé à le faire.

Julia passa d'un pied sur l'autre. « Vous allez mieux ces temps-ci, visiblement. Vous êtes plus calme.

— Vraiment ?

— Oui. Je n'irais pas jusqu'à dire que vous avez un comportement *normal*, mais vous n'êtes pas en train de laver un truc toutes les trente secondes.

— C'est sans doute l'effet des vitamines, dit-il.

— Peut-être bien », répondit-elle. Il avait prononcé cette phrase sur un ton particulier, qui l'intriguait.

« J'ai essayé de sortir sur le palier, lui confia-t-il.

— Mais c'est formidable ! Montrez-moi ça !

— Hum… en fait, je n'y suis pas encore arrivé tout à fait. Je m'exerce.

— Il va falloir augmenter la dose de vitamines.

— Ce ne serait pas une mauvaise idée. »

Julia se laissa tomber sur la chaise. « Si vous êtes capable de sortir, vous irez à Amsterdam ?

— Oui.

— Alors, je ne vous verrai plus ?

— Alors vous viendrez nous voir là-bas. » Il se mit à lui parler d'Amsterdam. *Ça pourrait bien arriver*, se disait-elle en l'écoutant. Cette perspective l'excitait et la gênait tout à la fois. Si Martin allait mieux, ne deviendrait-il pas ennuyeux ?

Elle intervint : « Me permettez-vous d'ôter le papier journal des fenêtres ? »

Martin réfléchit. Aucune voix intérieure ne s'opposait à ce que ce soit fait, mais il hésitait. « Juste un peu, pour voir », suggéra-t-il.

Julia bondit sur ses pieds. Elle louvoya entre les cartons qui lui bloquaient le passage et commença à arracher le papier et le ruban adhésif qui obscurcissaient les fenêtres. La lumière envahit la pièce. Martin cligna des paupières et découvrit les arbres et le ciel. *C'est merveilleux, le printemps est revenu !* Julia se mit à tousser, la gorge irritée par la poussière qu'elle avait soulevée en se déplaçant. « Eh bien ? » demanda-t-elle, une fois la toux calmée.

Martin hocha la tête en signe d'approbation. « C'est très bien.

— Je peux continuer ?

— Sur les autres fenêtres ? » Il n'en était pas certain. « Laissez-moi d'abord m'adapter au grand jour. Peut-être pourrez-vous continuer dans quelque temps. » Il s'approcha des fenêtres. « Quel temps merveilleux ! » s'exclama-t-il. Son cœur battait à tout rompre. Un poids lui écrasait la poitrine. Julia lui dit quelque chose, mais il n'entendit pas.

« Martin ? » *Seigneur !* Julia le saisit par les épaules et le propulsa vers sa chaise. Il était couvert de sueur et respirait avec peine. « Martin ? » Il lui fit signe de ne pas lui poser de questions et s'assit d'un geste brusque. Après quelques minutes de silence, il expliqua : « C'est juste une crise d'angoisse. » Il resta là, les yeux clos, le visage contracté.

« Qu'est-ce que je peux faire ? demanda Julia.

— Rien. Asseyez-vous à côté de moi. »

Elle obéit. Bientôt, Martin poussa un soupir. « Eh bien, c'était excitant, n'est-ce pas ? déclara-t-il en sortant un mouchoir et en s'épongeant le front.

— Je suis désolée. » Décidément, elle faisait tout de travers aujourd'hui.

« Il n'y a pas de raison. Venez, approchons nos chaises du soleil.

— Mais…

— Ça ira, si nous restons à l'écart des fenêtres. » Il déplaça sa chaise et elle l'imita.

« Je pense toujours comprendre, mais j'en suis loin, regretta-t-elle.

— Je ne comprends pas moi-même. Pourquoi y parviendriez-vous ? C'est ça, la folie. Tout se détraque et plus rien n'a de sens. Ou plutôt si, mais c'est un sens que les autres ne peuvent saisir.

— Pourtant, vous alliez mieux, dit-elle, prête à fondre en larmes.

— Je vais beaucoup mieux, croyez-moi. » Martin étendit ses jambes et profita du soleil. *Bientôt l'été sera là.* Il revit Amsterdam en été, avec ses maisons au bord des canaux baignées dans le soleil nordique, et Marijke, agile et bronzée, qui se moquait de son accent quand il parlait le néerlandais. C'était longtemps auparavant, mais l'été revenait. Il tendit la main à Julia. Elle la prit et ils restèrent côte à côte dans la lumière dorée, à contempler cette journée printanière à une distance respectueuse des fenêtres.

Ça craque

Valentina avait apporté sa machine à coudre à Londres, mais elle ne s'en était pas servie depuis le jour de leur installation. La machine était reléguée dans la chambre d'amis et semblait lui reprocher sa mise à l'écart chaque fois qu'elle remarquait sa présence. Valentina commençait même à rêver de cet objet délaissé comme d'un animal qu'on oublie de nourrir.

Valentina était entrée dans la pièce et la considérait. *Si c'est ce que j'ai envie de faire, je dois satisfaire ce désir*. Elle avait repéré des écoles de mode sur Internet et constaté qu'il fallait présenter un dossier pour être admis. Cela faisait des semaines qu'elle ne parlait plus à sa sœur de reprendre leurs études. *Je vais poser ma candidature et si je suis admise, j'y vais, un point c'est tout. Papa me paiera les cours et Julia n'aura rien à dire.* Elle ôta le couvercle de la machine, alla chercher une chaise dans la salle à manger, prit sa valise pleine de tissu et en versa le contenu sur le lit. Tout en manipulant chaque métrage, elle pensait à Edie. Julia n'avait jamais appris à coudre et elle manquait de patience pour cela. Valentina démêla des rubans et tria des bobines de fil, sortit sa boîte à canettes et ses ciseaux.

Maintenant, tout le nécessaire était étalé sur le lit et elle se demandait ce qu'elle allait en faire.

Avant de quitter Chicago, elle avait à moitié terminé deux corsages. Elle pouvait travailler dessus. *Et puis non*, se dit-elle, *j'ai envie de créer un vêtement. Un seul.*

Chez elle, elle avait un mannequin de couturière, mais elle ne l'avait pas apporté, car il était trop encombrant. Elle se saisit de son centimètre et prit ses propres mesures. *Bizarre, j'ai maigri.* Elle répartit le tissu en trois piles : oui, non, peut-être. Dans la pile « peut-être » se trouvait un métrage de velours noir qu'elle avait acheté adolescente, quand elle flirtait avec la mode gothique, mais comme Julia détestait le noir, le velours avait fini dans sa réserve de tissu. Elle le déplia. *Quatre mètres ? C'est assez pour une robe.*

Elle était en train de dessiner la robe lorsque Elspeth apparut. « Bonjour ! » lança Valentina. *On dirait qu'elle a remarqué que la porte était fermée et que j'avais envie d'être seule.*

Elspeth fit le geste d'écrire et Valentina ouvrit le cahier de patrons à une page blanche. TU VAS FAIRE QUELQUE CHOSE ?

« Oui. » Valentina lui montra le dessin. « Une mini-robe à boléro. »

TU PASSES TROP DE TEMPS AVEC ROBERT.

Valentina haussa les épaules.

JE PEUX REGARDER ?

« Pas de problème. » Elle se frotta les mains pour les chauffer et se remit à dessiner, tandis qu'Elspeth se roulait en boule sur le lit et disparaissait à sa vue.

Les heures passèrent. Valentina avait du mal à faire son patron. C'était l'un des cours qu'elle voulait suivre.

Elle s'assit par terre avec le papier devant elle, sachant que son travail n'était pas bon, tout en étant incapable de le corriger. *Je suis idiote. Je pourrais peut-être découdre l'une des robes d'Elspeth pour comprendre ce qui ne va pas.* Les pas de Julia résonnèrent dans le couloir. « Mouse ? » Valentina retint son souffle. « Mouse ? » La porte s'ouvrit.

« Ah, tu es ici ! Tu fais quoi ? » Julia avait passé la journée à déambuler dans le quartier de Hackney et elle était trempée. Valentina s'aperçut alors qu'il avait plu.

« Pourquoi n'avais-tu pas pris un parapluie ? demanda-t-elle.

— Mais j'en avais un ! Seulement ici, quand ça tombe, ça ne fait pas semblant. J'ai quand même été mouillée. » Julia quitta la pièce et revint en pyjama, une serviette autour de la tête. « C'est quoi, le modèle ? »

Sans enthousiasme, Valentina lui tendit son croquis.

Julia le regarda avec attention. « Tu le réalises dans ce tissu noir ?

— Oui.

— Ah, c'est… original. »

Valentina ne répondit pas. Elle tendit la main pour récupérer son croquis.

« Où va-t-on pouvoir porter ça ? demanda-t-elle en le rendant à sa sœur. On dirait un déguisement d'Halloween pour une lolita.

— C'est une expérience.

— De toute façon, tu n'as pas assez de tissu. On pourrait peut-être aller en acheter. En rose, ce ne serait pas mal.

— J'ai assez de tissu pour faire une robe. Et le rose n'ira pas. » Valentina fit mine de travailler sur le patron.

« Une seule robe ?

— C'est pour mon dossier.

— Quel dossier ?

— Pour l'école. L'école de mode.

— Mais tu ne vas *pas* faire d'études, protesta Julia. On est d'accord là-dessus. » Elle contourna le patron et s'agenouilla. « À quoi est-ce que ça servirait ? reprit-elle en cherchant le regard de sa sœur. On a de l'argent.

— On n'est d'accord sur rien du tout. C'est *toi* qui essaies tout le temps de me dicter ce que je dois faire. » Valentina entreprit de rouler le patron et de ranger son cahier et ses stylos.

« Mais tu fais plein de choses sans moi. Je ne te vois presque plus, on ne sort plus ensemble et tu passes toutes tes soirées dehors avec Robert. Tu parles avec Elspeth des journées entières. On dirait que tu me détestes. »

Valentina leva les yeux vers Julia. « Exactement. Je te déteste.

— C'est impossible.

— Avec toi, je suis en prison. » Valentina se leva. « Laisse-moi vivre ma vie, Julia. À la fin de l'année, on demandera à Maître Roche de diviser l'héritage. Tu pourras rester vivre ici si tu le souhaites. Je prendrai juste un peu d'argent, assez pour vivre, pas plus… Tu feras ce que tu voudras. Moi, j'étudierai ou je travaillerai, on verra bien. Je veux juste faire *quelque chose*, *exister*, devenir *adulte*.

— Mais tu en es incapable, Valentina ! » Julia se leva à son tour. La serviette qui lui enturbannait la tête se dénoua et elle la jeta rageusement au sol. Avec ses cheveux aplatis et son pyjama bleu ciel, elle avait l'air pathétiquement jeune. « Tu ne sais même pas prendre soin de toi ! Si tu tombes malade et que je ne suis pas là, tu mourras.

— Eh bien, tant pis, je préfère encore mourir que de vivre avec toi.

— N'importe quoi ! » répliqua Julia. Elle se dirigea vers la porte et s'arrêta, cherchant ce qu'elle pouvait ajouter. Rien ne lui vint à l'esprit et elle sortit en claquant la porte derrière elle.

Et maintenant ? Valentina resta immobile. Elle s'aperçut soudain qu'Elspeth avait réapparu et la considérait d'un air réprobateur, assise sur le lit. « Va-t'en, Elspeth ! » lui lança Valentina. « Laisse-moi tranquille. » Elspeth se leva complaisamment et passa à travers la porte close. Les pensées se bousculaient dans la tête de la jeune fille. Finalement, elle prit le métrage de velours noir, monta sur le lit et se recouvrit entièrement avec le tissu. *Je vais disparaître*, se dit-elle. Elle entendait la pluie tomber à torrents. Elle pleura longtemps à l'abri du velours. Il y faisait bon et elle se sentait en sécurité. Elle commença à somnoler. *Je sais. Je sais ce que je vais faire*, se dit-elle, et juste avant de sombrer dans le sommeil, elle mit son plan au point.

Une proposition

Le lendemain matin, Valentina observa Elspeth en train de lire. Valentina avait posé quelques livres de poche ouverts sur le tapis du séjour. Elspeth lisait les deux pages en face à face, puis passait à un autre livre et ainsi de suite. Elle mélangeait certains de ses textes favoris (*Middlemarch*, *Emma*, *Une prière pour Owen*) à des histoires de fantômes (*Le Tour d'écrou*, et un peu de M.R. James et d'Edgar Poe), dans l'espoir d'apprendre un certain nombre d'éléments sur les revenants. Le résultat était plutôt déconcertant. Lorsqu'elle avait fini de lire toutes les pages ouvertes, elle revenait au premier livre et passait laborieusement à la suivante. Elle s'occupait ensuite des autres livres en parcourant la rangée. Valentina n'apercevait d'elle que sa tête, ses épaules et ses bras, et le haut de son pull-over. Elle flottait au-dessus des livres, tête en bas. Si son corps avait été entier, elle aurait semblé suspendue par les pieds au plafond. Mais, en l'occurrence, elle était à l'aise dans cette position.

« Tu veux que je te tourne les pages, Elspeth ? »

Elspeth jeta un coup d'œil à Valentina et secoua négativement la tête. Elle leva un bras à angle droit comme un culturiste : *J'ai besoin de faire un peu de gym.*

Valentina était assise sur le canapé rose et s'efforçait de lire *La Dame en blanc*. Elle avait du mal à se concentrer sur Marian et le comte Fosco, avec Elspeth qui s'agitait près d'elle. Elle reposa l'ouvrage. « Où est Julia ? » demanda-t-elle.

Elspeth montra le plafond. « Ah ! » fit Valentina. Elle se leva et alla chercher la planche Oui-ja et la planchette. Quand elle revint, elle mit un doigt sur ses lèvres. *Tu n'as pas besoin de me faire « chut »*, pensa Elspeth en allant se placer à côté d'elle.

« Tu sais, ce qui est arrivé au chaton… » commença Valentina.

Elspeth détourna la tête. *Je ne veux pas parler de ça.* Elle ne répondit pas. Valentina insista. « Tu pourrais faire la même chose avec moi ? Prendre mon… mon âme et la remettre en place ? »

NON

« Tu ne peux pas ou tu ne veux pas ? »

NON NON NON

Elle secouait la tête. *Voilà une fichue idée*, avait-elle envie de dire, mais elle écrivit : POURQUOI

« Parce que. Pourquoi ai-je besoin d'expliquer ? »

Elspeth se dit que c'était sans doute ainsi que ça se passait, si l'on avait une fille adolescente : il fallait faire face à des demandes déraisonnables, présentées sans discernement. ET SI JE NE PEUX PAS TE FAIRE REVENIR écrivit-elle.

« Tu pourrais t'exercer avec la chatte. »

LA PAUVRE

Valentina rougit. « Mais tout s'est bien passé pour elle et il n'y a aucune raison que ça ne marche pas avec moi. Donc pas besoin de recommencer avec elle, en fait. »

MORT CELLULAIRE ATTEINTE CÉRÉBRALE COMMENT SAVOIR SI CHATON VA BIEN

« Sois gentille, Elspeth. Penses-y, au moins. »

Elspeth regarda fixement Valentina, puis elle écrivit : OUBLIE

Quelques instants après, elle avait disparu. Une brise agita les feuilles des volumes ouverts sur le tapis et Valentina se demanda si c'était Elspeth ou le vent. Elle retourna tous les livres, juste pour embêter Elspeth. Elle ne s'était pas attendue à ce que celle-ci accepte sa demande, mais elle avait lancé l'idée et elle savait qu'elle trouverait un moyen d'obtenir ce qu'elle voulait.

Julia était nerveuse. Elle était assise sur le palier, le dos contre la porte d'entrée de Martin, une jambe étendue devant elle et l'autre pendant au-dessus de l'escalier. La matinée était pluvieuse, une fois de plus, et la lumière du jour semblait tout enrober d'une couche de poussière supplémentaire. Julia entendait Martin marmonner tout seul dans son appartement. Elle avait envie d'aller l'ennuyer, mais elle préférait attendre encore un peu. Elle changea de position et posa les deux pieds sur les piles de journaux qu'il conservait sur le palier. Les piles étaient instables. Elle les imagina en train de basculer et de l'ensevelir. Elle serait étouffée dessous et Martin ne la trouverait jamais, puisqu'il ne pourrait pas ouvrir sa porte. *Non, ce n'est pas exact. La porte s'ouvre vers l'intérieur.* Valentina penserait qu'elle était partie et elle serait désolée. *Je serais un fantôme et comme ça, elle m'aimerait de nouveau. Elle resterait toute la journée devant sa planche Oui-ja et on passerait des moments formidables*. Robert monterait pour avoir de leurs nouvelles et il serait pris sous une avalanche de journaux ; il mourrait le crâne fracassé. Julia donna un coup de pied dans la pile de journaux, qui bascula sur le côté et s'effondra sur une autre pile. Cela ne lui procura aucun soulagement.

Je m'ennuie, constata-t-elle. Ce n'était pas drôle de s'ennuyer seule. Elle regarda autour d'elle, mais ne vit rien d'intéressant. Il était inutile de redescendre, puisque Valentina ne lui parlerait pas.

Martin se mit à chanter. Visiblement, il aimait ça. Elle ne connaissait pas la chanson. Ce devait être un jingle publicitaire. Elle redonna un coup de pied dans les journaux, qui restèrent en place. *Peut-être que je devrais trouver un boulot. Je m'ennuierais certainement, mais au moins j'aurais une raison de quitter la maison.* Elle sentit une odeur de pain grillé et fut soudain submergée par une immense tristesse. Elle décocha un troisième coup de pied aux journaux, qui cette fois eurent la bonne idée de tomber sur ses jambes et son ventre. C'était un peu comme si elle était à la plage, recouverte de sable, sauf que les journaux étaient moins doux et que les coins la piquaient. Elle resta ainsi pendant quelques minutes, essayant de prendre plaisir à l'expérience. *C'est nul*, se dit-elle. Elle se releva, enjamba les journaux et ouvrit la porte. La voix de Martin la guida jusqu'à la cuisine, où il s'apprêtait à manger – mais oui – du pain grillé.

Le lendemain matin, Valentina et Elspeth étaient ensemble devant la planche Oui-ja. Elspeth avait réfléchi.

JE NE COMPRENDS PAS épela Elspeth.

« Je veux quitter Julia », dit Valentina. Cette idée était devenue une obsession.

FAIS-LE

« Elle m'en empêchera. »

ALLONS DONC

« Quand maman et toi vous êtes séparées… »

PAS EU LE CHOIX

« Pourquoi ? »

Elspeth agita la planchette, mais n'écrivit rien.

« Si Julia me croit morte, je serai libre. »

ELLE SERA EFFONDRÉE EDIE ET JACK AUSSI

Valentina n'avait pas pensé aux parents. Elle fronça les sourcils, puis déclara : « Écoute, Elspeth, c'est imparable. Je meurs, Julia est obligée de continuer à vivre sans moi – elle s'en remettra, ne t'inquiète pas –, et tu me fais réintégrer mon corps. Ensuite, à moi la belle vie, ou du moins une vie indépendante, en toute liberté. »

Les doigts sur la planchette, Elspeth regardait Valentina avec une expression que la jeune fille jugea d'abord irritée, puis pensive. VOYONS ÇA SUR LE PLAN LOGISTIQUE, épela-t-elle. TU PASSES PLUSIEURS JOURS HORS DE TON CORPS – LES OBSÈQUES ONT LIEU – IL COMMENCE À SE DÉCOMPOSER – PUIS IL EST AU CIMETIÈRE – NOUS SOMMES ICI – PEUT-ÊTRE – ET SI TON FANTÔME SE RETROUVE AILLEURS – COMMENT CORPS ET ÂME SE RÉUNISSENT – CORPS SERA AFFREUX – BREF TU ES FOLLE

« On demandera à Robert de nous aider. »

IL REFUSERA

« Pas si tu lui demandes. »

Elspeth était profondément perturbée. *Voilà, c'est la catastrophe. Le serpent, la pomme et la femme : la tentation dans toute sa splendeur. Ça ne peut que mal finir. Dis-lui non. Elle ne peut le faire sans toi. Si tu refuses, elle trouvera un moyen plus intelligent de résoudre son problème avec Julia. Non, non et non.* Elspeth s'aperçut que Valentina attendait patiemment sa réponse, comme une écolière bien sage. *Dis-lui non. Non*.

Elspeth posa les doigts sur la planchette. LAISSE-MOI Y RÉFLÉCHIR épela-t-elle.

Comptine

Valentina buvait son thé dans le jardin à l'arrière de l'immeuble. C'était un matin de mai, gris et humide. Elle s'était levée encore plus tôt que d'habitude. Le banc sur lequel elle était assise était couvert de lichen et l'humidité pénétrait sa robe de chambre, un vieux peignoir matelassé qui avait appartenu à sa tante. Elle retira ses pantoufles, replia les jambes et posa le menton sur ses genoux.

Assise sur la banquette sous la fenêtre, Elspeth l'observait.

Valentina entendait les pies jacasser dans le cimetière. Deux d'entre elles s'installèrent au sommet du mur et la regardèrent en portant leur poids d'une patte sur l'autre. Elle les regarda à son tour. Une comptine qu'Edie leur avait apprise, à Julia et à elle, lui revint en mémoire :

Un, la tristesse,
Deux, la joie,
Trois, un mariage
Quatre, un enfant,
Cinq, la maladie,
Six, la mort.

Deux, la joie, pensa-t-elle. *C'est bien.* Elle sourit. À ce moment-là, trois autres pies vinrent se poser près des deux premières, rejointes un peu plus tard par une quatrième, particulièrement grosse et bruyante, dont l'arrivée perturba le petit groupe qui déambula maladroitement sur le mur. Valentina détourna les yeux, puis les leva vers leur appartement. *Est-ce Julia ?* Une forme sombre se tenait dans l'encadrement de la fenêtre, trouant l'obscurité de la pièce. Valentina se leva et mit sa main en visière, essayant de distinguer ce que c'était. *Elspeth ? Non, il n'y a rien.* Elle avait dû l'imaginer. *Non, ce n'est rien. Elspeth ne serait pas si... bizarre.*

Valentina but une dernière gorgée de thé, prit sa tasse, sa soucoupe et sa cuillère, et regagna l'immeuble.

Un exercice

Le Chaton de la Mort dormait sur l'oreiller de Valentina. Les rayons obliques du soleil de l'après-midi pénétraient par la fenêtre de la chambre, baignaient le tapis et s'arrêtaient au bord du lit, sans atteindre l'animal. Celui-ci avait un pelage si blanc qu'il se confondait presque avec la taie d'oreiller. *On dirait le dessin d'un ours polaire dans une tempête de neige*, se dit Elspeth. Elle le regardait dormir, en se réchauffant au soleil. *Je te veux*. Elle se sentit déprimée. Jamais elle n'aurait imaginé être le genre de personne capable de tuer un adorable chaton blanc pendant son sommeil. Et pourtant, si, c'était le cas, apparemment. *Ne t'inquiète pas, minette. Je vais te rendre.* Elle tendit une main hésitante vers la petite chatte, qui ne bougea pas, puis inséra ses doigts dans la douce fourrure de son ventre. *Comment m'y suis-je prise, la dernière fois ?* Elle appuya encore et le chaton émit un miaulement de protestation sans se réveiller. Elle fouillait maintenant parmi le sang, les organes, les os et les muscles, à la recherche de cette petite entaille d'immatérialité. Parce que l'âme de la petite chatte était faite du même matériau qu'Elspeth elle-même, ses doigts la reconnaîtraient. *A-t-elle un siège permanent dans le corps ? Ou bien migre-t-elle ? La dernière fois, j'ai eu l'impression de l'avoir crochetée avec mon doigt. Ça glissait comme un noyau d'avocat que l'on détache.* Le chaton gémit et se roula un peu plus en boule. *Désolée, minette, désolée.* Elspeth remonta la main jusque dans les poumons. À ce moment, la petite bête se réveilla.

Elspeth retira brusquement sa main. *Elle ne peut pas te voir.* Mais la chatte, mal à l'aise, arqua le dos et regarda autour d'elle avec méfiance. Puis elle s'approcha du bord du lit et tendit l'oreille. Julia et Valentina étaient sorties et le seul bruit dans l'appartement était le son étouffé de l'aspirateur que Robert passait dans sa cuisine. Elle tourna en rond et s'installa au pied du lit, les pattes antérieures croisées, le museau posé dessus, les yeux réduits à une fente. Elspeth s'assit auprès d'elle et attendit.

Quelques minutes plus tard, elle vit que le chaton dormait. Sa poitrine se soulevait régulièrement. Le bout de sa queue s'agita. *Doucement.* Elspeth lui caressa la tête. Quand Valentina faisait ça, l'animal appréciait mais, cette fois, ses oreilles eurent un frémissement de déplaisir.

Elle se rendormit. D'un geste vif, Elspeth planta ses doigts dans son corps blanc et accrocha quelque chose. Le chaton s'affaissa, tel un soufflé qui retombe, et Elspeth se retrouva avec dans la main une petite furie qui tentait de la mordre et de la griffer.

Si elle me griffe, est-ce que je vais cicatriser ? Elspeth, imaginant sa peau fantôme partant en lambeaux, jeta le chaton sur le lit. Tous deux se regardèrent. Le chaton cracha. Elspeth sursauta. *Si je peux l'entendre… ?*

« Tout va bien, chaton », dit-elle en avançant la main, mais il recula, sauta à bas du lit et disparut. Elspeth le suivit, mais elle eut à peine le temps de voir une brume blanche se dissiper près de la table de nuit.

Allons, bon ! Comment vais-je lui faire réintégrer son corps ? Elspeth pensa à Valentina et se sentit découragée. Elle rejoignit le petit corps inerte. *Reviens, chaton, je ne faisais que m'exercer… Oh, mon Dieu !* La petite chatte semblait bel et bien morte. Elle avait les yeux à demi ouverts et sa troisième paupière apparaissait. On aurait dit un « alien » félin, avec son petit bout de langue rose qui sortait et sa tête qui retombait sur des pattes en formant un angle bizarre. *Je suis désolée, chaton, affreusement désolée.*

Où pouvait-il être ? Était-il seulement dans l'appartement ? Peut-être était-il parti en chasse dans le jardin, ou bien était-il devenu un petit nuage blanc qui parcourait le cimetière, à l'affût des fantômes de moineaux et de grenouilles. Peut-être allait-il devenir un chaton fantôme qui hanterait les poubelles de South Grove. Elspeth caressa son pelage, qui semblait déjà avoir perdu son lustre. Elle introduisit ses doigts dans son flanc et fut surprise du changement : il y avait là de la vie, mais c'était la forme de vie qui détruit les corps. Les micro-organismes chargés de décomposer la matière organique morte étaient déjà à l'œuvre.

Elspeth retira sa main. *Ça ne va pas marcher, Valentina. Pas de la façon dont tu le voudrais, en tout cas. Le processus de décomposition sera déjà largement entamé. Tu mourras de putréfaction. Tu mourras en quelque sorte d'être morte.*

D'une détente, elle se propulsa dans l'air, honteuse d'avoir tué la petite chatte pour une idée stupide.

J'aurais dû le savoir. Pauvre chaton. Elle gagna son tiroir avec l'impression d'être un véritable monstre et resta là, à se faire des reproches et à se demander ce que les gens allaient penser de sa cruauté. En fait, nul n'en penserait rien, car à part Valentina et elle, personne ne se douterait de ce qu'elle avait fait.

L'enterrement du Chaton de la Mort

C'est Julia qui découvrit le petit corps sans vie. Jamais auparavant elle n'avait été en contact avec la mort. Son unique pensée fut pour Valentina. Elle aurait donné n'importe quoi pour que le chaton se réveille et que sa sœur ne s'aperçoive de rien. Mais Valentina ne réagit guère. « Oh ! » se contenta-t-elle de dire lorsque Julia lui apprit la nouvelle.

Julia dénicha un coffret en bois dans la chambre de service. Il avait contenu autrefois de l'argenterie, mais les emplacements des couverts, doublés de velours vert pâle, étaient vides. L'argenterie avait été offerte pour le mariage des parents d'Edie et d'Elspeth. Elle avait disparu lors d'un cambriolage en 1996. Julia se demanda pour quel motif on pouvait garder ce genre d'objet, désormais inutile. Elle l'emporta dans leur chambre et le posa auprès du petit corps.

Valentina ouvrit le coffret. « J'ai peur que ce ne soit trop étroit.

— C'est vrai que la minette n'est pas en forme de fourchette. Attends, on peut enlever ça. » Julia tira sur un compartiment, qui céda facilement. Une forte odeur de moisi les prit à la gorge. Valentina fit la grimace et se couvrit le nez avec son chemisier.

« On va mettre de l'herbe à chat dedans, suggéra Julia. Et on va envelopper la minette dans quelque chose de joli. » Elle alla dans le dressing et revint avec un foulard de soie bleu qui avait appartenu à Elspeth. Valentina approuva d'un signe de tête. Julia déplia le foulard et le posa sur le lit. Sa sœur saisit le corps, déjà un peu raide, fit un baiser sur sa tête, puis l'enveloppa dans le foulard et l'installa dans le coffret. La petite bosse qu'il formait sous la soie avait quelque chose de pathétique. Valentina referma le couvercle.

Elle prit le coffret et les jumelles descendirent chez Robert. Elles attendirent en silence devant sa porte qu'il vienne leur ouvrir. « J'ai réfléchi, déclara-t-il. Je pense qu'on devrait l'enterrer dans le jardin sur l'arrière.

— Pourquoi ? demanda Julia. Il y a un cimetière de l'autre côté du mur. C'est idiot d'avoir un caveau familial et de ne pas pouvoir l'y mettre. » Elles pénétrèrent dans l'entrée et s'arrêtèrent là, comme si elles n'avaient pas l'intention d'aller plus loin. Robert ferma la porte derrière elles.

« C'est impossible pour plusieurs raisons, expliqua-t-il. Tout d'abord, pour une inhumation, il faut un véritable cercueil, ce que vous n'avez pas. Ensuite, on n'a pas le droit d'enterrer des animaux dans le cimetière de Highgate, car c'est un cimetière chrétien consacré.

— Même des animaux chrétiens ? interrogea Julia.

— Et si l'on se procurait un cercueil conforme ? » suggéra Valentina.

Robert hocha la tête. « Voilà plutôt ce qu'on va faire, dit-il. On va enterrer votre chaton dans le jardin, près du mur, et on demandera à George de réaliser une petite pierre tombale. Elle sera à deux pas du cimetière et vous pourrez vous rendre sur sa tombe comme vous le voudrez.

— Entendu », dit Valentina. Elle était comme anesthésiée et elle avait besoin de parler à Elspeth, mais celle-ci restait invisible.

Tous trois descendirent au jardin. Robert alla chercher une pelle et des gants. Après avoir choisi l'emplacement avec Valentina, il se mit à creuser. Le coffret n'était pas gros, mais il fit tout de même un trou de un mètre de profondeur. Sa tâche accomplie, il considéra sous un autre angle le travail des fossoyeurs : *Thomas et Matthew auraient fait ça en dix minutes et moi j'ai sué sang et eau et je me suis fait des ampoules.* Il déposa soigneusement le coffret au fond du trou.

« Est-ce qu'on ne devrait pas prononcer quelques mots ? demanda Julia.

— Vous voulez dire… une prière ? » Robert se tourna alternativement vers les jumelles.

« Adieu, petit chaton… » murmura Valentina. *Je t'aime, je suis désolée…* Elle fondit en larmes. Robert et Julia se regardèrent, chacun essayant de faire comprendre à l'autre qu'il l'autorisait à la consoler. Finalement, Julia agita la main : *Allez-y.* Robert s'avança vers Valentina, qui était maintenant secouée de sanglots, et la prit dans ses bras. Julia les laissa. Elle traversa le jardin et monta l'escalier de service. Au moment où elle ouvrait sa porte, elle jeta un coup d'œil au couple. Valentina était accrochée à Robert, et Robert observait Julia. *Il a l'air mal à l'aise. Comme si on lui avait offert un cadeau dont il ne veut pas, mais qu'il doit faire semblant d'apprécier.* Julia pénétra dans l'appartement, sans plus s'occuper d'eux.

Deux jours passèrent, pendant lesquels tout le monde évita tout le monde. Elspeth ressassait sa culpabilité dans son tiroir ; Robert passait pas mal de temps au cimetière à s'occuper de paperasserie ; Julia se levait tôt et sortait sans dire où elle allait ; Valentina traînait dans l'appartement et essayait de confectionner sa robe. Elle avait du mal à se concentrer et n'arrivait pas à réaliser le patron. Robert avait aidé les jumelles à commander un nouveau poste de télévision, qui fut livré le lendemain de l'enterrement de la petite chatte. Valentina laissa tomber sa robe pour *Antiques Road-show*, la très populaire émission de la BBC, et un documentaire sur l'islam. Martin, lui, ignorait tout. Il se consacrait à la réalisation de ses grilles de mots croisés et s'exerçait à se tenir sur le palier. Il parvenait désormais à y rester dix minutes sans problème et envisageait même de descendre l'escalier.

Elspeth finit par sortir de son tiroir alors que Valentina dînait devant *Eastenders*. Elle s'installa à un mètre du poste, invisible aux yeux de Valentina, et réfléchit à ce qu'elle allait dire. L'émission terminée, la jeune fille éteignit la télévision. Elle remporta son plateau dans la cuisine et gagna la chambre. Elspeth, au supplice, la suivit.

« Elspeth ? Je sais que tu es là », lança Valentina.

Elspeth lui effleura le dos de la main du bout des doigts. Valentina alla dans le séjour et s'assit devant la planche Oui-ja. « Que s'est-il passé, Elspeth ? »

AFFREUSE ERREUR SUIS VRAIMENT NAVRÉE

« Je ne voulais pas que tu la tues pour de vrai ! »

JE SAIS PAS PU LA RÉINTÉGRER ELLE S'EST ENFUIE

« Elle est ici en ce moment ? »

LA VOIS PAS

« Si tu la vois, tu me le diras ? »

ÇA RISQUE D'ÊTRE LONG D'ABORD ELLE SERA COMME UN NUAGE

« Bon. »

SUIS DÉSOLÉE

« Moi aussi. C'est ma faute, Elspeth, je n'aurais pas dû proposer ça. »

LES PLANS LES MIEUX CONÇUS DES SOURIS ET DES HOMMES[1]...

« C'est sans doute vrai. » Valentina se leva. « Je suis fatiguée, Elspeth. Je vais me coucher. »

BONNE NUIT

« Bonne nuit. » Valentina quitta la pièce. Quelques instants plus tard, Elspeth l'entendit se laver les dents. *Finalement, ce n'est peut-être pas plus mal*, se dit-elle.

Le lendemain matin, Julia trouva Valentina assise au soleil sur le banc de bois du jardin, en train de contempler le petit monticule de terre sur la tombe du chaton.

« J'ai l'intention d'aller au Liberty Store. Tu viens avec moi ? » proposa-t-elle.

Valentina était sur le point de refuser, lorsqu'elle se souvint que sa sœur n'aimait pas trop ce grand magasin chic londonien. *C'est sans doute pour me faire plaisir*,

1. « Les plans les mieux conçus des souris et des hommes souvent ne se réalisent pas » : vers extrait du poème de Robert Burns *To a Mouse* (*À une souris*). *(N.d.T.)*

se dit-elle. Elle pensa aux coupons du troisième étage ; elle aurait pu rester des heures à contempler leurs tissus. Cela la changerait de la télévision. « Oui, répondit-elle, avec plaisir. »

Elles ne parlèrent guère pendant le trajet. Valentina était entièrement vêtue de noir ; elle avait emprunté les vêtements d'Elspeth. Julia avait préféré un sweat rose à capuche et une jupe courte portée avec des collants. *Le rose et le noir vont bien ensemble*, s'était-elle dit. *On sera assorties sans être habillées pareil*. Elles étaient assises côte à côte dans un wagon de la Northern Line, incapables l'une comme l'autre d'entamer la conversation. Quand elles arrivèrent au Liberty Store, Valentina se précipita au rayon des tissus. Julia resta un peu en arrière ; elle réfléchissait à ce qu'elle allait pouvoir raconter à sa sœur quand celle-ci se déciderait à parler.

Elles allèrent déjeuner dans une sandwicherie, où elles partagèrent un bacon-crudités accompagné de chips, d'un Coca pour Julia et de thé pour Valentina. Comme le silence s'éternisait, l'inquiétude de Julia s'accrut. « Que veux-tu faire, maintenant ? » interrogea-t-elle.

Valentina haussa les épaules. « Je n'en sais rien. Rentrer à la maison, sans doute.

— Voyons, il fait un temps splendide ! C'est trop tôt pour aller s'enfermer.

— Comme tu veux. » Valentina avait pris un ton indifférent.

« Promenons-nous un peu, suggéra Julia.

— D'accord. »

Une fois dans la rue, Julia n'hésita pas un seul instant sur la direction à prendre. Valentina remarqua qu'elle naviguait maintenant dans Londres sans se référer au guide. Bientôt, elles se retrouvèrent dans St. James Park. « Regardons les canards », suggéra Valentina. Elles s'assirent donc sur un banc et contemplèrent les volatiles.

Au bout d'un moment, Julia prit la parole. « Qu'est-ce que je t'ai fait ? demanda-t-elle.

— Tu le sais bien.

— Mais non. Je ne comprends pas. On est toujours restées ensemble et on était heureuses comme ça. C'était tout naturel, ça allait de soi. On voulait la même chose et on ne devait jamais se séparer, tu te souviens ? »

Valentina secoua la tête. « C'était *ton* truc, ton idée à *toi*. On a toujours fait ce que *tu* voulais. Tu ne t'en rendais même pas compte, mais tu décidais de *tout, tout le temps*. Pas question pour moi d'envisager quoi que ce soit. Tiens, les études, par exemple. On aurait pu continuer à Cornell, ou à l'université de l'Illinois. Et maintenant, on aurait fini. On aurait un boulot. Mais dès que j'essaie de faire quelque chose sans toi, ça ne te plaît pas, alors quand tu as laissé tomber les études, j'ai dû suivre. Tu ne sais pas ce que tu veux dans la vie et du coup je n'ai pas le droit d'exister non plus. Ça sert à quoi, Julia ? Tu ne peux me coller aux fesses jusqu'à la fin !

— Mais on est *censées* rester ensemble. Regarde maman et Elspeth. Elles ne voulaient pas se séparer. Simplement, il s'est passé quelque chose de très important et elles ont été obligées de le faire. Ça les a rendues très malheureuses.

— Elles auraient pu être réunies de nouveau, ce qui n'a pas été le cas. Quand Robert et Elspeth sont allés passer des vacances aux États-Unis, ils n'ont même pas mis les pieds à Chicago parce que Elspeth ne le voulait pas. D'après Robert, maman a interdit à Elspeth d'être en contact avec nous. »

Julia insista. « N'empêche qu'elles ne voulaient pas être séparées.

— C'était leur problème, pas le nôtre, répliqua Valentina. Moi, je veux faire des études. Je veux avoir un petit copain. Je veux me marier et avoir des enfants. Je veux devenir créatrice de mode. Je veux avoir mon appartement. Je veux manger un sandwich entier. Et pas nécessairement dans cet ordre.

— Tu peux avoir tous les sandwiches que tu veux ! » Julia plaisantait, mais Valentina se leva brusquement et s'éloigna en ignorant les appels de sa sœur, qui se mit à la suivre. *Mais où va-t-elle ?* se demanda Julia. *Elle n'a pas de plan. Dans deux minutes, elle sera complètement perdue*. Valentina sortit du parc, hésita, tourna à droite et se mit à marcher dans le Mall, la grande avenue. Julia courut pour la rattraper. Elle la vit jeter un coup d'œil derrière elle, puis reprendre sa marche rapide. Parvenue à Trafalgar Square, Valentina s'arrêta pour échanger quelques mots avec un vendeur de journaux, qui lui indiqua son chemin avec force gestes et sembla inscrire quelque chose sur un papier à son intention. *Elle cherche le métro*, pensa Julia. Elle attendit que Valentina se décide à repartir. *Je la rattraperai dans le métro. Elle ne pourra pas s'en aller.* Valentina regarda autour d'elle sans apercevoir sa sœur et prit la mauvaise direction. *Pourquoi ne vas-tu pas à Charing Cross ?* Julia la suivit dans Cockspur Street et Haymarket. Elle accéléra l'allure et eut la chance de la voir s'engouffrer dans la station Piccadilly Circus. Elle se mit à courir derrière elle. Valentina valida son Oyster Card, passa le portillon et emprunta les escaliers. Julia prit l'escalator et arriva en bas avant elle. Valentina la dépassa sans un mot et Julia marcha à quelques pas derrière sa sœur, désemparée.

Valentina prit le quai dans la direction Piccadilly Westbound. *Bon sang, mais où va-t-elle ?* Julia resta un peu en arrière. « Valentina, tu te trompes. Ce métro va à l'aéroport d'Heathrow ! » lança-t-elle, mais Valentina l'ignora. *Irait-elle vraiment à l'aéroport ? Elle n'a pas son passeport sur elle. Et elle n'a pas beaucoup d'argent*. Une rame arrivait. Valentina y monta. Julia en fit autant.

Juste au moment où les portes allaient se refermer, Valentina descendit brusquement du wagon. Julia la vit qui, debout sur le quai, regardait la rame partir d'un air satisfait.

Robert revint du cimetière peu après dix-huit heures. Il se servit à boire et alla dans le jardin avec l'intention de se détendre un peu près du mur du cimetière. Il tomba sur Julia, qui était assise sur le banc. Elle avait pleuré.

« Qu'est-ce qui ne va pas ? demanda-t-il.

— Valentina s'est perdue. » Elle lui raconta les événements de la journée.

« Ce n'est pas parce qu'elle vous a faussé compagnie qu'elle s'est égarée », dit-il.

Julia détourna le regard. « Alors, où est-elle ?

— Je n'en sais rien, mais elle sera certainement rentrée dans la soirée.

— Vous avez sans doute raison », répondit-elle, l'air dubitatif.

Robert lui tendit son verre. « Vous en voulez ?
— Non, merci.
— Je peux faire quelque chose pour vous ?
— Rien, je vous remercie. » Julia remonta chez elle, laissant Robert soucieux.

À vingt-trois heures, Julia redescendit et frappa à la porte de Robert. « Des nouvelles ? interrogea-t-il.
— Non. Est-ce qu'on ne devrait pas appeler la police ?
— Ce n'est peut-être pas une bonne… »
La sonnerie du téléphone l'interrompit. Il se précipita. « Allô ?… Dieu soit loué, nous étions inquiets… Où es-tu ?… West Dulwich ? Comment as-tu fait pour échouer là ?… Aucune importance, je prends un plan… Bon, j'arrive en taxi, attends-moi à l'entrée… Non, pas de problème… Ne bouge pas. À tout à l'heure. » Il raccrocha et se tourna vers Julia. « Elle est dans une gare de la banlieue sud.
— Je peux venir ?
— Il vaudrait mieux pas. » Robert alla chercher son portefeuille et ses clés et rejoignit Julia dans l'entrée de l'immeuble. « Je suis désolé, Julia. Elle avait l'air d'être à cran.
— C'est bon », murmura Julia. Elle fit demi-tour et monta les escaliers. Robert se rendit à la station de taxis.

Le trajet entre Highgate et West Dulwich était long, et Robert eut largement le temps de réfléchir à ce qui se passait. *Je devrais peut-être avertir leurs parents. Je ne suis pas à même de m'occuper de leurs problèmes et Elspeth ne m'est d'aucun secours. Je pourrais appeler Edie et Jack, leur demander de venir... oui, mais pour quoi faire, exactement ? Reprendre les jumelles en main... Je ne suis pas leur gardien... Elles ont besoin d'un arbitre, en fait...*

Lorsque le taxi arriva devant la gare, Robert en descendit et attendit sur le trottoir. Valentina sembla surgir de l'ombre. Il crut voir sa tête séparée de son corps flotter dans sa direction, avant de se rendre compte qu'elle était habillée en noir. Aucun des deux ne prononça un mot. Elle monta dans le taxi et il s'installa à côté d'elle.

La circulation était fluide. Le chauffeur parlait au téléphone en hindi. Pendant plusieurs kilomètres, tous les deux conservèrent un silence gêné, puis, au moment où le taxi traversait la Tamise, Robert demanda : « Ça va ?

— J'ai pris une décision, répondit calmement Valentina. Mais je vais avoir besoin de ton aide. »

Robert eut un mauvais pressentiment. Plus tard, il se dirait qu'il aurait dû arrêter le taxi et la renvoyer chez elle sans lui ; oui, il aurait dû l'abandonner là et parcourir les rues du sud de Londres jusqu'à ce que son cœur lâche. Au lieu de quoi, il fit : « Ah ? »

À voix basse, afin que le chauffeur ne les entende pas, elle lui raconta comment Elspeth avait ressuscité la petite chatte. Robert écoutait avec une impatience croissante. « Je ne comprends pas, dit-il, le chaton est bel et bien mort.

— Ça, c'est plus tard, quand Elspeth s'exerçait. Il s'est enfui et Elspeth n'a pu lui faire réintégrer son corps.

— Pourquoi diable Elspeth s'exerçait-elle ? Et à quoi ?

— C'est ce que j'essaie de t'expliquer. Nous avions un plan… » Tandis qu'elle lui détaillait le plan, en chuchotant presque, Robert fut horrifié. Il s'éloigna d'elle. « Tu es folle ! » s'exclama-t-il.

Elle posa sa petite main sur le genou de Robert. « Elspeth a eu la même réaction que toi, au début, et puis elle a réfléchi à la façon dont on pourrait y arriver. Il faudrait que tu aies une conversation avec elle.

— C'est bien mon intention. » Il ôta la main de Valentina de son genou, puis changea d'avis et la garda dans la sienne. « Écoute, Valentina, tu ne devrais pas… Il vaudrait mieux ne pas laisser Elspeth décider.

— Pourquoi donc ?

— Elle est… maligne. Elle peut avoir des idées derrière la tête.

— Elle a été très sympa avec moi. »

Robert hocha négativement la tête. « Elspeth n'est pas sympa. Déjà, de son vivant, elle n'était pas très… Elle était belle, intelligente et en un certain sens follement originale, mais aujourd'hui qu'elle est morte, elle semble avoir perdu une qualité essentielle, appelons-la *compassion* ou *empathie*, bref une qualité humaine. Je ne crois pas que tu puisses lui faire confiance, Valentina.

— Tu lui fais bien confiance, toi.

— C'est parce que je n'ai pas de jugeote. »

Ils ne prononcèrent plus un mot jusqu'à l'arrivée devant leur immeuble.

Robert laissa son lit à Valentina, car elle ne voulait pas rentrer chez elle. Il attendit qu'elle soit endormie, puis monta à l'appartement des jumelles. Julia lui ouvrit dès qu'il frappa.

« Entrez », dit-elle. Il resta dans l'entrée, préférant ne pas s'asseoir pour éviter une longue conversation.

« Elle est chez moi et elle dort, dit-il.

— Bien.

— Julia, est-ce que vous l'avez trouvée… suicidaire ?

— Elle n'a pas vraiment ce genre d'intention », répondit très vite Julia.

Robert se dirigea vers le palier. « Je n'en suis pas si sûr. Surveillez-la, on ne sait jamais », lança-t-il avant de descendre l'escalier. Il entendit Julia fermer sa porte au moment où il arrivait devant la sienne.

Une fois chez lui, il se dirigea vers le téléphone. Il serait presque dix-neuf heures à Lake Forest. Il imagina les Poole en plein dîner, sans savoir que leur fille était en train de planifier sa mort et sa résurrection. Au moment où il voulut composer leur numéro, il s'aperçut qu'il ne le possédait pas. Mieux valait ne pas le demander à Julia. Il préférait attendre et poser la question à Maître Roche dans la matinée.

Robert veilla pratiquement toute la nuit. Il regarda des extraits de matches de foot et une émission sur la musique folk américaine avec le son coupé, jusqu'à ce qu'il finisse par s'endormir dans son fauteuil. Quand il se réveilla, Valentina était partie. Il monta à l'étage et trouva les jumelles en train de prendre leur petit-déjeuner ensemble, dans une ambiance apparemment cordiale.

« Qu'est-ce que vous faites aujourd'hui ? interrogea-t-il.

— Pas grand-chose, répondit Valentina en lui apportant une tasse de café.

— Vous pourriez peut-être aller au supermarché ? »

Julia secoua la tête. « On a pas mal de provisions.

— Dans ce cas, baladez-vous.

— Tu veux parler à Elspeth ? demanda Valentina.

— Comment as-tu deviné ? » dit-il d'une voix suave.

Valentina eut l'air interloqué, mais se tut. Après le petit-déjeuner, Julia monta voir Martin et Valentina alla finir son thé dans le jardin. Robert resta attablé dans la salle à manger, muni de feuilles de papier et d'un crayon. « Elspeth, viens un peu ici », commanda-t-il.

Il sentit son contact froid sur sa joue. « Qu'est-ce que tu mijotes ? » demanda-t-il.

MOI ?

« Toi et Valentina. Elle m'a parlé de votre plan. »

EN FAIT, C'EST LE SIEN.

« Elspeth, les plans ne sont pas le fort de Valentina. Tu sais pertinemment que ça ne peut pas marcher. D'abord, les cadavres sont bourrés de substances chimiques. »

DEMANDE À SEBASTIAN DE NE PAS L'EMBAUMER.

« Non, je veux parler de substances naturelles. Les glandes libèrent toutes sortes de trucs pour décomposer le corps. Il y a les gaz, les bactéries… »

GARDE LE CORPS AU FROID.

« Elspeth, on est dans de la *folie pure*. Tout ça n'a aucune raison d'être. Dans six mois, Valentina peut prendre sa part d'héritage et s'en aller. Rien ne l'oblige alors à voir Julia si elle ne le souhaite pas. »

ET SI ELLE SE TUE AVANT ?

« Elle ne va pas se tuer. » Il avait prononcé ces mots avec une conviction qu'il était loin d'avoir.

TU L'AS BIEN REGARDÉE ? ELLE EST HYSTÉRIQUE.

« Je vais appeler ses parents. Ils peuvent la ramener en Amérique. »

LUI AI SUGGÉRÉ. ELLE N'IRA PAS.

« Pourquoi ? De toute façon, ce n'est pas à elle de prendre la décision. Ses parents peuvent la faire hospitaliser si nécessaire. Moi, je n'ai pas autorité pour cela. »

EUX NON PLUS.

« Elspeth, je ne vais pas t'aider à faire une chose pareille et tu as besoin de moi pour que ça marche. »

TU DEVRAS AIDER SI ON LE FAIT, SINON ELLE SERA DÉFINITIVEMENT MORTE.

Robert en resta muet. Il posa le crayon, se leva et se mit à tourner autour de la table. Elspeth l'observait. *Tu ne changeras jamais*, pensa-t-elle avec affection. Au bout d'un moment, il se rassit. « Qu'as-tu à y gagner ? interrogea-t-il. Tu es jalouse d'elle ? »

NON.

« Tu vas vraiment la tuer ? »

JE POURRAIS MAINTENANT EN TOUTE IMPUNITÉ, PERSONNE NE SAURAIT.

« C'est vrai. » Robert savait qu'il devait encore poser une question, celle qui dévoilerait la contradiction inhérente à ce plan fumeux, mais elle lui échappait. « Ce… ce n'est pas bien, Elspeth. »

PEUT-ÊTRE. MAIS ELLE EST DÉTERMINÉE.

« Elle ne va pas se suicider. »

ET SI ELLE LE FAIT ?

Il secoua la tête. Ils tournaient en rond. Il devait pouvoir sortir de ce cercle infernal et trouver une autre solution. « Ne faisons pas ça, Elspeth, supplia-t-il. Si nous refusons tous les deux, elle devra réfléchir. »

ET SI ELLE SE SUICIDE ?

Il ne répondit pas.

AU MOINS LAISSE-MOI T'EXPLIQUER POURQUOI ÇA PEUT MARCHER.

Au fur et à mesure que Robert noircissait des feuilles de papier avec l'écriture soignée d'Elspeth, le désespoir le gagnait. *Je ne le ferai pas*, se disait-il. Mais déjà sa résolution faiblissait.

Il file un mauvais coton

En ce dimanche de juin, Jessica et Robert se tenaient en compagnie de James sur la terrasse dominant le jardin des Bates. C'était l'après-midi après la fermeture du cimetière. La journée avait été épuisante. Avec le beau temps, les touristes venaient visiter le cimetière en masse et la plupart des guides étaient en vacances. Robert et Phil avaient été obligés d'expulser de la partie est deux cinéastes à la carrure impressionnante et à l'humeur agressive, ainsi que leurs acteurs. Des propriétaires de sépulture étaient arrivés de Manchester sans avoir la moindre idée de l'endroit où était située la tombe de leur grand-mère. Maintenant, le couple Bates et Robert buvaient un whisky en décompressant.

« On devrait peut-être mettre une nouvelle affiche sur le portail, suggéra James. Avec l'inscription suivante : "Tous les propriétaires d'une sépulture ignorant son emplacement exact sont priés de se présenter pendant les heures de bureau, afin que le personnel puisse perdre beaucoup de temps à répondre à leur demande."

— On *veut bien* les aider, dit son épouse, mais ils *doivent* appeler avant. Ces gens qui débarquent au cimetière en nous demandant de faire une recherche pendant qu'ils attendent, c'est en dessous de tout !

— Ils pensent que les dossiers sont informatisés », avança Robert.

Jessica éclata de rire. « Dans une dizaine d'années, peut-être ! Evelyn et Paul n'ont que leurs dix doigts pour rentrer les actes de sépulture. Ils font ce qu'ils peuvent, mais avec quelque cent soixante-neuf mille entrées…

— Oui, je sais. »

Jessica se tourna vers James. « Aujourd'hui, Robert et Phil ont réussi un vrai tour de force, lui dit-elle. Non seulement ils ont repoussé les gens de cinéma qui n'avaient rien à faire au cimetière, mais ils ont effectué quatre visites guidées chacun.

— Seigneur ! Mais où donc étaient les autres conférenciers ?

— Brigitte est à Hambourg, chez sa mère, Marion et Dean sont en vacances en Roumanie, Sebastian fait des heures supplémentaires au funérarium à cause de ce terrible accident d'autobus à Little Wapping et Anika a attrapé la grippe de sa petite fille.

— On était juste trois, avec Molly. La pauvre, elle a passé la journée aux grilles du cimetière est. » Robert vida son verre, que Jessica se hâta de remplir de nouveau.

« C'est sans doute le principal inconvénient quand un cimetière fonctionne avec des bénévoles, dit James. On ne peut les empêcher de partir en vacances sous prétexte qu'on sera à court de guides.

— Bien sûr, approuva Jessica, mais j'aimerais que le cimetière soit une priorité pour eux.

— C'est le cas, vous savez, affirma Robert. Ils viennent de loin parfois, avec une grande régularité.

— Vous avez raison. Je crois que je suis épuisée. La journée a été longue. »

Robert étendit ses jambes. « L'avantage, si je faisais quatre visites guidées quotidiennes, c'est que je serais un peu plus en forme.

— Effectivement, on dirait que vous n'avez pas beaucoup mis le nez dehors ces temps-ci, constata Jessica en le scrutant du regard. Vous manquez de vitamine D. Vous semblez perpétuellement fatigué.

— Peut-être que je devrais acheter un ordinateur portable et travailler au soleil dans le Pré parmi les tombes.

Souvent nous l'avons vu quand point l'aurore
Fouler d'un pas pressé l'herbe et la rosée
Pour regarder là-haut le soleil qui les dore[1]. »

Jessica sourit. « Comme c'est romantique ! Cela ferait une charmante publicité pour les portables.

— Votre thèse avance ? demanda James.

— Gentiment. Je n'y ai pas travaillé autant que j'aurais dû ces temps-ci.

— Mais vous avez une date limite, non ? Je croyais que votre comité de thèse commençait à s'impatienter.

— En fait, plus j'effectue de recherches et plus je trouve de sujets d'étude. Parfois, je me dis que mon

1. Extrait de *Elegy Written in a Country Churchyard (Élégie écrite dans un cimetière de campagne)*, poème de Thomas Gray. (*N.d.T.*)

travail va être aussi vaste que le cimetière lui-même et englober tombe après tombe, année après année, et jusqu'au moindre brin d'herbe ou de fougère…

— Mais, Robert, ce n'est pas nécessaire ! » Jessica était intervenue si vivement que Robert sursauta. « On vous demande de parler des événements et de leur signification, pas de recréer l'endroit sur le papier. Vous êtes historien et faire de l'histoire, c'est savoir trier et choisir.

— C'est bien mon intention. N'empêche que j'ai du mal à cesser d'accumuler de la documentation. »

Jessica pinça les lèvres et détourna les yeux. James demanda : « Est-ce qu'on peut vous aider à quelque chose, Robert ? Combien de feuillets compte votre manuscrit ? »

Robert hésita avant de répondre. « Mille quatre cent trente-deux.

— Fantastique. Il ne reste plus qu'à l'élaguer.

— Euh… non. J'en suis seulement arrivé à la Première Guerre mondiale.

— Oh ! » fit James. Jessica contemplait le jardin en essayant de se contenir.

« Ce cimetière n'a pas une histoire, mais plusieurs, expliqua Robert. Il y a l'aspect social, l'angle religieux, et le côté santé publique. Il y a aussi les biographies de tous les morts qui y sont inhumés, la grandeur et la décadence de la compagnie des cimetières de Londres. Il y a enfin le vandalisme, la Société des Amis du Cimetière et le travail qui a été accompli depuis. Il faut relier entre eux tous ces éléments. Et puis il y a les événements surnaturels auxquels certains prétendent avoir…

— Vous n'allez pas mettre ces tissus d'âneries dans votre thèse ! » s'exclama Jessica en se tournant vers lui.

« Pas en tant que faits, mais ils font partie des annales contemporaines…

— Une partie peu ragoûtante, en vérité.

— Une toute petite partie, mais qui a servi de catalyseur et conduit à la création de la Société des Amis. Je refuse de censurer des faits pour la simple raison que nous les désapprouvons. »

Jessica poussa un long soupir. « Mais "l'histoire est écrite par les vainqueurs", n'est-ce pas ? Et dans la bataille pour le cimetière de Highgate, les Amis sont sans aucun doute les vainqueurs. Nous avons donc un droit de regard sur notre histoire. »

Robert crut à tort que la citation était de Michel Foucault. Il se débattit avec cette dissonance cognitive jusqu'à ce que James précise gentiment : « Winston Churchill. »

« Oui, bien sûr », s'exclama-t-il, tout en pensant : *Mais je suis marxiste*. Il ne chercha pas à donner d'explication, dans la mesure où Jessica avait toujours eu une attitude légèrement condescendante envers Karl Marx (du moins en ce qui concernait sa présence au cimetière de Highgate). Robert n'avait pas l'esprit à se lancer dans la défense et illustration des courants de pensée marxistes chez les universitaires et il se hâta de prendre la tangente. « Je réfléchissais à la nature du souvenir. Aux mémoriaux… »

Les Bates se regardèrent, mais se turent. Robert se rendit compte qu'il ne savait plus très bien où il voulait en venir.

« Le projet d'informatisation, finit-il par dire. Le nettoyage des tombes pour qu'on puisse lire les inscriptions sur les sépultures. Et George dans son atelier, en train de graver des noms sur de nouvelles pierres tombales…

— Eh bien ? interrogea James.

— Pourquoi faisons-nous tout cela ?

— Pour les familles, répondit Jessica, car les morts, eux, ne voient pas la différence.

— Et pour les historiens, ajouta James avec un grand sourire.

— Et si les morts étaient au courant ? interrogea Robert. S'ils étaient parmi nous, ou quelque part…

— Voyons… » Jessica le dévisagea. *Quelque chose ne va pas chez lui. C'est une boule de nerfs.* « Robert, est-ce que tout va bien ? Je m'inquiète à votre sujet. »

Robert contempla la pointe de ses souliers. « Comment est-ce que ça se passe du côté des jumelles ? demanda James. Arrêtez-nous si nous nous montrons indiscrets, mais nous préférerions que vous ayez tourné la page. » Robert leva les yeux et vit que James et Jessica le regardaient tous deux d'un air soucieux.

« Eh bien, ça craque chez les jumelles. Si j'ai bien compris, Valentina veut quitter Julia et Julia veut que Valentina cesse de me fréquenter. Mais ce n'est pas le problème. »

Il se rendait compte qu'il hésitait à se confier à eux ; il ne voulait pas qu'ils aient une mauvaise opinion de lui et il savait qu'ils ne le croiraient pas. *Pourtant, si je n'en parle à personne, ma tête va exploser. Peut-être comprendront-ils, même s'ils ne pensent pas que c'est vrai.* Le croassement d'un corbeau solitaire rompit quelques instants le calme de la terrasse, puis le silence retomba.

« J'en suis venu à croire qu'il existe une forme de vie après la mort, reprit Robert. Qu'il est possible que les gens restent parmi nous… ou soient prisonniers, d'une certaine manière… » Il prit une inspiration, puis se lança : « J'ai parlé à Elspeth. Elle est dans son appartement et ne peut en sortir.

— Oh, Robert ! » Il y avait une grande tristesse dans la voix de Jessica. Il savait que ce qui l'attristait, c'était son sort à lui, qui perdait l'esprit, et non pas le funeste destin d'Elspeth.

« Les jumelles lui parlent, elles aussi », affirma-t-il.

James toussota. « Vous pensez qu'elle nous parlerait, à nous aussi ? Comment communiquez-vous avec elle ?

— Par l'écriture automatique, et la planche Oui-ja quand nous sommes fatigués. Elspeth est glacée, alors c'est difficile d'écrire longtemps à la suite.

— Vous la voyez ?

— Valentina la voit, mais moi non et Julia non plus, je ne sais pas pourquoi. » *Je donnerais n'importe quoi pour la voir.*

Jessica intervint. « Cela ne semble pas avoir un effet très bénéfique sur vous. » Elle donnait l'impression de vouloir en dire beaucoup plus.

« C'est vrai.

— Peut-être pourriez-vous prendre des vacances, ainsi que des vitamines. Un changement de décor ne vous ferait pas de mal. Le cimetière n'est sans doute pas le meilleur endroit pour vous en ce moment.

— Encore un peu de whisky ? proposa James.

— Oui, merci. » Par la suite, Robert se demanda s'ils n'avaient pas bu tous les trois un peu plus que de raison. Il tendit son verre. James y versa un peu d'eau et une généreuse rasade. « Mais Elspeth n'est pas dans le cimetière, poursuivit Robert. Dans le cimetière, je n'ai jamais rencontré que des renards, des touristes et des employés.

— J'aime autant, dit James. Cela ne me plairait pas que quelqu'un soit coincé là par tous les temps. Quoique la vie après la mort me paraisse tristounette si elle consiste à errer chez soi pour l'éternité sans avoir la moindre occupation.

— C'était apparemment comme ça au début pour Elspeth, mais depuis peu, elle est devenue très… active. Hier, j'ai assisté à une partie de backgammon entre elle et Valentina. C'est Elspeth qui a gagné. »

Jessica hocha la tête. « En admettant que ce soit vrai – et je tiens à préciser que je le juge *fort peu* probable –, qu'est-ce qui peut en sortir de bon ? »

Robert haussa les épaules.

« Je crains que cela ne vous mette dans une position difficile, déclara James. L'homme ne se tire jamais très bien de ce genre de situation. » *Je me demande bien à quel précédent vous pouvez vous référer,* se dit Robert en regardant James d'un air interrogateur. « Je veux dire en littérature, poursuivit ce dernier. Et dans la mythologie. Voyez Eurydice, ou *L'esprit s'amuse*, ou encore cette charmante nouvelle d'Edith Wharton, euh…

— *Grains de grenade*, lui souffla Jessica.

— Merci, Jessica. Ça se termine mal pour les maris comme pour les amants.

— Je lui ai demandé de me tuer, pour que je sois avec elle. Elle a refusé.

— Encore heureux ! s'exclama Jessica, atterrée.

— Voyons, ce n'est pas la solution, dit James. Laissez-nous vous aider. On va vous emmener en vacances. »

Robert sourit. « Et qui va s'occuper du cimetière ?

— Quelle importance ? » répliqua Jessica. *Comment peut-il plaisanter avec ce genre de choses ?* « Nigel et Edward se débrouilleront entre eux. Alors, quelle destination ? Paris ? Copenhague ? Pourquoi pas Reykjavík ? Nous n'y sommes jamais allés et il paraît que c'est merveilleux à cette période de l'année.

— Allons plutôt là où il fait beau et chaud », suggéra James. Le ciel se couvrait. Il se sentait fatigué et la simple perspective d'aller plus loin que le coin de la rue lui donnait mal au dos. Il tendit son verre à Jessica, qui le lui remplit.

« L'Espagne ? » suggéra-t-elle. Ils échangèrent un sourire. « Ou bien la côte amalfitaine ?

— Ça vaut la peine d'y réfléchir, dit Robert. Tout cela est très tentant. » *Pourquoi pas ?* pensa-t-il. *Je pourrais m'en aller, tout simplement, et les laisser se débrouiller toutes les trois. Les jumelles se réconcilieraient et vivraient heureuses avec Elspeth...* Il soupira. Il savait bien qu'il n'irait nulle part. Pourtant, cela paraissait simple. « Parlons-en.

— Il faut manger quelque chose, déclara Jessica. J'ai l'estomac dans les talons.

— Je m'en occupe, dit Robert. Ils font des plats préparés au Lighthouse. Des langoustines, ça vous va ? » Il se leva et se dirigea d'un pas incertain vers l'intérieur de la maison.

Les deux époux l'écoutèrent décrocher le téléphone de l'entrée et passer commande de sa voix grave auprès du restaurant.

« Il faudrait peut-être en parler à quelqu'un, suggéra James à sa femme. On pourrait appeler Anthony… »

Jessica passa sa main sur son front. *Je suis si fatiguée*. « Je n'en sais rien. Quelle est la démarche à suivre quand on a un jeune ami qui communique avec un fantôme ?

— Tu ne penses pas qu'il nous a raconté tout ça pour qu'on fasse quelque chose ?

— L'envoyer à l'hôpital psychiatrique, tu veux dire ? »

James hésita. « Il a parlé de se tuer.

— Non, il voulait que ce soit Elspeth qui le tue. Nuance.

— Je n'aime pas ça du tout, Jessica.

— Moi non plus. Crois-tu qu'il viendrait avec nous ? »

James poussa un long soupir. « Saurions-nous réagir s'il faisait une dépression nerveuse dans une chambre d'hôtel à l'étranger ?

— En tout cas, il faut faire *quelque chose*. »

Robert réapparut. « Je vais chercher la commande, cela me fera marcher un peu », lança-t-il. Il semblait enjoué et parfaitement normal. Il refusa l'argent que James lui proposait, déclarant qu'ils étaient ses invités. Une fois dans la rue, il se mit à fredonner. *Paris, Rome, Saskatchewan*. Il se dirigea vers Archway Road et accéléra le pas, car la fraîcheur du soir tombait. *Adélaïde, Le Caire, Pékin. Où que j'aille, elle sera coincée dans cet appartement, en train de mijoter une résurrection*. Cela le fit rire. *Génial ! Je marche en ricanant comme Peter Lorre*. Il dut s'arrêter et s'appuyer contre le kiosque à journaux, plié en deux. *Cancún, Buenos*

Aires, la Patagonie. Je pourrais m'engouffrer dans la station de métro de l'autre côté de la rue et être à l'aéroport d'Heathrow dans une heure, et personne n'en saurait rien. Il se redressa, le souffle court, les yeux clos. *Seigneur, je me sens mal.* Il resta ainsi quelques minutes, les bras serrés sur sa poitrine, puis ouvrit les yeux. Tout chavirait autour de lui, mais cela ne dura pas et il se remit en marche, très doucement. *Impossible. Je dois aller chercher notre dîner. James et Jessica s'inquiéteraient.* Les passants le dévisageaient. *Le problème, c'est que... je suis quelqu'un de confiance. Elle sait que je vais le faire parce que sinon... si je ne le fais pas...* Il faillit dépasser le restaurant, mais il s'y arrêta par pure habitude et parvint à entrer et à payer. En remontant vers la maison des Bates, une idée lui traversa l'esprit : *Il faut que je lise ce journal. Elspeth me l'a donné et je dois le lire.* Il se mit à répéter le mot « journal » sans s'arrêter. Quand il arriva chez James et Jessica, le plat était froid et ils étaient en train de manger une soupe dans leur cuisine. Jessica l'installa dans la chambre d'amis.

Le lendemain matin, il sortit du lit avec la gueule de bois et l'impression d'avoir oublié quelque chose. Jessica lui fit avaler un horrible breuvage à base de bananes, de tomates, de lait, de vodka et de sauce Tabasco, puis elle lui prépara des œufs au plat et resta auprès de lui pendant qu'il les mangeait. James était déjà parti pour le cimetière.

« James et moi, on a réfléchi hier soir et on pense que quelqu'un doit s'occuper de vous, dit-elle. Voulez-vous venir habiter chez nous ? On a toute la place nécessaire. »

Elle lui sourit et le cœur de Robert bondit dans sa poitrine. C'était exactement le genre de sortie de secours dont il avait besoin. Il allait accepter lorsqu'il pensa : *Minute. Si je reste chez eux, je ne pourrai pas aller la nuit au cimetière.* « Vous me permettez d'y réfléchir ? demanda-t-il.

— Bien sûr. Vous savez où nous trouver. »

Il la remercia et la quitta dans l'état d'esprit du naufragé qui vient de laisser passer le navire lancé à sa recherche.

C'est le lendemain matin que Robert se rappela sa résolution de lire le journal d'Elspeth. Le cœur battant, il posa les cartons sur le lit et se mit à fouiller dedans.

Faisons comme s'il s'agissait de recherches, se dit-il. Je n'ai rien à craindre. Le journal débutait en 1971, quand Elspeth et Edie avaient douze ans. Il fut soulagé de voir que le dernier registre se terminait de manière abrupte en 1983, bien avant qu'il n'entre en scène. Il n'aurait pas voulu lire ce qui le concernait. Le journal était un méli-mélo de potins scolaires, de commentaires sur des livres qu'Elspeth était en train de lire, de rêveries à propos des garçons. Certaines pages semblaient rédigées dans une écriture codée. L'auteur se lançait dans de longues conversations et discussions avec elle-même. Et soudain, Robert se rendit compte qu'Elspeth et sa jumelle avaient rédigé le journal ensemble. Le résultat, étrangement cohérent, le mit mal à l'aise. Certains symboles apparaissaient dans la marge, uniquement pendant les vacances. Ils semblaient avoir un rapport avec leurs parents ; il y avait aussi un plan pour s'enfuir qui n'aboutissait pas. Mais Robert savait déjà qu'Elspeth n'était pas heureuse chez elle : le journal ne révélait rien de surprenant, juste une inquiétante tristesse, mêlée aux événements mineurs d'une existence d'adolescente. Les volumes ultérieurs traitaient de la vie universitaire, des boums, du premier appartement des jumelles. Jack faisait son apparition. Au début, il n'était qu'un beau jeune homme éligible parmi d'autres, puis devenait soudain le centre de l'attention. En tant qu'enfant unique, Robert manifestait une certaine curiosité envers les frères et sœurs des autres. Edie et Elspeth écrivaient rarement à la première personne du singulier ; la plupart du temps, elles utilisaient le « nous » et c'était ce « nous » qui allait au cinéma ou passait un examen. Robert poursuivit sa lecture, sans trop savoir ce qu'il recherchait.

La bombe se trouvait dans le dernier registre. À l'intérieur de la couverture, Elspeth avait glissé une enveloppe portant l'inscription : « Lourds et sombres secrets. » En dessous, une main maladroite avait dessiné une tête de mort et des os en croix. Le crâne souriait. *Oh, Elspeth, je ne veux pas savoir !* Robert considéra l'enveloppe et envisagea de la brûler. Puis il l'ouvrit.

Cher Robert,

J'espère que tu ne seras pas fâché. Tu n'avais pas envie de découvrir des secrets brûlants dans mes papiers, m'as-tu dit, mais il y en a, j'en ai peur. « Brûlants » n'est d'ailleurs pas le terme exact, « gênants » serait plus juste. En tout état de cause, mon chéri, ce sont des secrets qui datent : les faits se sont produits bien avant que je te rencontre.

Je m'appelle Edwina Noblin.

J'ai échangé mon identité avec celle de ma jumelle, Elspeth, en 1983. C'est elle qui en a pris l'initiative, mais je ne pouvais revenir dessus sans la rendre très malheureuse. Et j'avais ma part de responsabilité.

Comme tu le sais, Elspeth était fiancée à Jack Poole. Entre leurs fiançailles et leur mariage, Jack s'est mis à me faire des avances et Elspeth a décidé de le mettre à l'épreuve.

Je t'ai déjà raconté pas mal d'épisodes au cours desquels Elspeth et moi nous sommes fait passer l'une pour l'autre. Tu ne nous as jamais vues ensemble ; sache que nous étions vraiment semblables, une paire parfaite. Et chacune connaissait l'autre comme elle-même. Quand nous étions enfants, nous avions du mal à faire la distinction entre nous ; si Elspeth se faisait mal, je pleurais.

Elspeth a commencé à prétendre être moi quand Jack était là. Incapable de se rendre compte de la différence, il est alors tombé amoureux d'« Edie ». Il a rompu ses fiançailles avec Elspeth et a demandé à « Edie » de s'enfuir avec lui, de retourner avec lui aux États-Unis à la place d'Elspeth.

Que pouvait faire Elspeth ? Elle était blessée et furieuse. Mais c'était elle qui était à l'origine de cette situation. Elle est venue me trouver et nous avons décidé qu'elle serait Edie, que je serais Elspeth et que la vie suivrait son cours.

Malheureusement, cela n'a pas été aussi simple. J'avais couché avec Jack (juste une fois, lors d'une soirée où nous avions trop bu – c'était une bêtise, mon chéri, le fait de l'inconscience et de l'alcool) et j'étais enceinte. En fin de compte, c'est donc moi qui suis allée en Amérique. J'ai vécu presque un an avec Jack, bien que ce fût Elspeth qu'il avait épousée. J'ai mis au monde les jumelles, j'ai fait frénétiquement de la gym pour perdre les kilos que j'avais pris, j'ai cuisiné, tenu ma maison et manqué devenir folle de rage et d'ennui, avec l'impression d'avoir été le dindon de la farce. Quand les jumelles ont eu quatre mois, je les ai emmenées à Londres « voir leur grand-mère ». Et c'est Elspeth (maintenant Edie) qui, quelques mois plus tard, est retournée à Lake Forest avec les jumelles. Je ne les ai jamais revues. Souvent, je rêve d'elles. D'après Elspeth, elles nous ressemblent énormément.

À l'époque où je suis retournée à Londres, je m'étais mise à détester Jack et j'en voulais à Elspeth d'avoir tenu absolument à ce que la grossesse aille à son terme alors que je désirais avorter. C'était une situation démente, le genre de trucs dans lequel on s'embarque stupidement quand on est jeune. J'ignore ce qui se serait passé si Jack avait découvert la vérité. Je n'ai jamais cherché à savoir comment il a fait pour passer à côté des petites différences entre mon corps et celui d'Elspeth. Peut-être a-t-il compris et gardé le silence ? Nous avons décidé de ne pas courir le risque de lui permettre de nous voir ensemble par la suite. Aujourd'hui encore, je n'arrive pas à croire qu'on s'en soit tirées.

De temps en temps, Elspeth m'a écrit et envoyé des photos des jumelles. Je n'ai jamais répondu jusqu'à l'an dernier, comme je te l'ai dit. Je pense que sa vie avec Jack l'a déçue. Ses lettres expriment sa nostalgie de Londres, de ses vieux amis, de moi. Avant son mariage, je l'avais suppliée de le plaquer ou de tout lui dire. Cela n'a pas été facile pour elle. Si tu la rencontres, tu comprendras sans doute ce que je veux dire.

Voilà donc comment je suis devenue Elspeth. Je ne crois pas que cela ait beaucoup influé sur le cours de mon existence. Je regrette de ne pas avoir eu l'occasion de connaître les jumelles. Cela m'a fait très mal de les lui laisser. Je n'oublierai jamais quand, à l'aéroport d'Heathrow, je l'ai vue passer avec elles la porte d'embarquement et disparaître de ma vue. J'ai pleuré pendant des jours. Et j'aurais voulu revoir Elspeth une fois. À la fin, seuls la peur et l'orgueil nous séparaient, en fait.

Robert, c'est la seule chose que je t'aie cachée. J'espère que tu ne me jugeras pas trop sévèrement. J'espère aussi que lorsque tu feras la connaissance des jumelles, tu me retrouveras un peu en elles, et que cela te rappellera des moments heureux.

Ton Elspeth (Edie) affectionnée

P.-S. : Je t'aurais volontiers tout laissé si tu l'avais souhaité. Mais je savais que tu ne le voulais pas. Je t'aime. e

La lettre avait été écrite une semaine avant sa mort. Robert resta assis sur le lit, les feuilles à la main, cherchant à saisir toutes les conséquences de ce qu'il venait de lire. *Ainsi, tout était mensonge ?* Non, certainement pas. Mais il n'avait même pas connu son vrai prénom. *Qui est-ce que j'ai aimé ?*

Il replaça tout dans les cartons, qu'il remporta dans la petite chambre de service au fond de l'appartement. Puis il ferma la porte et tenta de chasser la lettre de son esprit, mais elle ne cessait d'y faire intrusion. Les jours suivants, il prit l'habitude de boire plus souvent et resta chez lui, seul.

Anticipations

Valentina et Elspeth passaient de longues heures à mettre au point les détails de leur plan. Tout devait avoir l'air banal, naturel. Elspeth trouva un moyen pour que Valentina tire de l'argent sur le compte joint des jumelles ; la somme lui suffirait pour vivre un an ou deux, si elle était raisonnable, et l'on ne s'apercevrait de sa disparition qu'après les obsèques. Valentina découvrit des ouvrages d'anatomie, qu'elle répartit sur le sol de la chambre d'amis pour qu'Elspeth les consulte. Chacune considérait presque comme un jeu d'avoir à anticiper les éventuelles difficultés, à répondre aux objections de Robert, à éviter d'inquiéter Julia. *Et si... ?* commençait l'une, et toutes deux examinaient le problème comme des détectives jusqu'à ce qu'elles aient trouvé la solution. Elles plaisantaient entre elles, utilisaient un langage secret, et tout cela était extrêmement agréable. Ou plutôt, cela l'aurait été s'il s'était agi de préparer un pique-nique ou une petite fête et non pas le décès de Valentina. Elspeth était stupéfaite de voir à quel point Valentina se passionnait pour les détails de leur plan, sans se préoccuper de la peine qu'elle allait causer. *Mais je ne vaux pas mieux.*

Je l'aide à le réaliser. Elle ne le ferait pas si elle savait… Et si ça ne marche pas ? Et si ça marche ? Elspeth observait Valentina et s'engageait dans un débat intérieur. *Nous ne devons pas faire ça, c'est très mal*, se disait-elle. Mais chaque soir, Robert venait chercher Valentina et l'emmenait dîner ou se promener. Ils revenaient tard et chuchotaient dans l'entrée. Elspeth s'endurcissait.

Le jour de la résurrection

Robert rêvait que le jour de la résurrection était venu au cimetière de Highgate.

Il se tenait en haut de l'escalier, près de la sépulture de James Selby, le cocher. Selby était assis sur sa tombe, oublieux de la lourde chaîne qui en reliait les angles et lui traversait le torse, et il fumait la pipe en frappant nerveusement le sol d'un pied botté.

Les trompettes résonnèrent au loin. Robert se retourna et vit qu'un long pan de tissu rouge formait un dais au-dessus du chemin, dont la terre, les graviers et la boue étaient eux-mêmes drapés de soie blanche. On était de nouveau en hiver et la soie était pratiquement du même blanc que la neige qui recouvrait les tombes. À travers les arbres, il vit que toutes les allées étaient enveloppées de rouge et de blanc. Il s'aperçut qu'il était en train de marcher. Il jeta un regard inquiet à ses bottes boueuses, craignant qu'elles ne souillent la soie, mais il ne laissait aucune trace.

Il atteignit Comfort's Corner, où l'on avait dressé des tables pour un banquet. Il n'y avait rien à manger, juste des couverts et de la vaisselle en porcelaine, des verres et des chaises vides. Les trompettes se turent. Il put entendre le bruit du vent dans les arbres. Il y avait aussi des voix, mais il n'arrivait pas à savoir d'où elles venaient.

Assieds-toi, dit quelqu'un. Ce n'était pas vraiment une voix, plutôt une pensée venue de l'extérieur. Il s'assit près des tables et attendit.

Les fantômes arrivèrent lentement, foulant d'un pas mal assuré la soie des allées. Translucides, dans la tenue avec laquelle on les avait inhumés, linceul ou habit du dimanche, ils s'installèrent autour des tables, de plus en plus nombreux. *Plus de cent soixante-neuf mille personnes sont enterrées dans ce cimetière.* Robert se demanda s'ils allaient tous tenir autour des tables. Ils frissonnaient dans la lumière matinale. *On dirait des méduses.* Il y eut un mouvement de mécontentement : les fantômes avaient faim et ils n'avaient rien à se mettre sous la dent. Il crut apercevoir Elizabeth Siddal et se leva dans l'intention d'aller lui parler, mais une main se posa sur son épaule et le força à rester assis.

Les fantômes étaient maintenant une multitude. Les tables s'étaient multipliées, elles aussi. Une voix qu'il connaissait bien et attendait depuis longtemps s'éleva derrière lui. « Robert, dit Elspeth, que fais-tu ici ?

— Je n'en sais rien. Peut-être que je te cherche. » Il tenta de se retourner, mais en fut de nouveau empêché.

« Non, ne fais pas ça. Je ne veux pas… pas ici. » Elle était tout contre lui. Il se sentit mal à l'aise, prisonnier. Soudain, il eut la sensation que quelque chose d'horrible et de monstrueux était debout dans son dos et appuyait sur lui ses mains répugnantes.

Il cria son prénom, si fort qu'il réveilla les jumelles dans leur chambre, si fort qu'Elspeth elle-même resta des heures durant sur le sol de l'appartement, juste au-dessus de son lit, attendant de l'entendre de nouveau l'appeler, tandis que la lumière grise du jour prenait possession de la pièce.

Un dernier coup de fil

Le téléphone sonna. Edie tendit la main et porta l'appareil à son oreille, mais ne parla pas tout de suite. Elle était encore au lit, tournée sur le côté. Il était presque neuf heures du matin. Jack était à son travail.

« Maman ? »

Edie s'assit et remit ses cheveux en ordre, comme si Valentina pouvait la voir. « Allô, Valentina ? » Elle avait la voix de quelqu'un qui est réveillé depuis longtemps.

« Bonjour.

— Tu vas bien ? Où est Julia ?

— À l'étage au-dessus. Elle est allée voir Martin. »

Edie sentit son taux d'adrénaline baisser. *Elle va bien. Toutes les deux vont bien.* « On a regretté de ne pas vous avoir eues au bout du fil dimanche. Où étiez-vous ?

— Je suis désolée… On n'a pas vu passer le temps.

— Ah bon ! » Edie était légèrement vexée. « Alors, quoi de neuf ?

— Rien, maman. J'avais juste envie d'entendre ta voix.

— C'est gentil, chérie. Tu es sûre que tu n'as rien à me raconter ?

— Pas grand-chose. Il pleut et il fait froid ici.

— Tu as l'air un peu déprimée.

— Ah bon ? Non… je vais bien. » Valentina était assise dans le jardin, frissonnant sous le crachin. Elle ne voulait pas qu'Elspeth entende sa conversation, mais la température était brusquement devenue très basse pour un mois de juin. Elle s'efforça d'empêcher ses dents de claquer. « Et toi et papa ?

— La routine. Ton père a eu une promotion. On est sortis hier soir pour fêter ça. » Edie entendait des chants d'oiseaux dans l'appareil. « Mais où es-tu ?

— Dans le jardin.

— Oh ! Est-ce que Julia et toi êtes allées dans des endroits sympas, ces temps-ci ?

— Julia connaît maintenant Londres comme sa poche, enfin presque. Elle se débrouille sans plan.

— Génial. » Edie songea : *Il y a des choses qu'elle ne me dit pas.* Mais c'était inévitable, elle le savait bien. *Elles s'en vont et bientôt tout vous échappe. Elles ont leur propre univers, dont on ne fait plus partie.* Valentina était en train de poser une question à propos d'une robe qu'elle essayait de confectionner. Edie lui suggéra de lui envoyer le croquis par e-mail, avant de se souvenir que les jumelles n'avaient pas de scanner.

« Laisse tomber, dit Valentina. Aucune importance.

— Tu es sûre que tout va bien ? » demanda Edie. *Elle a l'air bizarre, tout de même.*

« Mais oui, maman. Il faut que je te laisse, maintenant. Je t'aime très fort. » *Si je reste une minute de plus au téléphone, je vais fondre en larmes.*

« Moi aussi, chérie. Je t'embrasse.
— Bisous, maman. »

Valentina composa ensuite le numéro de son père à son bureau et tomba sur le répondeur. *Je rappellerai plus tard*, se dit-elle. Elle ne laissa pas de message.

Pris en faute

Le jour allait se lever. Debout devant la fenêtre de la salle des archives du cimetière plongée dans l'obscurité, Jessica regardait en direction de la colonnade. Elle avait passé une partie de la nuit éveillée dans son lit à tourner et retourner dans sa tête la lettre qu'elle avait écrite à l'un des vice-présidents du cimetière. Finalement elle avait laissé un petit mot à James et était venue ici pour l'améliorer. Mais même si les phrases destinées à convaincre le vice-président du bien-fondé de sa requête se bousculaient dans sa tête, elle n'avait pas réussi à mettre son courrier en forme. Elle était maintenant appuyée contre le rebord de la fenêtre, les mains croisées devant elle. Au-dessus de la colonnade, arbres et tombeaux formaient une masse sombre et floue. La cour lui faisait penser à une scène de théâtre vide. *Quel travail ! Personne ne peut se douter du travail que tout ça a représenté. Chaque pavé de cette cour posé à la main...*

Soudain, la cour s'éclaira. *Ce sont les renards*, se dit-elle en regardant de tous côtés pour les apercevoir. *Ils ont déclenché les détecteurs de mouvement.* À ce moment, un homme traversa la cour. La lumière ne le troublait visiblement pas, car il ne modifia ni son allure ni sa direction. Jessica avança la tête pour mieux le voir. Elle reconnut Robert.

Je lui ai pourtant dit de ne pas passer par cette porte ! Elle cogna à la vitre, trop furieuse pour tenir compte de la douleur provoquée par le contact de ses articulations arthritiques avec le verre froid ; plus tard, elle s'étonnerait de voir sa main enflée et douloureuse. Robert poursuivit son chemin. Jessica s'empara de ses clés et d'une lampe torche et descendit dans la cour. Elle se planta près du passage voûté de la chapelle et cria son nom.

Robert s'immobilisa. *Ça y est, je suis cuit.* Jessica s'approcha de lui à grands pas. *Elle marche beaucoup trop vite, elle va tomber*, se dit-il. Elle avait oublié d'éteindre sa lampe, qu'elle portait comme une arme plutôt que comme une source de lumière. Il se força à s'avancer vers elle, afin de réduire la distance qui les séparait. Ils se retrouvèrent près des marches de la colonnade, comme dans une chorégraphie. Jessica s'arrêta pour reprendre son souffle. Robert attendit.

« Bon sang, qu'est-ce que vous *fabriquez* ? lança-t-elle enfin. On en a pourtant *discuté*, et je vous retrouve en train de vous balader au petit jour *dans le cimetière*, alors que vous n'avez *absolument pas* le droit d'y être ! Je vous ai fait confiance, Robert, et vous m'avez trahie. » Elle le fusillait du regard, en tenue de jardinage, les cheveux hérissés sur la tête. Robert fut stupéfait de voir une larme perler à ses paupières. Il en fut décontenancé.

« Il existe un règlement ! reprit-elle. Il a été fait pour des raisons de légalité et de sécurité ! Et ce n'est *pas* parce que vous avez la clé que cela vous donne le droit de venir ici la nuit ! » Elle criait, maintenant. « Vous pourriez être attaqué par des rôdeurs, ou tomber dans un *trou*. Vous pourriez vous prendre les pieds dans une racine et vous fracasser le crâne. Et vous n'avez même pas de radio ! Il pourrait arriver *n'importe quoi*. Un monument pourrait vous tomber sur la tête, je ne sais pas, moi. Pensez à l'augmentation de nos primes d'assurance et à la publicité que cela nous ferait si vous étiez blessé, ou tué ! Vous êtes foutrement égoïste, Robert ! »

Ils se regardèrent. D'une voix douce, Robert demanda : « Pourrions-nous plutôt parler dans le bureau, Jessica ? Vous allez réveiller les morts. »

La proposition fit perdre à Jessica le peu de calme qui lui restait. *Pourquoi refuse-t-il de prendre les choses au sérieux ? Je vais lui montrer que ce n'est pas une plaisanterie !* « Non, nous n'irons pas parler dans le bureau ! Vous allez me rendre votre passe ! » Elle lui présenta sa main ouverte, dans laquelle se trouvaient déjà ses propres clés. « Et vous sortirez par le portail principal. » Robert ne bougea pas. « Tout de suite, s'il vous plaît ! »

Il déposa la clé dans sa paume et se dirigea vers le portail, Jessica sur ses talons, comme s'il était un prisonnier sous escorte. Quand ils y parvinrent, elle le déverrouilla. Il ouvrit les lourdes grilles, se glissa dehors et les repoussa. Ils se firent face de part et d'autre des barreaux. « Bon, dit-il. Et maintenant ?

— Partez », répondit-elle d'un ton calme.

Il inclina la tête et s'éloigna, remontant Swain's Lane sous le regard de Jessica. *Et maintenant ?* pensa-t-elle. Son cœur battait à tout rompre. *Je suis la seule à l'avoir vu. Les autres n'ont pas besoin d'être au cou-*

rant. Elle le suivit des yeux jusqu'à ce qu'il disparaisse au bout de la route. Elle avait envie de se précipiter derrière lui pour lui dire… quoi ? *Je suis désolée ? Non. Il nous a fait courir un risque. C'est égoïste, imprudent…* Elle resta devant le portail, aux prises avec un mélange de colère, d'inquiétude affectueuse, d'indignation, de surprise douloureuse, et incapable de faire le tri parmi ces émotions. *Il faut que je lui parle tout de suite*, se dit-elle, avant de penser : *Mais je viens de le chasser*. Elle tourna la clé dans la serrure et regagna son bureau à pas lents. Il était un peu plus de cinq heures du matin. James était peut-être réveillé. Elle prit le téléphone, puis le reposa.

Jessica s'assit sur une chaise et regarda la pièce s'éclairer peu à peu. *J'avais raison. J'avais vraiment raison*. Quand le jour fut levé, elle se mit debout et se fit une tasse de thé. Préoccupée, fatiguée, elle renversa le lait. *C'est un présage. Ou une métaphore*. Elle hocha la tête. Qu'allons-nous faire maintenant ?

Des vitamines

Martin séchait. Il avait travaillé tout l'après-midi sur une grille de mots croisés cryptés pour célébrer le tricentenaire de Carl Linné, mais il avait un mal fou à mettre au point les énigmes et l'ensemble était inélégant et maladroit. Il se leva et s'étira.

On frappa. « Oui ? » dit-il en se tournant vers la porte. « C'est vous, Julia ? Entrez.

— Non, je suis Valentina, sa sœur jumelle », dit la jeune fille en entrant dans la pièce.

Martin était ravi. « Enfin ! Je suis très heureux de faire votre connaissance. Voulez-vous une tasse de thé ?

— Non, merci. Je ne reste pas. Je suis simplement venue vous dire… Vous savez, les vitamines que Julia vous fait prendre…

— Oui ? »

Valentina prit une profonde inspiration. « Eh bien, ce ne sont pas des vitamines, mais un médicament, de l'Anafranil.

— Je le sais, mon petit, dit gentiment Martin. Mais je vous remercie de votre démarche.

— Vous étiez au courant ?

— C’est écrit sur chaque comprimé. En outre, j’en avais déjà pris, donc je sais à quoi ils ressemblent. »

Valentina sourit. « Julia sait que vous savez ? »

Il lui rendit son sourire. « Je n’en suis pas absolument certain. Peut-être vaudrait-il mieux que cette conversation reste entre nous, au cas où.

— Je ne comptais pas lui en parler, de toute façon.

— Donc, je ne dirai rien non plus. »

Valentina s’apprêta à partir.

« Vous ne voulez vraiment pas rester un moment ? demanda Martin.

— Je regrette, je ne peux pas.

— Alors, revenez quand vous voulez.

— Entendu », dit-elle.

Il entendit le bruit de ses pas décroître tandis qu’elle marchait parmi les cartons, puis il se retrouva seul.

Pas de trois

Plus tard, Robert se dirait qu'il avait eu l'impression d'assister à un ballet.

« Tu es prête ? » demanda-t-il.

Elspeth n'avait pas envie que Valentina réponde « oui ». Elle voulait profiter de ces instants pour faire une pause, avant la tentation, avant la catastrophe, avant d'accomplir ce qu'elle ne voulait pas accomplir.

Robert observait Valentina. Elle était immobile. Il se demanda s'il devait ouvrir une fenêtre ; il faisait toujours anormalement froid pour un mois de juin, mais qui sait combien de temps le corps de la jeune fille allait rester là en attendant le retour de Julia ? La lumière baissait rapidement. On entendait les corbeaux s'appeler à l'intérieur du cimetière. Julia était à l'étage du dessus. Valentina ferma les yeux. Elle était debout, une main tenant le pied du lit, l'autre crispée sur son inhalateur. Elle ouvrit les yeux. Robert se tenait à un mètre d'elle à peine. Elspeth était assise sur la banquette sous la fenêtre, le menton dans ses mains, dans une attitude triste et contemplative. Valentina la dévisagea et eut un moment de doute.

Robert hésita, puis se dirigea vers elle. Elle l'enlaça et pressa sa joue contre sa chemise, en se demandant si le bouton allait laisser son empreinte sur sa peau et si celle-ci persisterait après sa mort. Robert ne l'embrassa pas. Elle se dit que ce devait être à cause de la présence d'Elspeth.

« Je suis prête », annonça-t-elle. Elle se plaça au milieu de la carpette et aspira une bouffée de son inhalateur. *C'est fou ce qu'elle semble déjà immatérielle*, pensa Elspeth, *elle n'est plus qu'une ombre dans ce demi-jour.*

Robert recula jusqu'à l'encadrement de la porte, en pleine confusion. Il attendait que quelque chose se passe, tout en ne croyant pas que cela puisse se produire, en ne voulant pas que cela se produise. *Ne le fais pas, Elspeth...*

Valentina ferma les yeux, puis les rouvrit et les posa sur Robert, qui semblait très loin. Elle revit ses parents qui les regardaient, Julia et elle, en train de franchir le cordon de sécurité à l'aéroport O'Hare, le jour où elles avaient quitté Chicago. Un froid glacial la transperça. Elspeth s'était avancée et pénétrait en elle. Valentina songea à ces vieilles images stéréoscopiques, qu'il faut faire se superposer. *Je vais mourir de froid.* Elle se sentit saisie, détachée, emportée. « Oh ! » Quelques instants de pur néant, puis elle se retrouva en train de flotter juste au-dessus de son corps, qui gisait maintenant sur le sol. *Ah !* Elspeth s'agenouillait auprès de lui. « Viens, chérie », dit Elspeth en levant les yeux vers elle. *Elle parle comme maman. C'est vraiment bizarre.* Valentina tenta d'obéir, mais elle s'aperçut qu'elle ne pouvait pas bouger. Elspeth le comprit. Elle s'avança et la prit dans ses mains. Maintenant, Valentina n'était plus qu'une chose minuscule au creux des paumes d'Elspeth, *telle une souris*. Sa dernière pensée fut : *C'est comme lorsqu'on s'endort...*

Robert vit Valentina s'effondrer : ses genoux se dérobèrent sous elle, sa tête retomba, elle se plia en deux et heurta le sol avec un bruit sourd. Puis il n'entendit plus dans la chambre que le son de sa propre respiration. Il s'abstint de se précipiter vers elle et resta dans l'encadrement de la porte, car il ignorait ce qui se passait. Des événements invisibles étaient certainement en train de se dérouler et il ne savait que faire. La jeune fille était immobile sur le tapis. Au bout d'un moment, Robert parcourut la courte distance qui les séparait et s'agenouilla auprès d'elle. Elle ne saignait pas. Il n'aurait pu dire si elle avait des fractures ; cela pouvait être le cas, mais il savait qu'il ne devait pas la toucher.

Elspeth observait Robert qui regardait Valentina. Entre ses mains, Valentina était à la fois lourde et semblable à de la fumée. *Fais-lui réintégrer son corps maintenant. Fais-le tant qu'il reste une chance que tout se passe bien...* Elle aurait souhaité que Robert l'arrange, qu'il allonge ses membres et dispose autrement ses mains. Valentina gisait sur le côté, les bras tendus en avant, les jambes repliées sous elle. Elle avait la tête renversée en arrière et les yeux révulsés. Sa bouche ouverte laissait entrevoir ses petites dents. La position de son corps n'était pas naturelle. Elspeth aurait voulu la toucher, mais elle avait les mains pleines. *Bon, et maintenant ? Si je la lâche, va-t-elle se dissiper ? J'aimerais avoir une petite boîte...* Elle songea alors à son tiroir. *Oui, je vais l'y mettre.* Elle allait installer Valentina avec elle dans son tiroir. Là, elles pourraient attendre ensemble la suite des événements.

Robert se releva et quitta la pièce. Il voulait oublier ce qu'il venait de voir. Au moment de sortir de l'appartement, il s'arrêta, la main sur la poignée de la porte d'entrée. « Elspeth ? » dit-il. En guise de réponse, il sentit quelque chose de froid lui frôler la joue. « Je ne pourrai jamais te pardonner. » Silence. Il s'imagina sa présence dans son dos, mais résista à l'envie de se retourner. Il ouvrit la porte, descendit l'escalier et rentra chez lui. Dans la cuisine, il se servit un whisky et resta à boire dans la pénombre, en attendant le retour de Julia chez elle et les cris qu'elle pousserait lorsqu'elle découvrirait le corps de sa jumelle.

Julia descendit une heure après cet épisode. Les lumières étaient éteintes dans l'appartement et elle les alluma en passant d'une pièce à l'autre. « Mouse ? » *Elle a dû sortir.* « Mouse ? » *Elle est peut-être en bas.* L'appartement était froid et semblait étrangement vide, comme si chaque meuble avait été remplacé par une illusion d'optique. Pour démentir cette impression, elle effleura du doigt successivement la table de la salle à manger, le dossier du canapé et le dos des livres. « Elspeth ? » *Mais où sont-elles passées ?*

Elle arriva dans leur chambre et appuya sur l'interrupteur. La lumière éclaira Valentina qui gisait à terre dans une étrange position, comme figée dans une danse douloureuse. Julia s'avança à pas lents vers sa sœur et s'accroupit auprès d'elle. Elle toucha ses lèvres et sa joue. Elle vit sa main crispée sur l'inhalateur et, par réflexe, porta la sienne à la poitrine.

Mouse ? Valentina semblait chercher à voir au-dessus d'elle, comme si un événement passionnant se déroulait derrière sa tête. « Mouse ? » Valentina ne réagit pas.

Julia poussa un gémissement. Elle sentit quelque chose de froid lui frôler le visage et donna un violent coup de poing dans sa direction. « Va te faire foutre, Elspeth ! Où est-elle ? Où est-elle, bordel ? » Puis elle se mit à geindre.

Elspeth s'assit par terre à côté de Julia. Elle la regarda serrer sa sœur dans ses bras et se lamenter sur son corps. *Je ne voulais pas le faire, Julia.* Elle pensa aussi à sa propre jumelle, au coup de fil que quelqu'un devrait lui passer bientôt. Elle sut alors que rien ne pourrait aller bien désormais. *C'est ma faute. Tout est ma faute. Je suis désolée, terriblement désolée.*

Elspeth et Valentina restèrent dans le tiroir tandis que les secours arrivaient et confirmaient la mort de la jeune fille. Puis le médecin qu'elle avait consulté à l'hôpital délivra un certificat de décès de cause naturelle et le corps fut emporté par Sebastian, tandis que Julia sanglotait et que Robert téléphonait à Edie et à Jack. Les heures s'écoulèrent.

Robert eut avec Sebastian une longue conversation qui fit monter la tension entre eux. « Je peux comprendre que vous refusiez l'embaumement, déclara Sebastian. Je peux comprendre que vous refusiez que j'améliore l'aspect du visage. Mais pourquoi me demander de lui injecter de l'héparine ?

— C'est un anticoagulant.

— Je le sais parfaitement, mais le corps ne va pas être conservé par cryogénie, si j'ai bien compris.

— Pas exactement. Néanmoins, nous aimerions que le cercueil soit rempli de glace.

— Robert !

— Moque-toi de moi si tu veux, Sebastian. S'il te plaît, garde-la le plus possible en chambre froide.

— Pourquoi donc ? Robert, je n'aime pas ça.

— Ce n'est pas… »

Sebastian le regarda d'un air sceptique. « Je suis navré, Robert, mais soit tu me dis quelles sont tes intentions, soit tu demandes à quelqu'un d'autre.

— Tu ne vas pas me croire, Sebastian. Ça paraît fou. Et ça l'est. » Sebastian ne répondit pas et Robert tenta de remettre ses idées en ordre. Il prit une profonde inspiration et demanda : « Tu crois aux fantômes ?

— Il se trouve que oui, répondit Sebastian d'un ton calme. J'ai eu quelques… quelques expériences intéressantes. Mais si ma mémoire est bonne, tu n'y crois pas, toi.

— J'ai dû reconsidérer ma position. » Robert se mit alors à lui parler d'Elspeth. Il ne dit toutefois rien du plan et se borna à raconter qu'Elspeth avait pris l'âme de Valentina lorsqu'elle était morte, et qu'elle allait la lui restituer et la faire revenir à la vie.

Sebastian souleva de nombreuses objections. (« Pourquoi Elspeth ne lui a-t-elle pas redonné vie tout de suite ? » était la plus solide et Robert ne put que répondre qu'il n'en savait rien.) Finalement, Sebastian accepta de faire de son mieux pour conserver Valentina au froid ; il accepta également de ne rien dire à la famille au cas où la tentative échouerait. Malgré tout, Robert le quitta sans avoir la certitude qu'il n'allait pas prévenir Jessica ou la police dès qu'il aurait tourné les talons.

Edie et Jack arrivèrent le lendemain matin.

Robert était à sa fenêtre. Il les vit remonter l'allée, puis disparaître dans l'immeuble. Leurs pas résonnèrent dans l'escalier. Dans les circonstances présentes, l'interdiction d'entrer dans l'appartement qui leur avait été faite par Elspeth était inappropriée. Robert se demanda ce que faisait Elspeth. Pour sa part, il avait envie de se soûler à mort, de disparaître, tout plutôt que de rencontrer les parents de Valentina qu'il avait pourtant accepté d'accompagner au funérarium.

Dans le taxi, ils ne prononcèrent que les mots nécessaires. Robert était incapable de regarder Edie, dont la stupéfiante ressemblance avec Elspeth était insupportable pour lui. La seule différence résidait dans son accent américain. Assise à côté de son père, la tête posée sur son épaule, Julia était hébétée. Edie se mit à pleurer en silence. Jack l'entoura de son bras et regarda Robert, accablé de douleur. Robert était sur le strapontin, face à eux. Il garda les yeux baissés sur les chaussures de Jack pendant le reste du trajet.

Sebastian les accueillit à leur arrivée au funérarium. Il emmena Edie et Jack voir le corps, tandis que Robert et Julia attendaient dans son bureau.

« Comment ça va ? demanda Robert à Julia.

— Super bien », répondit-elle sans le regarder.

Sebastian revint avec Edie et Jack. Il commença à énumérer avec délicatesse les différentes procédures et options, les tarifs de l'inhumation et de la crémation, les certificats et les signatures qui seraient nécessaires. Robert écoutait en s'efforçant de rester impassible. Il avait oublié que les parents de Valentina pouvaient avoir leurs propres idées sur la question et Sebastian était légalement tenu de leur exposer l'éventail des possibilités. Son cœur battait à tout rompre. *Et s'ils décident de l'incinérer ?*

« Nous voulons rapatrier le corps, déclara Edie. La famille de Jack a un caveau dans le cimetière de Lake Forest, sur le lac Michigan. Nous avons pensé que ce serait bien qu'elle soit enterrée là-bas. »

Sebastian approuva d'un signe de tête et entreprit de détailler les modalités de l'envoi des cadavres par avion. *Eh bien voilà*, se dit Robert. *J'ai essayé et j'ai échoué*. Cela ne dépendait plus de lui, désormais.

Bizarrement, c'est Julia qui sauva la situation. « Non ! » s'exclama-t-elle. Tous se tournèrent vers elle. « Je veux qu'elle reste ici.

— Mais voyons, Julia… protesta Edie.

— Ce n'est pas ce que nous avons décidé », dit Jack.

Julia secoua négativement la tête. « Elle voulait être enterrée au cimetière de Highgate », affirma-t-elle en se tournant vers Robert. « Elle l'a dit.

— C'est vrai, confirma Robert.

— Je vous en prie », insista Julia. Et finalement, il fut décidé que Valentina reposerait dans le mausolée de la famille Noblin, selon ses souhaits.

Dans le tiroir, Elspeth tenait Valentina serrée contre elle et pressait doucement sa forme fluide pour éviter qu'elle ne se dissipe. *Et voilà, Valentina, nous sommes comme deux marsupiaux dans leur poche, en attente de la suite.* Elle se demandait ce que Valentina savait, de quoi elle se souviendrait. C'était comme être avec un bébé, quand on ignore ce que cette petite créature peut bien penser, si même elle pense quelque chose. Elspeth n'avait aucun souvenir des premiers jours de sa vie après la mort. Tout s'était fait progressivement ; il n'y avait pas eu de moment d'éveil, de conscience soudaine. Elle étreignait Valentina, lui chantait des chansonnettes, lui parlait de tout et de rien. Valentina était une sorte de murmure, un frémissement d'être, mais elle ne transmettait rien à Elspeth, ni mots ni pensées. Elspeth revoyait les jumelles bébés. Elles n'avaient jamais dormi ni tété en même temps, et elles l'avaient vidée de son énergie et de son lait. Déjà à cet âge précoce, elles semblaient être deux individualités, quoique inséparables. *Eh bien, Valentina, tu as réussi à te séparer radicalement.* Il ne se passait pratiquement rien dans le tiroir. Les journées s'écoulaient. Bientôt – quoique le temps n'ait guère de signification pour les fantômes –, bientôt arriva le jour de l'enterrement de Valentina. Il allait se passer quelque chose.

Le jour de la résurrection

Le matin de l'enterrement, à huit heures, Robert se présenta à la porte de Martin, les pieds dans les journaux éparpillés sur le palier. Il essaya de les mettre en piles, mais abandonna quand Martin apparut.

« Entrez. » Tous deux traversèrent l'appartement et pénétrèrent dans la cuisine. Robert s'assit à la table tandis que Martin branchait la bouilloire électrique. Robert se fit la réflexion que son comportement avait paradoxalement quelque chose de reposant à côté de ce qui se passait en bas. *Si Martin est le plus normal d'entre nous, il y a de quoi s'inquiéter.*

« Les obsèques ont lieu aujourd'hui à treize heures.

— Je sais.

— Vous viendrez, Martin ? Personne ne vous en voudra si vous ne venez pas, mais Julia apprécierait beaucoup votre présence, je crois.

— Je ne sais pas. Je verrai.

— Je considère donc que c'est non ? »

Martin haussa les épaules. Il avait une boîte de thé dans chaque main. Robert pointa le doigt vers celle qui contenait de l'earl grey et Martin déposa un sachet dans chaque tasse. « Comment va Julia ? demanda-t-il.

— Ses parents sont arrivés. D'après ce que m'avait dit Elspeth, je m'attendais à voir des extraterrestres, mais ils ont pris Julia en main et sont sous le choc. Personne n'arrive à y croire. Ils arpentent l'appartement comme s'ils s'attendaient à croiser Valentina dans le couloir. Julia est pratiquement catatonique.

— Ah ! » Martin versa l'eau bouillante. « Ils sont descendus chez elle ?

— Non, à l'hôtel.

— Julia n'a personne avec elle ?

— Non. Ses parents ont essayé de la persuader d'aller à l'hôtel avec eux, mais elle tient à demeurer dans l'appartement, pour une raison que j'ignore.

— Elle ne devrait pas rester seule.

— En fait, c'est le motif de ma visite, Martin, dit Robert. Je voudrais que vous proposiez à Julia de passer la soirée chez vous et que vous la gardiez jusqu'à ce que je vous dise qu'elle peut partir. »

Martin lui jeta un regard dubitatif. « Pour quelle raison ? »

Robert s'efforça de prendre un air innocent. « Vous l'avez dit. Elle ne doit pas rester seule.

— Indéniablement. Mais elle serait sans doute mieux avec ses parents.

— Si nécessaire, ils peuvent venir chez vous avec elle.

— Vous plaisantez, Robert. Vous me voyez recevoir ici Edie et Jack ? Vous avez bien regardé l'appartement ?

— Oui, mais je ne croyais pas que vous en aviez fait autant. » Robert changea de tactique. « Martin, on parle de choses sérieuses, de la vie et de la mort. Il faut que vous m'aidiez à éloigner Julia de son appartement pendant quelques heures. Je ne peux compter sur Edie et Jack.

— Qu'est-ce que vous mijotez ?

— Si je vous le disais, vous ne me croiriez pas.

— Essayez toujours.

— Disons… une séance de spiritisme.

— Vous essayez d'entrer en contact avec Valentina ? Ou Elspeth ?

— Plus ou moins. »

Martin hocha la tête, exaspéré. « Est-ce *vraiment* le moment ? Vous ne pouvez pas attendre pour faire joujou avec ce genre de choses ?

— Ça ne peut pas attendre.

— Pourquoi Julia ne doit-elle pas être présente ?

— Je ne peux vous l'expliquer, Martin. Et vous ne pouvez rien lui dire.

— Je refuse.

— Pourquoi ? »

Martin se leva et se mit à marcher de long en large dans la cuisine. Robert regretta de ne pas l'avoir fait le premier, mais ils ne pouvaient arpenter la pièce en même temps, cela aurait été bizarre.

« Ce n'est pas une vexation envers Julia, dit-il. Écoutez, Martin, je vous propose un marché. Si vous gardez Julia chez vous ce soir, je vous donne quelque chose que vous voulez à tout prix.

— Quoi donc ? » demanda Martin d'un ton soupçonneux en se rasseyant.

« L'adresse de Marijke à Amsterdam. »

Martin haussa les sourcils. Il se leva de nouveau et sortit de la cuisine. Robert l'entendit traverser le couloir et pénétrer dans son bureau. Il resta absent un moment. À son retour, il tenait une cigarette allumée dans une main et un plan d'Amsterdam dans l'autre.

« Je croyais que vous aviez arrêté ? dit Robert.

— Je vais arrêter de nouveau dans une demi-heure. » Martin étala le plan sur la table. Robert s'aperçut qu'il était couvert d'annotations et de marques diverses. Martin pointa l'index vers un minuscule cercle rouge dans le quartier Joardaan. « C'est là. »

Robert loucha pour tenter de lire la minuscule inscription. « Vous y êtes presque, mais pas tout à fait. » Ils se regardèrent. Robert sourit. « Qu'est-ce qui vous a mis sur la voie ?

— Je la connais. Elle fait attention à ne rien révéler, mais je me suis servi de ma mémoire. Nous avons habité tout près, sur la Tweede Leliewarsstraat.

— J'ajoute son adresse électronique.

— Marijke n'envoie pas d'e-mails, Robert.

— Oh que si. Elle a une adresse depuis plus d'un an.

— Un an ?

— Je vous donne son adresse, son e-mail et une photo de son appartement.

— Parce qu'elle vous a envoyé une photo de chez elle ?

— Plusieurs, même. Vous a-t-elle dit qu'elle avait un chat, maintenant ? »

Martin eut l'air songeur. « Ah bon ?

— C'est une petite chatte grise nommée Yvette. Elle dort sur son oreiller. »

Martin continua tranquillement à fumer, les yeux rivés sur le plan. « D'accord, vous avez gagné. Qu'est-ce que je dois faire ? »

Robert le lui expliqua. C'était simple, en fait. À vrai dire, c'était la seule chose simple de la journée.

Quand Jack se réveilla, Edie était en chemise de nuit et regardait par la fenêtre de la petite chambre d'hôtel le ciel bleu au-dessus des toits d'ardoise de Covent Garden. Il resta allongé, ne voulant pas interrompre les pensées de son épouse. Finalement, il se leva et alla dans la salle de bains. *Comme la vie est curieuse ! Je suis ici en train de pisser, de prendre ma douche et de me raser comme si c'était un jour ordinaire, comme si nous étions en vacances. Pourquoi ne suis-je pas venu les voir plus tôt ?* Il ôta les dernières traces de mousse à raser de son menton et regagna la chambre. Edie n'avait pas bougé de la fenêtre. Elle avait simplement la tête penchée. Jack s'avança et se plaça derrière elle, les mains posées sur ses épaules nues. Elle se tourna légèrement vers lui.

« Quelle heure est-il ? demanda-t-elle.

— Huit heures et quart.

— Alors, on peut appeler Julia.

— Je suis sûre qu'elle est réveillée depuis longtemps. »

Ils restèrent ainsi, puis elle dit : « Je l'appelle. » Son téléphone mobile ne fonctionnait pas ici ; elle prit le téléphone de la chambre, se trompa de numéro, recommença.

« Allô, Julia ? » *Je voulais juste entendre ta voix.*

« Bonjour, maman. » *Oh, maman, je ne sais pas quoi faire.*

« On se disait qu'on pourrait arriver plus tôt. » *Je ne supporte pas de rester dans cette chambre.*

« Vous pouvez être là rapidement ? » *Je suis seule et je ne sais vraiment pas quoi faire.*

« Le temps de s'habiller et de sauter dans un taxi. » Edie éprouva une joie incongrue. *Elle a besoin de moi.* Elle raccrocha le téléphone en souriant, se dirigea d'un pas vif vers sa valise et commença à s'habiller pour l'enterrement. Jack alla à l'armoire et se perdit dans la contemplation de son costume sombre, solitaire sur son cintre. Puis il se rappela la raison de sa présence et il le décrocha. *Je me sens vieux.* Le costume était lourd, comme s'il avait une doublure de métal mou. Jack observa Edie qui s'activait, se brossait les cheveux, mettait des boucles d'oreilles. *Je ne veux pas sortir.* Il s'assit sur le lit, une paire de chaussettes à la main. « Viens, elle nous attend », lui dit Edie en le voyant immobile. Et c'est en entendant cette troisième personne du singulier, prononcée avec impatience, qu'il prit vraiment conscience de la disparition de Valentina.

Julia les attendait effectivement dans l'entrée de l'immeuble. À travers la petite fenêtre plombée, elle les vit franchir le portail et emprunter l'allée. Vus ainsi, dans la lumière de cette belle journée de juin, ils évoquèrent à Julia une illustration d'un album pour enfants que les jumelles avaient autrefois. *Petite fille conduisant un ours*. Elle ouvrit la porte et le vent s'engouffra dans l'entrée, projetant à terre le courrier de Robert. Elle ne le ramassa pas.

Edie l'étreignit et demanda : « Tu ne t'es pas encore habillée ? »

Julia contempla son survêtement. « Je ne voulais pas rester là-haut. L'appartement me donne la chair de poule, maintenant.

— Viens à l'hôtel, dans ce cas », proposa Edie.

Julia secoua négativement la tête. « Je dois rester ici. » *Valentina est ici. Elle doit être ici.*

Jack se pencha vers elle et elle noua ses bras autour de son cou. « Venez », dit-elle. Elle les précéda dans l'escalier.

Une fois dans l'appartement, ils marquèrent un temps d'hésitation. « Tu as mangé ? » demanda Jack. Il avait une faim de loup, mais il se sentait coupable de penser au petit-déjeuner dans ces circonstances.

« Non, répondit Julia. Regarde dans la cuisine si tu trouves quelque chose pendant que je m'habille. »

Edie la suivit. La veille, à leur arrivée, elle était anéantie par le chagrin et épuisée par le décalage horaire et elle n'avait pensé qu'à Julia. Ce matin, elle découvrait l'appartement. Soudain, les meubles, les bibelots, la peinture des murs, la lumière entrant par les fenêtres et même l'air, tout évoquait Elspeth. C'était comme si leur enfance avait été conservée dans un musée. Edie frissonna. Elle resta sur le seuil de la chambre pendant que Julia ôtait son survêtement. Elle avait sorti sa robe violette, des bas blancs et des chaussures en cuir vernis noir. La même tenue que celle dans laquelle elle avait demandé qu'on enterre Valentina.

« S'il te plaît, non… dit Edie.

— Quoi ?

— Ne mets pas la même chose qu'elle. Je ne supporte pas…

— Mais…

— Par pitié, Julia. C'est trop. »

Julia la regarda, puis elle se dirigea en sous-vêtements vers le dressing et se mit à sortir des vêtements qu'elle jeta sur le lit.

Elspeth les entendit parler. Elle quitta son tiroir et gagna lentement la chambre, en tenant toujours Valentina au creux de ses mains. La veille, elle était restée à l'écart de tout le monde. Elle avait passé la nuit à débattre en son for intérieur, plongée dans la plus grande confusion. *Je ne la reverrai plus jamais. Elle sera déstabilisée. Je ne veux pas la voir. C'est ma faute. Elle est ici et je devrais la voir. Si elle savait, elle ne me le pardonnerait jamais. Trouillarde, trouillarde. Meurtrière.* Elle semblait avoir communiqué ses humeurs à Valentina, qui avait diminué de volume, petit nuage empli de tristesse et d'appréhension enveloppé dans les pensées d'Elspeth. Maintenant, Elspeth se dirigeait vers la chambre dans un état d'esprit beaucoup plus calme.

Edie et Julia étaient debout de part et d'autre du lit, et faisaient un tri dans un tas de vêtements. *Ah, te voilà...* Elspeth s'immobilisa sur le seuil. Valentina s'anima, sembla battre comme un cœur. *C'est donc toi. Que s'est-il passé ? Comment cela a-t-il pu t'arriver ?* La dernière fois qu'elle avait vu sa jumelle, c'était en 1984 et elles pleuraient dans les bras l'une de l'autre à l'aéroport d'Heathrow, les bébés dans une poussette pour jumeaux à côté d'elles. *Vingt et un ans plus tard, voilà où nous en sommes... Tu as beaucoup changé. Tu as vieilli, bien sûr, mais il y a autre chose. Tu es plus dure. D'où cela vient-il ? Que s'est-il passé ?* Elspeth gardait les yeux fixés sur sa jumelle et pensait : *Il ne s'est pas occupé de toi. Tu as dû te débrouiller seule. Personne ne t'a aimée comme moi. Si nous étions restées ensemble... Oh, Elspeth !*

Elle entra dans la pièce en rasant le mur. Julia regarda dans sa direction et se figea. *Tu peux me voir,*

Julia ? Ou bien est-ce Valentina ? Elspeth s'installa sur la banquette sous la fenêtre et s'efforça de se faire toute petite. Entre ses mains, Valentina se tortillait et palpitait. Julia s'avança vers elles et tendit la main vers Valentina. À son contact, Valentina se calma. Julia ferma les yeux. « Mouse ?

— Qu'est-ce que tu fais ? » demanda Edie. Julia se tenait près de la fenêtre, une main tendue.

« Elle est ici, s'écria Julia, avant d'éclater en sanglots.

— Que dis-tu ? Voyons, Julia, viens… viens. » Edie s'approcha d'elle et la prit dans ses bras. À ce moment, Jack apparut dans l'encadrement de la porte. Elspeth reçut un choc en le voyant vieilli, adouci, apprivoisé, en quelque sorte. Edie jeta un coup d'œil à Jack par-dessus l'épaule de Julia et lui adressa un discret signe de tête. Il se retira. Elspeth l'entendit qui traversait l'appartement, puis descendait l'escalier. *Il va fumer une cigarette*, pensa-t-elle. Elle se tourna vers Edie et Julia. Julia avait cessé de pleurer, et toutes deux se berçaient doucement, enlacées. Elspeth eut un petit pincement d'envie, vite remplacé par un sentiment de honte. *C'est leur mère. Aucune importance. Il est trop tard, de toute façon.* Ce qui avait paru autrefois de la plus grande importance n'avait plus aucun sens désormais. *On s'est crues très malignes et on était idiotes. On a tout fichu en l'air.* Elspeth se demanda si elle pouvait faire en sorte de rétablir la situation. Si Valentina revenait, si les jumelles rentraient chez elles ? Elle laisserait partir Valentina avec Julia. Elle sacrifierait tout. *Toute cette tristesse pour rien !* Elle se leva et quitta la pièce. Elle sentit une sorte de désir ardent et s'aperçut que cela provenait de Valentina. Valentina voulait rester. Elle voulait être avec Edie et Julia. *Désolée, mais je ne supporte plus de les voir et tu dois venir avec moi.* Elspeth s'approcha de la fenêtre du bureau et regarda au-dehors sans rien voir, serrant contre sa poitrine sa fille qui se débattait.

Quand on frappa à sa porte, Robert ouvrit, croyant que c'était Julia. Il se trouva nez à nez avec Jack.

« J'espère que je ne vous ennuie pas. J'ai été flanqué dehors et je me suis dit… »

Il ne veut pas rester seul, se dit Robert. « Entrez, je vous en prie. » Avant l'arrivée de Jack, il était assis à son bureau et contemplait son énorme manuscrit. Ce serait mieux d'avoir sa compagnie que de rester seul. Il entraîna Jack vers la cuisine. « Je vous sers quelque chose ? Thé ? Café ? Jameson's ?

— Je ne dis pas non pour la troisième proposition. »

Robert sortit deux verres et la bouteille de whisky. « De l'eau ? De la glace ?

— De l'eau, merci. » Robert remplit une carafe, qu'il posa devant Jack, avant de s'installer en face de lui. Avec ses murs pâlis par le soleil, la cuisine semblait étrangement gaie, et vide. Jack se demandait si quelqu'un avait à manger dans cet immeuble. Robert surprit son regard en direction des placards. « Je n'avais guère d'appétit ces temps-ci, dit-il, mais je peux vous faire du pain grillé, si ça vous tente.

— Oui, merci. Il n'y a rien à se mettre sous la dent là-haut. Julia m'a paru maigre comme un clou. »

Sans répondre, Robert se leva et fit griller le pain. Il ouvrit le réfrigérateur, en sortit un pot de confiture, le posa sur la table et s'assit en face de Jack. Jack s'appuya au dossier de sa chaise. Robert se demanda si elle n'allait pas s'effondrer sous le poids, car ses chaises, en métal et vinyl, étaient des objets fragiles qui dataient des années 1950. Il se releva pour aller chercher les couverts.

« Pourrais-je vous poser une question indiscrète ? » demanda Jack.

Robert marmonna une vague réponse et se rassit.

« Elspeth... Vous étiez son... » *Par quel terme désigne-t-on un concubin en Angleterre ? Amoureux ? Compagnon ?*

« Oui. » *Oui j'étais son...* Le grille-pain éjecta brutalement les tartines et ils sursautèrent. Robert en plaça trois dans l'assiette de Jack et une dans la sienne. Ils se turent pendant qu'ils mettaient de la confiture dessus et que Jack mangeait. Quand il eut terminé, Robert lui tendit la quatrième, qu'il n'avait pas touchée. *Il semble très détaché*, pensait Jack. Robert se disait : *Je vais vomir.*

Jack se versa une rasade de whisky et la rallongea avec de l'eau. « Est-ce qu'Elspeth vous a tenu au courant de ce qui s'est passé entre Edie et elle ? »

Robert secoua négativement la tête. *Ce n'est pas ce que j'attendais, vieux.* « Pas de son vivant. Elle m'a laissé ses papiers personnels, dont son journal intime, et une lettre qui m'était destinée et me donnait quelques explications.

— Ah ! Je suppose que vous ne me permettrez pas de jeter un coup d'œil à tout ça ? À la lettre, peut-être ?

— Eh bien... vous avez lu le testament d'Elspeth. Elle tenait particulièrement à ce que ni vous ni sa sœur n'ayez accès à ses papiers. »

Jack approuva d'un signe de tête. Il mangea la dernière tartine, puis déclara : « En fait, j'ai simplement besoin d'éclaircir un point. Tout le reste, je le connais.

— Je vous écoute.

— *Pourquoi* ont-elles fait ça ? »

Robert ne répondit pas.

« J'aimerais savoir à quoi rime ce *jeu* stupide auquel elles se sont livrées durant toutes ces années, poursuivit Jack. Parce que enfin, à ma connaissance, personne n'était dupe et pourtant il faut continuer à faire semblant de ne pas savoir.

— De ne pas savoir quoi ?

— Vous n'êtes pas au courant de la substitution ?

— Si, dit Robert, mais d'après Elspeth c'est vous qui ne le seriez pas.

— Mais elle savait que je savais ! La grossesse avait considérablement modifié son corps… Apparemment, *Edie* était la seule à ne pas s'être rendu compte… À moins que tout cela ne soit un coup tordu qu'Elspeth faisait à Edie ? Écoutez, je sais que vous ne pouvez tout me dire… » Jack se tut un instant avant de reprendre : « Mais je pourrais vous expliquer la situation telle que je la comprends et vous, vous pourriez, disons, hausser un sourcil quand vous approuveriez. Qu'en pensez-vous ?

— D'accord.

— Bien. » Jack sirota son whisky. « D'habitude, à cette heure, je ne bois pas, fit-il remarquer.

— Moi non plus », dit Robert. *Jusqu'à ces derniers temps*. Il se servit également, en s'attendant à ce que l'odeur lui soulève l'estomac, mais ce ne fut pas le cas. Il trempa avec précaution les lèvres dans son verre et but à petites gorgées. *J'adore l'odeur du napalm le matin.*

« Alors voilà, dit Jack. Nous sommes en 1983. Edie et Elspeth Noblin vivent dans un petit appartement d'Hammersmith, dans une ambiance bohème qui coûte très cher à leur mère. Les jumelles sont sorties récemment d'Oxford et moi je travaille à l'agence londonienne de la banque qui m'emploie toujours. Je suis fiancé à la jeune femme que nous connaissons tous les deux sous le nom d'Edie, mais qui à l'époque s'appelait Elspeth. Pour éviter toute confusion, je vais continuer à leur donner leurs prénoms actuels, si vous voulez bien.

— Entendu.

— Elspeth – votre Elspeth – ne m'appréciait pas beaucoup. Elle n'était pas ouvertement hostile, mais elle avait cette attitude typiquement british qui consiste à exclure quelqu'un qu'on n'a pas envie de connaître en se montrant glacial avec lui. Ce n'était sans doute pas dirigé contre moi personnellement, mais elle voyait bien comment tout cela allait finir : j'allais emmener sa jumelle aux États-Unis. Je ne sais dans quelle mesure ces liens particuliers entre jumelles ont affecté vos relations avec Elspeth…

— Ça n'a pas beaucoup joué. Edie n'était plus là et Elspeth parlait rarement d'elle. Mais j'ai beaucoup appris en observant Julia et Valentina. » Robert se demandait ce que Julia avait raconté à ses parents de ses rapports avec sa sœur.

« Ce qu'il faut savoir, expliqua Jack, c'est que personne ne peut remplacer la jumelle qui manque. Je veux dire, Edie et moi, nous aimons Valentina, mais Julia… je me demande comment elle va pouvoir… » Il contempla ses mains, puis reprit : « Quoi qu'il en soit, les jumelles – je veux parler d'Edie et d'Elspeth – ont commencé à se comporter de manière bizarre. On ne les voyait jamais ensemble. Elles se ressemblaient énormément, mais pas autant qu'elles le pensaient. Lorsque l'une d'elles se faisait passer pour sa jumelle, quelque chose transparaissait, *le jeu de l'acteur*, tout simplement. Quand on est soi-même, on n'a pas à se forcer, comprenez-vous, mais quand l'une des sœurs Noblin incarnait l'autre, l'effort était perceptible.

« Donc, Edie a commencé à incarner Elspeth – c'est-à-dire, ma fiancée s'est mise à faire semblant d'être sa sœur – et à me faire du charme, ce qui n'aurait jamais été le cas de votre Elspeth, parce que je lui déplaisais vraiment, même si elle ne le montrait pas trop.

— Pourquoi a-t-elle fait ça ? »

Jack secoua la tête. « Ma femme a toujours manqué d'assurance. Des deux, c'est elle qui était la plus fragile, mais au fil des ans, elle a pris certains traits de sa sœur. Je pense qu'elle a voulu me mettre à l'épreuve, pour voir comment j'allais réagir.

— Et comment avez-vous réagi ?

— J'étais furieux et puis, j'ai fait l'erreur d'entrer dans le jeu. Et alors… bon, les choses sont devenues compliquées. Je suis sûr à quatre-vingt-dix-neuf pour cent que la jeune femme qui se tenait à mes côtés le jour de notre mariage était Edie. Mon Edie, vous me suivez. La substitution a eu lieu quand nous avons pris l'avion pour Chicago. »

Robert imagina Elspeth assise sur le siège voisin de Jack dans l'avion. « Elspeth avait une peur panique de l'avion, dit-il.

— Sa sœur aussi. C'est la raison pour laquelle Edie et moi ne sommes pas venus voir les filles, même si cela peut paraître absurde, maintenant. Non, ce n'est pas cela qui m'a mis la puce à l'oreille. » Robert attendit qu'il donne l'explication, mais Jack n'alla pas plus loin en ce sens. « S'il vous plaît, dit-il, la réponse se trouve forcément dans les papiers d'Elspeth. Autrement, pourquoi tiendrait-elle tellement à ce qu'on ne puisse les lire ?

— Il y a quelque chose que je ne comprends pas, dit Robert. Qu'espérez-vous donc découvrir ? Elspeth était enceinte, c'était vous le père et il leur a semblé évident, avec leur logique particulière, qu'il leur suffisait d'échanger leur identité pour que tout aille bien.

— À ceci près que je n'ai jamais couché avec Elspeth. »

Robert pensa : *Mon cerveau est sur le point d'exploser*. « Ne bougez pas », déclara-t-il. Il se leva et se dirigea vers la chambre de service. Là, il prit le dernier carton qui contenait le journal d'Elspeth avec la lettre et le rapporta dans la cuisine. Il en sortit un registre, le feuilleta jusqu'à ce qu'il trouve la bonne entrée. « 1er avril 1983 », dit-il en le tendant à Jack. « Lors d'une soirée à Knightsbridge. Vous étiez ivre. Le poisson d'avril devait être pour Edie, en quelque sorte. »

Jack lut en tenant le journal à bout de bras. « Elle ne mentionne pas mon nom.

— Elles ont rédigé le journal ensemble. » Il se pencha par-dessus l'épaule de Jack et pointa l'index vers l'entrée suivante. « Voici la réponse d'Edie. »

Va te faire foutre. Est-ce que je ne peux rien avoir à moi ? lut Jack. Il leva les yeux, troublé.

« Elles ont essayé d'arranger les choses, reprit Robert, mais elles n'ont pas mesuré les conséquences.

Je ne veux pas croire qu'elles aient eu l'intention de vous faire du mal.

— Non. Je me suis trouvé là, tout simplement. » Jack posa le journal sur la table et ferma les yeux, lèvres serrées. *Seigneur, il ignorait qu'il était vraiment le père des jumelles*, se dit Robert. Il songea à Valentina et se sentit furieux et impuissant, incapable de prononcer un mot. Finalement, il désigna d'un geste de la main les autres volumes du journal. « Vous pouvez lire tout ce que vous voulez, dit-il enfin.

— Merci, mais j'ai découvert ce que je voulais savoir », dit Jack. Il se leva, à la fois désorienté et un peu éméché. Robert et lui se regardèrent, puis détournèrent les yeux, soudain mal à l'aise.

« On se retrouve tout à l'heure pour les obsèques, dit Robert.

— Oui. Et… euh, merci. » Jack s'en alla d'un pas lourd. Robert l'entendit monter péniblement l'escalier. Une porte s'ouvrit, puis se referma. Robert prit son portefeuille et ses clés, et alla acheter des fleurs.

Les obsèques de Valentina se déroulaient à Lauderdale House, un manoir du XVIe siècle où avait vécu Nell Gwyn[1] et qui servait maintenant de café/galerie d'art/salle de mariages. Elles avaient lieu dans la grande salle du haut, là où l'on donnait habituellement des cours de dessin et de yoga. La charpente de la pièce était achevée d'un seul côté, comme si la pause café des ouvriers avait duré plusieurs décennies. Le cer-

1. Célèbre actrice du XVIIe siècle, maîtresse du roi Charles II d'Angleterre. *(N.d.T.)*

cueil, couvert de roses blanches, était posé sur des tréteaux. Des chaises pliantes occupaient le reste de l'espace. Julia était assise au premier rang entre ses parents et regardait par la fenêtre. Elle se remémorait une histoire qu'on lui avait racontée à propos de Nell Gwyn suspendant son bébé au-dessus du vide à une fenêtre de Lauderdale House, mais elle n'arrivait plus à se souvenir de la raison de ce geste, ni de quelle fenêtre il s'agissait.

Le cercueil était blanc, avec de simples pièces en acier. Sebastian allait et venait dans la salle, plaçant une carafe d'eau et des verres vides sur le podium et déposant une couronne nouvellement arrivée à l'avant du cercueil. Avec son calme et son efficacité, il évoquait pour Julia un maître d'hôtel. *Je n'ai jamais rencontré un maître d'hôtel.* Comme s'il avait deviné ses pensées, Sebastian lui jeta un coup d'œil avec un léger sourire. *Je vais me mettre à pleurer et si je commence, je ne pourrai plus m'arrêter.* Elle avait envie de disparaître. Sebastian posa une boîte de mouchoirs en papier près du podium. *Il fait ça tout le temps, c'est son métier.* Julia n'avait jamais pensé à la mort comme à quelque chose qui pourrait lui arriver, ou arriver à des proches ou à des connaissances. Les morts du cimetière n'étaient que des pierres tombales, des noms, des dates. *Mère chérie. Époux bien-aimé.* Quant à Elspeth, elle n'avait jamais eu vraiment de réalité pour Julia et relevait plutôt du tour de magie. *Valentina est dans cette boîte.* Ce ne pouvait être vrai.

Je veux que tu me hantes, Mouse, pensa Julia. *Viens mettre tes bras autour de moi. On s'assiéra ensemble et on écrira nos secrets avec la planchette. Ou bien, si cela ne t'est pas possible, contente-toi de me regarder.*

Ça me suffira. Où es-tu ? Pas ici, en tout cas. Mais je ne te sens pas absente non plus. Tu es mon membre fantôme, Mouse. Je continue à te chercher. J'oublie. Je me sens idiote, Mouse. Hante-moi, cherche-moi, reviens de l'endroit où tu te trouves, quel qu'il soit. Sois avec moi. J'ai peur.

Julia jeta un coup d'œil à sa mère. Edie était assise toute raide, serrant si fort son petit sac que les phalanges de ses doigts blanchissaient. *Elle aussi a peur.* Son père débordait de sa chaise. Il dégageait une odeur douceâtre d'alcool et de tabac. Julia s'appuya contre son épaule et il prit sa main dans la sienne.

Les gens entraient peu à peu et s'installaient sur les chaises pliantes. Julia se tourna pour les voir, mais la plupart étaient des inconnus. Il y avait des personnes du cimetière. James et Jessica étaient assis derrière la famille Poole. Jessica tapota l'épaule de Julia. « Bonjour, mon petit », dit-elle. Elle portait un petit chapeau cloche noir dont la voilette était un filet semé d'étoiles. *Valentina aurait adoré ce chapeau.*

« Bonjour. » Julia ne savait que dire d'autre. Elle se contenta donc de sourire, puis se tourna vers le cercueil. *Je supporterais mieux tout cela si je pouvais être assise au fond.*

L'officiante se tenait à l'avant de la pièce, une écritoire à pinces à la main, et elle regardait les gens prendre place. Elle portait un châle rouge sur les épaules. Julia se demanda ce qui allait se passer. Les Poole avaient voulu un enterrement non religieux et Robert avait tout mis au point avec la Société humaniste. Il avait interrogé Julia pour savoir si elle souhaitait dire un mot. Elle se retrouvait maintenant avec un discours raturé plié dans son sac. Ce texte n'allait pas : il était inadéquat, et même à côté de la vérité, par certains aspects. Martin l'avait lu à haute voix pour elle et l'avait aidée à le rédiger, mais il n'exprimait toujours pas sa pensée. *Aucune importance*, se dit-elle, *de toute façon Valentina ne l'entendra pas*.

L'officiante prit la parole. Elle accueillit les membres de l'assistance et prononça quelques mots destinés à les réconforter. Puis elle invita les personnes qui avaient connu Valentina à venir parler d'elle.

Robert monta sur le podium et jeta un regard sur la salle, à moitié remplie. Les membres de la famille Poole lui faisaient face et le considéraient d'un air stoïque. *Pardonne-moi, Valentina.* Il s'éclaircit la gorge et ajusta ses lunettes. Il eut du mal à placer sa voix, d'abord trop basse, puis trop forte. Il aurait donné n'importe quoi pour être ailleurs. « Je vais vous lire un poème d'Arthur William Edgar O'Shaughnessy », dit-il. Il déplia la feuille en essayant de ne pas trembler.

Pour mon nouvel amour j'ai fait
Un autre jardin,
Laissant la rose morte intouchée
Sous celle qui vient.
Pourquoi l'été tarde-t-il tant ?
Pourquoi mon cœur bat-il si peu ?
Elle est venue l'aimée d'antan
Et a détruit ce lieu.

Elle avait son sourire doux,
Comme autrefois ;
Elle s'est promenée un peu partout
Glacée de froid :
Avec elle la mort est passée,

Ses yeux ont tout flétri ;
La rose blanche s'est effeuillée
Et la rouge a blanchi.

Il y avait une suite au poème, mais Robert jeta un regard à la salle et décida de ne pas poursuivre. Il regagna brusquement sa place. Le poème avait troublé les esprits et dans l'assistance, quelques paroles furent échangées. *C'est tout à fait déplacé*, pensa Jessica. *Il porte une accusation contre Elspeth, alors qu'il aurait dû parler de Valentina.* Edie et Jack gardaient les yeux fixés sur le cercueil. Jack se demandait ce que Robert avait bien pu vouloir dire.

Julia était furieuse, mais s'efforça de se calmer. Elle se dirigea vers le podium d'une démarche mécanique. Elle déplia son papier, puis se mit à parler sans y jeter un regard. « Nous sommes loin de chez nous... commença-t-elle. Merci à tous d'être venus, même si vous ne nous connaissiez pas depuis longtemps. » *Qu'est-ce que je vais bien pouvoir dire d'autre ?* « Valentina était ma sœur jumelle. Ni elle ni moi n'aurions jamais pensé être séparées un jour. Nous n'en avions en tout cas pas l'intention. Nous comptions bien rester ensemble pour toujours.

« Quand on était petites, nos parents nous ont emmenées au zoo de Lincoln Park. C'est un grand zoo au centre de Chicago et on voit les gratte-ciel tout en regardant des animaux comme les girafes ou les émeus. Et là, on a découvert ce tigre. Il était tout seul dans un faux décor ; je suppose qu'on voulait lui faire croire qu'il était dans son pays d'origine, en Chine ou quelque chose comme ça. Valentina en est littéralement tombée amoureuse. Elle était plantée là, sans pouvoir détacher de lui son regard, et le tigre s'est approché et il l'a regardée. Ils sont restés les yeux dans les yeux, jusqu'à ce que finalement il incline la tête et s'en aille. À ce moment-là, Valentina m'a dit : "Quand je serai morte, je serai ce tigre." Alors peut-être qu'elle est un tigre, maintenant, mais pas dans un zoo, j'espère, parce qu'elle avait horreur des zoos. » Julia prit une profonde inspiration. *Il ne faut pas que je pleure maintenant.* « D'un autre côté, ça se passait quand on avait huit ans, et ces derniers temps notre conception de la vie après la mort a changé. » *Oh non !* se dit Robert. Julia poursuivit : « Je ne sais quelles étaient les idées de Valentina sur la mort. Depuis notre installation, elle semblait un peu excitée à ce sujet, mais c'est sans doute parce que nous habitions à côté du cimetière et qu'à vingt et un ans on ne se sent pas directement concerné. » Jusque-là, Julia s'était adressée à un bouquet de fleurs au fond de la salle, mais elle regardait maintenant sa mère. « De toute façon, je pense que ce n'était pas un problème pour elle. Je veux dire, elle n'avait pas envie de mourir, mais elle se faisait tout un cinéma avec le cimetière et si cela devait arriver, je crois qu'elle aurait été heureuse d'être là. » *Quoi d'autre ? Je t'aime, je ne sais comment je vais pouvoir vivre sans toi, tu faisais partie de moi, tu n'es plus là et j'ai envie de mourir, moi aussi. Voilà.*

« Alors, merci à tous, merci d'être venus », conclut Julia. Elle regagna sa place parmi les murmures de l'assistance. Robert croisa le regard de Sebastian, et comprit à son expression qu'il trouvait les discours bien peu conventionnels. L'officiante dit de nouveau quelques mots et invita les personnes présentes à rejoindre à pied le cimetière en traversant Waterlow

Park, puis elle les remercia à nouveau d'être venues. Les porteurs soulevèrent le cercueil et l'emportèrent hors de la salle. Chacun attendit que les Poole leur emboîtent le pas ; comme ils ne le faisaient pas, les gens se concertèrent à voix basse, puis ils se levèrent et se mirent en rangs de deux ou trois. Julia et ses parents restèrent assis jusqu'à ce que la salle soit vide. Robert attendait sur le palier. Finalement, Sebastian alla offrir son bras à Edie, en se demandant si elle allait tenir le coup jusqu'à la fin de l'inhumation. « Voulez-vous un verre d'eau ? proposa-t-il.

— Non, merci. » Jack et Julia se levèrent. Edie, toujours assise, leur jeta un regard affolé. *Je ne peux pas bouger*. Julia se pencha vers elle et lui murmura à l'oreille : « Tu n'es pas obligée d'y aller. Si tu veux, je reste ici avec toi. »

Edie secoua négativement la tête. Elle avait envie que la planète s'arrête de tourner. Le poème lui trottait encore dans la tête, avec l'image du jardin dévasté. Elle s'imaginait dans un jardin aux fleurs mortes à la nuit tombante. Valentina et Julia y étaient enterrées et elle se disait que si elle ne bougeait pas, si on la laissait tranquille, elle les entendrait lui parler. Elle était prise tout entière par cette vision et n'arrivait pas à s'en débarrasser. Jack tendit la main vers elle et la mit debout. Elle fondit en larmes. Sebastian les laissa et alla rejoindre Robert sur le palier, où tous deux l'entendirent sangloter. Julia sortit de la salle. Elle passa devant eux et descendit l'escalier sans leur adresser la parole.

Qu'avons-nous fait, Seigneur ? Pour Robert, les pleurs d'Edie étaient comme un solvant qui faisait disparaître son détachement, sa résolution d'aller au bout de la journée, l'idée qu'il était quelqu'un de correct. Il était un monstre. Maintenant, il le savait. Il ne pouvait que mener le plan à son terme, mais c'était un plan mal conçu et terriblement égoïste. « Non, dit-il.

— Pardon ? demanda Sebastian.

— Rien. »

Jessica éprouvait une impression de déjà-vu. Une fois encore, ils étaient tous réunis autour du mausolée de la famille Noblin. Ce n'était pas l'hiver, mais l'été ; Nigel était près du corbillard, les fossoyeurs attendaient et Robert, l'air hébété, se tenait près de Phil et de Sebastian. Il n'y avait pas de ministre du culte. La femme de la Société humaniste prononça quelques mots. Le cercueil de Valentina fut placé sur le sol du mausolée, prêt à être introduit dans la niche en dessous de celle d'Elspeth. Les membres de la famille Poole étaient serrés les uns contre les autres, Julia et son père soutenant Edie. Sebastian fournit des sièges et la famille s'effondra dessus sans perdre des yeux la porte du mausolée. *Pauvre chérie. Elle était si jeune*. Jessica glissa un coup d'œil à Robert, auquel elle battait froid depuis le matin où elle l'avait surpris dans le cimetière. « Je crois qu'il va s'évanouir », chuchota-t-elle à James. Robert était en effet très pâle, le front couvert de sueur. James approuva d'un signe de tête et prit le bras de sa femme, comme si c'était elle qui avait besoin d'être soutenue.

Le service était terminé. Nigel ferma la porte du mausolée et les gens commencèrent à partir. Des rafraîchissements les attendaient à Lauderdale House. Jack Poole dit quelques mots à Nigel, tandis qu'Edie et Julia attendaient sans bouger. Robert s'éloignait, seul, quand Jessica l'appela.

Il se retourna, hésita un instant, puis revint vers elle.

« Nous sommes terriblement désolés, Robert », dit Jessica.

Il hocha la tête. « C'est ma faute, déclara-t-il.

— Mais non, voyons, dit James. Ces choses-là arrivent. C'est un grand malheur.

— C'est ma faute, répéta Robert.

— Ne vous blâmez pas, voyons. » Jessica commençait à se sentir troublée. La façon dont Robert les regardait avait quelque chose de bizarre. *Je pensais qu'il allait perdre l'esprit, mais là, je me demande maintenant si ce n'est pas déjà arrivé. Ce poème, Seigneur !* « Il faut y aller », dit-elle. Ensemble, ils se dirigèrent vers la colonnade.

À Lauderdale House, ceux qui n'avaient pas vraiment connu Valentina fournissaient l'essentiel de la conversation. Jack était retourné à Vautravers pour permettre à Edie de se reposer. Julia se tenait au milieu d'un cercle de jeunes membres des Amis du Cimetière de Highgate, muette et l'air complètement perdu. Phil lui apporta du thé et des sandwiches et resta aux alentours, prêt à se rendre utile. Finalement, Robert s'approcha d'elle.

« Est-ce que je peux vous raccompagner à pied à la maison ? demanda-t-il. À moins que vous ne préfériez rentrer dans la voiture de Sebastian.

— D'accord », répondit-elle. Elle était ailleurs, le regard vague, et ne semblait pas avoir compris la question. Robert décida qu'il valait mieux la mettre dans la voiture. Il l'aida à prendre congé et ils gagnèrent en silence la rue, où ils attendirent que Sebastian aille chercher son véhicule.

« Il a fallu combien de temps à Elspeth pour devenir un fantôme ? interrogea-t-elle soudain d'un ton calme, sans le regarder.

— À mon avis, elle a été tout de suite un fantôme. Elle dit qu'elle était une sorte de brume pendant un moment.

— J'ai cru que Valentina était là, ce matin. Dans la chambre. » Julia hocha la tête. « J'ai eu la sensation que c'était elle.

— Elspeth était avec elle ?

— Je n'en sais rien. Je n'arrive pas à voir Elspeth.

— C'est pareil pour moi. » La voiture arriva. Ils n'échangèrent plus un mot durant le trajet.

L'après-midi traînait en longueur. Robert était assis à son bureau, immobile, l'esprit vide. Il avait envie de boire, mais il craignait de se soûler et de tout faire échouer. Edie dormait dans le lit des jumelles. Jack s'était installé sur la banquette sous la fenêtre, les rideaux à demi tirés, et il lisait *Le Vieil Homme et la mer* dans une édition originale en écoutant les petits ronflements de son épouse. Julia s'était aperçue qu'elle ne supportait pas de rester à l'intérieur et elle était allée s'installer dans le jardin, les genoux ramenés sous le menton. Martin, qui s'exerçait à se tenir près des fenêtres, l'aperçut. Après un instant d'hésitation, il frappa un petit coup à la vitre et lui adressa un signe de la main. Elle bondit sur ses pieds. Il entendit le bruit de ses pas dans l'escalier de secours et ouvrit la porte de service pour l'accueillir. Elle entra sans un mot et se posa sur une chaise de la cuisine.

« Vous avez mangé ? » demanda-t-il. Elle secoua négativement la tête. Il prépara un sandwich au fromage et lui versa un verre de lait, qu'il plaça devant elle, puis alluma le four et y glissa le sandwich pour le faire gratiner.

« Vous vous servez de la cuisinière, constata Julia.

— J'ai décidé que je pouvais. J'ai demandé à ce qu'on réactive mon abonnement au gaz.

— Formidable ! dit-elle en souriant. Vous allez beaucoup mieux.

— Ce sont les vitamines. » Martin fouilla dans ses poches, à la recherche de son briquet et de ses cigarettes. Il en sortit une du paquet et l'alluma, puis s'assit sur l'autre chaise. « Comment allez-vous ? Je suis désolé de ne pas avoir assisté à l'enterrement de votre sœur.

— Je ne pensais pas que vous viendriez.

— Robert me l'a demandé. J'ai réussi à aller sur le palier, mais pas plus loin.

— Pas de problème. » Julia imaginait Martin debout sur son palier, entouré de journaux et incapable de descendre l'escalier.

Martin avait passé la journée à se demander comment persuader Julia de rester ce soir avec lui. Il avait mis au point plusieurs scénarios, mais il ne réussit qu'à balbutier : « Que faites-vous ce soir ? »

Julia haussa les épaules. « Je dîne avec mes parents, sans doute au Café Rouge. Ensuite, je n'en sais rien. Je suppose qu'ils rentreront à leur hôtel.

— Vous ne les accompagnerez pas ? »

Julia secoua vigoureusement la tête. *Je ne suis pas un bébé.*

« Pourquoi ne viendriez-vous pas ici ? proposa Martin. Il vaut mieux que vous ne restiez pas seule. »

Julia songea à Elspeth qui errait dans l'appartement. « Oui, ce serait bien », dit-elle. Elle but une gorgée de lait. Aucun des deux ne parla jusqu'à ce que la minuterie du four sonne. Martin prit avec précaution le sandwich gratiné, le mit sur une assiette et le posa devant Julia. Elle contempla le lait et l'assiette, ravie qu'on s'occupe d'elle. Martin écrasa sa cigarette pour ne pas la déranger avec la fumée pendant qu'elle mangeait. Quand elle eut terminé, il débarrassa la table et demanda : « Voulez-vous faire une partie de Scrabble ?

— Avec vous ? Non, ce serait trop humiliant pour moi !

— Une partie de cartes, alors ? »

Elle hésita. « Ça ferait bizarre de jouer alors qu'elle est… enfin, vous comprenez. Je préfère pas. »

Martin lui offrit une cigarette. Elle en prit une et il la lui alluma. « Pour moi, dit-il, le jeu a été inventé pour qu'on ne devienne pas fou en pensant à certaines choses. Mais j'ai une autre idée. Pourquoi ne ferions-nous pas une cérémonie personnelle en mémoire de Valentina, dans la mesure où j'ai manqué l'autre ? Parlez-moi d'elle. »

Au début, il crut qu'elle n'allait pas répondre. Elle contemplait le bout de sa cigarette, les sourcils froncés. Puis, peu à peu, en phrases hachées, elle se mit à évoquer sa sœur. Il l'encouragea gentiment jusqu'à ce qu'avec ses mots, Julia dessine le portrait de Valentina telle qu'elle allait désormais vivre dans son esprit. Elle parla durant des heures. Le soir succéda à l'après-midi et Martin pleura la jeune fille dont il avait brièvement fait la connaissance, quelques jours plus tôt.

Comme Jessica avait gardé sa clé, Robert avait pris celle d'Elspeth. La clé de la porte verte du jardin était pendue dans l'office depuis toujours. Une semaine plus tôt, il avait pris celle du mausolée de la famille Noblin dans le bureau d'Elspeth. Maintenant, les deux clés se trouvaient dans la poche de son pardessus, avec celle de l'appartement des jumelles. Robert regardait par la fenêtre donnant sur l'avant de l'immeuble, en attendant la tombée de la nuit.

Il vit Julia et ses parents descendre l'allée et franchir le portail, en route vers le restaurant. *Maintenant*, se dit Robert. *Si je ne le fais pas maintenant, je ne le ferai jamais.*

Il sortit par la porte de service, sans la fermer à clé. Il savait les fenêtres de Martin obstruées par du papier journal, mais il leva les yeux vers elles au moment où il traversa le jardin sur l'arrière. *C'est bizarre. Il a ôté une partie des journaux*. Il y avait de la lumière dans le bureau de Martin. Les autres pièces étaient plongées dans l'obscurité. Robert se glissa dans le cimetière par la porte verte, qu'il laissa ouverte.

Pour atteindre la sépulture Noblin, le plus court était de couper par le cercle du Liban et l'avenue égyptienne. Il alluma sa torche, afin d'aller plus vite. Malgré la demi-lune, qui éclairait le cimetière, la voûte des arbres obscurcissait l'avenue. Il éteignit ensuite sa torche et écouta. Il n'avait pas peur et il était même content d'être dans le cimetière. On n'entendait que le bruit de la circulation sur la colline et les sons émis par les insectes nocturnes. Parvenu au bout de l'avenue, Robert monta vers le mausolée Noblin.

La clé eut du mal à fonctionner. *J'aurais dû huiler la serrure.* Il parvint enfin à la faire tourner et à ouvrir. Une fois à l'intérieur du mausolée, il enfila des gants de chirurgien en latex et referma presque totalement la porte, au cas où quelqu'un viendrait à passer. *Pourtant il aurait plus peur de moi que moi de lui...* Il s'agenouilla auprès du cercueil de Valentina. Dans le petit espace confiné, il se sentait gigantesque, comme Alice devenue soudain démesurément grande dans la maison du Lapin blanc. Le cercueil avait été poussé dans sa niche et il eut du mal à l'en extraire. *Il n'y a aucune manière respectueuse d'accomplir ce genre de tâche*, se dit-il en sortant un tournevis de sa poche pour dévisser le couvercle. L'opération lui sembla durer une éternité. Lorsqu'il parvint enfin à le soulever, il transpirait abondamment.

Le corps de Valentina reposait parmi la soie blanche. *Elle a l'air confortablement installée.* Robert plongea les bras dans le cercueil et la souleva. Elle ne pesait pratiquement rien. Elle était un peu humide, à cause de la glace enveloppée dans du plastique que Sebastian avait dissimulée sous elle. Quoique glacée, elle était encore souple et ne dégageait aucune odeur de décomposition. Sebastian avait tenu sa promesse. Robert se demandait où la mettre. Il resta quelques instants décontenancé, puis finit par la poser à terre. Il enleva la glace du cercueil et la jeta dans les buissons. Ensuite, il replaça les vis, abaissa le couvercle et remit le cercueil vide à sa place. Après avoir repris son tournevis et sa lampe, il regarda autour de lui pour vérifier qu'il n'avait pas laissé de traces de son passage. Il ôta alors son pardessus qu'il étendit sur le sol, souleva le corps de Valentina et l'enveloppa dedans. Elle était maintenant parfaitement dissimulée.

Il se rendit compte qu'il avait laissé les clés dans la poche du pardessus et il dut les récupérer pour les mettre dans la poche poitrine de sa chemise. Ensuite, il prit Valentina dans ses bras et l'emporta, serrée contre lui, la tête sur son épaule. Il la tint d'une main pendant que, de l'autre, il ouvrait la porte et la franchissait avec précaution, inquiet à l'idée de bousculer son fardeau. Il ferma le mausolée à clé, éteignit sa lampe et reprit le chemin en sens inverse dans le noir.

C'était étrangement facile. Je m'étais toujours imaginé que le vol de cadavres était une tâche exténuante. Bien sûr, cela aurait été le cas si j'avais dû creuser. Et ceux qui se livraient à cette activité avaient des lanternes, des pelles et tout le toutim. Robert eut envie de glousser. Ou de siffler. *Je ne vais pas bien. Je vais m'offrir un verre en arrivant.* Il tourna dans l'avenue égyptienne. À chaque pas qu'il faisait, il sentait Valentina ballotter. Il ralentit l'allure et la serra un peu plus fort.

Il atteignit le cercle du Liban et monta les marches. Arrivé en haut, il crut percevoir une respiration. Il s'immobilisa et retint son souffle. Rien.

Il parvint enfin aux catacombes et atteignit la porte verte, qu'il poussa doucement. Le jardin était vide. Le bureau de Martin était toujours éclairé, comme si le temps s'était arrêté et que rien ne s'était passé. Il y avait aussi de la lumière dans la chambre des jumelles, mais les rideaux étaient tirés. Robert pénétra dans le jardin, referma la porte à clé et traversa la mousse en courant. Quand il entra chez lui, il était en nage.

Mais qu'est-ce que je suis en train de faire ? Il déposa Valentina sur la table de la cuisine et sortit une bouteille de vodka du freezer. Il s'apprêtait à boire à la bouteille quand il se ravisa. Il prit un verre dans le placard, se versa une rasade et l'avala cul sec en contemplant son reflet dans la fenêtre. Il apercevait aussi la forme de Valentina enveloppée dans le pardessus, semblable à une momie dans un musée. Il se versa encore de la vodka, en but la moitié et ferma à clé la porte de service.

Viens, ma chérie.

Robert transporta Valentina jusqu'à son lit et la déposa dessus avec précaution. Au début, il la mit en travers, les pieds dépassant du bord du lit. Il la débarrassa de son pardessus, qu'il jeta sur la chaise. Les petits souliers noirs de la jeune fille semblaient léviter, comme si ses jambes n'avaient pas à les soutenir. Robert fronça les sourcils. *Ça ne va pas.* Il la souleva et la réinstalla sur le lit, cette fois dans le sens de la longueur. Il défroissa sa robe, allongea ses bras, lui massa les doigts. La tête de Valentina avait roulé sur l'oreiller comme si elle n'avait plus de cervicales. Il prit son visage dans ses mains, la tourna de sorte qu'elle n'ait pas l'air d'être désarticulée et lui caressa les sourcils.

La température était basse, comme toutes les nuits de ce mois de juin. Le matin même, il avait rempli la pièce de fleurs. Dans la boutique, il avait hésité entre des lis et des roses. Il avait fini par choisir des roses roses, parce que l'odeur des lis lui tournait la tête et qu'il avait entendu un jour Valentina dire qu'elle les aimait bien. Elles étaient maintenant dans des vases et des pots empruntés longtemps auparavant à Elspeth. Il y en avait de part et d'autre du lit, sur le rebord des fenêtres, sur les dessus de radiateur. Elles avaient la couleur des chaussons de danse, ou des chemises de nuit de vieilles dames. Dans l'atmosphère plus que fraîche de la pièce, elles semblaient frissonner et ne dégageaient aucun parfum. À une marchande ambulante de Hackney, Robert avait acheté un plein sac de cierges, chacun orné d'une image de saint. La femme lui avait expliqué qu'il fallait les faire brûler jusqu'à ce qu'ils s'éteignent et qu'à ce moment-là, la prière que l'on avait faite serait exaucée. Il espérait que c'était vrai. Les cierges étaient en train de brûler près des roses.

Robert s'assit à côté de Valentina sur le lit et la contempla, frappé par sa perfection. Il essaya de se remémorer ce qu'elle avait dit au sujet du retour à la vie du chaton. Elle avait des cernes sombres sous les yeux et, malgré des taches bleues ou rouges à certains endroits, elle ne ressemblait pas aux cadavres des facultés de médecine et des morgues de la police, qui gonflaient, se décoloraient et dégageaient une odeur de putréfaction. Les cadavres de la morgue menaient une existence active ; ils essayaient de se transformer le plus tôt possible en êtres inidentifiables et de ne plus ressembler à des gens. Valentina, elle, restait Valentina et il appréciait qu'il en soit ainsi.

Il se demanda s'il devait lui parler. Il lui paraissait anormal de se trouver dans la même pièce qu'elle et de ne pas lui adresser la parole. Elle avait les cheveux emmêlés. Il entreprit de les coiffer avec un peigne, doucement, pour ne pas tirer sur son cuir chevelu. Par leur couleur et leur matière, ils ressemblaient à du fil dentaire. Au début, sa main tremblait, puis il se laissa absorber par sa tâche et par la beauté de sa chevelure brillante. *Passer ma vie à la peigner me suffirait.* Les cheveux résistaient légèrement au peigne et cette résistance ressemblait à une respiration. Insensiblement, Robert se mit à peigner Valentina au rythme de sa propre respiration, comme s'il pouvait communiquer l'air de ses poumons à sa chevelure et que sa chevelure allait se charger de respirer pour elle.

Il s'obligea enfin à s'arrêter. Les cheveux de Valentina étaient maintenant impeccables et continuer les aurait abîmés. Il resta immobile et tendit l'oreille. Le vent se levait au-dehors. Un chien aboya dans le voisinage. Mais Valentina restait silencieuse. Robert consulta sa montre. Il n'était que vingt-trois heures vingt-deux.

La sonnerie du téléphone retentit. Une fois.

Julia était fatiguée. Pendant le dîner, Edie et Jack avaient parlé des obsèques et de Londres tel qu'ils l'avaient connu vingt-deux ans plus tôt. Ils lui avaient proposé de rester ici avec elle, de la ramener à Lake Forest. Tout en reconnaissant qu'elle était trop accablée pour décider sur le moment, ils la regardaient d'un air avide, comme s'ils pouvaient l'emmener avant même qu'elle ait terminé son steak-frites. Ils évoquaient Valentina avec précaution, car il leur était à tous difficile de parler d'elle au passé. Quand Julia les eut mis dans un taxi et eut regagné Vautravers à pied, elle était épuisée. *Mais Martin m'a demandé de rester avec lui.*

Elle trouva Martin dans son bureau. Il était assis devant son ordinateur, dont pourtant l'écran était noir. Les mains croisées et la tête inclinée, il semblait réciter une prière.

« Martin ? »

Il sursauta. « Ah, vous voilà ! Je commençais à avoir sommeil.

— Moi aussi. Je suis juste venue dire bonsoir. Je vais me coucher.

— Oh non, pas déjà ! » Martin tendit la main vers elle. Elle s'approcha. « Je me disais… que peut-être j'allais partir demain, poursuivit-il.

— Partir ? » Elle n'en revenait pas. « Comment pouvez-vous partir ? J'aimerais que… Vous ne pouvez pas attendre un peu ? »

Il poussa un soupir. « Je n'en sais rien. Si j'attends, je risque de ne plus pouvoir. Bon, j'admets que demain, c'est trop tôt. Je ne veux pas vous perturber. »

Julia se pencha et noua ses bras autour de son cou. Elle le fit sur une impulsion et Martin réagit comme il le faisait souvent quand Theo était petit : il l'attira sur ses genoux. Elle posa sa tête sur son épaule et ils restèrent ainsi un long moment. Martin se demandait si elle ne s'était pas endormie, lorsqu'elle déclara : « Vous allez me manquer.

— Vous aussi, vous allez me manquer », dit-il en lui caressant les cheveux. « Mais ne soyez pas triste. Je ne pense pas m'absenter longtemps. Ou bien c'est vous qui viendrez.

— Ce ne sera pas pareil. Rien ne sera plus pareil.

— Qu'allez-vous faire ?

— Je n'en sais rien. Que fait-on quand on est seul ?

— Venez avec moi », proposa-t-il.

Julia eut un petit sourire. « Ne dites pas n'importe quoi. Vous allez retrouver Marijke. Vous n'avez pas besoin de moi.

— Vraiment ? »

Elle leva le visage vers lui et il l'embrassa. Le baiser évolua ; Martin l'interrompit, le souffle court, et il repoussa la main que Julia avait posée sur sa boucle de ceinture. « Ce n'est pas possible, dit-il.

— Désolée.

— Non… c'est-à-dire, je le ferais si je pouvais, mais Julia, l'Anafranil… l'un des effets secondaires est que…

— Oh, je vois.

— C'est pourquoi je n'ai jamais aimé en prendre.

— Mais c'est une vraie ceinture de chasteté ! » Elle se mit à glousser.

« Coquine !

— Marijke n'a pas à s'inquiéter à cause de moi. »

Martin prit un ton sérieux. « Au sens large, non. Vous n'êtes pas faite pour un homme de mon âge, Julia, mais pour quelqu'un comme moi avec trente ans de moins. »

Elle essaya de protester. « Vous verrez », dit-il. Il se redressa et elle glissa de ses genoux. « En attendant, venez, je vais vous chanter une berceuse. » Il la prit par la main et la conduisit vers sa chambre. « Un instant, je vérifie quelque chose. » Il prit son téléphone mobile, appuya sur la touche de raccourci 2, laissa sonner une fois et raccrocha. Il était vingt-trois heures vingt-deux.

Elle l'observait avec curiosité. « Qu'est-ce que vous faites ? demanda-t-elle.

— C'est pour nous porter chance. Venez. »

Robert vérifia que les clés étaient toujours dans sa poche. Il en laissa deux sur la commode et conserva celle de l'appartement des jumelles. Ensuite, il prit Valentina dans ses bras et la souleva du lit. Il aperçut leur reflet dans sa glace, une véritable image de film d'horreur avec la lumière vacillante des cierges qui les éclairait par en dessous, lui le visage barré par une ombre, elle la tête rejetée en arrière, cou offert et jambes et bras ballants. *Je suis le monstre*. Il perçut le caractère absurde de la situation, puis éprouva un profond, un innommable sentiment de honte.

Il traversa l'appartement en faisant le moins de bruit possible. Le pied de Valentina buta contre un mur. Robert tressaillit, puis se demanda si elle sentirait la douleur une fois qu'elle aurait réintégré son corps. Il entrouvrit sa porte d'entrée et écouta. Il n'entendit que le bruit de la circulation et celui du vent contre les fenêtres. Il franchit le seuil avec son fardeau et monta l'escalier. Devant la porte de l'appartement des jumelles, il dut charger Valentina sur son épaule, tel un vêtement que l'on rapporte du nettoyage, tandis qu'il essayait d'ouvrir la porte. Après plusieurs tentatives infructueuses, il s'aperçut qu'elle n'était en fait pas fermée à clé.

Il transporta Valentina dans la pièce principale plongée dans le noir. Ses yeux s'accoutumèrent à l'obscurité et il la déposa avec soin sur le canapé.

À voix basse, il appela : « Elspeth ? Valentina ? »

Aucune réaction. Il s'assit auprès du corps de la jeune fille et attendit en la contemplant à la lumière de la lune et du cadran lumineux de sa montre.

Elspeth était présente. Elle sentait Valentina se tordre entre ses mains. *Essaierait-elle de s'échapper ?* Elle craignait d'ouvrir les doigts et de la laisser s'échapper. *Calme-toi, ma chérie, laisse-moi réfléchir*. Il lui fallait maintenant prendre une décision.

Les yeux fixés sur le torse de Valentina, Robert guettait le moment où elle se mettrait à respirer.

Elspeth s'agenouilla auprès du corps. Il était froid, immobile, séduisant. Elle sentit Valentina s'apaiser et Robert qui, près d'elle, était effrayé, impatient et malheureux. Elle regarda le corps inerte qui attendait. Elle se décida et ouvrit les mains.

Une brume blanche se rassembla au-dessus du corps. Elspeth la regarda flotter, attendant de voir ce qu'elle allait faire. Robert ne vit rien, mais l'atmosphère se refroidit brutalement et il sut que les fantômes étaient là. *Respire, Valentina.*

Rien ne se passa.

Au bout d'un moment, il perçut une modification dans l'état du corps. Une présence. Il entendait des bruits étouffés, des gargouillis ; il avait la sensation que quelque chose qui était loin se rapprochait.

Le corps ouvrit la bouche. Il prit une inspiration asthmatique, hachée, la conserva un moment, expira, puis reprit une nouvelle bouffée d'air avec un bruit affreux. Il bascula sur le côté, aussitôt rattrapé par Robert. Pris de convulsions, il cessa de respirer pendant quelques instants, puis émit soudain un autre râle déchirant. Robert maintint les mains de Valentina de chaque côté de son torse, s'agenouilla auprès d'elle et la cloua au canapé, qui était glissant, pour éviter qu'elle ne tombe à terre. Une sorte de courant électrique parcourut le corps de Valentina, ses membres se contractèrent et sa tête se rejeta brutalement en arrière, puis en avant.

Elle poussa un cri. « Tout doux », murmura Robert, comme si elle était un bébé, mais elle se tordit et ouvrit les yeux. Robert recula devant ce regard vide qui ne le voyait pas. Elle referma les yeux. Sa respiration ralentit et quand Robert plaça sa main sur sa poitrine, il s'aperçut que son cœur battait.

Il eut peur.

« Elspeth ? » chuchota-t-il en regardant autour de lui. Il n'y eut aucune réaction. « Est-ce que je peux l'emmener, maintenant ? » Toujours rien.

Dans l'obscurité, une voix rauque prononça son nom.

« Je suis là, Valentina. » Elle se tut. Il lui caressa les cheveux. « Je vais te ramener en bas, maintenant. » Les yeux toujours clos, elle hocha affirmativement la tête comme une enfant trop somnolente pour parler. Il la souleva du canapé. Elle tenta de nouer ses bras autour de son cou, sans y parvenir. Il l'emporta sur le palier. Elle était maintenant un poids vivant, mobile et dense.

Une fois revenu dans son propre appartement, il la déposa de nouveau sur son lit. Avec un soupir, elle ouvrit les yeux et le regarda. Il se pencha sur elle. Elle semblait presque normale, quoique épuisée. Toutefois, il y avait quelque chose de changé dans son expression. Robert n'arrivait pas à savoir quoi. Elle tendit sa main, paume en l'air, en tremblant sous l'effort. Il la prit. Elle était froide. Elle attira doucement Robert à elle. *Allonge-toi près de moi.*

« Un instant, Valentina. »

Il prit son mobile, appuya sur la touche de raccourci correspondant au numéro de Martin et raccrocha dès la première sonnerie. Puis il déposa le téléphone et ses lunettes sur la table de nuit. Il ôta ses chaussures, fit le tour du lit, s'installa à côté de Valentina. Elle leva les yeux vers lui et lui adressa un sourire timide, qui éclaira progressivement le reste de son visage. Avec sa robe violette et ses bas blancs, elle avait l'air incroyablement ordinaire. Les endroits où le sang s'était accumulé étaient en train de passer du rouge sombre au rose et sa peau blanc bleuté se colorait. Robert lui toucha la joue du bout des doigts. Elle était douce et souple.

« Comment était-ce ? »

Solitaire. Froid. Abominablement frustrant. « Tu m'as manqué. » Sa voix se fêla. Elle ressemblait à celle d'un ventriloque, haut perchée et mal placée.

« Tu m'as manqué aussi. »

Elle tendit de nouveau la main. Il s'allongea près d'elle. Elle tourna son visage vers lui et il la prit dans ses bras. Elle tremblait. Il se rendit compte alors qu'elle pleurait. C'était un son merveilleusement banal et il était facile d'oublier la raison de ces larmes, comme il était naturel de la réconforter. Il cessa de penser et s'autorisa à lui embrasser l'oreille. Elle pleura un long moment, puis elle eut le hoquet. Il lui tendit un mouchoir en papier. Elle s'en servit pour se tamponner les yeux et se moucher, puis le laissa tomber à terre.

« Tout va bien ?

— Mmm. »

Elle tenta de déboutonner la chemise de Robert, mais ses doigts ne lui obéissaient pas encore tout à fait. Il referma la main sur la sienne. « Tu es sûre ? » demanda-t-il.

Elle fit « oui » de la tête.

« On devrait attendre…

— S'il te plaît… »

Elle émit une sorte de petit miaulement.

Il défit lui-même les boutons, puis la déshabilla. Elle tenta de l'aider, mais elle semblait trop faible. Elle le laissa défaire la fermeture éclair et lui ôter sa robe violette, puis sa culotte et son soutien-gorge de dentelle blanche. Les élastiques et les plis de ses vêtements avaient laissé des marques sur sa peau. Les yeux clos, elle attendit qu'il ait fini de se déshabiller. L'un des cierges coulait.

« Tu as froid ?

— Oui. » Robert tira délicatement les draps et les couvertures de dessous elle, se glissa dans le lit et les rabattit sur eux. « Mmm ! murmura-t-elle, fait bon. » Il fut surpris en découvrant à quel point le corps de Valentina était froid.

Il n'était pas certain d'avoir le courage de l'embrasser sur la bouche. Elle avait une mauvaise haleine, qui lui faisait penser à de la nourriture avariée ou au hérisson qu'il avait trouvé mort dans le système de chauffage du bureau du cimetière. Il préféra lui embrasser les seins. Certaines parties de son corps semblaient plus vivantes que d'autres, comme si son âme n'en avait pas encore pris totalement possession. Les seins de Valentina parurent à Robert plus présents, moins coupés de sa personne que ses mains, qui ressemblaient à des robots mal branchés. Il s'efforça de les réchauffer entre les siennes, mais sans résultat.

Quelque chose ne va pas, se dit-il. Il la serra plus fort contre lui. Elle était si menue qu'elle lui fit penser à Elspeth dans les derniers jours de sa maladie. Elle semblait un peu absente, comme prête à repartir d'où elle venait.

« Comment te sens-tu ? lui demanda-t-il.

— Glacée. Épuisée.

— Tu veux dormir un peu ?

— Non.

— Je vais veiller sur toi, m'assurer que tout va bien. »

Il caressa son cou, son visage. Elle fixait sur lui un regard interrogateur. *Elle a quelque chose de différent. Sa voix. Ses yeux.* Elle fit un signe de tête affirmatif. Robert sortit du lit et souffla les cierges. *Tant pis pour la prière.* Il alluma la lumière du couloir et laissa la porte ouverte pour pouvoir la voir, puis il revint dans le lit. Elle frissonnait. Il se serra contre elle en regardant la fumée des cierges éteints se dissiper dans l'étroite bande de lumière venant du couloir.

« Je t'aime, Robert », chuchota-t-elle.

Dans les couloirs de la mémoire de Robert, des portes s'ouvrirent et il fut sur le point de comprendre…

« Moi aussi, je t'aime… » dit-il.

Maladroitement, elle leva la main vers son visage, sans le quitter des yeux. Elle tendit l'index, et avec beaucoup de douceur et de concentration, elle toucha le petit creux au-dessus de son nez, fit descendre la caresse sur ses lèvres, puis sur son menton.

« … Elspeth. »

Elle sourit et ferma les yeux, détendue.

Allongé près d'elle dans l'obscurité, dans son lit, Robert prit peu à peu la mesure de l'horreur de ce qu'ils avaient fait.

Martin fumait, appuyé contre les oreillers. Julia était blottie contre lui. « Chantez ! » ordonna-t-elle. Il écrasa sa cigarette dans le cendrier posé sur la table de nuit et se mit à chanter. *« Slaap kindje, slaap ; daar buiten loopt een schaap ; Een schaap met witte voetjes ; Die drinkt zjin melk zo zoetjes ; Slaap kindje slaap. »*

« Qu'est-ce que ça veut dire ? demanda-t-elle.

— Eh bien, quelque chose comme… “Dors, bébé, dors ; il y a un petit mouton blanc qui marche au-dehors, il a des petits pieds blancs et il boit du bon lait”.

— C'est mignon », dit-elle, puis elle s'endormit.

Départs

Julia se réveilla avant l'aube. Martin dormait, couché en chien de fusil loin d'elle. Elle se leva sans bruit et alla s'habiller dans la salle de bains, puis elle se glissa au-dehors et descendit l'escalier. Une fois chez elle, elle ôta ses vêtements, enfila une chemise de nuit et se coucha dans son lit. Après être restée un long moment à contempler le plafond, elle finit par se lever et par prendre une douche.

Au matin, Elspeth s'éveilla dans le lit de Robert. Elle tâta le drap à côté d'elle, mais il n'était pas là. À sa place, elle trouva un papier sur lequel il avait écrit : *Suis parti chercher notre petit-déjeuner. Reviens tout de suite. R.*

Avec délectation, elle apprécia la douceur des draps, l'odeur de Robert sur l'oreiller mêlée à celle des cierges et au parfum des roses, les pépiements des oiseaux et la sensation d'avoir un corps.

Elle avait mal partout, mais cela n'avait pas d'importance. Ses articulations étaient raides, son sang avait du mal à circuler. Respirer représentait un effort, comme si ses poumons étaient emplis d'une gelée molle. *Et alors ? Je suis vivante !* Elle tenta de s'asseoir et s'emmêla dans les draps, car ses muscles répondaient mal. Elle se mit à rire. Le son qui sortait de sa bouche était guttural et elle préféra s'arrêter. Elle parvint enfin à se mettre debout et fit quelques pas en s'appuyant sur le bord du matelas. Quand elle fut parvenue au pied du lit, elle s'arrêta, vacillante, et découvrit son image dans le miroir. C'était celle de Valentina. *Tu t'attendais à quoi ?* Elle imagina Valentina à l'étage du dessus, solitaire et glacée. *Je suis désolée, désolée...* Elle avait du mal à déterminer ce qu'elle éprouvait. C'était un mystérieux mélange de triomphe et de remords. Elle contempla ce reflet qui n'était pas le sien : désormais, elle serait revêtue de ce corps comme d'un habit. C'était un corps jeune, mais sa posture et ses mouvements ressemblaient à ceux d'une vieille femme : dos voûté, démarche incertaine, gestes précautionneux. *Vais-je pouvoir vivre ainsi ?* Elle posa sa main à l'endroit où aurait dû se trouver son cœur, puis la mémoire lui revint et elle la plaça à droite. Il battait lentement. *Oh, Valentina !*

Elspeth lâcha le lit. Elle se dirigea en titubant vers la salle de bains, dans l'intention de prendre un bain. Lorsqu'elle l'atteignit, elle se baissa avec difficulté et eut du mal à ouvrir les robinets. *C'est comme les premiers jours où j'étais un fantôme. Je vais devenir plus forte. Il suffit que je m'exerce.* Mais elle fut incapable de mettre le bouchon au fond de la baignoire et l'eau s'écoula. Finalement, elle referma les robinets et s'assit sur le carrelage froid du sol en attendant le retour de Robert.

Après le petit-déjeuner, Martin fit sa valise. Il prit un minimum d'affaires, sachant qu'il était inutile de se charger. Il risquait en effet de revenir très vite, soit parce que Marijke l'aurait rejeté, soit parce qu'il n'aurait même pas réussi à se rendre à Amsterdam. Elle pouvait aussi l'accepter et ni l'un ni l'autre ne reviendrait plus jamais. À moins qu'elle n'ait quelqu'un d'autre dans sa vie et, dans ce cas, Martin savait qu'il préférerait se jeter dans le Prisengracht plutôt que de retourner seul à Londres.

Il se déplaça dans l'appartement, éteignant les lumières et fermant le compteur. Cela lui fit un drôle d'effet. Il avait l'impression de redécouvrir dans un rêve un appartement inconnu, une sorte de jumeau perdu du sien, un jumeau qui hébergerait des clones de ses affaires. Le soleil passait à travers les vitres, là où Julia avait ôté les journaux qui camouflaient les fenêtres. Il tendit les mains et les réchauffa à ses rayons.

Au moment de partir, il s'immobilisa devant la porte d'entrée, une main sur la poignée, l'autre tenant sa valise. *Tout va bien. C'est seulement la cage d'escalier. Tu y es déjà allé. Il ne s'y est jamais rien passé d'épouvantable. Pas besoin de compter.* Il se fit toutefois la réflexion que ce serait bien d'emporter quelques paires de gants de chirurgien en latex. Il revint sur ses pas, en prit une poignée et les fourra dans la poche de sa veste. Puis il ouvrit la porte et s'avança sur le palier.

Voilà, je suis hors de l'appartement. Martin fit le point. Il était un peu oppressé, mais autrement, tout allait bien. Il ferma la porte à clé. *Ça va toujours.* Il entreprit de descendre l'escalier avec sa valise. Arrivé sur le palier du premier étage, il s'arrêta, déposa un baiser sur ses doigts et toucha la porte, juste au-dessous de la carte de visite d'Elspeth. Puis il poursuivit sa route.

Au rez-de-chaussée, il frappa chez Robert. Il entendit ses pas, puis sa respiration derrière la porte. « C'est moi », dit-il à voix basse. La porte s'entrouvrit et il vit l'œil de Robert qui le dévisageait. Cela accentua sa nervosité. Robert ouvrit la porte en grand et lui fit signe d'entrer. Martin obéit, traînant sa valise derrière lui. Robert referma la porte sur eux.

Martin fut stupéfié par l'apparence de Robert. Il avait changé de manière indéfinissable, mais considérable, comme s'il avait été malade pendant des mois. Il avait des cernes sombres sous les yeux et il se tenait courbé en avant, comme sous l'effet de la douleur. « Vous allez bien ? interrogea Martin.

— Oui. » Robert sourit, ce qui eut un effet grotesque. Il s'éclaircit la voix. « J'ai été témoin de quelques miracles ces jours-ci, mais celui que j'ai sous les yeux est le plus ahurissant. Où allez-vous ?

— À Amsterdam, dit Martin. Vous êtes sûr que ça va ?

— Tout baigne. Marijke est au courant de votre arrivée ?

— Non, mais à bien y réfléchir, elle m'a en fait lancé une invitation.

— J'aimerais voir sa tête quand elle va se rendre compte que, pour elle, vous avez bravé les taxis, les trains et les autobus. Elle n'en reviendra pas. » Il sourit de nouveau et Martin fut pris d'une envie soudaine de s'en aller. Mais il devait d'abord poser une question.

« Robert, y aurait-il une raison pour laquelle je ne devrais pas partir ? A-t-elle… Est-elle… ?

— Non, répondit Robert d'un ton ferme. Je ne crois pas qu'elle ait… ni qu'elle soit…

— Dans ce cas… » Martin se tut.

« Vaste sujet », dit Robert.

Martin tendit la main. Il la serra, puis s'aperçut de son erreur quand Martin eut un mouvement de recul.

« Son adresse ? demanda Martin.

— Ah oui, excusez-moi. La voici. » Robert lui remit une grande enveloppe.

Martin l'ouvrit et prit connaissance de l'adresse. « Je n'étais vraiment pas loin, n'est-ce pas ?

— À deux rues près. C'est stupéfiant. »

Martin avait l'impression que Robert était impatient de le voir partir. « Il faut que j'y aille, dit-il. Merci.

— De rien. »

Martin tourna les talons, puis demanda : « Est-ce que ça a marché comme vous le vouliez ?

— Quoi donc ?

— La séance de spiritisme. Cette histoire de vie ou de mort. » La main à quelques centimètres de la poignée de la porte, Martin pensait à Julia.

« Les choses ont un peu dérapé, mais le résultat final était… intéressant, répondit Robert. À propos, comment avez-vous fait pour garder Julia là-haut ?

— Ruban adhésif et charisme. » Martin ouvrit la porte et fit un pas dans l'entrée de l'immeuble.

« Téléphonez de temps en temps pour donner des nouvelles », dit Robert. Au moment où il referma la porte, son sourire était déjà moins crispé.

Martin consulta sa montre et constata qu'il risquait d'être en retard. Dans sa hâte, il traversa l'entrée et sortit de l'immeuble sans trop d'hésitation. Parvenu au milieu de l'allée, il se retourna et regarda en l'air. Julia l'observait depuis la fenêtre du petit salon. Il agita la main ; elle lui rendit son salut. Quand il baissa les yeux, il aperçut quelqu'un assis dans la pénombre du petit salon du rez-de-chaussée. *Julia ? Impossible, ce ne peut être Julia. Comme c'est bizarre !* Il hocha la tête, regarda de nouveau Julia et lui sourit. Elle resta derrière sa fenêtre jusqu'à ce qu'il ait franchi le portail en tirant sa valise. *Qu'a-t-il donc vu ?* se demanda-t-elle.

Elspeth regarda Martin disparaître. *Au revoir, mon ami*. Elle entendit Robert entrer dans la pièce. « Et voilà, il s'en va, dit-il, debout derrière elle.

— C'est très encourageant. Il doit être terrifié.

— Je n'ai pas eu cette impression. Julia lui a fait prendre des comprimés.

— J'espère que leur effet durera jusqu'à ce qu'il arrive chez Marijke.

— Il est venu à ton enterrement, dit Robert.

— Vraiment ? C'est très gentil. Et très courageux de sa part. » Elspeth fit une pause avant de reprendre : « Robert, pourquoi t'es-tu contenté d'employer le terme "intéressant" ?

— À quel propos ?

— Tu as dit à Martin que le résultat final était "intéressant". Tu aurais préféré que ce soit Valentina et pas moi ?

— Difficile de justifier le sacrifice de Valentina pour t'avoir, toi. »

Non sans difficulté, Elspeth se tourna pour lui faire face. « D'après toi, que s'est-il passé hier soir ? » Robert se tenait debout près d'elle, mais sans la toucher. Il marqua une hésitation avant de répondre. « Je n'ai rien vu jusqu'au moment où tu es… revenue dans le corps de Valentina. Tout ce que je sais, c'est que tu es là, toi, et pas elle.

— Ce qui s'est passé, c'est qu'elle n'y est pas arrivée. Elle était trop faible. Quelques minutes après sa mort, j'aurais pu lui faire réintégrer son corps. Ou alors, il aurait fallu qu'elle soit un solide fantôme comme moi et cela m'a pris des mois avant de pouvoir déplacer une brosse à dents, et je ne parle pas d'un cadavre… » Elle posa la paume de sa main sur sa poitrine. « Au début, il faut tout remettre en marche par la force et la volonté. Il faut respirer avec des poumons qui ignorent comment respirer. Il faut faire circuler le sang. Il faut s'enfermer hermétiquement, devenir le corps. Valentina n'était qu'une sorte de brume. Elle a flotté au-dessus du corps et puis… elle s'est dispersée. Alors, je me suis dit : *Bon, dans ce cas, je vais en prendre possession.*

— Mais crois-tu qu'elle savait ? Pourrait-elle avoir décidé de ne pas revenir ?

— Je n'en sais rien. J'ai un souvenir très flou de cette phase.

— Alors, on peut dire que tout cela a été une duperie. Cela n'aurait jamais marché, elle n'aurait pas pu revenir. Pourquoi ne pas l'avoir prévenue ?

— Et comment aurais-je pu savoir ? Nous ne sommes pas des scientifiques. Nous avons improvisé au fur et à mesure. Elle se serait tuée de toute façon.

— Non, protesta Robert, elle aurait sans doute pris la fuite. Elle voulait juste quitter Julia et non pas mourir.

— Elle t'aimait. Elle essayait d'être ton idéal féminin et tu étais amoureux d'un fantôme. Maintenant ton fantôme est vivant et Valentina est un fantôme. » Elspeth se tut quelques instants avant de reprendre : « Qu'as-tu l'intention de faire ?

— Je n'en ai aucune idée, Elspeth. Pour le moment, je me méprise d'avoir participé à tout cela.

— Vas-tu me quitter pour ton nouveau fantôme ? »

Robert se détourna d'Elspeth. Ils avaient parlé à voix basse, de crainte que Julia ne puisse les entendre, et cela ne faisait au fond qu'accentuer le dégoût qu'elle lui inspirait. Soudain, cette dispute chuchotée dans la pénombre lui paraissait douloureusement absurde.

« Tu souhaitais que je revienne, disais-tu… Robert, tu voulais que je revienne. »

Il ne trouva rien à répondre.

Julia était devant la porte de Robert. *Je sais que vous êtes là.* Tout était calme dans l'appartement. Elle contemplait la petite carte de visite marquée « Fanshaw ». *Qu'est-ce que Martin pouvait bien regarder comme ça ?* Elle essaya de trouver une raison valable pour être là. En vain. Finalement, elle se décida à frapper.

Dans le petit salon, Elspeth et Robert écoutaient en silence. Au bout de quelques instants, Elspeth leva les yeux vers Robert. Il se pencha et elle lui murmura à l'oreille : « Je vais attendre à l'extérieur de la porte de service. Va voir ce qu'elle veut. » Robert l'aida à ôter ses chaussures et à marcher jusque-là. Elle s'assit sur l'escalier de secours, et resta là, ses chaussures à la main, la respiration difficile.

Lentement, Robert se dirigea vers la porte d'entrée. Il marqua un temps d'arrêt, puis ouvrit. Julia attendait, l'air hagard, sa robe boutonnée de travers, les mains jointes comme une pénitente.

« Oh, bonjour, Julia ! » *Je suis désolé, Julia, j'ai tué votre sœur.*

« Bonjour. » *Vous avez drôlement l'air de flipper, Robert.*

« Vous allez bien ? » *Je ne voulais pas le faire. C'est elle qui a insisté.*

« Je peux entrer ? » *Qu'est-ce que vous dissimulez ?*

« Euh… oui, bien sûr. » *Ça ne s'est pas passé exactement comme elle le souhaitait.*

Julia franchit le seuil, fit quelques pas et se retourna. « J'aimerais jeter un coup d'œil.

— Pour quoi faire ? »

Sans répondre, elle courut jusqu'au séjour, fit le tour de la pièce du regard, se précipita vers le petit salon, traversa la salle à manger, puis le couloir, et pénétra dans la chambre de Robert. Elle resta là, haletante, et contempla les cierges et les roses, les allumettes utilisées, le lit en désordre. Elle gagna ensuite la salle de bains et ressortit, un peigne à la main. Des cheveux d'argent s'en échappaient, tels les filaments irisés d'un animal des profondeurs.

« Ils appartiennent à Valentina ! s'écria-t-elle.

— Oui.

— Où est-elle ?

— Julia…

— Oui, je sais… N'empêche qu'il y a quelque chose de bizarre. » Julia se tournait de tous côtés, en quête de ce qui aurait pu expliquer ce qui n'allait pas. « Je n'ai pas l'impression qu'elle soit morte », poursuivit-elle.

Robert approuva d'un signe de tête. « Je sais.

— Elle est ici.

— Julia, je sais que c'est difficile à admettre, mais elle est décédée.

— Non ! » Julia se remit à parcourir l'appartement, suivie par Robert.

« Voulez-vous manger quelque chose ? demanda-t-il. J'ai des œufs et du jus d'orange. » Sans répondre, elle continua à explorer les pièces à toute allure. Dans la salle à manger, elle s'arrêta et se tourna vers Robert.

« C'est votre faute. Vous l'avez tuée. » Robert en était tellement persuadé lui-même qu'il ne dit rien et resta les bras ballants, prêt à accepter son verdict. « Si vous n'aviez pas… Vous avez tué Elspeth, et ensuite vous avez tué Valentina. » Il comprit qu'elle essayait simplement de lui faire du mal.

« Elspeth a été emportée par la leucémie et Valentina avait de l'asthme. » *Que les subtilités du langage sont utiles pour contourner le problème ! Et vaines !*

« Mais… Je ne sais pas… Pourquoi est-elle morte ?

— Je l'ignore, Julia. » Elle le dévisagea, comme si elle attendait qu'il en dise plus, puis elle se précipita hors de la pièce. Robert l'entendit claquer la porte d'entrée et monter l'escalier quatre à quatre.

C'est quelque chose d'insupportable. Il avait envie de se rendre au cimetière pour se débarrasser en chemin de cette réalité trop lourde à porter. Mais Elspeth était assise sur l'escalier de secours. Il alla la chercher. Quand il ouvrit la porte, elle était pelotonnée sur la première marche, l'air d'un pantin triste et désarticulé. Il la prit dans ses bras et l'emporta à l'intérieur sans un mot. Quand il l'eut posée sur son lit, il s'assit auprès d'elle, le visage détourné. « Nous allons devoir partir d'ici, dit-il.

— Bien sûr, répondit Elspeth, soulagée. Nous irons où tu voudras. »

Il sortit de la pièce et elle l'entendit composer un numéro de téléphone. *Où allons-nous ?*

« James ? Je peux passer ? J'amène quelqu'un… Je vous expliquerai en arrivant… Non, la situation n'est pas ordinaire. Oui. Merci, nous arrivons. »

Martin avait fait ce voyage des centaines de fois en imagination. Dans sa tête, certaines parties étaient tout à fait tangibles, d'autres laissées dans le vague. Il était hors de question de prendre l'avion. Il ne supporterait pas d'être attaché sur un siège à 10 000 mètres d'altitude, son cœur lâcherait. Il avait donc décidé de prendre le train.

Il dut d'abord se persuader de prendre un taxi. Avant de pouvoir démarrer, le chauffeur attendit patiemment qu'il se décide à monter, puis que son passager soit ressorti et remonté plusieurs fois. Martin conserva tout d'abord les yeux fermés, mais il finit par se sentir suffisamment en sécurité pour regarder par la vitre. *C'est le monde, ça, tous ces nouveaux bâtiments, et puis les voitures, il y a tant de voitures bizarres*. Il avait vu des photos de ces voitures sur les publicités. Une Prius noire coupa la route au taxi et il y eut un échange de noms d'oiseaux au feu rouge suivant. Martin referma les yeux.

À la gare de Waterloo, il fut tout de suite dépassé. L'endroit avait été complètement rénové depuis la dernière fois où il y était venu. Il avait une heure d'avance. Il progressa lentement, le regard fixé devant lui, en comptant ses pas. Les gens se pressaient autour de lui. Malgré son anxiété, il sentit une légère excitation, le plaisir de retrouver le monde. Il pensait à Marijke, à ce qu'elle dirait en le voyant, à la fierté qu'elle éprouverait à son égard. *Regarde, ma chérie, je suis venu à toi.* Il frissonna dans la fraîcheur de la gare. Inconsciemment, il ferma les yeux et pencha la tête en arrière, comme s'il attendait un baiser. Quelques personnes le dévisagèrent avec curiosité. Il resta immobile devant les écrans d'information, en imaginant tenir Marijke dans ses bras.

Il avait acheté un billet de première classe sur l'Eurostar, un aller simple pour se porter chance. Il s'installa dans la salle d'attente, à l'écart des autres passagers. Finalement, il fut capable de monter dans le train et de gagner son siège au bout de la rame. Le train était moins bruyant et plus propre que ceux dont il se souvenait. Martin baissa la tête, joignit les mains et se mit à compter en silence. Le voyage durerait cinq heures. Il fut heureux de ne pas avoir pris le ferry. Le train allait filer droit devant lui, sur des rails. Il ne volerait pas en l'air, il ne traverserait pas la mer. Martin avait seulement à rester tranquille, à changer de train à Bruxelles et à prendre encore un taxi. C'était faisable.

Jessica ouvrit la porte. Robert se tenait devant elle, soutenant ce qu'elle prit tout d'abord pour une enfant blessée. Malgré la température clémente, la petite silhouette était enveloppée dans un châle. Robert était penché vers elle et quand il leva lentement la tête, Jessica vit que son regard exprimait un profond chagrin.

« Robert ? Que s'est-il passé ? Qui est-ce ?

— Je suis désolé, Jessica. Je ne savais vers qui d'autre me tourner. Je me suis dit que vous pourriez nous aider. »

La forme menue tourna la tête et Jessica découvrit son visage. *Julia ? Non.*

« Edie ? » interrogea-t-elle.

La personne articula : « Jessica… » Elle essaya de se redresser et de se tenir seule debout, tel un poulain nouveau-né, encore incertain sur ses jambes mais prêt à s'enfuir.

« C'est Elspeth, Jessica », dit Robert.

Jessica s'appuya à l'encadrement de la porte. Elle vivait l'un de ces moments rares où l'on modifie sa compréhension du monde pour admettre l'impossible, à défaut de le comprendre. « Robert, qu'avez-vous fait ? » s'écria-t-elle. La voix de James s'éleva à l'intérieur de la maison. « Tout va bien, Jessica ? » Jessica fit une pause avant de répondre : « Oui, James. » Elle était effrayée, ne sachant comment se comporter.

« Je crois qu'on ferait mieux de partir, dit Robert. Je suis navré, je n'aurais pas dû…

— Mais comment est-ce possible ?

— Je n'en sais rien. » Robert s'apercevait qu'il avait commis une énorme erreur. « Jessica, excusez-moi. Je reviendrai un peu plus tard, quand j'aurai réfléchi à tête reposée. Simplement, ne dites rien à Julia ni à ses parents, s'il vous plaît. Je préfère qu'ils ne sachent rien. » Il prit Elspeth par le bras et tourna les talons en l'entraînant avec lui.

« Robert, attendez ! » dit Jessica. Mais il s'en allait déjà. Elspeth noua ses bras autour de son cou. James arriva au moment où ils atteignaient le trottoir. La haie les dissimulait aux regards. « Qu'est-il arrivé ? demanda-t-il.

— Rentrons, répondit Jessica, j'ai quelque chose à te dire. »

Assis dans le train, Martin regardait le monde défiler. *Tout est encore là, les toits et les cheminées, les graffitis, les immeubles de bureaux, les cyclistes ; bientôt ce seront les moutons et le ciel immense de la campagne... À une époque, j'ai cru qu'il y avait deux réalités, celle de l'intérieur et celle de l'extérieur, mais cela me paraît un peu rudimentaire. Je ne suis plus le même qu'hier soir et lorsque j'arriverai chez Marijke, je ne serai plus l'homme qu'elle a épousé ni même celui qu'elle a quitté... Comment allons-nous nous reconnaître l'un l'autre, après tout ce qui est arrivé ? Comment allons-nous faire pour réaligner nos réalités, qui s'éloignent de nous même lorsque nous allons à leur rencontre ?* Martin serra entre ses doigts le flacon de vitamines, que Julia avait glissé dans sa poche. *Tout est si fragile et si fabuleux.* Il ferma les yeux. *Le voici... voici l'avenir... le voici de nouveau...*

À la gare de Bruxelles, il acheta un sandwich au jambon et des lunettes de soleil. La protection supplémentaire qu'elles représentaient calma sa nervosité. Il se regarda dans le miroir de la boutique. *Bond, James Bond.* Il y avait plus de monde dans le Thalys que dans l'Eurostar, mais il n'eut personne à côté de lui. *Encore trois heures.* Il attaqua son sandwich.

Le taxi laissa Martin devant la porte de Marijke. Il resta dans la rue étroite en se demandant s'il y était déjà venu et il décida que non. Il alla ensuite sonner chez Marijke. Elle n'était pas là.

Il paniqua. Il n'avait pas pensé à ce qui se passerait si elle était absente et s'il devait attendre à l'extérieur un temps indéterminé. Il essaya de tourner la poignée. Son cœur battait à tout rompre. *Non. Ne sois pas ridi-*

cule. Respire un bon coup... Il s'assit sur sa valise et s'efforça de respirer.

Marijke arrivait en vélo. Occupée à chercher ses clés au fond de son sac, elle ne repéra pas tout de suite l'homme qui était devant sa porte. Martin se leva. « Marijke, dit-il.

— Martin ! *Oh, goh... Je bent hier !* » Le vélo encombrait Marijke. Elle l'appuya en toute hâte contre le mur et se tourna vers Martin. « Tu es venu à moi, dit-elle.

— Oui, répondit-il en lui ouvrant les bras. Oui. »

Ils s'embrassèrent. En plein soleil, au vu et au su de tous, Martin étreignit Marijke et les années s'effacèrent. Il l'avait retrouvée.

« Viens à l'intérieur, dit-elle.

— Oui, mais nous ressortirons plus tard, n'est-ce pas ? »

Marijke sourit. « Évidemment. »

La fin du journal

Edie et Jack passèrent quinze jours à Londres. Chaque matin, ils arrivaient à Vautravers avant le petit-déjeuner et ils emmenaient Julia voir de vieux amis à eux et lui montraient la ville à travers le prisme de l'enfance d'Edie, des premiers temps où Jack travaillait à la banque, de l'époque où ils sortaient ensemble. Julia appréciait d'être occupée, même si le rythme semblait un peu trop soutenu et que, à certains moments, elle surprenait son père jetant un regard étonné à sa mère, comme s'il n'avait pas les mêmes souvenirs qu'elle.

Un jour, Robert sortit de chez lui et intercepta le couple au moment où il pénétrait dans le jardin. « Edie, j'ai besoin de vous parler, dit-il. J'en ai pour une minute.

— Je t'attends là-haut, Edie », lança Jack.

Edie suivit Robert dans son appartement. Les pièces, quoique bien rangées, avaient l'air un peu à l'abandon ; les meubles étaient rares et un certain nombre d'éléments avaient visiblement disparu.

« Vous déménagez ? demanda-t-elle.

— Oui, petit à petit. D'une certaine manière, je ne supporte pas d'être seul ici. »

Il la précéda jusqu'à la chambre de service, qui était presque vide, mis à part un certain nombre de cartons remplis de registres, de photographies et autres papiers.

Robert les désigna du doigt. « Elspeth me les a laissés, dit-il. Vous les voulez ? »

Edie resta immobile, les bras croisés, sur la défensive. « Vous les avez lus ? demanda-t-elle.

— Quelques-uns seulement. Je me suis dit qu'ils vous concernaient plus que moi.

— Je n'en veux pas. » Edie lui jeta un coup d'œil. « Est-ce que vous voudrez bien les brûler à ma place ? demanda-t-elle.

— Les brûler ?

— S'il ne tenait qu'à moi, je ferais un feu de joie de la totalité. *Idem* pour les meubles. Elspeth a même gardé le lit dans lequel nous dormions enfants. Quand je suis entrée dans sa chambre et que j'ai vu ça, je n'en ai pas cru mes yeux.

— C'est un joli lit, dit Robert. Il m'a toujours plu.

— Acceptez-vous de les brûler ? demanda de nouveau Edie.

— Oui.

— Merci. » Elle lui sourit et sortit de la pièce. Robert découvrait son sourire pour la première fois et la ressemblance avec Elspeth était si frappante que cela lui fit mal. Il la suivit jusqu'à la porte d'entrée. « Est-ce que Julia va rester ici ? interrogea-t-il sur le seuil.

— Oui. Nous pensions qu'elle reviendrait chez nous, mais elle ne veut pas. Elle considère qu'elle abandonnerait en quelque sorte Valentina si elle quittait l'appartement. » Edie plissa le front. « Elle est devenue très superstitieuse, je trouve.

— C'est compréhensible, dit Robert.

— Bon, eh bien merci, vous avez été très gentil. Je comprends pourquoi Elspeth et Valentina se sont attachées à vous. »

Robert secoua la tête. « Je suis désolé…

— Ne vous inquiétez pas, ça va aller. »

Un peu plus tard, une fois la famille Poole partie pour la journée, Robert sortit les cartons dans le jardin de derrière et en brûla tout le contenu, pièce après pièce. Le lendemain matin, Edie vit les traces du feu sur la mousse et se sentit soulagée.

Par une journée maussade de la mi-juillet, Edie et Jack étaient assis dans l'avion de Chicago qui n'allait pas tarder à décoller. Edie avait bu deux verres avant d'embarquer, mais cela n'améliorait en rien sa peur panique de l'avion. Elle était baignée de sueur. Jack lui tendit la main et elle la serra avec force. « Ne t'affole pas », dit-il.

Elle secoua la tête. « Je suis vraiment cinglée ! » s'exclama-t-elle.

Jack prit un risque calculé. « Pas toi, Elspeth chérie », dit-il.

L'avion s'était mis à rouler. Elle fut si surprise d'entendre son propre prénom qu'elle resta bouche bée. Elle en oublia presque d'avoir peur tandis qu'ils prenaient de l'altitude et que Londres diminuait de plus en plus en dessous d'eux. « Tu le sais depuis combien de temps ? demanda-t-elle quand l'appareil se fut remis à l'horizontale.

— Des années, répondit-il.

— Je croyais que tu m'aurais quittée…

— Jamais de la vie.

— Oh, je suis désolée, gémit-elle, affreusement désolée. » Elle éclata en sanglots, le genre de sanglots incontrôlables et saccadés qu'elle ne s'était jamais autorisés jusque-là – les pleurs de toute une vie. Jack la regardait, en se demandant comment cela allait se terminer. Le steward se précipita avec un paquet de mouchoirs en papier. « Seigneur, je suis en train de me donner en spectacle, dit enfin Edie.

— Aucune importance, répondit Jack. L'avion est plein d'Américains. Personne ne va s'en préoccuper. Ils regardent tous le film. » Il releva l'appui-bras qui les séparait et elle s'appuya contre lui, avec une impression de vide et une étrange satisfaction.

De retour

Julia se réveilla tard, l'esprit embrumé après une nuit de cauchemars. Deux jours plus tôt, Edie et Jack avaient regagné à contrecœur Lake Forest. Elle les avait vus partir avec soulagement, mais maintenant l'appartement était trop calme ; elle semblait être la seule habitante de Vautravers. Comme on était dimanche, elle remit les vêtements de la veille (qui étaient aussi ceux de l'avant-veille et de l'avant-avant-veille) et alla acheter l'*Observer* près de l'arrêt d'autobus. À son retour, une énorme moto bloquait le chemin d'accès à Vautravers. Elle la contourna, contrariée. Elle franchit le portail et pénétra dans l'immeuble sans s'apercevoir qu'on l'observait.

Elle se fit du thé, y versa un nuage de lait et ouvrit un paquet de biscuits chocolatés. Puis elle prit ses cigarettes et disposa le tout sur un plateau, qu'elle emporta dans la salle à manger. Le fantôme du chaton, roulé en boule sur le journal, ne dormait que d'un œil. Julia posa le plateau sur la table. Elle tendit la main, qui traversa le minuscule fantôme, saisit le journal et sépara les différentes parties. La petite chatte lui jeta un regard de reproche et entreprit de faire sa toilette, une patte postérieure levée. Dans cette position, elle ressemblait vaguement à un violoncelliste, mais Julia ne la voyait pas et elle ne put donc plaisanter à ce propos, comme elle le faisait auparavant.

Julia étala le journal devant elle et grignota un biscuit. Elle se demanda vaguement où était Elspeth et ce qu'elle faisait : il y avait longtemps qu'elle n'avait constaté de signes de sa présence, à part de temps en temps un courant d'air froid et le vacillement de la lumière d'une ampoule. Elle lut les différentes parties du journal sans se donner le mal de les replier au fur et à mesure, car Mouse n'était plus là pour s'offusquer de son égoïsme, puis elle alluma une cigarette. Le chaton fit la grimace et sauta de la table.

Julia avait fini l'*Observer* et en était à sa quatrième cigarette lorsqu'elle entendit du bruit au plafond. On aurait dit qu'on marchait dans l'appartement du dessus. Elle leva la tête. Martin ? Martin aurait-il été de retour ? Elle écrasa sa cigarette dans son fond de thé et, sans réfléchir, elle se précipita sur le palier et monta les marches quatre à quatre.

La porte de l'appartement de Martin était grande ouverte. Le cœur battant, elle entra.

Elle s'immobilisa, tendit l'oreille. Tout était silencieux. On entendait les oiseaux chanter au-dehors. Les cartons et les boîtes en plastique étaient encore dans la pénombre, couverts de poussière. Julia se demanda si elle devait appeler, puis elle se dit qu'après tout, ce n'était peut-être pas Martin qui se trouvait là. Elle ne savait que faire. Elle se souvenait de cette première nuit où Valentina et elle avaient été réveillées par l'inondation et où elle avait trouvé Martin en train de récurer le sol de sa chambre. C'était l'hiver, à l'époque.

Le temps avait passé depuis. Lentement, silencieusement, elle s'avança dans l'appartement. Rien ne bougeait. La plupart des fenêtres étaient encore obscurcies par des journaux, mais celles qu'elle avait dégagées laissaient passer la lumière du jour. Les journaux étaient restés à l'endroit où elle les avait jetés. Elle traversa le petit salon et la salle à manger sur la pointe des pieds. Dans la cuisine, quelqu'un avait laissé une capsule de bouteille de bière et un décapsuleur sur le plan de travail. Julia ne se souvenait pas d'avoir vu Martin boire dans la matinée, mais elle ignorait l'heure qu'il était, car elle s'était levée tard.

Elle traversa le couloir et jeta un coup d'œil dans le bureau de Martin. Debout devant la table de travail, un grand jeune homme maigre lisait une feuille de papier qu'il tenait sous la lampe. La scène lui rappela un tableau de Vermeer. Le visiteur, vêtu d'un jean, d'un T-shirt noir et de bottes de motard, lui tournait le dos. Il soupirait et passait ses mains dans ses cheveux sombres, assez longs. Si Julia avait connu Marijke, ces soupirs et cette attitude lui auraient tout de suite indiqué de qui il s'agissait. Mais ce n'était pas le cas et elle n'en eut aucune idée jusqu'au moment où il se retourna et où elle découvrit son visage.

Elle poussa une exclamation. Le jeune homme sursauta. Ils restèrent un moment à se dévisager, puis Julia dit : « Je suis désolée.

— Qui êtes-vous ? demanda-t-il.

— Je suis Julia Poole, la voisine du dessous. J'ai entendu des pas… » Il la regardait avec curiosité. Elle prit alors conscience du spectacle qu'elle offrait, celui d'une jeune fille maigrichonne, pas lavée, aux cheveux en broussaille, habillée n'importe comment. « Et vous, qui êtes-vous ? demanda-t-elle.

— Theo Wells, le fils de Martin et Marijke. Cela fait plus de quinze jours que je suis sans nouvelles de mon père. Et de ma mère. Ils ne répondent pas au téléphone, ce qui n'est pas vraiment leur genre. Je suis venu voir et je m'aperçois qu'il n'est pas là. Vous vous rendez compte à quel point son absence est bizarre, n'est-ce pas ? Je n'arrive pas à comprendre ça. »

Julia sourit. « Il est allé rejoindre votre mère à Amsterdam.

— Il a quitté l'appartement de sa propre volonté ? » Theo hocha la tête. « Il a pris le car ou le train ? Comment est-ce possible ? Rendez-vous compte, la dernière fois où je l'ai vu, j'ai eu un mal de chien à le faire sortir de la salle de bains.

— Il va bien. Il a pris des médicaments et son état s'est amélioré petit à petit. »

Theo s'assit devant le bureau. Julia était stupéfaite de sa ressemblance avec Martin : c'était le portrait de son père – mêmes traits, mêmes mains – en plus jeune, moins voûté, avec des gestes plus amples. *C'est bizarre, les gènes*. Elle l'avait toujours pensé. Elle se demanda s'il avait d'autres points de ressemblance, moins conventionnels, avec Martin.

« Il avait pourtant horreur des antidépresseurs, à cause des effets indésirables, dit Theo. On a essayé de le raisonner, mais il n'y a rien eu à faire. » Il se passa les mains sur le visage et Julia se dit que le même phénomène devait concerner Valentina et elle : on ne pouvait voir l'une sans penser à l'autre. *C'est ce que Mouse détestait plus que tout, cette absence de séparation entre nous deux. Le fait que lorsqu'on la regardait, c'était aussi moi qu'on voyait.* En regardant Theo, Julia voyait Martin et c'était excitant pour elle.

« En fait, il ne savait pas qu'il prenait des antidépresseurs, expliqua-t-elle. J'ai fait semblant de lui donner autre chose. » Theo semblait perdu dans ses pensées et elle n'aurait su dire s'il approuvait ou non. Elle poursuivit : « La moto est à vous ?

— La moto ? Hum, oui.

— Je peux faire un tour ? »

Un sourire éclaira le visage de Theo. « Tu as quel âge ? demanda-t-il.

— Je ne suis plus une gamine, répondit-elle en rougissant. *Ma parole, il croit que j'ai douze ans.* J'ai le même âge que vous. »

Il haussa les sourcils. « *Si*, c'est vrai, insista-t-elle.

— Prouve-le.

— Attendez. Ne partez pas sans moi !

— Aucun risque. J'ai des affaires à prendre. » Theo jeta un coup d'œil aux cartons. « Si je les trouve », ajouta-t-il.

Julia dévala l'escalier. Elle ôta ses vêtements, se doucha et alla se planter devant le placard d'Elspeth. *Qu'est-ce que Valentina choisirait ? Non, oublie ça, Julia. Qu'est-ce que tu choisis, toi ?* Elle enfila un jean, un T-shirt rose et des boots à talons en daim chocolat d'Elspeth. Puis elle mit du rouge à lèvres, sécha ses cheveux au séchoir et remonta chez Martin.

Theo était agenouillé devant une pile de cartons. « Je n'y arriverai jamais, lança-t-il sans lever les yeux.

— J'en ai peur », dit-elle.

Il se retourna et la regarda. « Hum… ça te dirait, un tour en moto ? J'ai un casque en rab.

— Ça me dirait », répondit Julia.

Une visite

Au début, Valentina n'était rien ou presque, et elle ne savait presque rien. Elle avait froid. Elle se déplaçait sans but dans l'appartement, avec le sentiment vague d'attendre quelque chose.

Le temps passait très lentement. Valentina n'y prêta aucune attention dans les premiers mois, mais quand elle finit par comprendre qu'elle était morte, qu'Elspeth était partie et qu'elle était désormais coincée avec Julia, le temps se ralentit encore plus, jusqu'à ce qu'elle ait l'impression d'être incluse dans du verre.

La petite chatte lui tenait maintenant compagnie en permanence. Toutes deux passaient leurs journées à suivre les flaques de soleil et à paresser sur les tapis. Le soir, elles regardaient la télévision avec Julia et la nuit, pendant son sommeil, elles regardaient le cimetière éclairé par la lune, installées sur la banquette sous la fenêtre. *C'est comme un rêve sans fin, dans lequel il ne se passe rien et où l'on peut voler.* Julia semblait attendre que Valentina se manifeste et elle l'appelait parfois, d'une voix hésitante, ou regardait dans sa direction. Dans ces moments-là, Valentina allait dans une autre pièce, car elle ne voulait pas que sa sœur sache qu'elle était là. Elle avait honte.

L'été prit fin et l'automne arriva. Par une soirée froide et pluvieuse, Valentina vit Robert remonter l'allée. Dans le jardin, il y avait un panneau « À vendre » : Martin et Marijke avaient mis leur appartement en vente. Julia était chez Martin et aidait Theo à préparer le déménagement.

Robert monta chez Elspeth. La carte de visite se trouvait toujours sur la porte, ce qui lui serra le cœur. Il entra et avança sans bruit dans le couloir, car il avait laissé en bas ses chaussures boueuses. Une fois dans le séjour, il alluma la lampe près du piano et regarda autour de lui. « Valentina ? » appela-t-il.

Valentina était près de la fenêtre. Elle attendit la suite.

« Valentina, je suis désolé, je ne savais pas. »

Elle espérait sa venue depuis des mois et maintenant qu'il était là, elle était déçue.

Robert se tenait au milieu de la pièce, les bras le long du corps, la tête penchée comme s'il prêtait l'oreille. Rien ne bougeait. Il ne percevait aucune présence, aucune sensation de froid, seulement le vide.

« Valentina ? »

Elle se demanda s'il l'avait aimée.

Il attendit un moment, puis, ne recevant aucun encouragement, il quitta l'appartement. Elle resta à son poste d'observation jusqu'à ce qu'elle le voie descendre l'allée et franchir le portail, silhouette sombre dans l'obscurité. *Où vas-tu, Robert ? Qui t'attend là-bas ?*

Rencontres, évasions, détections

Julia léchait les vitrines dans Long Acre. C'était un samedi ensoleillé du mois de janvier et elle s'était réveillée avec l'envie de filer vers un endroit où il y aurait du monde. Elle faisait les magasins dans l'idée d'acheter un cadeau pour Theo ou de trouver une tenue sympa à se mettre le week-end pour aller le voir. Elle portait son jean de la veille et un sweat-shirt, enfilés à la hâte sous un manteau d'Elspeth. Elle se sentait si menue qu'elle avait l'impression de flotter dans ses vêtements et ses Moon-Boots lui donnaient une démarche d'astronaute. Elle entra dans une minuscule boutique de Neal's Yard où l'on ne vendait que des vêtements roses : baskets, boas en plumes, minijupes en vinyle. *Mouse aurait adoré*, se dit-elle. Elle imagina sa sœur et elle dans un moelleux pull angora et des bas résille vert fluo. Elle prit le pull, le tint devant elle et se regarda dans la glace. La vision de son propre reflet la fit reculer : elle ressemblait à Valentina grippée. Elle remit le pull sur le portant sans l'essayer.

Sur le trottoir, elle hésita quelques minutes, cherchant à déterminer dans quelle direction se trouvait la sandwicherie devant laquelle elle était passée à l'aller.

À ce moment, une jeune fille la dépassa et quelque chose, peut-être son odeur, un mélange de savonnette à la lavande, de sueur et de talc, attira son attention. La passante marchait vite, d'un pas décidé, en esquivant d'instinct les touristes, les vendeurs de journaux et les chanteurs des rues. Ses boucles châtain foncé dansaient sur l'étole de fourrure qu'elle portait par-dessus une robe rouge vif. Julia la suivit.

Elle fut bientôt en proie à une agitation croissante. *D'après Sherlock Holmes, à moins que ce ne soit Peter Wimsey, on ne peut déguiser son dos. Et de dos, cette fille ressemble comme deux gouttes d'eau à Mouse. Sauf en ce qui concerne la démarche. Valentina n'aurait jamais ainsi fendu la foule à grandes enjambées.*

Julia vit la jeune fille pousser la porte de chez Stanfords, le magasin spécialisé dans les cartes et les guides de voyage. Elle y entra à sa suite et l'entendit s'adresser à une vendeuse.

« Vous auriez une carte du Sussex ? » Sa voix, aux riches intonations, avait l'accent particulier d'Oxford ou de Cambridge.

« Carte routière ou de randonnée ?

— De randonnée, plutôt. »

Pendant qu'elle allait payer en bas, Julia traîna autour d'une table couverte de guides de l'Australie. Bientôt, la jeune fille réapparut avec son achat dans un sac et Julia put enfin découvrir son visage.

C'était et ce n'était pas Valentina. Ses traits étaient les mêmes, mais son expression, elle, était fondamentalement différente. Elle était très maquillée, avec de l'eye-liner noir et un rouge à lèvres foncé. Ses yeux étaient marron et on lisait sur son visage une assurance que Valentina n'aurait jamais possédée. Il émanait d'elle une très grande confiance en soi.

Elle avait maintenant la main sur la poignée de la porte et s'apprêtait à quitter le magasin. Julia ne put supporter l'idée de la laisser partir.

« Excusez-moi », dit-elle. La jeune fille suspendit son geste et se retourna. Julia s'aperçut alors qu'elle était enceinte. Elle croisa son regard, sans savoir s'il reflétait de la surprise, de la crainte, ou le simple étonnement de sentir une étrangère vous saisir par le bras.

« Je vous demande pardon ? » fit la jeune femme.

Julia la dévorait des yeux. Elle aurait donné n'importe quoi pour pouvoir lui ôter son maquillage et aussi ses vêtements, afin de voir si elle avait sur le corps les grains de beauté et les cicatrices de vaccins qui lui étaient si familiers.

« Voyons, vous me faites mal ! » s'écria la jeune femme. Sa voix n'était pas celle de Valentina. Autour d'elles, le silence se fit. Julia entendit quelqu'un s'approcher à grands pas. Elle lâcha la jeune femme, qui ouvrit la porte à la volée et s'éloigna rapidement. Julia la suivit au-dehors et la regarda disparaître dans la foule.

Elspeth se força à ne pas courir. Elle haletait et, sans regarder en arrière, ralentit l'allure. Un Starbucks Café se trouvait là. Elle entra et s'assit à une table. Quand son cœur battit moins fort, elle alla aux toilettes, se passa de l'eau sur le visage et se remaquilla. Elle scruta son reflet dans la glace. Il n'avait pas passé le test. Elle avait changé, mais pas assez, visiblement. Les différences n'avaient pas empêché Julia de distinguer sa jumelle. Julia savait-elle ? Si oui, pourquoi ne lui avait-elle pas couru après ? Pourquoi avait-elle eu l'air si indécise ? Elspeth revit le visage de Julia, maigre et fatigué. Elle se pencha au-dessus du lavabo, le menton sur la poitrine, son ventre gonflé tel un ballon rouge entre ses bras, et elle se mit à pleurer sans pouvoir s'arrêter. L'étole de fourrure fut bientôt trempée de larmes.

Quand Elspeth émergea enfin des toilettes, trois femmes faisaient la queue et chacune la foudroya du regard lorsqu'elle passa devant elles. Elle décida de ne pas finir ses courses, prit le métro et sortit vingt minutes plus tard à King's Cross St. Pancras. Elle cherchait ses clés devant la porte du minuscule appartement lorsque Robert ouvrit.

« Où étais-tu ? Je commençais à m'inquiéter, dit-il.

— Robert, on va devoir quitter Londres. J'ai vu Julia.

— Et elle, elle t'a vue ? »

Elspeth lui raconta ce qui s'était passé. « Je crois qu'elle a eu un doute, mais elle était troublée et elle m'a fait peur. Il faut partir. »

Ils étaient dans leur cuisine sordide. Elspeth était assise à la table, le menton dans les mains. Robert marchait de long en large. La pièce était si petite qu'il ne pouvait marcher plus de quelques pas dans un sens ou dans l'autre. Cela la rendait nerveuse et la faisait penser à Julia. « Arrête », lança-t-elle.

Robert s'assit. « Où irions-nous ?

— N'importe où. En Amérique. En Australie. À Paris.

— Tu n'as même pas de passeport valide, Elspeth. Nous ne pouvons partir à l'étranger.

— L'East Sussex, alors.

— Le Sussex ? Pour quelle raison ?

— C'est une jolie région. Nous pourrions habiter Lewes et nous promener dans les Downs le dimanche après-midi.

— Mais nous ne connaissons personne là-bas !

— Justement. »

Robert se leva et recommença à faire les cent pas, oubliant la consigne d'Elspeth. « Peut-être devrions-nous tout avouer. On pourrait vivre dans mon appartement, et plus tard, tout redeviendrait normal. »

Elspeth se contenta de le regarder fixement. *Tu es complètement tapé, mon pauvre*. Après un moment de silence, Robert poursuivit : « Bon, sans doute pas.

— On trouverait un petit cottage et tu finirais ta thèse.

— Et comment finirais-je ma thèse alors que je ne peux mettre les pieds au *cimetière*, bon Dieu ? hurla-t-il.

— Pourquoi ne peux-tu te rendre au cimetière ? » demanda Elspeth d'un ton calme. Elle sentit le bébé lui donner un coup de pied dans le ventre.

« Jessica t'a vue. Qu'est-ce que je peux lui raconter, d'après toi ? »

Elspeth fronça les sourcils. « Dis-lui au maximum la vérité et laisse-la clarifier tout ça. Il n'y a aucune raison de mentir, il suffit d'omettre certaines choses. »

Robert regardait le visage qu'elle levait vers lui. Un visage d'emprunt. *C'est comme ça que tu fais*, pensa-t-il. *Je ne m'en étais pas rendu compte jusqu'à maintenant*. « Depuis quand mijotes-tu d'aller vivre dans le Sussex ? demanda-t-il.

— Oh, depuis que nous étions petites. Nos parents nous emmenaient à Glyndebourne et on descendait du train avec tous les autres gens habillés pour le festival d'opéra. J'ai toujours eu envie d'habiter là-bas, à la campagne. Ou plus exactement, j'avais envie de vivre à l'Opéra, mais je suppose que c'est impossible.

— Qu'est-ce que j'en sais ? répondit Robert avec irritation. Si tu peux revenir d'entre les morts, tu dois pouvoir vivre là où tu veux, non ?

— En tout cas, on ne peut rester dans ton appartement. On pourrait au moins aller faire un tour dans l'East Sussex et voir un agent immobilier.

— Si tu veux. » Robert prit ses clés posées sur la table et attrapa sa veste.

« Où vas-tu ?

— Je sors. » Il se retourna vers elle ; elle avait un air abattu qu'il ne lui avait jamais vu auparavant. D'une voix plus douce, il poursuivit : « Je vais à la bibliothèque. Ils ont dû recevoir des bouquins que j'ai commandés.

— À tout à l'heure ? » dit-elle, comme si elle n'était pas sûre de le revoir.

« À tout à l'heure. »

Il faut que je parle à Jessica, pensa Robert en empruntant Euston Road sous le soleil. Au moment où il pénétra dans la bibliothèque, il se dit : *Je ne me vois pas quitter Londres*. Il mit ses affaires dans un casier et monta l'escalier. *Que vais-je faire ?* Il était en train d'attendre l'arrivée de ses ouvrages quand la réponse lui vint, et elle était si évidente qu'il se mit à rire tout haut.

Robert était dans le bureau de Jessica avec sa vieille amie, porte fermée. C'était après les heures de travail et le personnel était rentré chez lui. Il lui avait raconté de son mieux ce qui s'était passé, sans se ménager et en essayant de mettre toutes les preuves en avant. Les mains pressées l'une contre l'autre, elle l'écoutait, attentive et impassible, tandis que le jour déclinait. Quand enfin il se tut, elle tira sur la chaîne de sa lampe de bureau, qui s'alluma, créant un petit cercle de lumière dorée qui les laissait dans la pénombre. Robert attendit qu'elle prenne la parole.

« Mon pauvre Robert, dit-elle enfin, c'est une bien triste histoire. Mais d'une certaine manière, vous avez eu ce que vous vouliez.

— C'est la pire des punitions, Jessica. Si j'en avais la possibilité, je déferais tout ce qui a été fait.

— Bien sûr, mais vous ne l'avez pas.

— Hélas ! » Il soupira. « Je vais vous laisser, maintenant. Nous partons demain matin et tout n'est pas prêt. »

Ils se levèrent. « Vous reviendrez ? demanda Jessica.

— Je l'espère. » Il alluma le plafonnier et descendit lentement les marches à sa suite. Devant le portail du cimetière, elle dit : « Au revoir, Robert. » Il l'embrassa sur les deux joues et se glissa au-dehors. *Et voilà*, pensa Jessica. Elle le suivit du regard jusqu'à ce qu'il disparaisse à sa vue. Puis elle verrouilla le portail et resta dans l'obscurité de la cour, écoutant le bruit du vent et s'étonnant de la folie des hommes.

La fin

C'était le premier jour du printemps. Installée sur la banquette sous la fenêtre, Valentina contemplait le cimetière de Highgate. Les rayons matinaux du soleil pénétraient à l'oblique dans la pièce et la traversaient avant de se poser sur le vieux tapis bleu. Des oiseaux voletaient au-dessus des arbres aux rameaux couverts de jeunes feuilles. Elle entendait le gravier crisser sous les roues d'une voiture sur le parking de l'église St. Michael. Aujourd'hui, le monde extérieur était ensoleillé, net, sonore. Valentina laissa le soleil la réchauffer. La petite chatte sauta sur ses genoux et observa d'un œil intéressé des pigeons qui faisaient leur nid sur le dessus du mausolée de Julius Beer, tandis qu'elle caressait sa tête blanche.

Julia dormait, bouche ouverte. Elle occupait désormais tout le lit, comme pour se l'approprier. Valentina se leva sans lâcher le chaton et s'approcha du lit. Elle observa sa sœur, puis lui mit le doigt dans la bouche. Julia ne broncha pas. Valentina retourna s'asseoir sur la banquette.

Une heure plus tard, Julia s'éveilla. Valentina avait disparu. Julia prit une douche, s'habilla et se fit du café. Le silence de l'immeuble la perturbait. Robert n'était plus là ; l'appartement du dessus était toujours en vente (peut-être parce qu'il était encore à moitié plein de cartons). *Et si je prenais un chien ? Où peut-on se procurer un chien à Londres ?* Les Anglais ne laissaient pas faire n'importe quoi avec les animaux. Il ne suffisait sans doute pas d'aller à la fourrière choisir un compagnon à quatre pattes. Qui sait s'il ne fallait pas en plus avoir l'approbation des gens de la SPA locale ? Elle s'imagina la tête qu'ils feraient en la voyant vivre comme une orpheline dans le vaste espace silencieux de Vautravers. *Et si je devenais une de ces femmes qui ont une centaine de chats ? Ils se répandraient partout. Je les lâcherais dans l'appartement de Martin, qui se transformerait en Disney World des matous. Ils deviendraient cinglés.*

Julia s'assit avec sa tasse de café à la table de la salle à manger. Celle-ci était jonchée de crayons et de feuilles de papier couvertes de l'écriture de Valentina. Si les gens de la SPA voyaient ça, ils se diraient qu'elle n'avait plus toute sa tête. Elle entreprit de ramasser des feuilles et alla les jeter dans la poubelle de la cuisine. Quand Julia revint dans la salle à manger, Valentina se tenait près de la porte-fenêtre, son chaton enroulé autour de ses épaules. Julia soupira.

« Je ne peux pas laisser ce bazar ici, ça fait bizarre », dit-elle.

Valentina ignora sa réflexion et fit mine d'écrire sur sa paume, comme pour demander l'addition au restaurant.

« D'accord », dit Julia. Elle but une gorgée de café, qui avait refroidi entre-temps, juste pour montrer à sa sœur qu'elle n'était pas aux ordres. Valentina attendait patiemment près de sa chaise. Julia s'assit et se saisit d'une feuille blanche et d'un crayon. « Vas-y », dit-elle.

Valentina se pencha en avant. La petite chatte en profita pour sauter sur la table. Elle la repoussa, puis plaça sa main dans celle de Julia qui tenait le crayon.

J'AI TROUVÉ LE MOYEN.

« Le moyen de quoi ? »

DE PARTIR.

« Oh ! » Julia leva un regard résigné vers Valentina. « Bon. Lequel ? »

IL FAUT UN CORPS. OUVRE LA BOUCHE ET VA DEHORS.

« Que je sorte et que j'ouvre la bouche ? »

Valentina secoua négativement la tête.

OUVRE LA BOUCHE, REFERME-LA ET SORS.

Julia ouvrit la bouche comme si elle était chez le dentiste, la referma, lèvres serrées, puis pointa le doigt vers la fenêtre. « C'est ça ? » Valentina approuva de la tête. « Maintenant ? » Valentina acquiesça de nouveau. « Laisse-moi mettre mes chaussures. »

Valentina prit le Chaton de la Mort dans ses bras et attendit Julia dans l'entrée. Il lui sembla apercevoir vaguement son reflet dans les miroirs, mais elle n'en était pas sûre.

Julia réapparut, vêtue d'un cardigan en cachemire bleu ciel avec des boutons de nacre, l'un des favoris d'Elspeth. Valentina la contempla pendant un long moment, puis elle se pencha vers Julia et l'embrassa sur les lèvres. Julia eut l'impression de recevoir le fantôme de tous les baisers que Mouse lui avait donnés. Elle sourit, tandis que ses yeux s'emplissaient de larmes.

« Maintenant ? » répéta-t-elle, et Valentina fit un signe de tête affirmatif.

Julia ouvrit grand la bouche et ferma les yeux. Quelque chose comme une fumée dense lui emplit la bouche. Elle ouvrit les yeux en essayant de ne pas s'étouffer. *Comment vais-je respirer ?* La substance devenait plus ferme. Elle la sentait dans sa gorge. Elle toussa, eut un hoquet. C'était comme une grosse boule de poils. Elle referma la bouche, aspira avec difficulté une bouffée d'air, sentit la chose rapetisser et devenir plus lourde, libérant de l'espace autour d'elle et s'insinuant entre sa langue et son palais. Cela avait un goût métallique et remuait légèrement, mais sans arrêt, comme un enfant excité qui s'efforce de se tenir tranquille. Julia jeta un regard circulaire dans l'entrée. Valentina et le chaton avaient disparu.

Venez, vous deux, allons-y. Julia passa sur le palier, Valentina et la petite chatte toujours dans sa bouche. Elle dévala l'escalier, sortit de l'immeuble par la porte principale et gagna en courant le jardin sur l'arrière. Sur sa langue, l'étrange masse frémissait toujours. Parvenue devant la porte dans le mur, elle tourna la clé dans la serrure et pénétra dans le cimetière. Puis elle ouvrit la bouche.

Valentina en jaillit. Elle resta un moment posée sur la brise matinale comme un arc-en-ciel créé dans un jardin par un tuyau d'arrosage. La chatte et elle étaient intimement mêlées et, sous les yeux de Julia, elles commencèrent à se différencier.

Valentina sentit la brise la porter, l'allonger, la séparer du Chaton de la Mort. Au début, elle n'entendait rien, ne voyait rien, puis, très vite, elle recouvra la vue et l'ouïe. Elle découvrit Julia, les yeux levés vers elle, un pauvre sourire sur les lèvres, les bras serrés contre son torse.

« Adieu, Valentina », dit Julia. Les larmes ruisselèrent sur ses joues. « Adieu, chaton. »

Adieu, adieu, Julia. La petite chatte échappa à Valentina, sauta du toit des catacombes et fila dans le cimetière. Valentina se retourna et la suivit.

Ses sens s'ouvraient soudain au monde. Tout lui parlait, tout chantait, l'herbe, les arbres, les pierres, les insectes, les lapins, les renards : chacun interrompait ses activités pour voir passer le fantôme. On la saluait comme si elle revenait en vainqueur après un long séjour loin de chez elle. Elle volait parmi les pierres tombales et les buissons, émerveillée de leur fraîcheur et de leur densité. La chatte l'attendait sous le cèdre du Liban. Valentina la rejoignit et, ensemble, elles survolèrent l'avenue égyptienne, puis l'allée centrale. S'il y avait d'autres fantômes, Valentina ne les discernait pas. C'était la nature qui l'accueillait ; les anges des tombeaux n'étaient que de la pierre. Valentina pouvait voir à travers les objets et à l'intérieur des objets. Elle voyait les fosses profondes avec les cercueils à l'intérieur ; elle voyait les corps dans les cercueils, dans des postures de désir ardent et de supplication, des corps devenus depuis longtemps des squelettes et, retournés à la poussière. Elle éprouvait un besoin viscéral, presque extatique, de retrouver son propre corps. La petite chatte et elle volaient maintenant plus vite et, sous elles, les tombes et la verdure défilaient à toute allure. Puis enfin apparut le petit abri de pierre marqué « Noblin ». Sa porte de fer ne fut pas un obstacle pour Valentina et elle retrouva l'intérieur paisible de l'édifice, le cercueil d'Elspeth, le corps d'Elspeth, les cercueils et les corps des parents et des grands-parents d'Elspeth. Elle vit son propre cercueil et elle sut avant de le toucher qu'il était vide. *Ainsi, c'est donc vrai.* Elle vit le Chaton de la Mort frotter avidement son museau contre la boîte blanche. Valentina posa les mains sur le bois verni du cercueil d'Elspeth, exactement comme l'avait fait Robert. *Et maintenant ?* Elle prit la chatte dans ses bras et sortit. Une fois dans l'allée, elle marqua un temps d'hésitation.

Une petite fille arrivait. Vêtue d'une robe bleu lavande de style fin XIXe, elle fredonnait et tenait par la bride son bonnet qu'elle balançait au rythme de ses pas.

« Bonjour, dit-elle poliment à Valentina. Tu viens ?

— Où ça ? demanda Valentina.

— Ils sont en train de rassembler les corbeaux. On va voler.

— Pourquoi avez-vous besoin de corbeaux ? Vous ne pouvez pas voler tout seuls ?

— C'est différent. Tu ne l'as encore jamais fait ?

— Je suis nouvelle, dit Valentina.

— Ah ! » La petite fille se remit en marche et Valentina chemina à ses côtés. « Tu es américaine, toi ? Ton chat, tu l'as eu où ? Parce que moi, quand j'étais vivante, j'ai eu une chatte, Maisie, mais elle n'est pas ici… » Tout en l'écoutant, Valentina la suivit jusqu'au secteur des réprouvés, où de nombreux fantômes bavardaient en petits groupes. On avait récemment abattu les arbres de ce secteur et leurs souches se dressaient entre les tombes. Certains fantômes jetèrent un coup d'œil à Valentina, qui se demanda si elle devait se présenter. La fillette s'était éloignée et elle revenait en tirant par la main un homme d'un embonpoint impressionnant, habillé comme pour aller à la chasse au renard.

« C'est mon papa, annonça-t-elle.

— Soyez la bienvenue, dit l'homme à Valentina. Vous joindrez-vous à nous ? »

Elle hésita, car elle avait un peu peur du vide. *Pourquoi pas, après tout ?* pensa-t-elle. *Je suis morte. Rien ne peut plus me faire mal. Je peux faire ce que je veux.* « Avec plaisir, répondit-elle.

— Merveilleux. » L'homme leva le bras. Un énorme corbeau vint alors se poser devant eux et se mit à marcher de long en large en croassant. *C'est exactement comme lorsqu'on hèle un taxi*, se dit Valentina. Bientôt, ils furent entourés de centaines de corbeaux. Chaque fantôme parut rétrécir pour atteindre la taille voulue avant de sauter sur sa monture volante. Valentina les imita. Elle entoura d'un bras éthéré le col d'un corbeau, l'autre tenant son chaton, et serra le corps de l'oiseau entre ses genoux.

D'un même mouvement, la foule des corbeaux s'éleva au-dessus du cimetière de Highgate, emportant les fantômes dont les robes sombres et les linceuls battaient comme des ailes dans le ciel. Ils survolèrent Waterlow Park, virèrent pour passer au-dessus du parc de Hampstead Heath, et poursuivirent ainsi jusqu'à la Tamise. Suivant le cours du fleuve vers l'est, ils laissèrent derrière eux le palais et le pont de Westminster, le quai de la Tamise, le pont de Londres, la Tour de Londres, et continuèrent. Valentina s'accrochait à son corbeau, tandis que le chaton ronronnait contre son oreille. *Que je suis heureuse !* se dit-elle, à sa grande surprise. Les rayons du soleil traversaient les fantômes sans être altérés et les ombres des corbeaux assombrissaient l'eau du fleuve.

Lorsque Valentina eut disparu à sa vue, Julia resta dans l'encadrement de la porte verte, écoutant les oiseaux, puis elle la referma. Elle remonta chez elle et se fit une autre tasse de café. Assise sur la banquette, elle regarda par la fenêtre les arbres du cimetière qui se balançaient, révélant de temps à autre la blancheur d'une pierre tombale. Elle écouta les petits bruits de l'appartement dans le silence, le murmure du réfrigérateur, le clic-clic de l'affichage de l'heure sur le vieux radio-réveil. *Je vais prendre un chien, c'est décidé.* Elle passa l'après-midi à faire le ménage et parla au téléphone avec Theo après dîner. Elle se mit au lit satisfaite et solitaire, et dormit d'un sommeil sans rêves.

La journée avait été magnifique. Les champs autour du cottage étaient d'un vert vif et le ciel du Sussex était d'un bleu si profond qu'Elspeth en avait eu mal aux yeux. Elle était allée promener le bébé dans la soirée. L'enfant souffrait de coliques et seul le rythme de la marche réussissait à le calmer. Maintenant, il était paisiblement endormi contre son cœur dans le porte-bébé. Elspeth parvint à l'allée qui menait à leur petite maison. La nuit était tombée, mais la lune était presque pleine et elle voyait son ombre se projeter devant elle sur le chemin. Le chœur des insectes de l'été recouvrait la campagne d'un tapis de sons.

Il y avait plusieurs semaines qu'elle observait Robert. Après leur arrivée ici, ils avaient connu une mauvaise passe. Robert n'arrivait pas à s'habituer au calme et à l'espace. Le cimetière lui manquait et il trouvait toujours un prétexte pour prendre le train de Londres et s'y rendre. Il ne parlait guère à Elspeth. C'était comme s'il s'était réfugié à l'intérieur d'un Londres invisible qui n'appartenait qu'à lui et où il vivait sans elle. Son manuscrit restait sur son bureau sans qu'il y touche. Puis le bébé était venu au monde et Elspeth avait été plongée dans un univers purement physique : le sommeil était rare et précieux, l'allaitement au sein plus compliqué que dans son souvenir. Le bébé pleurait, elle-même pleurait, mais Robert avait paru se réveiller et enfin s'apercevoir de sa présence. L'arrivée du bébé avait presque semblé l'étonner, comme s'il avait cru que sa grossesse était une plaisanterie. Et à la grande surprise d'Elspeth, cette naissance avait réussi là où elle-même avait échoué : elle avait remis Robert à la rédaction de sa thèse.

Depuis des mois, maintenant, il travaillait avec une grande concentration malgré le bruit et l'agitation autour de lui. Elle marchait sur la pointe des pieds, craignant de rompre le charme, mais il l'assurait qu'au contraire, tout ce tapage l'aidait. « C'est comme si elle demandait à être terminée », affirmait-il, et toutes les nuits, l'imprimante crachait des pages impeccables.

Ce soir, elle sentait une pause, un suspense : le monde s'adaptait à un nouveau schéma. Quelque chose allait se passer ; le manuscrit était presque terminé. Elspeth marchait dans l'obscurité avec le bébé dans les parfums des champs et se réjouissait. *Je suis ici. Je suis vivante*. Elle posa ses mains fraîches sur la tête de l'enfant. Les regrets toujours présents se manifestèrent, et elle revit Valentina gisant sur le sol de la chambre. Elspeth était sans réponse et sans défense devant cette image qui flamboya dans sa tête, puis disparut peu à peu. Elle continua à marcher.

Avec ses fenêtres éclairées d'orange vif, le cottage lui évoqua le personnage de Jack O'Lantern[1]. Toutes les lumières étaient allumées. Elspeth traversa le jardin et rentra dans la cuisine par la porte de derrière. Le bruit des insectes s'atténua. La maison était silencieuse.

« Robert ? » appela-t-elle en prenant garde à ne pas parler trop fort. Elle gagna le salon. Personne. Sur le bureau de Robert était posée une pile de feuilles bien rangées. *Histoire du cimetière de Highgate.* Les notes et les dossiers avaient été enlevés. La scène avait un air définitif. Elspeth sourit. « Robert ? »

Il n'était pas dans la maison. Il ne rentra pas ce soir-là. Les jours passèrent et elle finit par comprendre qu'il ne reviendrait jamais.

1. Personnage d'une vieille légende irlandaise qui a donné naissance à la citrouille de Halloween : Jack est une âme en peine condamnée à errer de par le monde en attendant le Jugement dernier, avec en guise de lanterne un charbon ardent dans un navet évidé. *(N.d.T.)*

Remerciements

Je n'aurais jamais pu écrire ce roman sans la formidable générosité de Jean Pateman, présidente de la Société des Amis du Cimetière de Highgate. Non seulement elle m'a enseigné tout ce que je devais savoir sur le cimetière et permis d'y devenir guide, mais elle s'est révélée une grande amie et une source d'inspiration.

Merci infiniment à toute l'équipe du cimetière de Highgate : Hilary Deeble-Rogers, Richard Quirk, Simon Moore-Martin, Pawel Ksyta, Aneta Gomulnicka, Victor Herman et Neil Luxton, pour leur aide concernant les pratiques et usages funéraires et pour avoir répondu à mes nombreuses questions avec beaucoup d'humour et de patience.

Je suis tout particulièrement reconnaissante à Tony Jelliffe et John Pateman, dont les recherches et les études étaient plus précisément dans la ligne de ce projet.

Mille mercis à Christina Nolan, Susan Norton, Alan Peters, Eddie Daley, Tracy Chevalier, Stuart Thorburn, Ian Kelly, Mary Openshaw, Justin Bickersteth, Greg et Becky Howard, Jean Ettinger, Judy Roberts, Rowan

Davies, Ken Carter, Bob Trimmer, Christian Gilson, Steve Hanafin, Matthew Pridham, Samantha Perrin, Alex Mahler, Judith Yuille et tous les guides et Amis du Cimetière de Highgate, d'hier et d'aujourd'hui, qui m'ont aimablement permis de m'attacher à leurs pas durant leurs visites guidées et de les harceler pendant leurs comptes-rendus. Travailler avec eux a été pour moi un privilège.

Mes remerciements et toute mon amitié à Joseph Regal, pour sa vaillance, sa fermeté et ses idées peu conventionnelles, ainsi que pour son travail inappréciable sur le manuscrit. Merci à Lauren Schott Pearson, Markus Hoffmann et Howard Sanders pour leurs précieux conseils dans la vie et en matière de littérature. Merci à Barbara Marshall et à Michael Strong. Et à Caspian Dennis de chez Abner Stein, pour son amitié et son excellent travail d'agent.

Merci également à Dan Franklin pour son travail avisé sur le texte, sa réflexion et les corrections de mes américanismes. À Rachel Cugnoni, Suzanne Dean, Chloë Johnson-Hill, Alex Bowler, Liz Foley, Roger Bratchell et Jason Arthur des éditions Random House UK. À Marion Garner et Louise Dennys, de Random House Canada. Et Dank und Liebe à Hans Jürgen Balmes, Isabel Kupski et Brigitte Jakobeit de S. Fischer Verlag.

Merci à Nan Graham, pour son regard pointu sur le texte et sa main légère ; j'attends avec impatience nos prochaines collaborations. Et merci à vous, Susan Moldow, Paul Whitlatch, Rex Bonomelli et Katie Monaghan de chez Scribner.

Je suis reconnaissante à la fondation Ragdale et à la Corporation of Yaddo qui m'ont permis de travailler en résidence dans les meilleures conditions, et à la British Library qui m'a fourni une aide pour mes recherches. Merci également à la Highgate Scientific and Literary Institution pour l'après-midi riche en enseignements que j'ai passé à la bibliothèque.

Mille mercis chaleureux pour leur adorable hospitalité à Lisa Ann Gurr, Ethan Lavan, et aux petits Jonathan et Natalia Gurr Lavans. Un remerciement particulier à Lisa Ann Gurr pour m'avoir autorisée à utiliser son histoire de fantômes dans les arbres et à lui emprunter Le Chaton de la Mort (que je suis désolée d'avoir tué).

Merci à Hayley Campbell, Neil Gaiman, Antonia Rose Logue, et à David Drew pour tous les délicieux après-midi au ballet.

Toute ma gratitude à Noah D. Frederick pour sa traduction latine et pour son aide en matière de traduction en général. De même, je remercie Ana Rita Pires pour sa traduction en portugais de l'épisode fantasmé du trajet en taxi de Martin et Marijke. Et Daniel Mellis qui a arrangé tout cela.

Des remerciements tout particuliers à Bert Menco qui m'a apporté son aide pour la langue néerlandaise et tout ce qui concerne la Hollande.

Merci à John Padour pour son indispensable dessin du plan des appartements de mon Vautravers imaginaire, qui m'a évité quelques gaffes. Merci à Janet Lefley pour les longues journées d'écriture et de bavardage chez Kopi's ; à Jesse Thomas, Mary Drabik, Catalina Simon, Jesus Mendes et Jesus Reyes pour toute leur sympathie arrosée de thé russe.

Pour l'inspiration, pour leurs conseils, leur aide en matière de recherche et/ou leur lecture du manuscrit, merci à : Lyn Rosen, William Frederick, Jonelle Niffenegger, Riva Lehrer, Bert Menco, Danea Rush, Benjamin Chandler, Robert Vladova et Christopher Schneberger. Merci à Patricia Niffenegger pour son aide sur les questions de couture et à Beth Niffenegger et Lawrence Niffenegger pour leur soutien.

Merci à Sharon Britten-Dittmer pour son amitié et pour avoir permis que tout soit en ordre.

Et merci à April Sheridan pour son bon sens et sa force tranquille, pour son stupéfiant travail artistique et littéraire et pour m'avoir aidée à réaliser le mien.

La petite boîte verte

À la fin de chaque visite guidée du cimetière de Highgate, quelqu'un attend devant le portail, muni d'une boîte en plastique verte destinée à recevoir des dons, et les visiteurs y versent leur obole en partant. Le résultat de cette quête participe à l'entretien et à la conservation du cimetière, qui en 2009 représentaient un coût d'environ mille livres par jour. Les vieux et beaux cimetières coûtent cher à entretenir, hélas.

Si vous souhaitez aider les Amis du Cimetière de Highgate à poursuivre leur œuvre, vos dons seront les bienvenus. Vous pouvez les effectuer quel que soit l'endroit du monde où vous vivez en vous connectant à PayPal.com. Cliquez sur Send Money, et entrez l'adresse PayPal du cimetière : donations@highgatecemetery.org.

Merci,

Audrey Niffenegger

Un puzzle diabolique

(Pocket n° 14615)

La naissance d'Angelica aurait dû apporter le bonheur aux Barton. L'accouchement marque au contraire le début du cauchemar : Constance doit désormais éviter tout rapport intime. Au bout de quatre ans, Joseph décide que leur fille dormira dans sa propre chambre, et Constance comprend que son mari ne peut plus refréner ses désirs. S'installe alors dans la maison un climat de tension et bientôt Constance perçoit des odeurs et des sons étranges, entrevoit un fantôme...
Surnaturel ou égarements ?

Il y a toujours un Pocket à découvrir

Composé par Nord Compo
à Villeneuve-d'Ascq (Nord)

Imprimé en Allemagne par
GGP Media GmbH, Pößneck
en avril 2011

POCKET – 12, avenue d'Italie – 75627 Paris cedex 13

Dépôt légal : mai 2011
S20373/01